Die   'l

...ura Ervik

Buchbeschreibung:

Ein spannender und gefühlvoller Roman voller Leidenschaft, Liebe und Revolution.

Die englische Adlige Helen Beaufort rebelliert gegen die von ihren Eltern arrangierte Ehe. Sie flieht aus England und beginnt unter neuen Namen, ein selbstbestimmtes Leben in Paris. Sie tritt dort eine Stelle als Gouvernante an. Doch was hat es mit dem geheimnisvollen Franzosen auf sich, den sie noch aus ihrem alten Leben kennt und zu dem sie sich immer mehr hingezogen fühlt?

John Philippe Langdon, der Sohn eines englischen Earls und einer französischen Viscountess, musste mitansehen, wie man seinen Bruder Anthony auf der Guillotine hinrichten ließ. Seitdem will er nur noch eines in seinem Leben, Rache. Er schließt sich einem Geheimbund an und arbeitet zukünftig als Spion. Die hübsche englische Lady, die immer wieder seinen Weg kreuzt, ist ihm dabei nur im Weg. Doch irgendetwas veranlasst ihn dazu, ihr immer wieder zu helfen.

Als sich zwischen Notre-Dame und Louvre blutige Straßenkämpfe entspinnen und das Pariser Volk auf die Barrikaden geht, verlieren sich Helen und John aus den Augen. Werden Sie sich jemals wiedersehen ...

Über den Autor:

Wo sollen wir anfangen?

Vielleicht damit das unsere Autorin schlichtweg keine Bücher mehr fand, die ihren Vorstellungen von einem Liebesroman entsprachen. Also entschied sie sich, selbst einen Roman zu schreiben. Und tada, das erste Buch war da. Nun vielleicht nicht ganz so einfach und schnell wie es klingt. Eine Liebesgeschichte zu schreiben, wie sie ihn sich selbst wünschte zu lesen, war die Motivation hinter dem Debütroman „Der sture Monarch". Die wunderbare Welt des Schreibens, die sich ihr damit eröffnete, hält sie seitdem gefangen. Freuen Sie sich auf viele weitere neue historische Liebesromane, die Sie in verschiedene Epochen unserer Geschichte entführen werden.

Was gibt es sonst über unsere Autorin zu wissen?

Geboren ist sie im Sommer 1977 und aufgewachsen in einer Hansestadt an der schönen Ostseeküste. Nach einigen Umzügen und einem Auslandsaufenthalt in Australien verschlug es unsere Autorin nach Norwegen. Dort lebt sie bis heute mit ihrem norwegischen Ehemann, zwei Kindern und einem schwarzen Goldendoodle.

Die kühne Miss Campbell

Ein historischer Liebesroman

von Sandra Ervik

1. Auflage, 2025

© - alle Rechte vorbehalten.

ISBN: 978-3-7693-5268-9

Coverdesign: www.bookcoverzone.com

Telefon: (0047) 413 529 24

Email: sandra.ervik@hotmail.no

Adresse: Sjarkveien 9, 4374 Egersund, Norwegen

© 2025 Sandra Ervik
Verlag: BoD · Books on Demand GmbH, In de Tarpen 42,
22848 Norderstedt, bod@bod.de
Druck: Libri Plureos GmbH, Friedensallee 273,
22763 Hamburg

Kapitel 1 - Prolog

Paris, März 1822

Anthony Langdon warf erneut mehrere Kieselsteine an das geschlossene Fenster. Dann duckte er sich wieder hinter die dichte Hecke im Garten seiner Großmutter. Schon ein paar Mal hatte er versucht, seinen jüngeren Bruder John Philippe auf diese Weise zu wecken. Es war früh am Morgen und der Garten lag noch in Dunkelheit.

„Pst, John." Wieder warf er kleine Steine und dieses Mal sah er die verschlafene Gestalt seines Bruders mit dem blonden Schopf am Fenster auftauchen. In der Hand eine Öllampe haltend, öffnete er das Fenster und blickte in den Garten.

„John, hier drüben." Er erhob sich vorsichtig aus seinem Versteck und stellte erleichtert fest, dass sein Bruder ihn erblickt hatte. Erschöpft ließ er sich wieder auf den eisigen Boden zurückfallen und wartete.

„Na, was hast Du nun wieder ausgefressen, Anthony? Ich dachte, Du bist in La Rochelle. Was machst Du hier draußen im Garten?", hörte er die belustigte Stimme seines Bruders, als dieser sich ihm kurze Zeit später näherte.

„Schsch, nicht so laut." Anthony packte ihn hastig am Arm und zog ihn hinter die Hecke.

„Was um ...", stieß John überrascht hervor. „Was ist geschehen, Anthony?"

„Du musst Großmutter rausschicken. Ich kann nicht ins Haus kommen, es ist zu gefährlich. Die Miliz könnte jederzeit unser Haus stürmen und mich verhaften. Großmutter wird wissen, wo sie mich verstecken kann. Ich werde später alles erklären. Geh und hol sie! Jetzt!"

Er schob John von sich. „Nun mach schon."

Sein Bruder stand immer noch verwirrt und ängstlich vor ihm.

„John, nun mach schon, bitte", zischte Anthony.

Dieser lief nun eilig zum Haus zurück, stolperte, fiel ins Gras, stand auf und lief weiter.

Anthony blickte an sich hinab. Er gab wirklich einen schrecklichen Anblick ab. Sein weißes Hemd klebte verschmutzt und durchgeschwitzt an seinem

Körper. Seine blaue Uniform war zerrissen und einige der silbernen Knöpfe fehlten. Einzig allein sein Zweispitz schien unversehrt. Er war durch Wälder und Büsche geflohen, bis er auf einer Koppel ein Pferd gestohlen hatte und die letzten beiden Tage durchgeritten war, um nach Paris zu gelangen. Er fühlte, wie sich sein Magen verkrampfte. Seine Augen brannten und seine Hände zitterten. War es aus Angst oder vor Kälte? Es spielte keine Rolle.

Sie hatten versagt. Der Plan war gescheitert, bevor er überhaupt umgesetzt werden konnte. Alles begann damit, dass die Unteroffiziere seines Regiments nicht bereit gewesen waren »Lang lebe der König!« zu rufen. Anthony konnte sich denken, wie beunruhigt König Ludwig XVIII. dadurch war, nachdem was Kaiser Napoleon zuvor widerfahren war, von seinem Vorgänger, der einem Attentat zum Opfer gefallen war, mal ganz zu schweigen. Ein König, der die alte Hocharistokratie in Frankreich wiederherstellen wollte, die man während der Französischen Revolution niedergeschlagen hatte, verdiente ihren Jubel jedoch nicht. Anthony verabscheute die französische Monarchie der Bourbonen.

Seit der Bourbonenkönig Ludwig XVIII. an der Macht war, war die konstitutionelle Monarchie und deren Verfassung kaum noch spürbar. Ein Regiment, welches nicht den König hochleben lassen wollte, hatte den Monarchen wohl zum Nachdenken gebracht und deshalb hatte er entschieden, seine Truppen in die Provinz nach La Rochelle zu versetzen. Dies war vor zwei Monaten geschehen.

Enttäuscht und bereit zu kämpfen, hatte er sich, zusammen mit seinen Freunden Marius, Charles und Francois den Charbonnerie, einem Geheimbund der Liberalen, angeschlossen. Unter der Führung des berühmten Generals La Fayette wurde ein Aufstand geplant und sie wollten ein Teil davon sein. Doch die Sache war schiefgelaufen. Wenn man ihn fasste, dann würde man ihn einkerkern, vor ein Gericht stellen und hinrichten lassen. Lediglich seine Verzweiflung und seine Angst hatten ihn hierhergetrieben, zum Haus seiner Großmutter. Er bereute diesen Entschluss jetzt. Er hätte sie und seinen jüngeren Bruder John Philippe nicht mit hineinziehen dürfen.

„Anthony, *mon garcon.*" Josephine Lefebvre eilte mit nur ihrem Morgenmantel und einer Schlafhaube bekleidet in den Garten zu ihrem Enkelsohn.

Anthony schloss erleichtert die Augen, als er sie vor sich erblickte. Er liebte seine Großmutter, eine starke und stolze Frau. Auch in ihrem hohen Alter hatte sie eine kraftvolle, energische Ausstrahlung, die durch ihre aufrechte und hochgewachsene Gestalt noch unterstrichen wurde.

Er fiel ihr in die Arme. „Großmutter, die Miliz ist hinter mir her. Sie werden kommen und mich einsperren. Du musst mich irgendwo verstecken."

„Was hast Du nur angestellt, mein Junge." Sie strich ihm sanft über sein blondes Haar. Dann hielt sie ihn auf Armeslänge und blickte ihn ernst an.

„Bist Du dir sicher, dass dich niemand hierher verfolgt, hat? Hast Du ein Pferd bei dir gehabt?"

Anthony schüttelte den Kopf. „Nein, dank eines Sergeanten konnte ich mir ein paar Stunden Vorsprung erhaschen. Niemand weiß, wohin ich geflohen bin. Mein Pferd habe ich einfach an eine Straßenlaterne gebunden, bevor ich das Ufer der *Seine* überquerte."

„Nun, wenn man dich sucht, dann wird man dich zuerst hier suchen."

„Ich weiß, Großmutter, aber ich wusste nicht, wo ich sonst hingehen sollte. Deshalb habe ich mich hier im Garten versteckt. Ich will euch nicht mit in die Sache hineinziehen."

„Das wirst Du sowieso, Anthony. Wir sind deine Familie und deine Belange gehen uns immer etwas an."

Anthony erhaschte einen Blick auf seinen Bruder, der hinter seiner Großmutter stand und sie beide beobachtete. Angst spiegelte sich in seinem jungen Gesicht wider.

„Nun gut, Du wirst mir alles in Ruhe erklären müssen, aber jetzt bringen wir dich erst einmal in Sicherheit."

Sie drehte sich zu John um.

„John, *mon petit*, hol ein paar warme Kleider aus dem Zimmer deines Bruders. Schnell. Und bring mir den Schlüssel, der in der Schmuckschatulle auf meinem Frisiertisch liegt, mit. Ich weiß, dass Du jeden Winkel der Schatulle auswendig kennst."

John lief rot an, nickte dann aber und rannte davon.

Wieder an Anthony gewandt, sagte sie: „Als Erstes legst Du die Uniform ab. Ich werde sie verbrennen."

„Der Schlüssel, von dem ich soeben geredet habe, passt zu der alten Stadtwohnung deines Vaters. Sie liegt am anderen Ufer der Seine in der *Rue de Braque 12*. Deine Mutter, Gott hab sie selig, und dein Vater haben sich dort hin und wieder zurückgezogen, um Abstand vom gesellschaftlichen Leben zu bekommen. Versprich mir, dass Du die Wohnung nicht verlässt. Hörst Du? Hast Du mich verstanden, *garçon*?"

Sie sah ihn mit einem flehenden Blick an. „Wenn man dich erst einmal ins Gefängnis gesteckt hat, wird es so gut wie unmöglich sein, dich dort wieder herauszubekommen."

„Oui, *grand-mère*."

Sie packte seine Oberarme und zwang ihn, ihr direkt in die Augen zu sehen.

„Du weißt, dass ich deinen Vater darüber informieren muss. Ich werde ihn noch heute bitten, nach Paris zu kommen."

Anthony nickte. Er hatte jetzt nicht die Kraft, um über die bevorstehende Auseinandersetzung mit seinem Vater nachzudenken. Dieser weilte schon seit Monaten in London und würde sicher einige Zeit brauchen, um nach Paris zu kommen.

John kam herbeigelaufen mit Jacke, Hemd, Hose und Schuhen. Stolz hielt er noch zwei Mützen hoch, die beide Brüder in den Sachen ihres französischen Urgroßvaters, der beim Sturm auf die Bastille dabeigewesen war, gefunden hatten. Auf der Mütze war die Trikolore mit den Farben Blau, Weiß und Rot gestickt. Blau und Rot, die Wappenfarben von Paris und das Sinnbild für das Volk. Der weiße Streifen in der Mitte das Symbol für die eingeschränkte Macht des Königs durch das Volk. Kein Wunder, dass Ludwig XVIII. die Farben überall verbot und durch die goldene Lilie, die das königliche Haus der Bourbonen repräsentierte, ersetzen lassen hatte.

„Vive la France", flüsterte John und die beiden Brüder lachten miteinander, so wie sie es immer taten.

„Schluss mit dem Unsinn. Das wird Anthony und dich noch den Kopf kosten. Ich hätte euch mit eurem Vater nach London schicken sollen."

Josephine riss ihnen die Mützen aus den Händen und stopfte sie in die Taschen ihres Morgenmantels.

Beide Brüder blickten ihre Großmutter erschrocken über den emotionalen Ausbruch an.

„Ihr seid noch so jung und unerschrocken. Begreift ihr denn den Ernst der Lage nicht? Ich weiß nicht, was Anthony getan hat, aber es wird nicht ungestraft bleiben."

An Anthony gewandt sagte sie: „Und nun geh, zieh dir die neuen Kleider an und begib dich zu dem vereinbarten Versteck. Ich werde dafür sorgen, dass Du zu essen und zu trinken bekommst."

Paris, September 1822

„Generalanwalt de Marchangy fordert die Hinrichtung aller vier Unteroffiziere einschließlich Anthonys. Die Anführer der Verschwörung von La Rochelle wurden bis heute nicht gefasst. Glaube mir, sie werden ungestraft davonkommen. Nur die armen Jungen werden hier verurteilt. Denn die Ultra-Royalisten werden an ihnen ein Exempel statuieren."

John Philippe lauschte mit wild klopfendem Herzen an der Tür, die zum Arbeitszimmer seines Vaters führte. Seine Großmutter Josephine und sein Vater, George Louis Langdon, der Earl of

Granville, diskutierten über die Geschehnisse des heutigen Prozesstages.

Im April hatte die Miliz seinen Bruder Anthony gefasst und ihn wegen Beteiligung an einer Verschwörung gegen König und Regierung zusammen mit dreizehn weiteren Unteroffizieren verhaftet. Sein Bruder, der sich eigentlich in der Stadtwohnung in der Rue de Braque aufhalten sollte, wurde auf offener Straße, auf dem Weg zu einem geheimen Treffen, festgenommen. Ihr Vater, der bereits seit März in Paris weilte, hatte umgehend den besten Anwalt engagiert, den man in Paris finden konnte: Monsieur Dumoulin. Seit Monaten liefen die Verhandlungen ohne jegliche Aussicht auf eine Aufhebung der Todesstrafe.

John selbst durfte nicht am Prozess teilzunehmen. Er sei mit fünfzehn Jahren noch zu jung dafür, meinte sein Vater. John wusste, dass sein Vater ihn nur schonen wollte. Sie behandelten ihn noch immer wie ein kleines Kind. Dabei wussten sie nicht, dass John während der ganzen Zeit, die Anthony im Versteck gesessen hatte, jeden Abend zu ihm geschlichen war. Anthony war zuerst wütend gewesen. „Hast Du den Verstand verloren, dich nachts durch Paris zu schleichen? Wenn dir jemand gefolgt ist, dann sind wir beide dran." Aber

John war darin geübt, sich unauffällig durch das nächtliche Paris zu bewegen.

„Anthony, behandle mich nicht auch noch wie ein Kleinkind. Ich weiß, wie ich unentdeckt zu dir kommen kann oder glaubst Du, ich würde dich der Gefahr aussetzen, entdeckt zu werden?" Sein Bruder hatte ihm über seine blonden Haare gestrichen und ihn brüderlich in die Arme gezogen. Seit John sich erinnern konnte, waren sie ein Herz und eine Seele gewesen. Trotz der vier Jahre Altersunterschied. John hatte immer zu seinem großen Bruder aufgeschaut. Er bewunderte Anthony für seinen Mut und seinen Kampfgeist. Anthony war stark und selbstbewusst und er sah aus wie ein richtiger Held.

George Langdon ergriff das Wort: „Dein Enkel hat sich verführen lassen, diesem Geheimbund, Charbonnerie, wie er sich nennt, beizutreten. La Fayette, der eigentliche Drahtzieher des Aufstandes, weiß, wie er die rebellische Jugend auf seine Seite zwingt. Aber er weiß auch, wie er davonkommen kann. Die Bourbonen, die jetzt unser Land regieren, werden die vier jungen Menschen töten, um dem Volk zu zeigen, was man mit Verschwörern macht."

„Wir müssen Kontakt zu La Fayette und seinen Männern aufnehmen. Er muss ihnen jetzt beistehen und sie da rausholen. Sicher hat er Freunde unter den Gefängniswärtern." Die Stimme seiner Großmutter zitterte leicht.

„Wie soll er das denn anstellen, Mutter? Er wird den Teufel tun und seinen Kopf riskieren. Die Jungs sitzen im Gefängnis, weil sie sich schuldig gemacht haben. Wir müssen zunächst die Entscheidung des Anwaltes abwarten. Wir können nur hoffen, dass Anthony mit einer Gefängnisstrafe davonkommt. Wenn nicht, müssen wir versuchen, das Urteil anzufechten."

„Pah, Gefängnisstrafe! Wenn sie ihn nicht hinrichten, dann wird er die Galeerenstrafe erhalten. Anketten wird man ihn und rudern lassen, bis er langsam und qualvoll stirbt. Dann schon lieber ein schneller Tod."

John konnte nicht anders, er stieß die Tür auf und sah in die überraschten Gesichter seines Vaters, der am Fenster stand, und seiner Großmutter, die auf einem Stuhl vor dem Arbeitstisch seines Vaters saß.

„John Philippe, hast Du etwa an der Tür gelauscht?", entrüstete sich seine Großmutter.

Schluchzend trat er zu seinem Vater. „Bitte sag, dass sie Anthony nicht töten werden?" Es war ihm egal, dass sich so ein emotionaler Gefühlsausbruch für einen jungen Gentleman nicht gehörte. Er wischte sich über die feuchten Wangen, bevor er fortfuhr: „Großmutter hat Recht, wir müssen General La Fayette um Hilfe bitten."

Sein Vater nahm sein Gesicht in beide Hände und sah ihn ernst an. Lord Langdons leicht ergrautes Haar sah zerzaust aus und seine sonnengegerbte Haut war bleich. John musste den Kopf in den Nacken beugen, um seinem Vater ins Gesicht schauen zu können.

„John, ich werde alles tun, um Anthony vor dem Tod zu bewahren, das verspreche ich dir. Aber ich glaube nicht, dass es in der Macht von La Fayette steht, deinen Bruder aus dem Gefängnis zu holen. Und ich glaube auch nicht, dass er das Risiko selbst verhaftet zu werden, eingehen würde. Glaube mir, wenn ich einen Weg wüsste, dann würde ich es ohne zu zögern tun. Mir sind die Hände gebunden. Jedem ist bewusst, was geschieht, wenn man sich gegen die bourbonische Regierung stellt. Anthony muss gewusst haben, welche Konsequenzen sein Handeln haben kann. Wir können nur hoffen, dass unser Anwalt eine Gefängnisstrafe erwirkt."

Nachdem sein Vater das gesagt hatte, zog er tief den Atem ein und rang sichtlich um Fassung. Nie zuvor hatte John gesehen, dass Lord Langdon, der Earl of Granville, den Tränen nah war. Aus irgendeinem Grund machte ihm das Angst. Er und Großmutter würden doch nicht zulassen, dass man Anthony hinrichtete?

John entwand sich ihm und sprang zu seiner Großmutter. Verzweifelt kniete er sich vor ihr hin und griff nach ihren Händen.

„Großmutter Josephine, Du weißt doch immer einen Ausweg. Bitte, wir müssen ihm helfen. Wir müssen doch irgendetwas tun können?"

Paris, September 1822, Place de Greve

Der Anwalt Monsieur Dumoulin hatte alles versucht, um Johns Bruder Anthony vor der Hinrichtung zu retten. Aber das Gericht hatte die Todesstrafe für Anthony und seine drei Freunde verkündet. Die Empörung in Paris war groß und der Rathausplatz, *Place de Greve,* war voll von Menschen.

Es war ein grauer verregneter Septembermorgen. John Philippe stand hinter einem Karren versteckt am Rande der Menschenmenge, die sich um den Platz versammelt hatte. Jener Platz, auf denen, seit John denken konnte, großartige Menschen ihr Leben verloren hatten. Und nun traf es auch Anthony Langdon, seinen Bruder, der gerade mal neunzehn Jahre alt war.

Er hatte lange überlegt, ob er sich das antun sollte, der Hinrichtung seines geliebten Bruders beizuwohnen. Er war sich sicher, dass Anthony es nicht gewollt hätte.

John stellte sich auf die Räder des Karrens, um bis zu der erhöhten Plattform, die sie Schafott nannten, schauen zu können. Er erblickte darauf die Guillotine. Er erschauderte bei dem Anblick der Maschine. Sie bestand aus zwei hohen Pfosten, die am oberen Ende durch einen Querbalken zusammengehalten wurde.

John erhaschte einen Blick auf seine Großmutter und seinen Vater. Sie standen direkt in erster Reihe vor der Erhöhung zusammen mit tausenden empörten Franzosen. Denn hier sollten vier Menschen ihr Leben verlieren, weil sie versucht hatten, die Wiederherstellung der

Monarchie durch die Bourbonen in Frankreich aufzuhalten.

In John brodelte die Wut über die niederträchtige Feigheit der herumstehenden Bürger und des Pöbels. Lediglich hundert Mann der Nationalgarde waren zum Schutz um das Schafott versammelt. Diese waren jedoch eingeschlossen und eingeengt von Hunderttausenden, die wenn, man in ihre Gesichter schaute, voller Hass und Wut waren. Warum konnten sie nicht eingreifen, sie waren doch eindeutig in der Übermacht?

Ein Raunen ging durch die Menge, als die vier Unteroffiziere erschienen. John hatte Probleme, Luft zu bekommen, als er die vertraute Gestalt seines Bruders erblickte. Sein Blick verschwamm, als ihm Tränen in die Augen stiegen. Schnell blinzelte er sie weg. Anthony wurde zusammen mit seinen drei Freunden von Soldaten vor die Guillotine gestellt. Sein Bruder würde als Zweiter an der Reihe sein. Sein Kopf war zum Boden geneigt. Sah er Vater und Großmutter denn nicht? Bitte, Anthony, schau nach oben. Wenn er sie bemerkte, konnten sie ihm vielleicht ein wenig Trost schenken. Als der Pariser Scharfrichter an den vieren vorbeipassierte, ging alles ganz schnell. Am vorderen Ende der Bank befand sich ein vertikal gestelltes Brett, auf dem nun Claude als Erster bäuchlings festgeschnallt wurde. Seinen Hals legte man auf das untere Halsbrett und schob dann das obere Gegenstück hinunter. Der Scharfrichter zog an einem Seil, das über zwei Rollen im Querbalken lief und welches den schweren Eisenblock mitsamt Messer in Position brachte. Dann gab es nur einen dumpfen Schlag und Blut floss, der Kopf fiel in einen davorstehenden Weidenkorb und die Hinrichtung war vollzogen. Innerhalb einer Sekunde wurde ein Leben durchtrennt. Einer der Soldaten schüttete einen Eimer Wasser aus, um das Blut wegzuspülen. Übelkeit stieg in John auf, doch er versuchte sie zu beherrschen. Er spürte in sich kalte Abscheu. Als er sah, wie man Anthony, seinen geliebten Bruder, zur Bank führte, taumelte er rückwärts. Das war zu viel für ihn. Und dann lief er davon.

Er wusste nicht, wie lange er am Nordufer der Seine entlanggelaufen war. Weg von diesem schrecklichen Ort. Von diesem grausamen Erlebnis, das sein Leben für immer verändern würde, denn er hatte nun keinen Bruder mehr.

Seine Lunge brannte, so schnell war er gelaufen. Auf seiner Haut spürte er das Salz seiner Tränen. Er ging hinunter zum Ufer, ließ sich auf die Knie fallen und sah in den Himmel. „Warum?", schrie er. John wusste nicht, wie lange er vor sich hingeschluchzt hatte. Aber als er alle Tränen geweint hatte, schwor er: „Die Bourbonen werden dafür bezahlen, Bruder. Ich werde nicht ruhen, bis dein Tod gerecht ist und die Bourbonen aus Frankreich vertrieben wurden. Anthony, Du sollst nicht umsonst gestorben sein. Ich werde beenden, was Du angefangen hast."

Kapitel 2 - Heimliche Rebellion

März 1830, zwischen Frankreich und England,
8 Jahre später.

John Philippe Langdon stolzierte auf dem Deck der Dampffähre umher, die er am Morgen in Calais bestiegen hatte und die in weniger als einer Stunde in Dover anlegen würde. Es war eine ruhige Überfahrt. John atmete die salzige Seeluft ein und lehnte sich mit dem Rücken an die Reling. Sein Blick schweifte über die unbekümmert wirkenden Passagiere, die an diesem Tag vermehrt auf dem oberen Deck umherspazierten. Einige Frauen schützten ihren blassen Teint mit Sonnenschirmen vor der warmen Frühlingssonne. Zwei Männer standen unweit von ihm und unterhielten sich eifrig über ihre neueren Spekulationen auf dem Börsenmarkt und die gewinnbringenden Renten.

John Philippe hatte gestern von dem Attentat auf den zurzeit in England lebenden französischen Herzog von Orléans erfahren. Der Herzog hatte das Attentat leicht verletzt überlebt und man hatte einen Tagelöhner namens Henry Heatherford festgenommen. Dieser hatte den Anschlag ausgeführt, jedoch mussten weitaus bedeutendere Personen ihm den Auftrag dafür gegeben haben. Der Marquis de La Fayette, ein enger Freund des Herzogs, hatte John höchstpersönlich zu sich beordert und ihn gebeten, mit ihm nach England zu reisen, um nach den Hintermännern für dieses Attentat zu suchen. Denn John war einer der begehrtesten Spione des Geheimbundes. Seine Tarnung eines unpolitischen, jungen Adligen war perfekt. Geboren als Sohn eines englischen Earls und einer französischen Viscountess, hatte er Zugang zur gehobenen Gesellschaft beider Länder.

Seit fünf Jahren war John nun schon Mitglied des Geheimbundes der Charbonnerie, genau wie sein Bruder Anthony acht Jahre zuvor. Die Charbonnerie sahen sich als Gemeinschaft von

Freimaurern, deren Grundideale Freiheit, Gleichheit, Brüderlichkeit, Toleranz und Humanität sind. Seit Jahren beobachteten sie, wie die Bourbonenmonarchie erst unter Ludwig XVIII. und jetzt unter seinem Bruder Charles X., versuchten, das Rad der Geschichte zurückzudrehen, um die Französische Revolution ungeschehen zu machen. Die konstitutionelle Monarchie und deren Verfassung wurde von ihnen immer mehr unterdrückt. Seit Anthonys Tod versuchte John alles Erdenkliche, um sich der Monarchie der Bourbonen entgegenzustellen. Immer wieder führten die Charbonnerie gezielte Angriffe und Aufstände gegen die Regierung durch, doch bisher ohne große Wirkung. Der Übermacht der Bourbonen hatten sie nichts entgegenzusetzen. Ihnen fehlten Verbündete, allen voran das Volk.

John dachte über die möglichen Gründe nach, die hinter diesem Attentat stecken könnten. Der Herzog von Orléans gehörte der bürgerlich-liberalen Opposition in Frankreich an und unterstützte deren Wahlkampf. Zudem hatte er eine Vielzahl Orléanisten hinter sich. Diese sahen das Haus Orléans als das rechtmäßige Königshaus von Frankreich an und würden ihn somit liebend gern auf dem Thron sehen. War das der Grund, weswegen man den Herzog umbringen wollte? War die zunehmend stärker werdende Macht der liberalen Opposition eine Gefahr für den König und die Minister der ultraroyalistischen Partei? Die Ultraroyalisten in Frankreich protegierten stark die Monarchie der Bourbonen. Der Herzog von Orléans könnte eindeutig ihrem Plan, die alte Ordnung der Monarchie wieder einzuführen, im Wege stehen.

„Ah, da verstecken Sie sich, Langdon."

Der Marquis de La Fayette kam ihm entgegen. Der über 70-jährige französische General strotzte vor Gesundheit. Ein Mann, der im amerikanischen Unabhängigkeitskrieg gekämpft hatte und ebenfalls einer der führenden Politiker der Französischen Revolution und ehemaliger Kommandant der Nationalgarde. Es hatte lange gedauert, bis John ihm vertraute. Denn der General hatte sich heimlich davongestohlen, als man seinen Bruder und seine drei Freunde vor acht Jahren hingerichtet hatte. Doch als John erfuhr, dass er wieder aufgetaucht und nie untätig gewesen war, schloss er sich den Charbonnerie an, deren Anführer La

Fayette war. Durch ihn erhoffte John sich, irgendwann Rache an den Bourbonen nehmen zu können.

„Marquis, ich dachte, Sie wollten sich ein wenig ausruhen. Ich habe mich an Deck begeben, um Ihnen Gelegenheit dazu zu geben."

„Spielen Sie auf mein hohes Alter an, junger Mann?"

John lächelte. „Das würde ich nie wagen."

La Fayette trat dichter an ihn heran.

„Haben Sie schon eine Idee, wo man anfangen könnte, herauszufinden, wer den Attentäter Henry Heatherford beauftragt hat?"

John sah in die intelligenten Augen von La Fayette.

„Noch nicht, aber Sie können sich ganz auf mich verlassen. Ich werde es herausfinden."

Sie schwiegen eine Weile, bis La Fayette wieder das Wort ergriff.

„Wie geht es Ihrem Vater, dem alten Earl of Granville?"

John wandte sich ab und schaute auf das Meer. Er dachte an den Tag zurück vor acht Jahren, als man ihm seinen Bruder und seinem Vater den Sohn genommen hatte. George Langdon, der Earl of Granville, war nie ganz darüber hinweggekommen. Er hatte John damals unter Tränen angefleht, nie auch nur daran zu denken, in die Fußstapfen seines Bruders zu treten und sich gegen Frankreich und die Bourbonen zu verschwören. Es würde sein Ende sein, wenn er ihn auch noch verlieren würde. John setzte deshalb alles daran, seine Zusammenarbeit mit den Charbonnerie und La Fayette vor ihm geheim zu halten. Sein Vater hatte Frankreich noch am Tag der Hinrichtung verlassen und war seitdem nie wieder zurückgekehrt. Die wenigen Male, die er ihn sah, waren in den Sommerferien gewesen, wenn er und seine Großmutter den Vater auf seinem Landgut in Kent besuchten.

„Keine Sorge, er ahnt nichts von meiner Tätigkeit als Spion und er darf es auch nie erfahren. Sie wissen, warum."

La Fayette stütze sich auf der Reling ab und schaute nun ebenfalls auf das Meer hinaus.

„Auflehnung ist das heiligste aller Rechte und die notwendigste aller Pflichten, Langdon." Er schwieg eine Weile. „Sie wissen, dass niemand mehr etwas für Ihren Bruder und seine Freunde hätte tun können. Mein Einfluss damals war begrenzt. Ich war ebenfalls auf der Flucht und es wäre keinem geholfen gewesen, wenn ich den gesamten Geheimbund für diese vier tapferen Helden geopfert hätte. Ich habe es den jungen Sergeanten immer wieder gesagt, dass auf das, was sie tun, die Todesstrafe steht. Sie wussten, worauf sie sich eingelassen hatten. Genauso wie Sie es nun wissen. Sie stehen immer mit einem Bein auf dem Schafott, Langdon. Sie wissen, dass die vier zu Helden geworden sind bei den Männern unseres Geheimbundes. Man wird noch in hundert Jahren von ihnen sprechen."

John lachte bitter. „Ja, das sind sie wahrhaftig. Helden. Mir wäre es jedoch lieber, wenn er bei mir wäre. Es war schon hart, ohne Mutter aufzuwachsen. Aber Anthony dann auch noch zu verlieren, hat mir den Boden unter den Füßen weggerissen."

Er verdrängte die aufkommende Verbitterung und straffte die Schultern.

„Ihr Vater wird sich fragen, was Sie mit Ihrem Leben anfangen wollen."

John schmunzelte. „Er denkt, ich führe das Leben eines reichen Junggesellen. Weiber, Wein und Gesang. Ich werde ihn wohl oder übel in dem

Glauben lassen müssen. Es ist fast zwei Jahre her, dass ich ihn gesehen habe. Wahrscheinlich wird er mir in den Ohren liegen, dass ich mir eine Frau suchen soll."

„Nun, das wird sich schwierig mit Ihrer Tätigkeit vereinbaren lassen. Eine Frau wird irgendwann Fragen stellen und Antworten haben wollen. Sie leben ein Leben am Abgrund und können jederzeit hinunterfallen. Sie wollen doch nicht, dass eine Frau ihnen dorthin folgt?"

„Nein, keine Sorge, Marquis. Ich bin kein Mann für Liebesschwüre. Eine Frau hat wirklich keinen Platz in meinem Leben. Aber genug davon."

Er wechselte das Thema.

„Wie gut ist Clarewater House abgesichert? Wenn man den Herzog in seinem Garten mit zwei Schüssen aus nächster Nähe treffen konnte, dann kann es nicht gut eingezäunt sein, oder täusche ich mich? Wir sollten zuerst dafür sorgen, dass der Herzog in Sicherheit ist."

„Ich habe es Ihnen noch nicht erzählt, aber der Herzog und seine Familie haben Clarewater House sofort verlassen. Sie sind bei Freunden in London untergetaucht. Ich werde den Herzog über die weitere Entwicklung unterrichten. Sie informieren mich über alles, was Sie herausfinden. Eines ist sicher, der Attentäter Henry Heatherford hat eine hohe Summe für seine Tat erhalten."

„Heatherford ist ohne Zweifel Engländer gewesen. Keine Verbindung zu Frankreich. Glauben Sie trotzdem, es könnte ein Franzose hinter dem Attentat stecken?"

„Dem muss so sein. Bevor Henry sich in seiner Zelle erhängte, gestand er, dass er Geld von einem Franzosen erhalten habe. Seinen Namen nannte er nicht. Aber die Summe, die er bekommen hatte, halten Sie sich fest, belief sich auf 1000 Pfund."

John pfiff die Luft aus. „1000 Pfund?"

„Wirklich zu schade, dass wir den Namen aus dem armen Tölpel nicht herausbekommen haben, bevor er seinem unwürdigen Leben ein Ende setzte."

John stieß sich von der Reling ab und drehte sich zu La Fayette.

„Wie kommt es, dass Sie so viele Informationen von dem polizeilichen Verhör haben, Marquis?"

La Fayette zwinkerte ihm zu. „Das bleibt mein Geheimnis."

John registrierte es mit einem Schmunzeln. „Wer, glauben Sie, könnte etwas davon haben, den

Herzog zu ermorden?"

Der Marquis blickte auf die herannahende Küste Englands. „Polignac. Der neue Minister des Königs. Er verfolgt seine radikale Agenda, die liberale Opposition zu unterdrücken und den Ultraroyalisten wieder ihre Mehrheit im Kabinett zurückzugeben. Die Kammer hat bereits ihr Misstrauensvotum gegen ihn und Charles X. ausgesprochen. Sie wissen, was der König daraufhin gemacht hat?"

„Ja, ich lese die *Le Nationale*. Er hat die Kammer aufgelöst und zu Neuwahlen aufgerufen."

„Genau. Die liberale Opposition in Frankreich ist stark geworden. Das ist dem König ein Dorn im Auge. Es wird gemunkelt, dass sie bei den Neuwahlen sogar die Mehrheit erreichen könnten. Der Herzog ist einer der wichtigsten Geldgeber. Denn sicher ist, dass der Herzog schwerreich ist. Er bezahlte für viele der liberalen Abgeordneten den Wahlzensus. Sollte er sterben, würden die Liberalen die Mehrheit im Kabinett niemals erreichen."

„Was, glauben Sie, wird der Herzog jetzt tun?"

„Er ist ein Pragmatiker mit Bodenhaftung, kein Philosoph, schon gar kein Moralist. Ich denke, er wird sich verstecken, aber dennoch den Wahlkampf stützen."

London, März 1830, Devonshire-House

„So ein Unsinn", schimpfte Helen Beaufort mehr mit sich als zu ihrer Zofe Cecilie, die damit beschäftigt war, die Vorhänge in ihrem Schlafzimmer zu öffnen.

„Hör dir das an, Cecilie." Helen las aus einer Kolumne vor: „Seit wann ist es erlaubt, dass Frauen den Haushalt und die Kindererziehung vernachlässigen, um sich auf den öffentlichen Plätzen und auf den Volkstribunen des Senats zu tummeln? Wurden Männer etwa dazu erzogen, häusliche Aufgaben zu erledigen, oder sind imstande Ihre Kinder zu säugen? Nein! Männer sollen sich den politischen und landwirtschaftlichen Aufgaben widmen. Wenn sich unsere Frauen in diese Aufgaben einmischen, wer wird dann unsere Kleider flicken, das Essen kochen und das Geschirr spülen?"

Sie schleuderte die Zeitung auf den Boden. „Ich könnte Hunderte solcher Zitate vorlesen."

„Dies ist natürlich eine gute Frage, Miss Helen. Wer soll denn dann die Hausarbeit machen?"

„Na, beide Geschlechter natürlich. Mann und Frau teilen sich die Aufgaben."

Cecilie lachte sie schallend aus und erntete einen bösen Blick von Helen.

„Niemals. Nicht in dieser Welt", erwiderte Cecilie.

Helen löschte das Licht der Petroleumlampe und erhob sich aus ihrem Sessel. Sie hatte wie jeden Morgen heimlich die *Times* gelesen, denn ihr Vater erlaubte es ihr nicht, und war über diese Kolumne gestolpert. Sie hob die Zeitung vom Boden auf, faltete sie zusammen und versteckte sie in einer Kiste unter ihrem Bett.

Als sie sich wieder erhob, sah sie den besorgten Blick von Cecilie.

„Seien Sie vorsichtig, Miss Helen. Wenn man Sie mit der Zeitung erwischt, dann bekommen wir beide Ärger. Sie, weil es Ihnen verboten wurde, und ich, weil ich sie Ihnen beschaffe."

„Mach dir keine Sorgen. Falls sie es herausbekommen, dann werde ich sagen, ich habe mir die Zeitungen selber gekauft."

„Und womit haben Sie die bezahlt? Sie haben ja überhaupt keinen Cent, den Sie Ihr Eigentum nennen können."

Helen verzog die Augen zu Schlitzen. „Ja, ganz richtig. Da siehst Du es. Du bist reicher als ich, denn Du besitzt Geld und kannst dir eine Zeitung kaufen."

„Wohl eher nicht", widersprach Cecilie.

Helen ließ sich wieder in den Sessel fallen und verschränkte ihre Arme vor der Brust. „Weißt Du, es macht mich einfach wütend. Diese Ideologie der Männer von getrennten Geschlechterrollen, in der Frauen das Haus hüten und sich um die Kinder kümmern und nachts ihrem Mann gefällig sein müssen. Eine Ideologie, in der Frauen nur sprechen dürfen, wenn sie dazu aufgefordert werden und in der ihnen vorgeschrieben wird, was sie lesen dürfen. Wir sind doch auch Menschen mit eigenen Träumen und Bedürfnissen. Warum ist unsere Meinung in der Weltanschauung der Männer nicht erwünscht? Nicht alle Frauen wollen ihr Leben mit Stickarbeiten und Kindererziehung verbringen. Wie soll ich jemals meinen Mann lieben und respektieren können, wenn er mir all das verwehrt? Außerdem betrifft ihr Weltbild doch nur die adligen Frauen. Allein in diesem Haus gibt es ein Dutzend weiblicher Angestellter, die, um ihre Familie zu ernähren, einer Arbeit nachgehen müssen."

Cecilie stand wartend mit der Haarbürste in der Hand vor dem Frisiertisch.

„Ja, gewiss, Miss Helen, und ich werde dafür bezahlt, Ihnen die Haare zu bürsten und zu frisieren. Ich würde lieber mit Ihnen tauschen. Dann könnte ich jeden Tag in teuren Kleidern herumlaufen, auf Empfänge und Konzerte gehen, Schokoladenpralinen essen, wann immer ich möchte, und auf einem Ball tanzen. So, wie Sie heute Abend."

Helen hob die rechte Augenbraue und sah ihre Zofe fragend an.

„Was für ein Ball? Weißt Du eigentlich, wie anstrengend ein Ball ist, Cecilie? Den ganzen Abend in einem eng geschnürten Korsett zu tanzen, bis man halb ohnmächtig wird? Dazu kommen die Schuhe, in denen einem schon nach den ersten fünf Minuten die Füße wehtun, und dann noch diese ewig gleichen monotonen Gespräche über belanglose Dinge, wie das Wetter."

„Was soll ich sagen, Miss Helen, Ihr Leben ist ein absolutes Dilemma. Denken Sie an die Menschen, die froh wären, wenn sie ein warmes Bett hätten und jeden Tag zu essen. Die würden liebend gern die Schmerzen der Tanzschuhe für ein Stück Brot ertragen."

Helen schaute in die rebellisch funkelnden Augen ihrer Zofe. Hochgewachsen, mit schwarzem Haar und erstaunlich hellem Teint, stand sie in der Hausmädchenuniform vor ihr. Cecilie war seit zwei Jahren im Devonshire-House angestellt. Helen hatte die aufgeschlossene Art und den intelligenten Blick der jungen Frau vom ersten Tag an gemocht. Mit der Zeit waren sie beide so vertraut miteinander, dass Cecilie es wagte, Helen sogar zu widersprechen, wenn sie uneinig mit ihr war.

„Du hältst mich für naiv, ist es nicht so, Cecilie? Natürlich habe ich nie Hunger gelitten oder gefroren. Aber dennoch wünschte ich manchmal, ich wäre eine ganz normale Bürgersfrau, die einer Arbeit nachgeht und der man nicht alles vorschreibt. Wie zum Beispiel eine Heirat."

Cecilie lachte bitter auf.

„Sie wissen nicht, wovon Sie reden, Miss Helen. Was glauben Sie, wie man Sie behandelt, wenn Sie nicht mehr den Schutz und die Sicherheit eines adligen Titels haben? Sie, wo Sie noch dazu so hübsch sind. Sie sollten wirklich dankbar sein, wenn Sie einen Mann haben, der Sie heiratet, denn nur mit einem Ehemann an Ihrer Seite sind Sie wirklich abgesichert in dieser Welt."

Helen verdrehte die Augen. Das glaubt sie doch wohl selbst nicht, dachte Helen bei sich. Niemals wäre sie dann frei, denn dann wäre sie das Eigentum ihres Mannes. Außerdem konnte sie selber auf sich aufpassen. Vielleicht war sie naiv, was die Welt abseits des Hochadels anging. Aber sie war nicht dumm, ganz im Gegenteil, sie war gebildet und hatte eine gute Erziehung genossen. Damit musste doch etwas anzufangen sein.

„Nun gut, lassen wir das vorerst. Der Ball? Ach ja, jetzt fällt es mir wieder ein, bei dem Franzosen, der neu in der Stadt ist. Den hatte ich ganz vergessen. Wie hieß er noch gleich?"

„Der Viscount Pierre D'Amboise, Miss."

„*Oui*, genauso hieß er. Eine gute Gelegenheit, mein Französisch aufzubessern."

Helen erhob sich und setzte sich auf den Stuhl, der vor dem Frisiertisch mit dem riesigen ovalen Spiegel stand. Cecilie begann, ihre kastanienbraunen Locken, die ihr bis zur Taille fielen, zu bürsten.

„Sag schon, hat Mutter dir Anweisungen gegeben, mich herauszuputzen, damit auch ja alle unverheirateten Männer ein Auge auf ihre noch unverheiratete Tochter werfen?"

Cecilie kicherte. „Nein, nicht Lady Caroline, aber Ihr Vater."

Helens Blick traf im Spiegel den von Cecilie. „Mein Vater? Er schert sich doch sonst nicht um mich oder mein Äußeres."

„Der Earl bestellte mich heute Morgen in den Frühstückssalon und sagte, ich solle dafür sorgen, dass Sie heute Abend einen perfekten Eindruck abgeben."

Helen ahnte Unheilvolles. Sie sprang hastig auf, lief aus ihrem Zimmer, bog nach rechts und lief den Gang hinunter bis zur Zimmertür ihres Bruders.

„Oliver, bist Du wach? Kann ich reinkommen?" Sie hämmerte an die Zimmertür.

Die Tür wurde aufgerissen und Oliver sah sie genervt an.

„Oliver, tut mir leid, dass ich dich so früh ...." Sie hielt inne und sah an ihm hinunter. „Aber Du bist ja schon angekleidet. Was treibt dich so früh aus dem Bett?"

Oliver nahm ihre Hand und zog sie in sein Zimmer.

„Vater hat mich zu sich gerufen heute Morgen."

„Dich also auch?"

„Wieso auch?"

„Ach nichts. Aber irgendetwas geht vor sich."

Oliver stieß die Luft aus. „Das kann man wohl sagen."

Helen spürte, wie ihr Magen sich krampfte. Das hübsche Gesicht ihres zwei Jahre älteren Bruders sah besorgt aus. Warum versuchte er krampfhaft, ihrem Blick auszuweichen?

„Nun rede schon, Oliver."

„Ich darf es dir nicht sagen, Helen, aber ich werde es trotzdem tun. Du wirst es sowieso bald erfahren."

Oliver trat nun dicht zu ihr und sie konnte die Unsicherheit in seinen blauen Augen sehen.

„Vater hat sich verspekuliert. Er hat das gesamte Familienvermögen in ein Eisenbahnprojekt in Sheffield gesteckt. In der dazugehörigen Stahlfabrik hat sich eine Explosion ereignet und hat alles zerstört. Wir sind mittellos, Helen."

„Das kann nicht wahr sein. Wie konnte er das gesamte Vermögen auf ein Projekt setzen?"

„Ich vermute, er war sich zu sicher, dass es ein Erfolg werden würde und er sein Vermögen verdoppeln könnte. Was er wahrscheinlich auch getan hätte, wäre diese schreckliche Explosion nicht gewesen."

„Was soll ... ich meine, was hat er jetzt vor?", stotterte sie.

Oliver legte eine Hand an ihre Wange und sah sie mitleidig an. „Helen, Du musst jetzt stark sein. Vater musste sich schnell etwas einfallen lassen. Er will dich mit Robert Ashley, dem Earl of Wessex, verheiraten."

„Was? Robert Ashley? Nein, niemals." Helen entwand sich ihrem Bruder und begann hektisch aus und anzulaufen.

„Er wird heute Abend auf dem Ball anwesend sein. Diese Heirat wird unsere Familie vor dem Skandal und dem Ruin retten, Helen. Du weißt, dass Robert schon seit Monaten ein Auge auf dich geworfen hat. Aber Mutter war bislang dagegen, dich mit einem so viel älteren Mann zu vermählen. Nun jedoch bleibt uns keine andere Wahl."

Er hielt Helen an ihrem Arm fest. „Helen, bleib stehen. Versteh doch. Wir haben keine andere Wahl. Wir sitzen ansonsten in ein paar Wochen auf der Straße. Willst Du das?"

Helen funkelte ihn an. „Ach, jetzt darf ich den Retter der Familie spielen? Aber ansonsten hat sich niemand auch nur einen Dreck für mich interessiert."

„Rede nicht so wie ein Fischweib, Helen", sagte ihr Bruder pikiert.

„Ich rede, so wie es mir passt. Weißt Du eigentlich, wie alt der Earl ist? Er ist älter als unser Vater. Jedes Mal, wenn er mir seine Lippen auf die Hand gedrückt hat, hat er mich seine eklige Zunge spüren lassen und mich dabei lüstern angeschaut."

„Er ist vernarrt in dich, Helen. Du weißt, wie oft er schon um deine Hand angehalten hat."

„Er ist widerlich."

„Sieh es doch mal so, Helen. Er ist alt und wird nicht mehr lange leben. Nach seinem Tod bist Du eine reiche Witwe und kannst tun und lassen, was dir gefällt."

„Ich weiß, was Du vorhast, Oliver. Du versuchst, mir diese Heirat schönzureden. Du warst schon immer der Diplomat von uns beiden und ich die Rebellin."

Helen war übel. Wie konnte sie nur aus dieser verzwickten Situation herauskommen?

„Oliver, ich habe Angst vor dem Mann und was er mit mir anstellen wird."

„Ich verstehe nicht. Warum? Mir erscheint Robert Ashley ganz sympathisch, nun ja vielleicht ein wenig beleibt und alt, aber nett."

„Siehst Du es nicht in seinen Augen? Diese Lüsternheit und die Gier, mich besitzen zu wollen? Ich spüre es, dieser Mann wird mein Untergang sein. Genau wie seine anderen beiden Frauen."

Oliver sah sie verdutzt an. „Seine erste Frau ist vom Pferd gestürzt und seine zweite Frau an einer Lungenkrankheit gestorben." Oliver zog Helen in die Arme. „Ach, meine kleine Helen, ich weiß, dass Du dich schwertust mit dieser Heirat. Aber Du machst dir zu viele negative Gedanken um den Earl. Ich bin sicher, er wird dich gut behandeln."

„Schwertust? Oliver, dieser Mann wird mir wehtun. Ich habe Geschichten gehört, über ...", sie stockte, „wie er Frauen im Bett behandelt."

„Du musst nicht alles glauben, was die Bediensteten reden. Du wirst seine Countess werden und er wird dich dementsprechend behandeln."

„Wenn Du dich mal nicht täuschst."

Oliver musterte sie. „Helen, Du hast genau zwei Möglichkeiten. Entweder Du entscheidest dich dazu, die Heirat zu akzeptieren und alle Bedingungen, die daran geknüpft sind, oder ..."

„Oder?"

„Oder Du wirst deine gesamte Familie ins Unglück stürzen und mit der Schuld wirst Du dann leben müssen."

Helen musterte ihren Bruder fassungslos.

„So unbedeutend sind dir also mein Glück und meine Sicherheit? Du enttäuschst mich, Bruder."

Sie drehte sich um und ging zu Tür.

„Helen, warte? Lass uns nicht streiten."

Sie griff nach der Türklinke und verließ das Zimmer, ohne sich nochmal zu ihm umzudrehen.

Lord Albert Beaufort, der Earl of Devonshire, und seine Frau, Caroline Beaufort, sowie ihr Bruder Oliver standen wartend in der Empfangshalle, als Helen die Treppe hinunter schritt. Ihre Mutter sah hübsch aus mit ihrer eleganten Frisur und den funkelnden Diamantohrringen. Sie müssen ein Vermögen gekostet haben, dachte Helen kurz. Warum verkauft sie nicht einfach ihre Ohrringe anstelle ihre Tochter ins Unglück zu stürzen? Ihr Vater stand steif und aristokratisch in einem dunklen Abendfrack vor der Treppe. Sein braunes Haar trug er in einem gewellten Seitenscheitel und sein kleiner Schnurrbart war perfekt gestutzt.

Helen bekam kaum Luft in dem viel zu eng geschnürten Korsett. Außerdem drohte ihr Busen fast herauszufallen. Cecilie hatte sich wirklich ins Zeug gelegt und Helen fühlte sich sehr schön heute Abend. Ihre kastanienbraunen Locken waren zu einer aufwendigen Frisur zusammengesteckt, was ihre hohe Stirn und ihre dunkelgrünen Augen hervorragend zur Geltung brachte. Ihr cremefarbenes Ballkleid unterstrich den leicht rosigen Ton ihrer Haut und ein Collier, das mit winzigen Rubinen versetzt war, zierte ihren schlanken Hals. Leider passte ihr hübsches

Aussehen nicht zu dem Gefühlschaos, das in ihrem Inneren tobte.

„Helen, na endlich. Dann können wir aufbrechen", sagte ihr Vater verstimmt.

Als sie kurz darauf vor ihm stehen blieb, bemerkte sie, wie er unauffällig seinen Blick über sie schweifen ließ. Sicher nicht aus Bewunderung, sondern um sich ihre Chancen beim Earl auszumalen, wie sie vermutete. Dann hielt er ihrer Mutter seinen Arm hin, die sich bei ihm unterhakte, und ging hinunter zur Kutsche, auf der das Familienwappen prangte. Oliver und Helen folgten ihren Eltern.

„Kopf hoch, Helen, es wird schon nicht so schlimm werden", raunte ihr Oliver ins Ohr.

Als sie die Kutsche bestiegen hatten und Lord Beaufort dem Kutscher ein Zeichen gab loszufahren, richtete der Vater das Wort an sie.

„Helen." Sein strenger Blick war auf sie gerichtet und wie immer, wenn sie in seiner Gegenwart war, fühlte sie Unbehagen.

„Ja, Vater."

„Deine Mutter und ich haben beschlossen, dich mit Robert Ashley zu vermählen. Lord Ashley hat, wie Du weißt, bereits mehrmals um deine Hand angehalten und wir haben dem nun zugestimmt. Du wirst ihm die ersten beiden Tänze auf diesem Ball reservieren."

„Sollte meine Zofe mich deshalb so herausputzen heute Abend?", fragte sie schnippisch.

„Schweig! Nicht in diesem Ton. Sollte das nochmal vorkommen, verbiete ich dir bis zur Hochzeit deine täglichen Ausritte in den Hydepark. Deine hochnäsige Art wird dir nochmal zum Verhängnis werden. Ich wünsche, dass Du dich deiner Herkunft und deines Alters entsprechend benimmst. Diese Heirat ist sehr wichtig für unsere Familie. Wir werden das Aufgebot noch in diesem Monat bestellen, damit die Hochzeit noch im April stattfinden kann."

„Warum diese Eile?"

„Das hat dich nicht zu interessieren."

Helen schwieg.

Wichtig für die Familie? Diese Heirat war wichtiger als sie, Helen, seine Tochter. Sie schaute zu ihrer Mutter, die sie missbilligend ansah. Oliver, der dicht neben ihr saß, nahm heimlich ihre Hand und drückte sie versöhnlich.

Ihr Schicksal war besiegelt. Widersprechen war zwecklos. Das wussten sowohl Oliver als auch Helen, seit sie beide denken konnten. Wie gerne würde sie einfach davonlaufen. Weit weg von London und den Zwängen, die ihr durch die Familie und die Gesellschaft, in die sie hineingeboren worden war, auferlegt wurden. Sie wollte weg von dem Leben und den Menschen, die nur forderten, aber nichts gaben. Was hätte sie dafür getan, einmal ein liebes Wort oder eine warme Geste von ihren Eltern zu erhalten. Nichts von alldem war ihr je vergönnt gewesen. Und jetzt wollten sie sie einfach in eine arrangierte Ehe zwingen, um sich selbst dem finanziellen Ruin zu entziehen.

**London, März 1830,
Stadthaus von Viscount D'Amboise**

Helen nahm sich nun schon das zweite Glas Champagner. Irgendwie beruhigte sie das Getränk. Wärme durchströmte sie und ihr Kopf fühlte sich leicht an. Die Welt um sie herum wurde erträglicher und die Wut in ihr leiser. Sie stand an der Seite ihrer Mutter und schaute sich in dem überfüllten Ballsaal um.

Ihr Blick blieb an dem Gastgeber Viscount Pierre D'Amboise hängen. Für sein Alter, Helen schätzte ihn auf über fünfzig, war er ein höchst attraktiver Mann. Er war hochgewachsen und schlank und sein Gesicht strahlte Charisma aus. Einzig seine Augen wirkten kühl und irgendwie meinte Helen eine leichte Anspannung an ihm zu bemerken. Aber er war ja schließlich der Gastgeber dieses Abends und es war seine erste Veranstaltung, die er für die Londoner Gesellschaft gab.

„Das war das letzte Glas, Helen", rief ihre Mutter sie zur Ordnung.

„Hier verstecken Sie sich, Miss Beaufort." Sie erstarrte, als sie die bekannte Stimme vernahm.

„Guten Abend, Lord Ashley", antwortete sie knapp und knickste leicht.

„Wenn ich mich recht entsinne, gehören die ersten beiden Tänze auf ihrer Tanzkarte mir?"

Der Earl of Wessex lächelte sie an, doch seine hellblauen Augen blieben kalt. Er hielt ihr höflich seinen Arm hin und sie begleitete ihn pflichtbewusst, jedoch mit zusammengebissenen Zähnen, auf die Tanzfläche.

Die Musik begann und Lord Ashley zog sie fest in seine Arme. Er war groß und maskulin. Seine Gestalt erinnerte sie eher an einen hart arbeitenden Bauern als einen vornehmen Earl. An ihm war nichts galant. Er war grob in seinem Wesen und er strahlte Dominanz aus. Helen wusste, er würde keinen Widerspruch von ihr dulden. Er würde sie hart dafür züchtigen, wenn sie es täte. Sie hatte Angst vor ihm.

Mechanisch führte sie die Tanzschritte aus, ließ sich von ihm führen. Das Gefühl seiner Hände auf ihrer Taille löste Unbehagen in ihr aus. Sie bemerkte, wie sein Blick zu ihrem Dekolleté schweifte, ihm ein Grinsen entlockte und er sich dabei über die Lippen leckte.

Helen wurde übel und der Tanzsaal begann vor ihren Augen zu verschwimmen. Jetzt bloß nicht in Ohnmacht fallen, ermahnte sie sich.

„Sie sehen bezaubernd aus heute Abend, meine Liebe." Helen blickte zu ihm auf und versuchte ihm ein Lächeln zu schenken.

„Vielen Dank, Mylord." Schnell wandte sie den Blick wieder ab.

„Ich habe vor, Ihnen morgen meine Aufwartung zu machen. Ihr Vater hat mir bereits sein Einverständnis dafür gegeben."

Helen schluckte schwer und versuchte krampfhaft, ihre aufsteigenden Tränen zu unterdrücken. Ob diese aus Wut oder Verzweiflung resultieren, wusste sie nicht.

„Das ist sehr aufmerksam von Ihnen, Mylord. Ich werde Sie erwarten."

Helen war verwundert, wie ruhig ihre Stimme klang. Sie schaute wieder in sein Gesicht. Es hatte tiefe Furchen, die zeigten, wie alt er war, und seine Haut war leicht gerötet, was auf einen ungesunden Lebensstil deutete. Ja, vielleicht hatte Oliver recht und er würde nicht mehr lange leben. Aber wie lange würde er brauchen, um Helen zu brechen? Denn eines war klar, er würde aus ihr eine unglückliche Frau machen. Sollte sie das zulassen?

Als die beiden Tänze beendet waren, führte Lord Ashley sie zu ihrer Mutter und verabschiedete sich mit einem dezenten Handkuss. Helen spürte eine unsagbare Erleichterung, nachdem er gegangen war. Aber ihr ging es plötzlich nicht gut. Sie brachte keinen Ton hervor, als ihre Mutter sie irgendetwas fragte. Sie wusste nicht wohin mit ihren Gefühlen. Von Geburt an dazu erzogen, die Regeln der Gesellschaft zu befolgen und ihre Emotionen zu unterdrücken, wusste sie in diesem Moment nicht, wie sie den Sturm, der in ihr tobte, bändigen sollte. Alles schrie in ihr.

Ihre Mutter gab ihr ein Glas Limonade in die Hand. „Trink das, Du siehst blass aus."

Sie schüttelte den Kopf, denn sie befürchtete, in Ohnmacht zu fallen. Die tanzende Menge vor ihr begann zu verschwimmen und es fiel ihr schwer zu atmen. Sie musste hier weg. Sie knickste vor ihrer Mutter und flüsterte: „Wenn Du mich bitte entschuldigst, ich muss mich frisch machen."

Dann ging sie in Richtung Ausgang.

„Helen, wohin gehst Du? Geht es dir gut?" Oliver kam ihr gerade entgegen und sah sie besorgt an.

„Ja, es geht schon. Ich wollte mich nur ein wenig frisch machen."

Als sie die Tür des Ballsaals durchquert hatte, lief sie in einen der schwach beleuchteten Gänge. Sie musste allein sein. Musste sich sammeln, sich wieder in den Griff bekommen. Die ersten Türen waren verschlossen und sie sah auch keinen Lichtstrahl darunter hervorschimmern. Die letzte

Tür war nicht verschlossen und sie huschte eilig in die Dunkelheit des Zimmers hinein, um kurz darauf mit jemandem zusammenzustoßen.

Erschreckt keuchte sie auf.

„Hoppla, wen haben wir denn da?", erklang eine männliche Stimme.

Es waren nur Sekunden, in denen Helen zwei Arme spürte, die sie hielten, und eine starke Brust, auf der sie aufprallte. Denn sogleich ließ der Unbekannte sie wieder los und trat mehrere Schritte von ihr zurück.

„Was machen Sie hier, Madam? Haben Sie sich verlaufen?"

„Verzeihen Sie, Mylord." Helen knickste vor ihm. „Ich war auf der Suche nach Ruhe. Es ist ziemlich laut in dem überfüllten Saal."

„Gibt es dafür nicht gewisse Damensalons?"

„Das kann auch nur ein Mann sagen", murmelte sie, denn in einem Damensalon war es nie ruhig.

„Was sagten Sie, Madam?"

Sie schaute in seine Richtung, konnte aber kaum etwas erkennen. Ihre Augen begannen sich jedoch allmählich an die Dunkelheit zu gewöhnen. Der Schein einer Öllampe flackerte vom Schreibtisch herüber. Es musste das Arbeitszimmer des Viscounts sein.

„Ach nichts."

Helen hatte an diesem Abend die Nase voll von Männern. Von allen, ihrem Vater, Lord Ashley und auch von diesem Unbekannten, der sie in ihrem Wunsch nach Ruhe störte. Was machte er hier überhaupt? Wer war er?

„Was tun Sie im Arbeitszimmer des Viscounts D'Amboise, Mylord?"

Der Mann sagte nichts. Helens Herz hämmerte schneller in ihrer Brust, als der hochgewachsene Mann auf sie zuschritt. Er blieb dicht vor ihr stehen und musterte sie ruhig.

Unverschämtheit, mich so anzustarren, dachte Helen.

„Ich glaube nicht, dass Sie das etwas angeht, Madam", sagte er knapp.

Nervös stammelte Helen: „Sind Sie ein Verwandter des Viscounts? Ich meine, es ist eindeutig das Arbeitszimmer des Hausherrn und den Gästen untersagt, es zu betreten."

Wie sie erkennen konnte, trug der Mann Abendkleidung und war sicher einer der Gäste. Immer noch lag sein Blick ruhig auf ihr. Es machte sie nervös, so ungeniert von ihm gemustert zu werden. Trotzdem hielt sie seinem Blick stand und musterte ihn ebenfalls.

Er hatte blondes welliges Haar, wie sie im Halbdunkeln erkennen konnte. Ein paar Strähnen fielen ihm in die Stirn und ließen ihn draufgängerisch wirken. Seine Augen waren dunkel und der Gesichtsausdruck war ernst und angespannt. Lediglich ein belustigtes Zucken um seine Mundwinkel ließ erahnen, dass er sich einen Spaß mit ihr erlaubte.

Sie zog die Luft ein. „Würden Sie so freundlich sein und es unterlassen, mich so anzustarren?"

Er trat noch einen Schritt auf sie zu, sodass sie die Wärme seines Körpers spüren konnte. Der geringe Abstand zwischen ihnen war mehr als unschicklich und Helen trat unsicher einen Schritt zurück.

Der Mann grinste nun siegessicher. Dann sagte er: „Ist es nicht ein wenig unziemlich, als Dame hier allein herumzuschleichen? Außerdem dürfte es Ihnen ebenfalls untersagt sein, das Arbeitszimmer des Hausherrn zu betreten. Noch dazu in Anwesenheit eines Ihnen fremden Mannes."

Helen hoffte, dass er in der Dunkelheit nicht sah, wie sie errötete. Sie straffte die Schultern und antwortete:

„Ich wusste zunächst nicht, dass es sich um das Arbeitszimmer handelte. Denn normalerweise dürfte es verschlossen sein."

Nach kurzem Zögern fügte sie kühn hinzu. „Aber vielleicht haben Sie die Tür ja aufgebrochen und ich sollte dem Viscount D'Amboise berichten, dass ein unbekannter Herr in seinen Räumlichkeiten herumschnüffelt."

Sie biss sich auf die Lippe. Woher kam das denn jetzt? Ihr Mund war mal wieder schneller als ihr Verstand. Sie konnte doch nicht so mit einem Mann reden. Noch dazu einem Fremden. Sie wusste ja nicht einmal, wer er war.

Sie sah das Aufblitzen in den Augen des Unbekannten. Er war ihr nun so nah, dass sie jeden Zentimeter seines Gesichtes erkennen konnte. Ihr wurde warm und ihr Herz pochte schneller. Er war überaus attraktiv, stellte Helen fest.

„Wie alt sind Sie?"

„Ich bin achtzehn."

Wieso hatte sie ihm das verraten?

„Ein Grünschnabel also."

Helen vernahm den leicht verärgerten Unterton in der Stimme des Mannes, als er fortfuhr. „Was glauben Sie, würde der Viscount darüber denken, wenn er wüsste, dass Sie sich zusammen mit einem Ihnen fremden Mann alleine in seinem Arbeitszimmer aufhalten? Und das nun schon mehr als drei Minuten. Und ich kann Ihnen versichern, es kann viel passieren in drei Minuten. Es wäre ein Leichtes für mich, Sie jetzt zu kompromittieren. Ich müsste einfach nur eine Locke aus Ihrer Frisur lösen oder", sein Blick glitt zu ihrem an diesem Abend sehr freizügigen Dekolleté, „nun, das würde vielleicht zu weit gehen."

Helen konnte nicht vermeiden, dass ihr die Hitze ins Gesicht schoss, nachdem der Mann so ungeniert ihren halbbedeckten Busen betrachtet hatte. Sie sollte sich jetzt wieder in den Ballsaal begeben, bevor die Situation ihrer Kontrolle entglitt.

Sie ging zwei Schritte zurück in Richtung Tür, hob ihm dann jedoch kühn das Kinn entgegen. „Das würden Sie sowieso nicht wagen. Dann würden Sie riskieren, mich heiraten zu müssen. Ganz zu schweigen von dem Skandal, den es mit sich bringen würde."

„Fordern Sie mich nicht heraus." Er wirkte amüsiert.

Plötzlich hörten beide Stimmen vom Gang her.

„... nicht hier, William, nimm die Finger weg, warte, bis wir in der Bibliothek sind."

Helens neue Bekanntschaft war mit zwei großen Schritten an der Tür und schloss diese. Kurz darauf spürte sie seine warme starke Hand um ihr Handgelenk, als er sie mit sich hinter einen großen Schrank zog.

„Lassen Sie mich sofort los!"

Aus einem Impuls heraus trat sie ihm auf seinen Fuß, sodass er erschrocken ihr Handgelenk losließ.

„Was soll denn das? Seien Sie still, Sie Närrin. Oder wollen Sie uns beide ins Unglück stürzen?", fuhr der Mann sie an.

Eine Weile standen sie still nebeneinander mit dem Rücken an die Wand gelehnt und lauschten. Ein Paar hatte sich anscheinend zu einem heimlichen Rendezvous verabredet. Helen rollte genervt mit den Augen. Ausgerechnet hier und jetzt.

„Ich glaube, die beiden sind weg. Sie sollten sich jetzt wieder in den Ballsaal begeben, Miss", raunte er ihr zu, während er sich von der Wand abstieß.

Helen stutzte. „Sie sind kein Engländer. Sie sind Franzose."

Er schnaufte. „Wie kommen Sie darauf?"

„Oh, Sie versuchen sicher angestrengt, Ihren Akzent zu verbergen. Aber eben haben Sie es für einen Augenblick vergessen."

Er lächelte leicht. „Soso, das müssen Sie mir etwas genauer erklären. Aber nicht jetzt." Er fasste sie wieder am Handgelenk und zog sie von der Wand weg. Dann ging er mit ihr zur Tür, öffnete sie einen Spalt und schaute hindurch.

Leise und bestimmt sagte er dann: „Gehen Sie jetzt."

„Und was ist mit Ihnen?"

Er schob sie durch die Tür hinaus in den Gang.

„Sie stellen zu viele Fragen. Gehen Sie jetzt. Oder ich überlege mir das mit dem Kompromittieren noch einmal." Sein Ton ließ keinen Widerspruch zu, aber sein Blick auf ihr Dekolleté war zutiefst anstößig.

Helen war empört und wollte gerade etwas erwidern, als er einfach die Tür vor ihrer Nase schloss.

„Also ..." Entrüstet schaute sie auf die verschlossene Tür. Sie war sprachlos und wütend zugleich. Was denkt sich dieser unverschämte Mann? Er hatte was zu verbergen. War sie etwa einem Dieb auf die Schliche gekommen? Sollte sie jemanden darüber informieren? Aber wie sollte sie dann erklären, was sie mit ihm alleine hier gemacht hatte? Sie hatte genug eigene Probleme, was scherte es sie, dass dieser Franzose hier herumschnüffelte? Wahrscheinlich war er sowieso bloß ein Bekannter des Viscounts und hatte sich einen Spaß mit ihr erlaubt. Also entschied sie, zurück zum Ballsaal zu gehen.

Nachdem John sicher gewesen war, dass die junge Dame zurück in den Ballsaal gegangen war und auch niemand nach ihm schickte, widmete er sich wieder seinem eigentlichen Vorhaben. Es war ärgerlich, dass sie ihn beim Herumschnüffeln erwischt hatte, und er hoffte, sie würde ihm keine Schwierigkeiten bereiten. Sie war so plötzlich aufgetaucht, dass er sich nicht rechtzeitig hatte verstecken können. John würde ein paar Nachforschungen über sie anstellen, um herauszufinden, wer sie war. Sei deinem Feind, so sie denn einer war, immer einen Schritt voraus.

Johns Nachforschungen hatten ergeben, dass ein gewisser Viscount D'Amboise ein Stadthaus in bester Mayfair-Lage gekauft hatte. Er war dem Hauskauf auf den Grund gegangen und war zufrieden, so schnell eine Spur gefunden zu haben. Denn der frühere Hausbesitzer war niemand anderes als der neue Minister von König Charles X., Jules de Polignac. Er schaute sich in dem Zimmer um, ging dann zum Sekretär und versuchte, die Schubladen zu öffnen.

„Na so was, verschlossene Schubladen, mein lieber Viscount, Du vertraust also niemandem", murmelte er.

Geschickt öffnete er die neiden oberen der drei Schubladen mit einer kleinen spitzen Feile, die er immer bei sich trug. Er fand nichts Verdächtiges, außer vielleicht die Fährpassage von Dover nach Calais ohne eingetragenes Reisedatum. Vielleicht, um jederzeit fliehen zu können? Als John die letzte Schublade öffnete, bemerkte er einen Widerstand, der sich beim Tasten als ein Notizbuch entpuppte. Er rüttelte ein wenig und zog das Buch heraus.

John konnte kaum glauben, was er sah. In dem Notizbuch waren mehrere Namen von französischen liberalen Abgeordneten der zweiten

Parlamentskammer aufgelistet. Dahinter war jeweils eine große Summe Geldes vermerkt. Der Viscount D'Amboise hatte also versucht, die Wahlen vor zwei Jahren durch Bestechung zu manipulieren, denn die Einträge waren älteren Datums und die Abgeordneten nicht mehr Mitglied der Parlamentskammer. Sein Versuch war gescheitert, denn die zweite Kammer des französischen Parlaments war mehrheitlich von der liberalen Opposition besetzt. Aber in vier Wochen standen wieder Neuwahlen an. Das ließ vermuten, Polignac habe Viscount D'Amboise beauftragt, die Wahlen erneut durch Bestechung zu beeinflussen. Und es war zu vermuten, dass er sogar vor Mord nicht zurückschreckte. Denn das Attentat auf den Herzog, der als Hauptsponsor der Liberalen galt, musste er ebenfalls veranlasst haben. John blätterte bis zur letzten beschriebenen Seite. „H.H. tausend Pfund", die Summe und die Anfangsbuchstaben stimmten. Es musste sich um die Zahlung an Henry Heatherford handeln. Er packte das Buch wieder an seinen Platz zurück. Es war an der Zeit, La Fayette aufzusuchen. Doch zunächst musste er sicher sein, dass die junge Dame nicht ebenfalls eine Spionin war oder sogar auf ihn angesetzt worden war.

Wenig später stand John im Ballsaal an einer der Säulen gelehnt und ließ seinen Blick unauffällig über die Menge schweifen. In der Londoner Oberschicht war er kaum bekannt, weil er die meiste Zeit seines Lebens bei seiner französischen Großmutter Josephine gelebt hatte. Daher war es einfach für ihn, sich ungestört durch solche Festlichkeiten zu bewegen. Lediglich dank seines Vaters, dem in London lebenden Earl of Granville, kam er an die diversen Einladungen. Dabei fiel ihm ein, dass er noch heute Abend mit seinem Vater sprechen musste. Seit er London erreicht hatte, war er einer Spur nach der anderen gefolgt und hatte kaum ein Wort mit ihm gewechselt. Er konnte ihm nicht länger aus dem Weg gehen. Auch nach all den Jahren stand der Tod Anthonys immer noch zwischen ihnen. John konnte seinem Vater nie ganz verzeihen, dass er tatenlos zugesehen hatte, wie man seinen Bruder hinrichten ließ. Eine leise Stimme in ihm sagte jedoch, dass auch sein Vater nichts hätte tun können, genauso wenig wie La Fayette. Anthony war im Kampf für seine

Überzeugungen gestorben und nun begab sich John in die gleiche Gefahr. George Langdon hatte irgendwann aufgegeben, seinen Sohn anzuflehen, zu ihm nach England zu kommen. Weg von all den Erinnerungen an Anthony. Aber John wollte dem Grab seines Bruders nah sein und als er sich später den Charbonnerie angeschlossen hatte, war an ein Leben in England nicht mehr zu denken gewesen.

Johns Blick blieb an der jungen Frau hängen, mit der er vorhin ungewollt zusammengestoßen war. Sie stand auf der anderen Seite des Ballsaals an der Seite einer Frau, die vom Alter und der Ähnlichkeit her wahrscheinlich ihre Mutter war, und nippte an einem Glas Limonade. Ihre Haare waren kastanienbraun, das hatte er in der Dunkelheit zuvor nicht genau ausmachen können. Sie schimmerten leicht rötlich im Schein des Lichtes. Ihr zartes Musselinkleid schmiegte sich graziös um ihre weiblichen Rundungen. Und sie hatte für ihr zartes Alter wirklich sehr frauliche Rundungen, stellte John anerkennend fest, als sein Blick wieder an ihrem sagenhaften Dekolleté hängenblieb. Die wachen übergroßen Augen stachen aus ihrem Gesicht hervor. Man konnte sie mit Recht als sehr hübsch bezeichnen. Ihre Haut war rosig und nicht bleich wie die der meisten englischen Ladys und ihre kleine Stupsnase gab ihr einen kecken Gesichtsausdruck. Nein, sie wirkte nicht wie eine dieser heiratswütigen Debütantinnen, von denen John schon gehört hatte und von denen er sich fernhielt. Bei ihrer beider Zusammentreffen hatte sie ziemlich kühn gewirkt. Doch jetzt kam sie ihm fast ein wenig unglücklich vor. Er musste lächeln, als sie eine Augenbraue hochzog, als sich ihre Blicke trafen. Als er ihr zuzwinkerte, schaute sie pikiert weg. John hatte noch nie in seinem Leben eine Frau getroffen, deren bloßer Anblick ihn dermaßen faszinierte. Ihm erschienen die meisten adligen Damen steif und fade. Mit dem Gehabe, das man ihnen anerzogen hatte, langweilten sie ihn. Seine Treffen mit Frauen beschränkten sich weitestgehend auf das körperliche Beisammensein. Feste Beziehungen vermisste er nicht, denn er liebte seine Freiheit.

Er stieß sich von der Säule ab, an der er gelehnt hatte, und begab sich zu einer Gruppe englischer Damen, die bereits über das heiratsfähige Alter hinaus waren. Sie unterhielten sich aufgeregt über etwas. Er blieb vor den Damen stehen und verbeugte sich charmant.

„Verzeihung, meine Ladys, das ich Ihre tiefgreifende Unterhaltung störe." Die Damen drehten sich zu ihm und bedachten ihn mit abschätzenden Blicken.

Er verbeugte sich tief. „Lord John Phillipe Langdon, der Sohn des Earl of Granville. Bitte, Sie müssen mir helfen, werte Damen."

Er agierte mit so einem Charme, dass die Ladys nicht anders konnten, als ihn anzuschmachten. Eine Dame in einem mitternachtsblauen Kleid, aschblondem Haar und einem besonders interessierten Blick trat näher zu ihm.

„Womit können wir Ihnen helfen, Lord Langdon?" Sie reichte ihm ihre Hand, die John mit einem süffisanten Lächeln küsste. Er wusste, dass es schon nicht mehr schicklich war, wie lange er ihre Hand hielt. Die Dame begann sich daraufhin mit ihrem Fächer Luft zuzufächeln. John spürte, wie seine Nähe die Dame vor ihm nervös machte. Sie reagierte auf seine männliche Präsenz, die er gekonnt einzusetzen wusste. Besonders bei verbitterten oder verschmähten Ehefrauen.

„Sehen Sie die junge Dame dort drüben mit den dunklen Haaren und dem cremefarbenen Kleid?"

Die Lady folgte seinem Blick und nickte.

„Ich muss wissen, wer sie ist, denn ich habe mich unsterblich in dieses bezaubernde Geschöpf verliebt."

Ein freudiges Raunen kam von den anderen Damen. Der Lady in mitternachtsblau sah man ihre Enttäuschung jedoch an.

„Der junge Lord hat sich verliebt. Ach, wie schön es doch ist, jung zu sein."

„Lady Fairchild, Sie müssen dem jungen Mann helfen."

Die Dame blickte nun konzentriert zu der jungen Frau hinüber. „Das, werter Lord Langdon, ist Helen Beaufort, Tochter des Earl of Devonshire. Soweit ich weiß, ist sie noch unverheiratet."

John überlegte scharf, ob er den Namen Devonshire schon einmal gehört hatte, konnte sich aber nicht erinnern. Er würde seinen Vater danach befragen.

„Lady Fairchild, ich weiß nicht, wie ich Ihnen jemals dafür danken kann."

Er hielt ihr auffordernd seine Hand hin und die Dame reichte ihm ihre erneut. Galant hauchte er einen zarten Kuss darauf und zwinkerte ihr dabei zu. Er bemerkte zufrieden, wie sich der Atem der

Dame beschleunigte. Sein Charme hatte seine Wirkung noch nie verfehlt.

Als er an diesem Abend nach Hause kam und Gehstock und Zylinder dem Butler übergab, erblickte er seinen Vater am Fuße der Treppe.

„John, endlich bekomme ich dich mal zu Gesicht. Ich habe nicht gewagt, mich heute zu früh ins Bett zu begeben. Wo treibst Du dich herum, mein Junge?"

Der Vater kam auf ihn zu. Sein Gesicht war in den letzten Jahren faltig und grau geworden. Sein dunkles Haar war von weißen Strähnen durchzogen und seine Augen schauten müde aus. Schlechtes Gewissen rührte sich bei John. Seit drei Tagen schlief er nun schon unter dem gleichen Dach, hatte es jedoch vermieden, zu den Mahlzeiten des alten Herren anwesend zu sein. Er wusste, dass er seinen Vater ignorierte. Zu lange hatte John ihn allein gelassen. Seit dem Sommer vor zwei Jahren war er nicht mehr in England gewesen, um den alten Herrn zu besuchen. Es war fast zu einer Gewohnheit geworden, ihn nicht um sich zu haben.

„Komm, mein Junge, lass uns eine Flasche guten französischen Bordeaux in der Bibliothek vor dem Kamin genießen. Auch wenn ich nicht mehr nach Frankreich reise, so kann ich mich trotzdem nicht ganz lossagen von den köstlichen französischen Weinen."

„Für einen guten Wein bin ich immer zu haben, Vater."

John ging voraus und holte eine Flasche roten Bordeaux und zwei Gläser aus dem Weinschrank. Er hatte die alte Bibliothek von Granville-House immer geliebt. Sie hatte einen Hauch Nostalgisches mit den Bildern seiner Vorfahren und dem Geruch alter Bücher und brennendem Feuer.

Sein Vater saß bereits in einem der großen, mit grünem Samtstoff bezogenen Sessel, die vor dem brennenden Kamin standen. John hielt ihm ein Glas hin, schenkte ein und tat das Gleiche für sich, bevor er sich in den danebenstehenden Sessel setzte. Eine Weile schwiegen sie und genossen den Wein.

„Wie geht es Großmutter? Warum hast Du sie nicht mitgebracht?"

„Es geht ihr gut. Aber es wäre zu anstrengend gewesen, für die kurze Zeit eine so lange Reise auf sich zu nehmen. Ich werde nur ein paar Wochen bleiben, Vater."

John sah die Enttäuschung in seinen Augen. Das war natürlich eine Lüge, Josephine hätte keine Mühe gescheut, um ihn nach London zu begleiten. Aber er war nun mal nicht zum Vergnügen in hier.

„Nur ein paar Wochen? Warum? Was ist so wichtig in Frankreich, dass Du nicht mal ein halbes Jahr bei deinem Vater leben kannst? Ich könnte ein wenig Hilfe mit der Verwaltung der Grundstücke und Ländereien gebrauchen. Du wirst das alles irgendwann einmal erben, John. Es ist an der Zeit, dich in alles einzuführen, denn ich werde nicht jünger."

John verabscheute solche Gespräche. Er hatte keine Lust, irgendwann nur hinter einem Schreibtisch zu sitzen, um seinem englischen Titel als Earl gerecht zu werden. Aber er wollte den Vater auch nicht enttäuschen. Also tat er das, was er immer tat. Ihn hinhalten.

„Ich werde im Sommer für längere Zeit zu dir kommen. Dann können wir damit beginnen. Ich werde Großmutter bitten, mich zu begleiten."

Sein Vater lächelte zufrieden. „Das freut mich zu hören. Es ist lange her, dass wir drei den Sommer gemeinsam verbracht haben."

Er schwenkte sein Glas ein wenig, bevor er den nächsten Schluck nahm.

„Du weichst meiner Frage aus, John. Was ist so wichtig, dass Du nach England gekommen bist? Denn eines ist sicher, Du bist nicht hier, um deinen alten Vater zu besuchen."

Verdammt, er hätte in einem Gasthaus übernachten sollen, das hätte ihm diese Unterredung erspart.

„Ich weiche deiner Frage ebenso aus wie Du meiner, die ich dir schon seit Jahren stelle: Wann kommst Du endlich wieder nach Frankreich zurück? Es ist das Land deiner Kindheit, genauso wie England. Deine Mutter lebt dort und deine große Liebe liegt dort begraben. Und auch dein Sohn Anthony."

„Ich kann nicht in das Land zurückkehren, das mir meinen Sohn auf so brutale Weise genommen hat. Es gibt kaum eine Nacht, in der ich nicht die Bilder dieses Tages vor meinem geistigen Auge sehe. Aber ich wollte stark sein für Anthony in diesem Augenblick. Ich wollte ihm Trost und Mut spenden in den letzten Sekunden seines jungen Lebens. Dein Bruder war sehr gefasst, nicht eine Gefühlsregung hat er sich anmerken lassen. Ich weiß, dass Du erwartet hast, ich würde auf das Schafott springen und ihn von dort herunterzerren, aber es hätte seine psychischen Qualen nur verlängert. Denn dem Tod wäre er nicht entkommen."

John schwieg eine Weile.

„Ich weiß. Es tut mir leid, Vater, dass ich dir all die Jahre vorgeworfen haben, nicht genug getan zu haben, um Anthony vor der Guillotine zu retten. Aus heutiger Sicht weiß ich, dass Du alles getan hast, was in deiner Macht stand. Anthony hätte einfach nicht die Wohnung verlassen dürfen. Er war unvorsichtig geworden nach dem wochenlangen Herumsitzen."

„Ich hätte ihn nach England bringen sollen, aber mir war das Risiko zu groß, man würde uns auf der Flucht entdecken. Denn der König scheute damals keine Mühe, nach den Rebellen zu suchen."

„Komm mit mir zurück nach Paris, Vater. Wie können gemeinsam Mutters und Anthonys Grab besuchen."

Sein Vater stieß die Luft aus. „Ach, mein Junge, ich weiß es nicht. Lass mich darüber nachdenken." Und wie immer wechselte er das Thema.

„Erzähl mir ein wenig von deinem Leben und von Paris, erzähl mir die Dinge, die nicht in der Zeitung stehen."

John lächelte und berichtete von den neuen Fabriken, die überall aus dem Boden schossen und für reichlich Gestank und die Verschmutzung der Seine verantwortlich waren. Er beschrieb die neue Allee am *Grand Boulevard* mit den vielen Cafés und erläuterte die neuesten politischen Entwicklungen, bis er merkte, dass seinem Vater die Augenlider schwer wurden und der Flascheninhalt sich dem Ende näherte.

„Ich glaube, es ist an der Zeit, ins Bett zu gehen, alter Mann."

Der Vater lachte müde. „Werde Du erstmal so alt wie ich."

„Du bist gerade mal sechzig, Vater. Großmutter ist neunundsiebzig und geht von uns allen als Letzte zu Bett."

„Sie ist schon immer anders gewesen als andere Frauen."

Als er das sagte, fiel John wieder ein, was er seinen Vater fragen wollte.

„Ach übrigens, kennst Du den Earl of Devonshire?"

„Devonshire? Lord Albert Beaufort. Ja, von ihm habe ich gehört. Warum fragst Du?"

„Nur so, ich bin neugierig."

„Er hat eine Tochter, wie ich weiß. Bist Du interessiert? Ist das der Grund, weshalb Du in London bist?"

John bereute sofort, seinen Vater gefragt zu haben.

„Nein, Vater. Weiß Gott nicht. Ich habe kein Interesse zu heiraten. So lange Du dich bester Gesundheit erfreust, wird es auch nicht notwendig sein, die Erbfolge mit einer Ehefrau und einem Kind zu sichern."

„Wer redet denn von Erbfolge und Kindern, das klingt alles so geschäftlich. Was, wenn Du eine Frau findest, die Du nicht mehr aus deinem Kopf bekommst? Der Du komplett verfällst? Mit der richtigen Frau an deiner Seite wirst Du dich als Mann erst richtig komplett fühlen. Mir erging es jedenfalls so mit deiner Mutter."

„Ja, und dann hast Du sie verloren und bist seitdem ein gebrochener Mann. Geheiratet hast Du auch nie wieder. Dann vergnüge ich mich lieber hin und wieder mit einer Dame und halte mein Herz verschlossen."

Johns Vater lachte schallend. „Ganz so einfach funktioniert es nicht, mein Sohn. Wenn es dich erwischt, bist Du machtlos dagegen. Also sag schon, John Philippe, wie ist sie, die Tochter des Earls von Devonshire?"

„Lass das, es geht mir nicht um die Tochter. Ich wollte mehr über ihren Vater wissen."

„Der Earl ist ein rücksichtsloser Geschäftsmann. Er hat es weit gebracht mit seinen Investitionen ins Stahlgeschäft. Stahl bedeutet viel für den Ausbau des Eisenbahnnetzwerkes und die fortschreitende Modernisierung in England. Stahl ist die Zukunft."

„Verstehe. Nun gut, ich werde mich jetzt zu Bett begeben. Es war ein langer Tag. Gute Nacht, Vater."

„Gute Nacht, John. Aber ich glaube trotzdem, es ist die Tochter, an der Du interessiert bist."

London, März 1830, Gasthaus

John und der Marquis saßen in einem noblen Gasthaus, in dem La Fayette immer wohnte, wenn er in London war.

„Ist es nicht sicherer für den Herzog, erst einmal in London zu bleiben und seine Reise nach Frankreich zu verschieben?"

„Nein, Langdon, er will nach Frankreich zurück zu seinem Schloss südlich von Paris", flüsterte La Fayette.

„Wie geht es dem Herzog und seiner Frau?"

„Sie stehen noch immer unter Schock. Der Herzog fürchtet um das Wohl seiner Familie. Es ist noch nicht lange her, da wurde die Herzogin Ziel eines feigen Anschlags in der Schweiz. Dem Himmel sei Dank, dass ihr nichts passiert ist."

„So, was ist geschehen?"

„Ein maskierter Mann hatte die Herzogin mit einem spitzen Sporn attackiert und ihr dabei die Kleider zerrissen. Sie war zu Tode erschrocken, weil der Mann sie fast aufgespießt hätte."

„Könnte es sein, dass Henry Heatherford diesen Anschlag ebenfalls begangen hat?"

„Schon möglich, bei der Summe wurde sicher erwartet, dass er seinen Auftrag erfolgreich umsetzt."

„Sie werden also morgen mit dem Herzog nach Frankreich aufbrechen?"

„Ja, das werden wir. Aber Sie bleiben vorläufig in England, Langdon. Sie reisen erst, wenn D'Amboise England verlässt. Ich bin mir sicher, er wird zu den Wahlen wieder in Frankreich sein wollen."

„Werden Sie dem Herzog über Polignac und D'Amboise berichten?"

„Nein, ich werde ihn nicht verschrecken. Wir können nicht riskieren, dass er sich aus Angst um seine Familie vollständig vom Wahlkampf zurückzieht."

„Da haben Sie recht. Ich denke, Ihr liberaler Freund wäre ein guter Nachfolger von Charles X., sollten wir den Bourbonen irgendwann stürzen, Marquis. Denn es sollte kein machthungriger Bonaparte sein. Frankreich braucht endlich einen König, der zusammen mit seinem Volk regiert."

„Langdon, alles braucht seine Zeit. Ich verrate Ihnen etwas: Ich bemühe mich bereits seit einem Jahr um den Herzog. Doch er ist vorsichtig. Er floh damals, nach der Revolution, genau wie viele andere Adelsgeschlechter, ins Exil, und kehrte erst 21 Jahre später wieder nach Frankreich zurück. Er wurde von Charles X. Vorgänger, seinem Bruder Ludwig XVIII., damals herzlich empfangen, sein militärischer Rang wurde ihm wieder zuerkannt und seine umfangreichen Besitzungen des Hauses Orléans wurden ihm durch königliche Order wiedergegeben. Er steht also in der Schuld der Bourbonen. Zumal er mit ihnen über eine Nebenlinie verwandt ist. Jedoch hat man ihn nun, aufgrund seiner Sympathie mit der liberalen Opposition, unter Verdacht, gegen Charles X. zu intrigieren. Deshalb hat er sich für eine Weile ins Ausland zurückgezogen. Aber nun hat er sich entschieden, wieder nach Frankreich zurückzukehren, ein gutes Zeichen. Der Wind steht richtig, Langdon. Und Polignac spielt uns die Revolution in die Hände. Er und sein Kabinett regieren konsequent am Unterhaus vorbei und es herrscht eine politisch explosive Stimmung in Paris. Nicht nur die Liberalen, sondern auch die Jakobiner, die Republikaner und der Pöbel beginnen sich politisch wieder zu aktivieren. Nicht mehr lange werden sie sich den Terror der Bourbonen gefallen lassen."

„Ich werde nicht eher ruhen, bis sie aus Frankreich vertrieben worden sind. Das schwöre ich beim Grab meines Bruders."

„Das zu erreichen ist unser Ziel, Langdon. Wir sehen uns also in Frankreich wieder."

London, März 1830, Devonshire-House

Am nächsten Morgen saß Helen im Besuchersalon zusammen mit ihrer Mutter über einer langweiligen Stickarbeit. Sie erwarteten jeden Augenblick den Besuch von Lord Ashley.

„Und dass Du mir ja nichts Unvernünftiges von dir gibst. Halt deinen vorlauten Mund im Zaum und blamier uns nicht, Helen. So eine gute Partie wie den Earl wirst Du nicht noch einmal bekommen."

„Wieso denkst Du das, Mutter? Es gibt doch weitaus reichere Earls auf dem Heiratsmarkt als ihn, und vor allem jüngere. Warum ausgerechnet ihn?"

Ihre Mutter hob die linke Augenbraue. „Wärest Du im letzten Jahr nicht so wählerisch gewesen, dann wärest Du jetzt mit dem jungen Lord Chamberlain verheiratet."

Helen lachte bitter. „Lord Chamberlain war nur hinter meiner Mitgift her."

„O Helen, Du scheinst nicht begriffen zu haben, dass es beim Heiraten immer nur um Geld und Rang geht. Du hast doch nicht etwa auf eine Liebesheirat gehofft?"

Das ist interessant, dachte Helen.

„Die Heirat zwischen dir und Vater war also auch nur eine geschäftliche Vereinbarung?"

„Selbstverständlich. Und wir führen genau aus diesem Grund eine hervorragende Ehe."
Helen verzog entrüstet das Gesicht. Stimmte etwas mit ihr nicht oder mit ihrer Mutter?

„Ich habe zumindest darauf gehofft, dass man sich sympathisch findet. Es muss ja nicht gleich Liebe sein."

„Lady Beaufort, der Earl of Wessex." Das junge Dienstmädchen machte der mächtigen Gestalt des Lords Platz und dieser betrat zugleich den Salon.

„Lord Ashley, Earl, wie schön, dass Sie gekommen sind. Helen hat den ganzen Vormittag von niemand anderem gesprochen als von Ihnen."

Helen versuchte zu lächeln und erhob sich, machte ihren Knicks und reichte Lord Ashley ihre Hand zur Begrüßung.

„Lord Ashley, wie geht es Ihnen?"

„Jetzt, wo ich Sie erblicke, geht es mir ausgezeichnet. Sie sehen einfach bezaubernd aus, Miss Beaufort."

„Nehmen Sie Platz, Mylord", hörte sie ihre Mutter sagen.

Helen nahm ihre Stickerei und setzte sich wieder auf das braungemusterte Sofa. Mit Unbehagen stellte sie fest, dass sich der Earl neben sie setzte und nicht ihre Mutter.

Er atmete schwer und als sie zu ihm schaute, sah sie Schweißperlen auf seiner Stirn. Sein blauer Samtanzug und die hellen engen Hosen, in die er sich gepresst hatte, waren unvorteilhaft genauso wie sein graues Haar, das mit Pomade aufgetürmt war. Helen versuchte angestrengt, sich auf das Stickmuster vor ihr zu konzentrieren.

„Auf meinen morgendlichen Ausritt habe ich viel an Sie gedacht, Miss Beaufort. Eigentlich denke ich die ganze Zeit an Sie."

Ach wirklich? Wie furchtbar. Was sollte sie nur darauf erwidern?

„Das ehrt mich sehr, Mylord."

Lady Caroline erhob sich nach einer Weile. „Ich werde dem Hausmädchen mitteilen, dass der Tee serviert werden kann."

Als ihre Mutter den Salon verlassen hatte, ergriff der Earl plötzlich ihre Hand und legte sie auf seine Brust. Entsetzt starrte Helen den Mann neben sich an.

„Hören Sie, wie mein Herz schlägt, wenn ich in Ihrer Nähe bin, Miss Beaufort?"

„Bitte, Mylord, das gehört sich nicht." Sie entzog ihm eilig ihre Hand.

„Wir werden bald verheiratet sein. Dann werden Sie mich nicht mehr abweisen können", sagte er verstimmt.

Als er sich wieder gefangen hatte, lächelte er sie an. „Bitte gewähren Sie mir einen kleinen Vorgeschmack auf Ihre süßen Lippen, Miss Beaufort."

Helen geriet in Panik, als der Earl immer dichter zu ihr rückte. Wo war bloß ihre Mutter?

„Bitte, Mylord, es ziemt sich nicht, mir so nahezukommen. Wir sind noch nicht verheiratet."

Helen wollte aufspringen, doch der Earl packte sie grob am Arm und zog sie zu sich.

„Nun zieren Sie sich nicht so, Miss Beaufort."

Kurz darauf spürte sie seine feuchten Lippen auf ihren Mund. Helen erstarrte zunächst, fing sich jedoch gleich wieder. Energisch befreite sie sich aus seinem Griff, sprang auf und rannte zur Tür hinaus, in den Ohren sein leises diabolisches Lachen.

„Helen? Komm sofort zurück."

„Mir geht es nicht gut, Mutter, würdest Du mich bitte bei Lord Ashley entschuldigen?"

Ohne eine Antwort abzuwarten, lief sie davon. Sie wusste, das würde ein Nachspiel haben.

Kapitel 3 - Miss Campbell

London, April 1830, Devonshire-House

Regentropfen prasselten an diesem Morgen an das Fenster der Bibliothek. Helen saß in einem Sessel, der direkt am Fenster stand, und kaute vor sich hinstarrend auf ihrer Unterlippe. Eine Angestellte hatte ihr gerade den Tee serviert, den sie bestellt hatte. Sie hätte ihn sich lieber selbst zubereitet, aber es entsprach nicht den Regeln des guten Anstandes. Eine Lady machte sich nicht ihren Tee selbst. Sie lachte verbittert auf. Wer hatte nur all diese unsinnigen Regeln erfunden? Sie schaute in die Wolken, die genauso trist und grau waren wie ihre

Gedanken. Wie nur konnte sie der Heirat mit Robert Ashley entkommen? In weniger als zwei Wochen würde man ihre Verlobung bekannt geben und es würde in allen Zeitungen stehen. Seitdem grübelte Helen jeden Tag, wie sie ihrer ausweglosen Situation entkommen konnte. Nachdem der Earl versucht hatte, sich ihr in ungebührlicher Weise aufzudrängen, stand der Entschluss fest, sie würde diesen Mann niemals heiraten. Noch immer hatte sie Albträume von seinem Übergriff.

Sie war zu der Entscheidung gekommen, dass nur eine Flucht aus ihrem Elternhaus sie vor der Heirat retten konnte. Sie würde sich so lange verstecken müssen, bis Robert Ashley keine Gefahr mehr für sie darstellte. Es gab nur leider einige schwerwiegende Faktoren, die ihrer Flucht im Weg standen, für die sie bisher keine Lösung gefunden hatte. Zum einen das liebe Geld. Selbst wenn sie eine Arbeit finden sollte, so benötigte sie etwas Reisegeld, um aus London wegzukommen. Und zum anderen waren es Dokumente, die sie brauchte, um sich auszuweisen, und eine Anstellung annehmen zu können. Dokumente mit einer neuen Identität bekam sie allerdings nicht auf legalem Weg.

Genervt drehte sie sich in ihrem Sessel herum und schaute auf die gegenüberliegende Wand, an der ein Porträt ihrer Großmutter Elizabeth hing. Es war ein Bild, das sie in jungen Tagen zeigte. Helen hatte sie nie kennengelernt, denn sie war früh gestorben. Beim näheren Betrachten musste sie überrascht feststellen, wie viel Ähnlichkeit sie mit der Frau auf dem Gemälde besaß. Es war ihr nie zuvor aufgefallen. Doch nun, da sie im ungefähr gleichen Alter sein musste, war die Ähnlichkeit, die sie mir ihr hatte, verblüffend. Die gleichen dunklen Locken, die kleine, geschwungene Nase und die grünen Augen.

Helen erhob sich und ging zu dem Bild, um es aus der Nähe zu betrachten. Darunter hing **ein kleines Schild aus Messing**, in dem graviert stand: „Zum 1. Hochzeitstag für meine geliebte Elizabeth Helen Campbell." Ihre Großmutter hieß Helen mit zweitem Vornamen? Warum hatte ihre Mutter ihr nie erzählt, dass sie sie nach ihrer Mutter benannt hatte? Wie typisch für ihre Familie, in der immer alles geheim gehalten wurde. In jedem Fall vor ihr. Fragen wurden nicht beantwortet, es sei denn, es ging um die Farbe ihrer Kleider oder wie viele Mahlzeiten sie vor einem Ball einnehmen durfte.

Helen setzte sich wieder auf ihren Sessel und trank ihren Tee.

„Helen Campbell", murmelte sie vor sich hin. Ein schöner Name, dachte sie.

„Aber dafür gehen Sie ins Gefängnis, Miss Helen."

„Und wenn schon, lieber ins Gefängnis, als diesen Mann zu heiraten. Nun gib schon her."

Sie riss Cecilie den Zettel aus der Hand, auf dem die Adresse eines Urkundenfälschers stand. Ihre Zofe, die sonst sehr selbstbewusst wirkte, schaute verängstigt drein.

„Sean Blackwater, Whitechapel? Ich gehe davon aus, das ist nicht sein richtiger Name. Whitechapel ist allerdings ein Problem."

„Ich sagte Ihnen doch, Miss Helen, es ist viel zu gefährlich."

Sie zerknüllte den Zettel mit der Adresse und warf ihn in das knisternde Feuer, das man gerade in ihrem Zimmer neu entzündet hatte.

„Messer, ich werde mir ein Messer aus der

Küche stehlen. Zu meinem Schutz."

Cecilie lachte.

„Entschuldigen Sie, Miss Helen, wenn ich das jetzt sage, aber entweder sind Sie wirklich sehr mutig oder Sie sind weitaus naiver, als ich angenommen hatte."

Helen sah sie aus zusammengekniffenen Augen an. „Vielleicht bin ich beides. Das eine schließt doch das andere nicht aus."

Cecilie stieß gepresst die Luft aus. „Also schön, ich werde für Sie dort hingehen und ich werde zwei Bekannte zu meinem Schutz mitnehmen. Whitechapel ist kein Platz für eine junge Adlige. Die Menschen dort sind verbittert und hassen die Aristokraten. Ihnen sieht man Ihr blaues Blut schon von weitem an."

„Das würdest Du für mich tun? Das kann ich nicht von dir verlangen. Es könnte dir was passieren und alles wäre meine Schuld."

„Keine Sorge, den beiden Männern, die mich begleiten werden, wird sich niemand freiwillig in den Weg stellen."

„O Cecilie, ich weiß gar nicht, wie ich dir das jemals danken soll." Sie fiel ihr um den Hals.

„Ich handle nur aus reinem Egoismus.

Schließlich will ich nicht für Ihren Tod verantwortlich sein und dafür in der Hölle schmoren."

Helen löste sich von ihr und strahlte über das ganze Gesicht.

„Helen Campbell. Ich möchte, dass mein Name in dem Dokument auf Helen Campbell lautet. Die restlichen Daten findest Du in diesem Brief."

Cecilie zog die Augenbrauen hoch und nahm den Brief entgegen. „Was hat es mit dem Namen auf sich?"

„Es ist der Name meiner verstorbenen Großmutter. Sie hieß ebenfalls Helen mit zweitem Vornamen."

„Nun, dann bleibt der Betrug wenigstens in der Familie", meinte Cecilie trocken.

„Ach übrigens, Sie müssen mir eine ganze Stange Geld dafür geben, der Fälscher wird nicht umsonst arbeiten."

Helen ging zu ihrem Frisiertisch hinüber und öffnete die kleine Schatulle.

„Schau her." Sie öffnete die Kassette und zwei Perlenohrringe und eine goldene Kette kamen zum Vorschein.

„Die können wir doch sicher zu Geld machen,

oder?"

„Aber Miss Helen, es wird Ihrer Mutter sofort auffallen, wenn Sie Ihren Schmuck nicht mehr tragen."

„Ich werde mir was einfallen lassen. Ich könnte jedes Mal eine Migräne oder eine Magenverstimmung vortäuschen, um nicht am Abendessen oder anderen Festlichkeiten teilnehmen zu müssen. Außerdem wird der Fälscher keine ganze Woche dafür benötigen."

„Nun gut, ich werde mich noch heute Nacht nach Whitechapel begeben."

Sie nahm die Kostbarkeiten aus der Schatulle und versteckte sie in ihrer Rocktasche.

„Haben Sie schon eine Idee, wohin Sie als Helen Campbell gehen wollen?"

„Nach Frankreich."

„Frankreich? Haben Sie dort Familie?"

„Nein, nicht einmal entfernte Verwandte. Ich habe mich auf eine Annonce in der *Times* beworben. Es wird eine englische Gouvernante für die Tochter des Viscounts Bertrand Clermont in Paris gesucht. Ich erwarte jeden Tag Antwort."

„Sie wollen als Gouvernante arbeiten?"

„*Oui*, für irgendwas muss ja meine hohe Bildung

nützlich sein."

„Ich sehe, Sie wollen den Plan wirklich in die Tat umsetzen. Ich hoffe wirklich, Sie wissen, was Sie tun, Miss Helen. Danach gibt es kein Zurück mehr für Sie. Lord Beaufort wird Sie verstoßen. Kein Mann aus der Oberschicht wird Sie noch heiraten wollen."

„Wer hat gesagt, dass ich überhaupt einen Mann haben möchte? Ich werde sehr gut alleine zurechtkommen."

Cecilies Blick sagte ihr, dass sie ihr das nicht zutraute.

London, April 1830, Devonshire-House, zwei Wochen später

Als Helen das Arbeitszimmer ihres Vaters betrat, überkam sie wie immer Unbehagen. Sie blieb vor seinem Schreibtisch stehen und räusperte sich leise, sodass ihr Vater von seinem Brief, an dem er gerade schrieb, aufschaute und sie mit einer Geste zum Stuhl aufforderte, Platz zu nehmen.

„Setz dich, ich bin gleich fertig", sagte er kurz angebunden.

Es vergingen ein paar Minuten, in denen Helen

schweigend dasaß und ihren Vater beobachtete. Albert Beaufort war für sein Alter von 55 Jahren ein attraktiver Mann. Er hatte bereits ein paar silberne Strähnen in seinem braunen Haar, die ihm gut standen. Seine Augen besaßen den gleichen Blauton, wie ihn auch Oliver hat, doch es fehlten ihnen die Wärme. Ihr Vater war intelligent und sehr ehrgeizig. Er hatte immer hohe Ziele in seinem Leben verfolgt. Schon sein Vater, Helens Großvater James Beaufort, war ein sehr erfolgreicher Kongressabgeordneter gewesen. Es musste eine bittere Niederlage für ihren Vater sein, dass er nun das Vermögen und gleichzeitig auch sein Erbe bei dem Fabrikbrand verloren hatte. Helen hatte nie eine Chance gehabt, ihn von ihrer Hochzeit mit Robert Ashley abzubringen. Es hatte keinen Sinn, die Stimme gegen ihn zu erheben. Wut und Enttäuschung hatten sich ihrer in den letzten Tagen bemächtigt, hatte sie zumindest erwartet, ihre Eltern würden ihr die Wahrheit sagen. Den wahren Grund nennen, weshalb es so wichtig war, dass sie den Earl heiratete. Aber es stand zu viel auf dem Spiel und sie vertrauten ihrer Tochter nicht. Als ob Helen überall erzählen würde, dass die Devonshires ihr Vermögen verloren haben. Aber

Oliver vertrauten sie. Was sie nicht wussten, war, dass er ihr vertraute. Er hatte ihr immer alle Geheimnisse erzählt. Ihr Vater lehnte sich nun in seinem Stuhl zurück und blickte sie an.

„Helen, wie Du weißt, es war immer deine Pflicht als Tochter von gutem Haus, irgendwann einmal zu heiraten. Wir haben dafür gesorgt, dass dir eine hohe Ausbildung zuteilwürde. Zusätzlich sprichst Du fließend Französisch, beherrschst Latein und kannst die gehobene Literatur zitieren sowie das Pianoforte spielen. Nur deshalb ist es uns gelungen, dich so schnell und erfolgreich zu verheiraten. Es freut mich, dich bald an der Seite eines ebenso einflussreichen wie auch vermögenden Mannes, wie es der Earl of Wessex ist, zu sehen. Ich erwarte von dir, dass Du dich wie alle anderen Frauen in deine Rolle in der Gesellschaft einfindest und ihm eine gehorsame Ehefrau sein wirst."

Helen hörte ihm schweigend zu. Sie war froh, dass er ihre Hände unter dem Tisch nicht sehen konnte. Denn ihre Knöchel traten weiß hervor, so fest presste sie ihre Hände zu Fäusten. Für sie stand fest, dass sie genau das nicht gedachte zu tun. Niemals würde sie sich auf diese arrangierte

Hochzeit einlassen, nicht mehr. Schon gar nicht um ihre Eltern, die von ihr stets nur verlangt hatten, ohne ihr Liebe zu geben, vor dem Ruin zu retten.

„Ja, Vater, das werde ich", sagte sie daher knapp.

„Gut dann sind wir uns einig. Das Aufgebot wird nächste Wochen bestellt, wenn wir wieder zurück sind. Deine Mutter und ich werden heute für ein paar Tage nach Yorkshire zu meinem Bruder fahren. Ich erwarte, dass Du die Anweisungen deines Bruders in meiner Abwesenheit befolgst. Tante Margrethe wird als Anstandsdame ins Devonshire-House ziehen."

Helen nickte stumm und ihr Herz jubelte innerlich. Genau das war ihre Gelegenheit. Heute oder nie.

„Du kannst gehen", sagte er, ohne sie noch einmal anzuschauen oder ihr von der finanziellen Situation der Familie durch Brand zu erzählen.

Helen lief auf ihr Zimmer und zog eine lederne Reisetasche unter dem Bett hervor. Sie hatte vorsorglich gepackt. Kleidung, Unterwäsche, Strümpfe, einfach alles, was sie verstauen konnte und aus ihrem alten Leben mitnehmen wollte.

Dazu noch einen kleinen silbernen Handspiegel, eine Bürste, ein Stück Seife, und natürlich ihr Dokument, das sie als Helen Campbell auswies und mit dem sie eine Passage nach Frankreich kaufen konnte, sowie das restliche Geld vom Verkauf der Perlenohrringe und der goldenen Kette.

Nachdem Cecilie für sie den Fälscher Sean Blackwater in Whitechapel aufgesucht und ihn großzügig bezahlt hatte, war eine beachtliche Summe vom Verkauf der Schmuckstücke übriggeblieben. Einen Teil davon hatte Helen Cecilie gegeben, als Dank für ihre Hilfe, und von dem Rest würde sie die Reise nach Dover bezahlen können. Leider hatte Helen immer noch nicht genügend Geld, um nach Frankreich und dann nach Paris zu reisen. Für das Problem hatte sie noch keine Lösung gefunden. Doch nun war der Zeitpunkt gekommen aufzubrechen. Denn seit zwei Tagen hielt sie endlich die Zusage der Viscountess Clermont aus Paris in den Händen. Sie könne zu ihnen kommen, sobald es ihr möglich sei, die Reise nach Frankreich anzutreten, hatte diese geschrieben. Helen war überglücklich gewesen. Sie hatte nur noch auf den rechten Augenblick gewartet, an dem sie unbemerkt das Haus verlassen konnte. Eine Gelegenheit wie heute würde sie so schnell nicht wieder bekommen.

Es klopfte leise an ihrer Zimmertür.

„Miss Helen, sind Sie da?"

Helen öffnete und zog Cecilie ins Zimmer.

„Und, hast Du das Kleid?"

Cecilie hielt ihr ein Bündel hin und Helen öffnete es. Ein dunkelgrünes Reisekleid, das von bürgerlichen Frauen getragen wurde und sie nicht mehr als Frau der gehobenen Gesellschaftsschicht auszeichnete, kam zum Vorschein.

„Puh, bin ich froh. Keinen Tag zu früh."

„Miss Helen, wollen Sie es sich nicht doch noch einmal überlegen? Ich meine, Paris ist sicher nicht ganz ungefährlich."

„Es ist zu spät, um es sich anders zu überlegen. Ich werde in dieser Nacht aufbrechen. Lord und Lady Beaufort verreisen heute nach Yorkshire, ich werde keine bessere Gelegenheit bekommen, um zu fliehen, Cecilie."

Die Zofe nickte stumm und sah Helen ein wenig betrübt an. „Ich verstehe. Ich bedaure sehr, dass ich nun nicht mehr für Sie arbeiten kann. Wahrscheinlich darf ich jetzt die Bücher abstauben und das Silber polieren."

„Du wirst bald eine neue spannende Aufgabe von meiner Mutter erhalten."

„Ich verstehe immer noch nicht, warum Sie Ihr bequemes Leben aufgeben wollen. Ich kenne niemanden aus ihrer Gesellschaftsschicht, der den Schritt in die Welt der Bürgerlichen freiwillig wagen würde."

„Pah ... bequem, sagst Du? Sterbenslangweilig und eintönig ist mein Leben. Ständig muss ich die Regeln des guten Anstandes befolgen. Und dann dieses viel zu enge Korsett, in dem selbst eine Praline zum Nachtisch zu viel ist. Und die ständigen Zurechtweisungen ... Helen, sitz gerade, Helen, trink nicht zu viel Wein, Helen, sprich nicht, wenn Du nicht dazu aufgefordert wurdest. Nein, danke! Ich möchte essen können, so viel ich will, ich möchte sprechen dürfen, wann ich es will, und ich möchte heiraten, wen ich will. Ich möchte die Welt sehen und ich will endlich ein Leben haben."

„Sie wollen ziemlich viel, Miss Helen. Ich hoffe, dass es Ihnen gelingt, ich meine Ihren Traum von einem Leben abseits der feinen Gesellschaft."

Warum war Cecilie immer so unglaublich negativ? Sie traute es Helen nicht zu, da draußen klarzukommen. Helen würde sich von ihr nicht verunsichern lassen. Ihr Entschluss stand fest. Sie ging zu ihrem Frisiertisch und holte eine Schere aus der Schublade.

„So, und jetzt noch eine letzte Gefälligkeit, um die ich dich bitten muss."

Cecilie sah sie entsetzt an. „Und was soll das sein?"

„Keine Angst, Du sollst niemanden für mich umbringen. Du sollst mir nur die Haare kürzen. Da ich in Zukunft ohne Zofe auskommen muss, kann ich mir die Länge meiner Haare nicht mehr leisten."

„O nein, Miss Helen, Ihr schönes Haar. Das kann ich nicht tun."

„O doch, Du musst, und zwar bis hier." Sie zeigte auf die Höhe knapp über ihrer Schulter.

Cecilie sah sie skeptisch an, nahm ihr dann jedoch zögernd die Schere aus der Hand. „Also gut, wenn Sie so kühn sind und sich damit hinauswagen."

„Es ist nicht kühn, es ist praktisch. Ich werde mein Haar in Zukunft selber frisieren müssen und es scheint mir einfacher, wenn es kürzer ist. Irgendwann wird es sicher in Mode kommen, dass Frauen kurze Haare tragen."

London, April 1830,
Wellington, Postkutschenstation

Seit einer halben Stunde lief Helen durch das nächtliche London. Immer wieder traf sie auf vorbeirollende Kutschen, die über das holprige Kopfsteinpflaster polterten. Die Nacht war nasskalt und Helen konnte von Glück sagen, dass es gerade einmal nicht in Strömen regnete. Sie fröstelte in dem dünnen Kleid und dem Mantel, der nicht einmal ein Futter eingenäht hatte. Sie war dennoch froh es anzuhaben, denn in ihren sonstigen Kleidern mit mehreren Stoffschichten darunter, hätte sie sich nicht so frei und schnell bewegen können. Denn das musste sie ab jetzt. Sie würde keine Kutsche mehr zur Verfügung haben, die sie überall hinbringen und abholen würde. Bei dem Gedanken daran spürte sie sogleich ihre schmerzenden Füße in den unpraktischen Stiefeln. Sie würde sich alsbald neue praktische Schuhe kaufen müssen. Wenigstens wärmte die dunkelgrüne Wollmütze, unter der sie ihr gekürztes Haar trug.

Erleichtert stellte sie fest, dass sie schon den *Piccadilly Circus* erreicht hatte. Sie bog in Richtung

Hyde-Park ab, an dessen südlichem Ausgang sich die Postkutschenstation von Wellington befand. Ihre schwere Reisetasche fest im Griff, lief sie weiter. In dieser Tasche war alles, was sie für ihr neues Leben brauchte. Außer die kostbaren Diamantohrringe, die sie aus der Schmuckschatulle ihrer Mutter entwendet hatte, denn diese trug sie am Leib. Für den Diebstahl würde sie in der Hölle schmoren. Wenn ihr Plan jedoch gelingen sollte, dann brauchte sie Schmuck oder Geld und das hatte sie, außer ein paar Schillinge, nicht gehabt. Sie verdrängt ihr schlechtes Gewissen schnell wieder.

Helen bemerkte, dass sie die feine Gegend rund um *Mayfair* nun verlassen hatte. Es waren mehr Wirtshäuser zu sehen und auf den Straßen tummelten sich Menschen, die der Kleidung nach zu urteilen, einfacher Herkunft waren. Zweimal wurde sie bereits von verwahrlosten Gestalten um Geld angebettelt. Hastig wechselte sie die Straßenseite und lief noch schneller.

Sie blieb kurz stehen, um sich zu orientieren, der *Hyde-Park* lag nicht mehr weit von ihr entfernt. Von dort aus waren es ungefähr zehn Minuten bis zur Postkutschenstation in Wellington. Helens Herz pochte wie wild, so aufgeregt war sie. Sie lief weiter und erreichte kurz darauf den Eingang des *Hyde-Parkes*. Sie blieb stehen, stellte ihre Reisetasche ab und versuchte, ihren Atem zu beruhigen, als sie Geschrei vernahm.

„Nimm die Finger weg, sag ich dir!"

Zwei Männer standen vor dem Wirtshaus, an dem sie vorbeimusste, um nach Wellington zu kommen. Ängstlich beobachtete sie die beiden, die um eine Flasche Schnaps stritten. Helen hob ihre Tasche hoch und versteckte sich hinter der an den Park grenzenden grünen Hecke. Würden die beiden Männer sie vorbeilassen? Sie hatte keine Lust auf Ärger. Von weiter Ferne hörte sie, dass die Uhr Mitternacht schlug. Abwartend blickte sie auf die Szene, die sich vor dem gegenüberliegenden Wirtshaus abspielte. Unsicherheit beschlich sie. Noch war es nicht zu spät. Sie konnte einfach umkehren und sich in ihr warmes Bett legen. Aber dann müsste sie die Frau von Robert Ashely, dem widerlich lüsternen Earl, werden. Nein! Sie würde ihren Körper und ihren Seelenfrieden nicht dem Earl überlassen. Sie würde jetzt nicht aufgeben.

Hellen sprach sich Mut zu: „Ich werde auf keinen Fall wieder nach Hause zurückgehen. Diese Nacht werde ich überstehen."

Nach einer ganzen Weile verschwanden die beiden Männer wieder im Wirtshaus. Eilig ergriff sie die Chance und lief mit ihrer Tasche unter dem Arm am Wirtshaus vorbei in Richtung Wellington.

Wenig später betrat sie das kleine Gasthaus der Posthalterei von Wellington. Sie trat zu der Wirtin, die sie argwöhnisch musterte.

„Ich hätte gern ein Zimmer für diese Nacht, Madam."

Die Wirtin grunzte. „Kannst Du denn bezahlen?"

„Selbstverständlich kann ich bezahlen."

„Fünf Schilling." Die Wirtin grinste und zeigte ihre gelben Zähne.

Helen bezahlte und folgte der Wirtin hinauf in die oberen Räume.

„Bitte sehr, Miss, ich wünsche Ihnen angenehme Träume."

„Wird die Postkutsche nach Dover pünktlich um sechs Uhr gehen und denken Sie, dass ich noch einen Platz bekomme, Madam?", fragte sie freundlich.

„Ja, um die frühe Zeit bekommt man immer einen Platz. Aber seien Sie rechtzeitig auf den

Beinen, der alte O'Connell fährt immer pünktlich, und er wartet auf niemanden."

„Wären Sie so freundlich und wecken mich, Madam?"

Die Wirtin nickte, als sie sagte: „Ich werde eines meiner Kinder zu Ihnen hochschicken. Reicht Ihnen fünf Uhr? Dann können Sie noch ein kleines Frühstück einnehmen. Es wird eine lange Reise nach Dover."

„Ja, das sehr liebenswürdig, Madam. Gute Nacht."

„Gute Nacht, Miss."

Helen schloss die Tür hinter sich. Das lief doch gar nicht mal so schlecht. Sie bemerkte dennoch, wie ihre Hände zitterten, als sie den Zimmerschlüssel herumdrehte.

Angst und Unsicherheit erfassten sie. Tat sie wirklich das Richtige? Noch konnte sie wieder zurück. Zurück in die Sicherheit von Devonshire-House. Dort wusste sie, was sie erwartete. Aber sie wusste nicht, was in Paris passieren würde – einer Stadt, von der sie nur gelesen hatte, in der die Revolution, die noch immer in aller Munde war, stattgefunden hatte. Wie würde die Familie Clermont sie empfangen? Helen hatte Fragen, auf die sie sich selbst keine Antwort geben konnte. Sie würde es herausfinden müssen.

Es roch muffig in dem kleinen Zimmer und das Bett hatte schon bessere Tage gesehen. Aber wenigstens war es einigermaßen warm und sie war sicher vor den herumstreunenden Gestalten der Londoner Unterwelt. Sie stellte ihre Tasche ab und ging zum Fenster. Helen erblickte die schwarze Reisekutsche, an der morgen die Pferde vorgespannt würden. Sie sollte jetzt versuchen, ein wenig Ruhe zu finden. An Schlafen war gar nicht zu denken, dazu war sie viel zu aufgeregt. Sie schaute zum Bett hinüber und rümpfte die Nase. Konnte sie es wagen, sich darauf zu legen? Auf gar keinem Fall würde sie sich auskleiden. Sie breitete ihren Mantel auf dem Bett aus und legte sich samt Schuhen darauf. Ihre Mütze legte sie auf den kleinen Tisch neben dem Bett. Kurz erlaubte sie sich den Gedanken, wie schön es wäre, in ihrem eigenen warmen Bett zu liegen. Aber das sind nur Gewohnheiten, die man ablegen kann, dachte sie und starrte an die Decke des kleinen Zimmers. Nach einer Weile begann sie zu frösteln und widerwillig nahm sie den Mantel, auf dem sie sich gebettet hatte, und deckte sich mit ihm zu. Nicht nur, dass ihre Füße schmerzten, auch ihre Hände hatten brennende Schwielen vom Tragen der schweren Tasche. Irgendwann fielen ihr dennoch die Augen vor Erschöpfung zu.

Als Helen am nächsten Morgen von der Tochter der Wirtin geweckt wurde, war sie erleichtert, dass sie die Nacht ohne Zwischenfälle überstanden hatte. Als sie nach einem spärlichen Frühstück aus dem Gasthaus trat, sah sie, dass die Postkutsche samt Pferden bereitstand. Müde und durchgefroren ging sie zum Kutscher und kaufte ihre Fahrkarte. Sie musste nun schnellstmöglich aus London weg, denn es würde nur noch ein paar Stunden dauern, bis man ihr Verschwinden bemerkte. Cecilie sollte sie wie gewohnt um zehn Uhr wecken und dann erschrocken feststellen, dass sie nicht in ihrem Zimmer war.

Ein angenehmer Geruch nach Leder und Holz kroch ihr in die Nase. In der Kutsche war es zwar nicht warm, aber sie war sauber. Es saßen bereits zwei Fahrgäste darin. Ein Mann, dessen Gesicht sie nicht erkennen konnte, da er aus dem Fenster schaute, und eine ältere Dame, die in ihre Lektüre vertieft war.

Helen setzte sich neben die ältere Dame und lehnte sich entspannt zurück. Es dauerte nicht lange und die Kutsche fuhr los.

Sie bemerkte aus dem Augenwinkel, dass der Mann gegenüber ihr den Kopf zugewandt hatte und sie anstarrte. Helen schaute in sein Gesicht und erschrak. Ein kurzes Blinzeln in seinen Augen ließ erahnen, dass er ebenfalls überrascht war, sie hier zu sehen. Doch er fing sich so schnell wieder, dass Helen sich fragte, ob sie sich sein Blinzeln nur eingebildet hatte. Sie selbst war sich allerdings sicher, dass der Mann vor ihr der unverschämte Franzose war, mit dem sie auf dem Ball des Viscounts D'Amboise zusammengestoßen war. Ausgerechnet er. Ausgerechnet in dieser Kutsche. Hektisch zog sie sich ihre Mütze tiefer ins Gesicht und schaute nach unten auf ihre Hände. Hatte er sie ebenfalls wiedererkannt?

Nein, dem war nicht so. Er sagte kein Wort. Helen bemerkte, dass er seine langen, schlanken Beine ausstreckte, sodass sie dicht, aber mit genügend Abstand, neben ihren zum Liegen kamen. Dann verschränkte er die Arme vor der Brust und schaute wieder aus dem Fenster.

Erleichtert ließ sie die Schultern sinken. Wie leicht man doch Männer täuschen konnte. Kein dekolletiertes Kleid, keinen Schmuck und die Haare unter einer Mütze und schon erkannte er sie nicht mehr.

Dennoch konnte sie nicht widerstehen, ihn heimlich zu beobachten. Seine Gestalt in dem schwarzen Mantel wirkte majestätisch. Seine Wangen waren mit einem leichten Bartschatten bedeckt und sein blondes gewelltes Haar war nach hinten gekämmt. Wieder blickte er zu ihr. Sie konnte jedoch keine Anzeichen des Wiedererkennens in seinen dunkelbraunen Augen erkennen. Anscheinend war seine Nacht genauso kurz wie ihre gewesen, denn er hatte dunkle Schatten unter seinen Augen. Dann wand er seinen Blick erneut ab und sah aus dem Fenster. Sollte sie ein Gespräch mit ihm anfangen? Nein, besser nicht, nachher kam sie noch in Erklärungsnöte. Außerdem war sie sich immer noch nicht sicher, ob er nicht doch heimlich im Haus des Viscounts herumgeschnüffelt hatte. Sie hatte ihn noch nie zuvor auf irgendeinem der zahlreichen Bälle und Empfänge gesehen, denn an ihn hätte sie sich erinnert. Vielleicht war er ein Spion oder sogar ein Dieb. Besser sie hielt sich von ihm fern.

Helen schaute nach einer Weile ebenfalls aus dem Fenster der Kutsche, die sich immer weiter aus der Londoner Innenstadt entfernte. Die Häuser wurden weniger und der Londoner Gestank machte sauberer Landluft Platz. Durch das monotone Geschaukel der Kutsche fielen ihr irgendwann die Augen zu.

Jemand tippte sie leicht an der Schulter an.

„Aufwachen, junge Dame. Zeit für eine Stärkung und sich die Füße zu vertreten."

Helen schlug erschrocken die Augen auf und setzte sich aufrecht hin. Wie konnte sie so tief einschlafen? Man hätte sie ausrauben können. Mit einem hastigen Blick auf ihre Tasche versicherte sie sich, dass alles noch am Platz war. Der Mann hatte sich zu ihr herübergebeugt und seine dunklen Augen funkelten sie amüsiert an. Sie konnte seinen sauberen männlichen Duft wahrnehmen. Helen schaute sich um und bemerkte, dass die ältere Dame bereits ausgestiegen und sie mit ihm allein war. Für einen kurzen Moment blickten sie einander an. Sein eindringlicher Blick verursachte ein merkwürdiges Kribbeln in ihrem Bauch und sie errötete. Der Mann verzog die Lippen zu einem Grinsen. Der arrogante Ausdruck in seinem Gesicht sagte Helen, dass er wusste, welche Wirkung er auf das weibliche Geschlecht hatte. Sie ärgerte sich darüber, dass sie ebenfalls auf seinen Charme reagierte.

Sie wandte den Blick ab und schaute aus dem Fenster. „Wo sind wir?"

Der Mann sprang gut gelaunt aus der Kutsche und drehte sich zu ihr herum.

„In Maidstone. Der Fahrer muss die Pferde wechseln und wir haben Zeit, ins Gasthaus zu gehen und etwas zu essen."

Galant hielt er Helen die Hand hin.

„Danke, aber ich benötige Ihre Hilfe nicht, Sir." Noch immer nicht richtig wach, warf sie ihm einen genervten Blick zu, der ihn zum Lachen brachte.

„Sind Sie immer so schlecht gelaunt nach dem Aufwachen, Madam?"

John öffnete der jungen Dame galant die Tür und sie betraten gemeinsam das Gasthaus. Er bestellte bei der Wirtin ein einfaches Frühstück und ließ sich am Tisch ihr gegenüber nieder.

Er beobachtete sie fasziniert. Als sie ihre Mütze vom Kopf nahm, sah er ihr kastanienbraunes Haar, das ihr lediglich bis kurz unter die Schulter fiel. Untypisch für eine Dame aus der Oberschicht, dachte John. Hatte sie sich die Haare abgeschnitten? Sie war ihm immer noch ein Rätsel. Verfolgte sie ihn? War es vielleicht doch kein Zufall, dass sie ihm bei dem Ball von D'Amboise in die Arme gelaufen war? Er hatte keinerlei Verbindung zwischen Devonshire und D'Amboise herstellen können. John wollte das Versteckspiel eine Weile weiterspielen. Er war sich sicher, dass sie immer noch glaubte, er hätte sie nicht wiedererkannt. Aber selbst diese scheußliche Mütze konnte ihre Attraktivität nicht verbergen, an die er sich noch sehr gut erinnerte. Aber warum die alberne Verkleidung mit der grünen Mütze und dem aus der Mode gekommenen Reisekleid? Was bezweckte sie damit? Er musste ein Schmunzeln unterdrücken, als er sich daran erinnerte, wie sie ihn verstohlen gemustert hatte, und auch an ihren überraschten Ausdruck, als sie ihn erblickte. Sie hatte ihn wiedererkannt, das war ebenso sicher, wie, dass es ihr missfiel, ihm wiederbegegnet zu sein. Aber was machte Helen Beaufort, Tochter des

Earls of Devonshire, ohne Bedienstete und Anstandsdame in einer Postkutsche, die nach Dover fuhr?

Die Wirtin servierte frisch gebackenes Brot, Bohnen, Eier und gebratenen Speck.

John beobachtete, wie Helen sich wenig damenhaft den Mund mit Essen vollstopfte.

„Sie haben einen gesunden Appetit, wie ich sehe", bemerkte er amüsiert.

Sofort hielt sie inne und besann sich ihres Benehmens. Verlegen tupfte sie sich mit der Serviette die Mundwinkel ab.

„Verzeihung, ich habe ziemlichen Hunger", stotterte sie.

John beugte sich vor und sah in ihre verführerisch funkelnden Augen. Sie waren von einem wundervollen dunklen Grün und man konnte sich in ihnen verlieren. Aber nicht nur das faszinierte ihn an ihr. Sie hatte einen entschlossenen Ausdruck in ihrem Gesicht, der ihr etwas Rebellisches verlieh. Nein, sie war keine der langweiligen englischen Debütantinnen, die John auf all seinen Bällen in den letzten Wochen angetroffen hatte.

„Wie heißen Sie?" Er war gespannt, welche Geschichte sie ihm auftischen würde.

Sie zögerte zunächst. „Helen, mehr brauchen Sie nicht zu wissen."

John musste lachen. „Warum nicht? Sind Sie etwa inkognito unterwegs?"

„Nein, aber Sie vielleicht?"

Er beugte sich dichter zu ihr und sagte mit gesenkter Stimme: „Ja, aber verraten Sie es keinem."

Sie verzog die Lippen zu einer Grimasse und widmete sich wieder ihrem Frühstück.

„Also schön, Miss Helen. Was haben Sie vor, wenn Sie nach Dover kommen? Mit dem Schiff nach Frankreich reisen? Oder doch eher Deutschland?"

„Das geht Sie nichts an. Und außerdem, warum sollte ich es gerade Ihnen verraten? Oder glauben Sie etwa, ich hätte Sie nicht wiedererkannt?"

John zuckte aufgrund ihrer Direktheit kurz zusammen.

Er stocherte in seinem Frühstück herum, schob sich ein Stück Brot in den Mund. „Also gut, spielen wir mit offenen Karten, Helen."

Sie warf ihm einen angewiderten Blick zu. „Hat man Ihnen nicht beigebracht, dass man mit vollem Mund nicht spricht?"

„Ganz die wohlerzogene Lady? Das passt nicht gerade zu ihrem Erscheinungsbild, wenn ich mir die Bemerkung erlauben darf."

Helens Augen sprühten Funken. „Sehr charmant von Ihnen."

Er grinste. „Ich bin übrigens John."

Sie nickte knapp. „Also gut, John, Sie wollten doch mit offenen Karten spielen. Was haben Sie auf dem Ball des Viscounts wirklich gemacht? Sind Sie vielleicht ein Dieb? War es ein kostbares Schmuckstück, nach dem Sie gesucht haben? Denn eines ist sicher, Sie waren nicht da, um zu tanzen."

Er hob die Augenbrauen. „Was für unerhörte Unterstellungen, Miss Helen. Ich war auf dem Ball aus dem gleichen Grund wie alle anderen Lords auch. Um mir eine Braut unter den diesjährigen Debütantinnen zu suchen. Sind Sie interessiert?"

Helen schob ihren Teller beiseite und lehnte sich auf den Tisch. Ruhig sah sie ihn an. „Sie glauben doch nicht wirklich, dass ich Ihnen diese Geschichte abnehme? Ich vermute, dass Sie etwas Bestimmtes im Haus des Viscounts gesucht haben.

Und jetzt versuchen Sie, es nach Frankreich zu schmuggeln."

John sah, wie sie sich auf die Lippen biss. „Miss Helen, Sie haben eine blühende Fantasie und ich muss sagen, Sie sind ziemlich kühn in Ihren Verdächtigungen. Was, wenn dem so wäre? Dann müsste ich Sie jetzt beiseiteschaffen, damit Sie mich nicht entlarven."

John schob seinen schwarzen Mantel beiseite und eine kleine Pistole kam zum Vorschein.

Sie keuchte erschrocken auf. „Sie wollen mich töten?"

John sah, wie sie sich nervös im Schankraum umschaute.

„Nun, wenn es notwendig ist. Wie könnten uns allerdings auf eine andere Art des Stillschweigens einigen", sagte er und grinste.

Daraufhin sprang sie auf, griff sich ihre Reisetasche und lief zum hinteren Ausgang des Gasthauses.

John legte ein paar Schillinge auf den Tisch und folgte ihr durch den Hinterausgang.

Kurz vor dem angrenzenden Waldstückchen holte er sie ein. Er packte sie am Arm und drehte sie zu sich herum.

„Sie können verdammt schnell laufen für eine Dame in langen Röcken", sagte er, noch ganz aus der Puste.

„Bitte tun Sie mir nichts. Ich schwöre, ich werde niemandem von Ihnen erzählen. Ich weiß ja nicht einmal Ihren richtigen Namen", flehte sie ihn an.

John prustete laut auf, aufgrund der Absurdität ihrer Worte.

„Helen, glauben Sie wirklich, ich würde Ihnen auch nur ein Haar krümmen? Ich wollte Sie nur ein wenig erschrecken. Ich trage immer eine Pistole bei mir, wenn ich auf Reisen bin. Außerdem, wäre es nicht sicherer gewesen, im Gasthaus zu bleiben? Ich könnte Sie hier draußen doch viel einfacher töten? Oder noch ganz andere Sachen mit Ihnen machen."

Sie blickte ihn immer noch verängstigt an. Dann machte Wut ihrer Angst Platz. Zornig bohrte sie ihm ihren Zeigefinger in die Brust.

„Sie unverschämter Mann. Das hat Ihnen sicher Spaß gemacht, mich so zu erschrecken. Ich habe aus purer Angst um mein Leben so dumm gehandelt."

Sie wollte an ihm vorbei, aber er stellte sich ihr in den Weg.

„Sagen Sie mir, Helen, sind Sie von zu Hause weggelaufen?"

„Und wenn schon, was geht Sie das an?"

John wurde ernst und trat dicht zu ihr. „Es interessiert mich einfach."

Sie sah ihn schweigend an.

„Also gut, verstehe, Sie wollen es mir nicht sagen. Aber ich rate Ihnen, sich ebenfalls aus meinen Angelegenheiten herauszuhalten, Helen. Sonst lege ich Sie über die Schulter und verfrachte Sie wieder dahin zurück, wo Sie hergekommen sind."

„Ich kann Sie beruhigen, John. Sie werden mich nie wiedersehen. Sobald die Kutsche in Dover angekommen ist, trennen sich unsere Wege. Es interessiert mich nicht im Geringsten, wer Sie sind und was Sie machen."

John glaubte ihr. Sie war keine Spionin. Ihre Angst und ihre Aufregung waren nicht gespielt. Er hatte sie testen wollen und ihr deshalb die Pistole gezeigt.

„Also gut, dann wäre das ja geklärt. Aber wenn ich Ihnen einen Rat geben darf, drehen Sie um und gehen Sie wieder nach Hause. Die Welt hier draußen ist nichts für ein zartes Geschöpf wie Sie.

Der nächste Mann, den Sie treffen, ist vielleicht nicht so verständnisvoll wie ich."

„Niemals. Ich werde nicht nach London zurückkehren." Sie straffte die Schultern und trat dichter an ihn heran. Sie musste den Kopf in den Nacken legen, um ihn anschauen zu können. Er nahm ihren blumigen Duft wahr und spürte ihren warmen Atem an seinem Kinn, als sie sprach.

„Und wenn ich Ihnen einen Rat geben darf, dann lassen Sie mich für den Rest der Fahrt einfach in Ruhe. Verständnisvoll waren Sie nämlich in keiner Weise."

Johns Blick blieb ungewollt an ihren vollen rosigen Lippen hängen. Die schlagartig auftretende Anziehung, die sie auf ihn ausübte, hätte nicht unpassender sein können. Sein Blick glitt zu ihrem Hals, dann weiter hinunter zu ihrem Busen, der sich schnell hob und senkte. Er erinnerte sich an die nackte Haut ihres sehr freizügigen Dekolletés und schluckte hart. John versuchte die aufkommenden, unseriösen Gedanken zu kontrollieren, die vollkommen fehl am Platz waren. Spürte sie diese Anziehung ebenfalls? Wie gebannt starrte er in ihre großen Augen. Nervös befeuchtete sie sich ihre Lippen. Wie von selbst senkte er sein

Gesicht, um sie zu küssen, hielt jedoch inne, als er hörte, wie sich ihr Atem beschleunigte. Abrupt kam er wieder zur Vernunft. Was um Himmels willen tat er hier?

Er trat einen Schritt zurück und fuhr sich verwirrt mit der Hand durch sein Haar. „So soll es sein. Ich werde Sie in Ruhe lassen." Seine Stimme klang seltsam. Er machte eine Armbewegung zum Gasthaus. „Gehen wir zurück zur Kutsche, bevor sie ohne uns weiterfährt."

Helen sah ihn immer noch benommen an. Sie war ganz verwirrt von den Gefühlen, die er soeben in ihr entfacht hatte. Sie war berauscht gewesen von seiner körperlichen Nähe und die Wärme, die er ausstrahlte. Sie hatte den Wunsch verspürt, sein blondes welliges Haar zu berühren. Und als er sich zu ihr hinab beugte, hatte sie seinen Kuss sehnsüchtig erwartet. Umso enttäuschter war sie gewesen, als er sich zurückgezogen hatte. Warum hatte er sie nicht geküsst? Wahrscheinlich war sie nicht hübsch oder verführerisch genug für den Franzosen, der er nun mal war. Sie hatte gesehen, wie sich sein Blick verändert hatte und seine Augen sich verdunkelten. Ihr war es so vorgekommen, als ob eine Maske von seinem Gesicht gefallen wäre und sie einen Blick auf den Mann dahinter erhaschen konnte.

Verärgert hob sie ihre Reisetasche auf und wollte an ihm vorbei, als er sie sanft am Arm festhielt.

„Ganz so kühn, wie ich annahm, sind Sie doch nicht, Helen. Warum haben Sie sich den Kuss nicht einfach genommen? Sie sind doch sonst nicht auf den Kopf gefallen?"

Sie blickte in sein Gesicht, das nun wieder diesen überheblichen Ausdruck hatte.

„Denken Sie wirklich, dass Sie jede Frau mit ihrem Charme erobern können? Vielleicht gefallen Sie mir einfach nicht."

Er lachte schallend. Es ging eine unbeschreibliche Kraft und Autorität von ihm aus. Ein Mann, der überheblicher nicht sein konnte. Ein Mann, der nicht nach den allgemeinen Konventionen lebte. Und doch wünschte sie, er hätte sie geküsst, aber sie würde das niemals vor ihm zugeben.

„Ich weiß, dass Sie den Kuss wollten, Helen. Wenn ich Ihren Mund mit meinen Lippen verschlossen hätte, wären Sie nicht davongelaufen."

„Sie sind aber sehr von ihren Fähigkeiten als Verführer überzeugt. Wie alle Franzosen, wenn man dem Gerede glaubt." Sie funkelte ihn mit ihren grünen Augen an. „Aber es gibt Frauen, die mögen keine aufdringlichen Männer."

Missmutig von seiner überheblichen Art ging Helen zum Gasthaus zurück, um sich wieder in die Kutsche zu setzen.

„Warten Sie, Helen. Lassen Sie uns nicht so auseinandergehen. Ich entschuldige mich für mein Benehmen."

Sie drehte sich noch einmal zu ihm herum. „Pah, ist es dafür nicht reichlich spät?"

Dann ging sie und ließ ihn stehen.

Der Rest der Kutschfahrt verlief schweigend. Helen hatte mit der alten Frau den Platz getauscht. Sie wollte so weit wie möglich von diesem Mann entfernt sitzen. Als sie einmal kurz zu ihm schaute, sah sie, dass er schlief. Gut so, dachte sie. Sollte er schlafen, dann musste sie nicht immer seinen bohrenden Blick auf sich spüren.

Je länger sie vor sich hin grübelte, desto mehr reifte jedoch eine Idee in ihrem Kopf. Helen musste die Ohrringe in Dover zu Geld machen, sonst würde sie sich keine Fahrkarte für die Überfahrt nach Frankreich kaufen können. Ihr letztes Geld hatte sie für die Postkutsche und das Gasthaus in London ausgegeben.

Wenn dieser John ein Dieb war, dann würde er wissen, wie sie ihren Schmuck am besten zu Geld machen konnte. Und selbst wenn er es nicht war, dann konnte er sie zumindest mit seiner Pistole davor beschützen, ausgeraubt zu werden. Sie müsste ihm nur einen fairen Handel anbieten. Vielleicht fünf Prozent?

Helen hatte sowas natürlich noch nie gemacht. Schmuck gestohlen, um ihn zu verkaufen. So, wie sie jetzt gekleidet war, nahm ihr niemand ab, dass sie auf legale Weise an diese wertvollen Ohrringe gekommen war.

Verzweifelt stieß sie Luft aus und begann mit ihrer Unterlippe zu spielen. Warum hatte sie diese Idee nicht gleich gehabt? Nun hatte sie John, von dem sie Hilfe brauchte, verärgert. Er hatte sich aber auch vollkommen unmöglich benommen. Helen schaute wieder vorsichtig zu ihm herüber, aber er schlief immer noch.

„Dover", hörte sie den Kutscher rufen.

Die alte Dame neben ihr begann sofort hektisch ihr Buch, indem sie gelesen hatte, wegzupacken.

„Es wird herrlich sein, endlich aus dieser Kutsche herauszukommen, meinen Sie nicht auch, junge Dame?"

Helen drehte sich zu ihr und nickte ihr freundlich zu. „Ja, da gebe ich Ihnen recht, Madam."

John schlug die Augen auf und gähnte gelangweilt. Er hatte keine Sekunde geschlafen, auch wenn er seine Augen geschlossen hatte. Aus irgendeinem Grund ging sein Blick immer wieder zu dieser kratzbürstigen Engländerin. Was war es nur, dass sie für ihn so anziehend machte? Er hätte sich vorhin beim Gasthof fast vergessen. Zunächst wollte er sie nur ein wenig schockieren und testen, ob sie ihm hinterherspionierte, doch dann hatte er den Wunsch verspürt, ihre vollen Lippen zu schmecken. Sie verwirrte ihn. Die Kontrolle zu verlieren – das passierte ihm so gut wie nie. Aber ausgerechnet sie, von der er wusste, dass sie die Tochter eines Earls war, und von der er absolut die Finger lassen sollte, reizte ihn so sehr, dass er Mühe hatte, sie nicht unentwegt anzuschauen. Als sie dann auch noch unbewusst mit ihrer vollen Unterlippe spielte, schweiften seine Gedanken vollends in die falsche Richtung. Genervt schloss er die Augen und konzentrierte sich auf die wichtigen Dinge in seinem Leben.

Vorgestern hatte er erfahren, dass der Viscount D'Amboise seine Abreise nach Frankreich vorbereitete. La Fayette hatte recht behalten. Er würde zum Beginn der Neuwahlen wieder nach Frankreich zurückkehren. Nun musste er nur noch seine Vermutung beweisen, dass er mit dem Minister des Königs, Jules de Polignac, gemeinsame Sache machte. Lange Abende und Nächte, an denen er den Viscount beschatten musste, lagen vor ihm. Spion zu sein, hieß, sich in Geduld zu üben. Aber Francois und Pierre, seine langjährigen Freunde, denen er vertraute, würden ihn unterstützen.

Helen und die alte Dame unterhielten sich ein wenig über das Wetter und andere belanglose Dinge, wie sie es während der Fahrt ein paarmal getan hatten.

Dann endlich kam die Postkutsche zum Stehen. Sie verabschiedeten sich beide höflich von der alten Dame und John gab Helen mit einem Handzeichen zu verstehen, dass er ihr den Vortritt gab. Er bemerkte jedoch, dass sie zögerte. Sie wirkte angespannt.

„Ich sehe, die Dame hat was auf dem Herzen. Na los, Helen, heraus damit."

„Ich muss etwas Dringendes mit Ihnen besprechen, John", platzte es aus ihr heraus.

Er schnalzte mit der Zunge und sah sie überrascht an. „Etwas Dringendes besprechen? Was könnte das nur sein?"

„Aber nicht hier in der Kutsche."

„Eigentlich muss ich mein Schiff erreichen, Miss Helen." Er holte seine Taschenuhr hervor. „Aber ich habe noch etwas Zeit."

Sie bemühte sich zu lächeln. „Wie gütig von Ihnen."

John stieg aus und hielt ihr auffordernd seine Hand hin, die sie diesmal annahm.

„Vielen Dank", murmelte sie.

„Lassen Sie uns ein wenig spazieren, nach der langen Kutschfahrt sicher eine Wohltat für die Beine", sagte er.

Sie liefen ein paar Meter am Kaiufer entlang und Helen schilderte ihm in wenigen Worten ihr Anliegen.

John lachte schallend. Diese junge Dame überraschte ihn immer wieder aufs Neue. Ihre Kühnheit war unbeschreiblich. Er war sichtlich erleichtert, dass sie sich in dieser Angelegenheit an ihn gewandt hatte und nicht an einen zwielichtigen Händler. Sie musste schon sehr verzweifelt sein, wenn sie ausgerechnet ihn um Hilfe bat. Zumal sie wirklich glaubte, er sei ein Dieb.

„Helen, bei aller Liebe, wenn ich das für Sie mache, dann muss ich wissen, woher der Schmuck kommt", sagte er immer noch lachend.

„Vergessen Sie nicht, Luft zu holen", zischte sie ihn an.

Sie waren stehengeblieben und standen sich nun gegenüber.

„Es war dumm von mir, Sie um Hilfe zu bitten. Leben Sie wohl."

Sie wandte sich ab und wollte zurückgehen, doch John hielt sie sanft am Arm zurück. „Jetzt warten Sie doch. Ich werde Ihnen helfen, Helen."

Ihr Blick war skeptisch. „Meinen Sie das ernst?"

„Von wem ist der Schmuck?"

Sie biss sich auf ihre Unterlippe und zögerte. „Von meiner Mutter."

„Ihrer Mutter? Nun gut, es bleibt in der Familie,

dann ist es kein wirklicher Diebstahl. Sie sind also wirklich von zu Hause weggelaufen?"

„Ja. Das bin ich."

„Hmm, nun gut. Verraten Sie mir auch den Grund dafür?"

„Also das tut hier nichts zur Sache."

„Sie wollen jedenfalls verbergen, dass Sie eine Aristokratin sind. Nur leider sind Sie nicht sehr gut darin. Jeder sieht Ihnen ihre Herkunft auf den ersten Blick an. Wenn Sie das verstecken wollen, müssen Sie eine andere Haltung einnehmen und an Ihrer gewählten Aussprache arbeiten."

Sie sah ihn überrascht an. „Meinen Sie wirklich?"

„Ja, Helen, allein das Kleid auszutauschen, wird nicht ausreichen, um Sie als gute Bürgersfrau anzuerkennen."

Der Wind hatte aufgefrischt und ihre kastanienbraunen Locken wehten ihr ins Gesicht. Ihre Augen funkelten ihn an. Sie sah atemberaubend aus. John musste sich fernhalten von ihr. Er hatte sich schon viel zu sehr in ihre Angelegenheiten verstrickt.

„Also gut, Helen, noch eine Sache."

„Und die wäre?"

„Sie müssen endlich diesen Unsinn aus Ihrem Kopf bekommen, dass ich ein Dieb bin."

Sie überlegte kurz, bevor sie sagte: „Nun, es spricht vieles dafür, dass Sie einer sind. Allerdings spricht ebenfalls einiges dagegen. Zum Beispiel, dass Sie mich noch nicht beraubt haben, obgleich sie um meinen Besitz wissen. Nun gut, ich glaube Ihnen."

John musste sich beherrschen, nicht wieder zu lachen, er amüsierte sich köstlich.

Er nickte knapp. „Geben Sie mir die Ohrringe?"

„Nein, auf keinen Fall gebe ich Ihnen die Ohrringe. Ich werde Sie selbstverständlich begleiten."

„Sie müssen mir die Ohrringe geben. Ich werde den Verkauf alleine durchführen. Ich will Sie als Frau nicht dabeihaben."

Sie stemmte die Hände in die Seiten. „Als Frau? Was soll das? Wollen Sie nun doch den Gentleman mimen und mich beschützen?"

„Ja, das ist richtig", sagte er mit ernster Miene.

Sie stieß die Luft aus und begann vor ihm auf und abzulaufen.

„Helen, Sie können mir vertrauen."

„Wenn Sie sich auf und davon machen, dann

bin ich verloren. Dann habe ich nichts mehr."

John hielt sie an beiden Oberarmen fest. Er blickte ihr tief in die Augen, als ob er ihr damit suggerieren könnte, ihm zu vertrauen.

„Mir läuft die Zeit davon, Helen. Ich muss mein Schiff erreichen."

„Na schön. Also gut, ich vertraue Ihnen."

John starrte wie gebannt auf ihre Finger, die sich plötzlich an den Köpfen ihres Kleides zu schaffen machten.

„Wären Sie so freundlich, sich umzudrehen?"

„Was machen Sie da ... Sie haben die Ohrringe? Doch, Sie haben Sie genau da versteckt." Er zog die Luft scharf ein, ließ Helen los und drehte sich um.

„Vielen Dank", sagte Helen amüsiert, „Wo sonst hätte ich diese wertvollen Diamanten aufbewahren sollen, von denen mein Leben abhängt?"

Kurze Zeit später hörte er: „So, Sie können sich jetzt wieder umdrehen."

Als John sich zu ihr drehte, lag eine verführerische Röte auf ihren Wangen. Sie hielt ihm die funkelnden Diamantohrringe hin, die er eilig entgegennahm. Er fühlte die Wärme der

Ohrringe und versuchte krampfhaft, nicht daran zu denken, wo sich diese noch vor kurzem, befunden hatten.

„Warten Sie hier."

Er wandte sich zum Gehen, drehte sich dann noch einmal herum. „Verraten Sie mir noch, wohin die Reise gehen soll?"

„Wieso wollen Sie das wissen?"

Er verdrehte genervt die Augen.

„Frankreich."

Dann ging er mit großen Schritten in Richtung des Stadtzentrums von Dover. Was hatte er sich da nur eingehandelt? Natürlich würde er die Ohrringe nicht verkaufen. Er würde sie behalten und sichergehen, dass sie sie nicht mehr in die Hände bekam. Damit man diese naive, reizende kleine Miss nicht ins Gefängnis warf oder ihr die Kehle durchschnitt.

John betrat die erstbeste Bank und bat um eine Auszahlung in englischen Pfund und Französchen Francs, die ungefähr, vielleicht ein wenig mehr, dem Wert der Ohrringe entsprachen, und ging zurück zu der Wartenden.

Kapitel 4 - Im Land der Franzosen

Frankreich, April 1830

Erneut saß Helen in einer schaukelnden Kutsche. Ihre Mitreisenden waren ein älterer Herr, der nach seiner dunklen Kleidung zu urteilen ein Pfarrer war, und eine junge Mutter mit ihrem Kind. Die beiden ungleichen Fahrgäste unterhielten sich erstaunlich lebhaft in ihrer französischen Muttersprache. Die Fahrt von Calais nach Paris würde zwei Tage dauern und Helen zog gelangweilt die Luft ein. Es würde eine lange, unkomfortable Reise werden. Natürlich war sie es von je her gewohnt gewesen, bequem und komfortabel in der Familienkutsche zu reisen, aber sie würde es schon überstehen.

Es kam ihr immer noch alles unwirklich vor. Sie

war wahrhaftig in Frankreich angekommen. Sie hatte ihrem Elternhaus den Rücken gekehrt und ihr altes Leben hinter sich gelassen. Helen spürte eine unsagbare Erleichterung darüber. Von nun an war sie Helen Campbell und Helen Beaufort gab es nicht mehr. Sie war sich darüber im Klaren, dass sie ab jetzt eine Frau ohne Titel sein würde. Ihr ganzes Leben war sie es gewohnt gewesen, einen Butler, eine Zofe oder eine Anstandsdame in ihrer Nähe zu haben. Es fühlte sich seltsam an, nun vollkommen allein zu sein. Ein Hauch von Einsamkeit erfasste sie. Wehmütig sah sie aus dem Fenster. Schluss damit, der trüben Vergangenheit nachzuhängen, sagte sie sich. Sie war jetzt frei. Frei, tun und lassen zu können, was sie wollte. Keine Zwänge oder gesellschaftlichen Regeln, die es zu befolgen gab.

Ihre Gedanken schweiften wieder zu ihrer Begegnung mit dem mysteriösen John. Er hatte ihre Ohrringe tatsächlich verkauft bekommen und ihr ein kleines Vermögen in Geldscheinen überreicht. Aus irgendeinem Grund war er nach seiner Rückkehr kurz angebunden gewesen. „Viel Glück, Miss Helen. Passen Sie auf sich auf", hatte er gesagt und war, ohne ihre Antwort abzuwarten, mit schnellen Schritten davongegangen. Sie war ein wenig enttäuscht gewesen, dass er sie so kalt abgefertigt hatte. Aber er hatte das getan, worum sie ihn gebeten hatte, und jetzt gingen sie beide wieder ihrer Wege. Sie sollte damit zufrieden sein.

Während die Räder der Kutsche stetig rumpelten, schaute sie aus dem Fenster. Die ländliche französische Provinz erschien ihr öde und weitestgehend unbewohnt. Helen hatte noch nie etwas Langweiligeres als diese Wege, die nach Paris führten, bereist. Vor zwei Stunden hatten sie in einer kleinen Gemeinde gehalten, um die Pferde zu tauschen und eine kleine Mahlzeit zu sich zu nehmen. Helen hatte sich einen Braten und ein Dessert bestellt und dann die wenigen Menschen beobachtet, die ihr so still und gelangweilt erschienen. Selbst das einzige Gasthaus vor Ort hatte einen schläfrigen Eindruck gemacht. Helen entspannte sich von Stunde zu Stunde mehr und das nur, weil diese Reise bisher ohne weitere Vorkommnisse verlief. Nachdem sie weitergefahren waren, hatte der wenige Schlaf der letzten Tage, seinen Tribut gefordert und Helen war wider Erwarten tief einschlafen. Sie erwachte, als die Kutsche schlagartige stehen bleib. Die

Fahrgemeinschaft hatte ihr Ziel für die Nacht erreicht. Es dunkelte bereits. Sie würden die Nacht in einem Gasthaus verbringen und morgen um die Mittagszeit, wenn es keine weiteren Zwischenfälle geben würde, in Paris eintreffen.

Paris, April 1830

„Paris", hörte Helen die junge Mutter jubeln und ihr Herzschlag beschleunigte sich. Sie waren endlich angekommen. Nervös tastete sie nach dem Zettel mit der Adresse der Familie Clermont in ihrer Manteltasche. Beim letzten Halt hatte sie ihr Haar zu einem strengen Knoten im Nacken gezurrt und sich etwas frisch gemacht, um einen guten Eindruck zu machen. Sie verabschiedete sich von den Fahrgästen, mit denen sie die letzten zwei Tage zusammengesessen hatte, und ging in Richtung Pariser Altstadt.

Die Familie Clermont wohnte im Stadtteil *Faubourg Saint-Germain*, dem Stadtteil, den der französische Adel für sich beanspruchte. Und den sich wahrscheinlich die einfachen Bürger Paris nicht leisten konnten. Der Pfarrer hatte ihr zwar eine gute Wegbeschreibung gegeben, aber sie musste dennoch immer wieder nach dem Weg fragen. Mehrmals blieb sie stehen, um die imponierenden Gebäude dieser Stadt zu bewundern. Sie ging an der prächtigen Galerie vorbei, die an das *Palais-Royal,* in dem die Regierung ihren Sitz hatte, angrenzte. Kurze Zeit später konnte sie den *Palais de Tuileries* mit den dazugehörigen wunderschönen Gärten bewundern. Hier verbrachte also König Charles X. mit seiner Familie und dem gesamten Hofstaat viel Zeit mit Konzerten und Bällen. Sie ging weiter durch den angrenzenden Garten des Palais. Es war ein angenehm milder Frühlingstag und es tummelten sich unzählige Menschen in den Straßen. In Paris konnte man sich nicht einsam fühlen. Man sah Menschen allen Alters mit verschiedenen Hautfarben und alle waren in farbenfrohen Stoffen gekleidet. Heiter und freundlich flanierte das Pariser Volk umher.

Aber Helen konnte nicht umhin, zu bemerken, dass es von Soldaten der königlichen Armee, die sie an ihrem Zweispitz auf dem Kopf und der blau-weißen Uniform erkannte, nur so wimmelte. Auch Männer in langen blauen Mänteln mit Knöpfen, die das Wappen der Stadt zierte, und die lediglich einen Stock mit weißem Griff hielten, patrouillierten überall. Es konnte sich bei diesen Männern nicht um Soldaten handeln. Warum war ein solches militärischen Aufgebot vonnöten? Sie ging schnellen Schrittes weiter und überquerte die *Seine* über eine Hängebrücke. Kurz blieb sie stehen und sah in den reißenden Strom und als sie zurückschaute, bemerkte sie den *Louvre*, von dem sie so oft gelesen hatte. Sie spürte eine tiefe Zufriedenheit. Wäre sie in ihrem alten Leben geblieben, hätte sie wahrscheinlich all dies nie zu sehen bekommen. Nach einem halbstündigen Fußmarsch erblickte sie die ersten hohen Stadtpalais. Die Menschen hier waren mehr geschminkt und gepudert als in England. Die Frisuren glichen hohen Türmen und Federn in verschiedensten Farben schmückten das Haupt der Frauen. Kurze Zeit später erreichte sie das vornehme Stadtpalais der Clermonts.

Sie straffte die Schultern, holte einmal tief Luft und ging zum hinteren Eingang, der für die Dienstboten bestimmt war. Helens Hände zitterten, als sie den Türklopfer betätigte. Die Pforte öffnete sich und ein Dienstmädchen, wie Helen an ihrer schwarzen Uniform mit weißem Spitzenkragen und Haube erkennen konnte, stand vor ihr.

„*Bonjour*", erklang ihre melodische Stimme.

„Guten Tag, mein Name ist Helen Campbell. Ich bin die neue Gouvernante der Familie. Man erwartet mich bereits."

Das junge Dienstmädchen sah sie erfreut an.

„*Oui*, kommen Sie herein, Miss Campbell", sie trat zur Seite, sodass Helen eintreten konnte. „Sie müssen eine anstrengende Reise hinter sich haben. Den ganzen langen Weg von England nach Paris."

Helen nickte zustimmend und folgte ihr durch den Dienstbotengang, der zur Empfangshalle des Stadthauses führte.

„Bitte warten Sie hier, Madam. Ich werde der Viscountess Bescheid geben."

Sie wollte gehen, blieb dann aber nochmal stehen und drehte sich zu Helen. „Ich bin übrigens Sophie. Wir Angestellten mögen es zwanglos."

„Und ich bin Helen."

Ein wenig später wurde Helen in einen Raum geführt, der nicht imposanter hätte sein können.

Die Möbel waren aus feinstem Mahagoni, der Boden mit edlem Marmor belegt. An der Wand war eine bronzefarbene Pendeluhr platziert und auf der pompösen Mahagonikommode stand eine riesige Vase mit Blumen verschiedenster Art und Farbe. Stühle und Sofas waren mit braunem, gelbgeblümtem Samt bezogen und die Sofakissen mit Spitze bestickt. Die hohen Fenster waren mit schweren Brokatvorhängen behangen.

Kurz darauf betrat Viscountess Elenora Clermont den Raum, gefolgt von einem jungen Mädchen, bei dem es sich wohl um ihren Schützling Miss Pauline Clermont handelte, einem kleinen weißen Pudel, den Pauline auf dem Arm hielt, und Sophie. Helen wusste nicht, was sie eigentlich erwartet hatte, aber auf keinem Fall, dass ihre Arbeitgeberin noch eine junge Frau war. Sie musste Mitte 30 sein. Selbst ihre strenge Hochsteckfrisur, ihr weiß gepudertes Gesicht und ihr cremefarbenes, grün besticktes Seidenkleid mit übergroßen Puffärmeln, das eher zu einem Ballabend gepasst hätte, mochte nicht über ihr junges Alter hinwegtäuschen.

Helen knickste gerade noch rechtzeitig, als sie an ihr vorbeigingen und auf einem der Sofas Platz nahmen. Nachdem sie ihr ganzes bisheriges Leben auf der Seite der reichen Oberschicht gelebt hatte und alle vor ihr knicksten, würde sie sich nun an die Rolle der Bediensteten gewöhnen müssen. Die Viscountess bedeutete Helen, sich ihr gegenüber auf einen der Stühle zu setzen.

„Du darfst gehen, Sophie", sagte die Viscountess. „Und schließ bitte die Tür hinter dir." Die Angesprochene knickste und verließ das Zimmer.

„Hatten Sie eine angenehme Anreise aus England, Miss Campbell?" Das Englisch der Viscountess war fehlerfrei, aber mit starkem französischem Akzent.

„*Oui*, Madam Clermont."

„Bitte sprechen Sie mit uns ausschließlich in englischer Sprache. Mit dem Viscount allerdings nur auf Französisch, denn sein englisch ist bereits hervorragend. Unsere Sprachkenntnisse, vor allem die meiner Tochter, lassen zu wünschen übrig. Wir werden Ihre Anwesenheit dazu nutzen, dies zu ändern, Miss Campbell."

„Sehr wohl, Madam."

„Und bitte, nennen Sie mich Lady Elenora."

„Wie Sie wünschen, Madam."

„Also? Wie war Ihre Anreise?"

„Angenehm und ohne besondere Vorkommnisse, Lady Elenora."

Sie drehte sich nun in Richtung des jungen Mädchens, das sehr hübsch war mit ihren großen haselnussbraunen Augen und den rabenschwarzen Locken. Wie es schien, war sie nicht sonderlich an dem Gespräch interessiert, denn sie spielte unentwegt mit ihrem Pudel.

„Könntest Du das bitte unterlassen, Pauline."

Diese warf ihrer Mutter einen wütenden Blick zu, ließ aber von dem Hund ab.

„Darf ich Ihnen meine Tochter Miss Pauline Clermont vorstellen?"

„Stieftochter", sagte das Mädchen herablassend. „Sie ist nicht meine richtige Mutter."

Die Viscountess registrierte das mit dem Hochziehen einer Augenbraue.

„Sie ist die Tochter aus der ersten Ehe meines Mannes. Sie ist erst fünfzehn, aber mein Mann wünscht, dass sie schon im nächsten Jahr für eine Saison nach London gehen soll. Mein Mann hat dort geschäftlich zu tun. Ich möchte, dass Sie Pauline bis dahin in englischer Sprache unterrichten. Ebenfalls sollte sie der englischen

Tänze, der gesellschaftlichen Regeln und allem, was Sie noch wissen sollte, um in der Londoner Gesellschaft zu bestehen, mächtig sein."

„Sehr wohl, Lady Elenora. Bedarf es meiner Anwesenheit in London ebenfalls, wenn ich fragen dürfte?"

„Selbstverständlich. Sie werden sowohl in Paris als auch in London die Anstandsdame für Pauline sein. Ist das ein Problem für Sie?"

Helen fühlte sich, als ob jemand einen Eimer eiskaltes Wasser über sie geschüttet hätte. Sie würde sich also spätestens Anfang nächsten Jahres eine neue Stelle suchen müssen.

„O nein, Mylady. Es wird meine Familie in England freuen, wenn ich ihnen mitteile, dass ich schon so bald wieder nach London zurückkommen werde."

Lady Elenora lächelte zufrieden. „In Ihrem Bewerbungsschreiben stand wenig über Ihre Familie. Lediglich ein kurzer Überblick über Ihre Kenntnisse und Fähigkeiten und ein paar Arbeitszeugnisse lagen Ihrem Schreiben bei."

Helen musste schlucken. Sie hoffte, dass Lady Elenora niemals auf die Idee kam, diese Arbeitszeugnisse auf ihre Echtheit zu überprüfen.

Lediglich ihre gute Ausbildung, die sie anhand ihrer vielen Lehrer und Gouvernanten erfahren hatte, würde ihr dabei helfen, diese Arbeit problemlos auszuführen.

„Meine Eltern, Gott hab sie selig, leben leider nicht mehr. Ich bin bei meinem Onkel und meiner Tante sowie deren zwei Schwestern in Oxford aufgewachsen. Bis ich mit sechzehn Jahren nach London gegangen bin und dort meine erste Anstellung als Kindermädchen angetreten habe."

„Gut. Sie werden morgen mit dem Unterricht beginnen. Ihren Lohn bekommen Sie wöchentlich am Sonntag ausgezahlt. Nun ruhen Sie sich erst einmal aus. Sophie wird Ihnen Ihr Zimmer zeigen, Miss Campbell."

Sie zog an einer Schnur und es läutete. Kurz darauf erschien Sophie im Salon.

„Sophie, sorg dafür, dass Miss Campbell etwas zum Essen erhält, und bring sie auf das Zimmer, was ich für sie vorgesehen habe."

Damit erhob sie sich und verließ, gefolgt von Pauline, die ihr noch einen missbilligenden Blick zuwarf, den Raum.

Sie schaute zu Sophie, die ihr lächelnd zu zwinkerte.

„Na und, was denkst Du? Wirst Du es mit den beiden Ladys aushalten?"

Helen lachte: „Aber ja doch."

„Komm, ich erzähl dir ein wenig was über die Clermonts. Vor allem über den Hausherren gibt es viel zu berichten."

Sie folgte Sophie hinaus aus dem Salon und hörte ihr gespannt zu.

„Viscount Bertrand Clermont, ist der Herr des Hauses. Er ist der Sohn, eines französischen Viscounts, und halte dich fest, einer indischen Aristokratin. Seine Eltern leben allerdings nicht mehr. Er lebte bis zu ihrem Tod in Indien und kam dann als kleiner Junge nach Paris. Er wuchs bei seinem Onkel, dem Bruder seines verstorbenen Vaters auf und als dieser starb, erbte er das gesamte Clermont-Vermögen."

„Was ist mit der Mutter von Miss Pauline?"

„Bertrand Clermont war bereits zweimal verheiratet. Aus seiner ersten Ehe stammt Miss Pauline. Ihre Mutter ist bei der Geburt gestorben. Seine zweite Ehe ist kinderlos geblieben. Daher ließ er sich kurzerhand von seiner zweiten Ehefrau scheiden. Da er einen männlichen Erben brauchte, musste er schnellstmöglich wieder heiraten. Und so wurde Viscountess Elenora vor einem halben Jahr die neue Herrin dieses Stadtpalais. Seitdem warten alle auf die gute Nachricht, dass die Viscountess ein Kind erwartet."

„Wie ist Viscount Clermont so?", wollte Helen wissen.

Sie waren in der geschäftigen Küche angekommen und Sophie bot ihr an, an dem großen Tisch, an dem das Personal speiste, Platz zu nehmen. Außer Sophie und sie saßen noch zwei Küchenmädchen an dem Tisch und grüßten Helen freundlich.

Sophie flüsterte ihr zu: „Er ist ein überaus attraktiver Mann, aber sehr launisch und Du solltest dich vor ihm in acht nehmen und ihn nicht provozieren."

Helen war beunruhigt. Was hatte das zu bedeuten? Sie versuchte, sich etwas zu beruhigen, indem sie sich sagte, dass ja die Viscountess ihre direkte Ansprechpartnerin war, und sie war eine umgängliche und sympathische junge Frau.

Als Helen endlich allein auf ihrem Zimmer war, stieß sie erleichtert die Luft aus und ging zum Fenster. Die Menschen, die hier im Haus lebten und arbeiteten, waren sehr freundlich zu ihr gewesen. Sie ahnte bereits jetzt, dass es ein paar Herausforderungen mit der jungen Miss Pauline geben würde. Sie wirkte auf Helen wie eine verzogene, überhebliche junge Frau. Aber Helen würde sie schon handhaben können.

Schade, dass sie nicht lange bei der Familie bleiben konnte, denn nach London konnte sie die Familie nicht begleiten. Diese Anstellung würde ihr dennoch Zeit geben, sich in Paris einzuleben und sich zurechtzufinden. In Sophie, so hoffte Helen, würde sie vielleicht eine Vertraute oder sogar eine Freundin finden. Die junge Frau hatte Helen mit einem Redeschwall überrollt, sowohl beim Essen als auch danach, als sie mit ihr einen Rundgang durch das Haus machte und ihr ihr Zimmer zeigte. Aber Helen hatte nun einen guten ersten Eindruck von der Familie Clermont.

Das Zimmer, das man Helen zugewiesen hatte, war klein, aber gemütlich. Es befand sich im ersten Stock des Hauses. Wie sie von ihrem Rundgang wusste, lagen die Räume der Herrschaften in der zweiten Etage. Sie trat zu dem Fenster und blickte in die enge dunkle Straße hinunter. Durch die hohen Häuser würde sie wohl auch im Sommer, wenn die Sonne hoch im Zenit stand, kein Sonnenlicht in ihrem Zimmer haben. Sie bemerkte, wie schmutzig und schäbig nach hinten hinaus alles aussah. Nach vorne hinaus war es schön, freundlich und glänzend. Auch an den Gestank nach Unrat würde sie sich erst noch gewöhnen müssen, denn den konnte man besonders von der hinteren Straßenseite aus riechen. Nach einer Weile vernahm sie das Klappern von Geschirr und Klirren von Gläsern, das aus der Küche des gegenüberliegenden Restaurants herauf dröhnte. Einfach wunderbar, dort werden sicher schon frühmorgens die Töpfe zu klappern beginnen und mich meines Schlafes berauben, dachte Helen.

Sie fröstelte. Eigentlich tat sie das, seit sie Devonshire-House verlassen hatte. Sie hoffte, dass sie sich keine Erkältung zuziehen würde. In ihrem Zimmer war es nicht besonders warm und ein wenig klamm. Sehnsüchtig dachte sie an die wohlige Wärme ihres Zimmers im Devonshire-House, das von dem riesigen Kaminfeuer herrührte. Wie gern würde Sie jetzt Cecilie bitten, ihr ein warmes Bad zu bereiten. „Schluss damit, Helen.", unterbrach sie ihre Gedanken.

Helen würde Sophie nach Kerzen fragen, um das Zimmer etwas zu wärmen. Und als Allererstes würde sie sich warme Wollunterwäsche und Schlafsachen besorgen müssen. Sie hatte ja vorläufig genug Geld vom Erlös der Ohrringe.

Lange vor Sonnenaufgang vernahm sie den Lärm von klappernden Töpfen aus der gegenüberliegenden Küche. Dazu das französische Geschrei des Koches und es war an Schlafen nicht mehr zu denken. Sie drehte sich hin und her und drückte das Kopfkissen auf ihre Ohren, jedoch ohne Erfolg. Sie würde sich daran gewöhnen müssen.

Entschlossen sprang sie aus dem Bett, wusch sich und zog sich an. Ein neuer Alltag begann. Keine Cecilie, die ihr beim Ankleiden half und ihr die Haare frisierte. Ihr Kleid, das man für sie bereitgelegt hatte, war schlicht und kratzte auf ihrer Haut. Sie würde hoffentlich keinen Ausschlag von diesem derben Stoff bekommen. Sie band ihr Haar zu einem strengen Knoten im Nacken zusammen und sah in den kleinen Handspiegel, den sie von zu

Hause mitgenommen hatte. Zufrieden lächelte sie. „Willkommen in der schönen freien Welt, Helen Campbell."

Sie ging die Dienstbotentreppe hinunter zur Küche und hoffte, dort Sophie anzutreffen. Es herrschte bereits geschäftiges Treiben. Einige waren damit beschäftigt, das Frühstück für die Herrschaften herzurichten, andere bereiteten das Menü für das Dinner vor. Helen wusste, wie die Abläufe in den gehobenen Haushalten waren. Schließlich hatte sie selbst ihrer Mutter bei der Haushaltsführung im Devonshire-House unter die Arme greifen müssen.

„*Bonjour*, Miss Campbell", wurde sie von Madam Cordon begrüßt, die ihr gestern als Köchin vorgestellt worden war und nur französisch sprach.

„*Bonjour*, Madam Cordon."

Die überaus hagere Dame, was sehr ungewöhnlich war für eine Köchin, kam auf sie zu und sagte: „Sie essen mit den Herrschaften im Salon, Miss Campbell. Anweisung der Hausherrin."

Im Haus ihrer Eltern war es ebenfalls üblich gewesen, dass die Kindermädchen oder später auch die Gouvernanten mit am Tisch der Familie speisten. Madam Cordon erklärte ihr den Weg und Helen betrat wenig später den Frühstücksalon.

Sie sah einen Mann am Tisch sitzen, der vertieft in eine Zeitung war.

„*Bonjour*", grüßte sie höflich und der Mann hob den Kopf und sah zu ihr. Seine zunächst irritierte Miene wich Erstaunen, als sein Blick über sie glitt. Während sie knickste, betrachtete sie ihn kurz. Er hatte ein bemerkenswert attraktives Gesicht und markante männliche Züge. Durch sein glänzendes schwarzes Haar, die tiefdunklen Augen und dem dunklen Teint wirkte er orientalisch auf sie. Helen erinnerte sich daran, dass seine Mutter Inderin war.

„Ich bin die neue Gouvernante von Miss Pauline, Helen Campbell, Mylord."

Der Mann musste der Hausherr, Viscount Bertrand Clermont sein, denn niemand anderes hätte es gewagt, sie so unverhohlen zu mustern.

Er erhob sich von seinem Stuhl am Kopfende des Frühstückstisches und zog einen Stuhl rechts neben sich hervor.

„*Bonjour*, Madam. Ich bin Bertrand Clermont und ich bin der Vater von Pauline. Aber das wissen Sie sicher bereits. Kommen Sie, setzten Sie sich zu mir."

Helen nickte. Sie war sehr nervös. Sie musste an die Warnung von Sophie denken. Helen kam seiner Aufforderung nach und nahm neben ihm Platz.

„Wo hat meine Gattin nur so eine bezaubernde Gouvernante auftreiben können?"

Helen errötete angesichts seiner Worte. Er hatte eine wohlklingende und tiefe männliche Stimme.

Der Viscount legte seine Zeitung beiseite und beobachte jede ihrer Bewegungen. Verlegen starrte sie auf den noch leeren Teller vor sich.

Zu ihrer Erleichterung kam ein Dienstmädchen herein und fragte sie nach ihrem Getränkewunsch. Helen bestellte dankend Tee. Ununterbrochen spürte sie den stechenden Blick des Viscounts. Sie fühlte sich unbehaglich. Irgendwann hielt sie es nicht mehr aus, erhob sich und ging zu dem reichlich gefüllten Frühstücksbuffet hinüber. Mit zittrigen Fingern nahm sie sich ein Stück Brot, zwei Würstchen und ein Ei.

Als sie zum Tisch hinüber ging, trafen sich ihre Blicke. Seine dunklen Augen funkelten amüsiert und glitten ungeniert über ihre Gestalt. Sie konnte nicht anders, aber die Art, wie er sie ansah, beunruhigte Helen aus irgendeinem Grund.

„Aus welchem Teil Englands stammen Sie, Miss Campbell?"

„Aus Oxford, Mylord."

„Erzählen Sie mir die Geschichte Ihres sozialen Abstiegs. Sind Sie eine reiche verarmte Miss oder eine arme Waise?"

„Ersteres trifft es wohl am ehesten, Mylord."

Sie hatte wieder Platz genommen und begann zu essen, in der Hoffnung, er würde sein Verhör unterbrechen.

„Dachte ich es mir doch. Sie essen viel zu kultiviert, Ihre Sprache ist zu gewählt, Ihre Haltung zu aufrecht und Ihr Gang zu graziös. Man sieht Ihnen Ihr blaues Blut von weitem an."

Helen wusste nicht, was sie erwidern sollte. Sie erinnerte sich, dass John ebenfalls diesbezüglich Bemerkungen gemacht hatte. Sie nickte nur stumm und versuchte, sich auf ihr Essen zu fokussieren.

„Aus irgendeinem Grund nehme ich Ihnen die arme Waise nicht ab. Sagen Sie es mir, Miss Campbell, gab es einen Verehrer, dem Sie nicht widerstehen konnten? Hat er Ihr Leben ruiniert und Ihnen ein Kind gemacht?"

Helen verschluckte sich fast. Sie wollte die impertinente Frage einfach ignorieren, antwortete der Höflichkeit halber jedoch mit einer Gegenfrage:

„Wie meinen Sie, bitte?"

„Sie wissen schon, was ich meine. Sie sehen mir nicht so aus, als seien Sie auf den Kopf gefallen. Ich frage das, um sicherzugehen, dass meine unschuldige Tochter nicht in die Fänge von einem liederlichen Frauenzimmer gerät."

Sein Blick und sein Ton änderten sich schlagartig. War er soeben noch belustigt und freundlich, so wirkte er nun ungehalten.

Wie konnte er es wagen? Helen war sich nun allzu sehr bewusst, welchen sozialen Stand sie eingenommen hatte. Denn nie zuvor hatte ein Mann es gewagt, so mit ihr zu reden. Sie erinnerte sich daran, dass Sophie ihr geraten hatte, sie solle den Hausherrn nicht provozieren. Sie schluckte ihre Wut herunter und sagte: „Ich versichere Ihnen, Mylord, dass Ihre Tochter in den besten Händen ist. Ich habe einen tadellosen Ruf", sie machte eine Pause und funkelte ihn wütend an, „in jeder Hinsicht."

Er musterte sie abschätzend, dann verschwanden die strengen Züge aus seinem Gesicht und er lächelte wieder.

Im nächsten Moment ging die Tür auf und Pauline sprang beschwingt in den Salon.

„*Bonjour* Papa."

Sie schwang ihm die Arme um den Hals und küsste ihn auf seine Wange. Helen war überrascht, welch ein inniges Verhältnis die beiden zueinander hatten. Es wäre kaum auszudenken gewesen, dass Helen ihren Vater jemals in dieser Art und Weise zu Nahe getreten wäre.

Der Viscount strahlte über das ganze Gesicht und die beiden verfielen in einen französischen Redeschwall. Helen war erleichtert darüber, dass Miss Pauline die Unterredung mit dem Viscount unterbrochen hatte. Sie würde in Zukunft dafür sorgen, nicht mit ihm allein zu sein.

Paris, April 1830, Stadtpalais Granville

John ging im Garten seiner Großmutter umher und trat einen Kieselstein mit der Schuhspitze weg. Er war verärgert. Nachdem er in Calais angekommen war, hatte er sich auf den Weg zu seiner Freundin Claudia gemacht. Sie lebte auf dem Pferdehof ihrer Familie und John, gab sein Pferd dort immer zur Pflege, wenn er nach England reiste. Außerdem hatte er mit ihr vor paar Jahren eine heimliche Liaison begonnen, bei der es vorrangig um körperliches Vergnügen ging. Jedenfalls von seiner Seite aus. Um Liebesverstrickungen zu vermeiden, ließ er sie deshalb in dem Glauben, er sei ein verheirateter Mann. Nun, es sprach nicht gerade für ihn.

Doch die sonst so vergnüglichen Stunden mit ihr waren gestern eine Enttäuschung gewesen, als John vor seinem geistigen Auge damit begann, Claudia mit der englischen Wildkatze Helen Beaufort zu vergleichen. Es ärgerte ihn, dass sich diese kleine Ausreißerin mit den grünen Augen in seine Gedanken geschlichen hatte.

Helen ging ihm nicht aus dem Kopf. Nachdem er ihr das Geld für die gestohlenen Ohrringe überreicht hatte, war er gegangen, ohne noch einmal das Gespräch mit ihr zu suchen. Er wollte sein Augenmerk wieder auf seine Angelegenheiten richten. Entschlossen hatte er das Dampfschiff nach Calais bestiegen, ohne einen weiteren Gedanken an Helen. Als er jedoch an Deck gegangen war, hatte er sie erblickt. Da stand sie, allein und verloren, den Blick auf die immer kleiner werdende Küste von Dover gerichtet. Sie war wirklich eine sehr mutige Frau. Wie sie so da stand, so allein, hatte sie etwas in ihm berührt. Wahrscheinlich war es sein männlicher Beschützerinstinkt gewesen. Denn er wusste, und das tat sie sicher auch, sie hatte nun nicht mehr den Schutz einer reichen Aristokratin. Sie war auf sich allein gestellt. Es sollte ihm egal sein. John war nicht für diese Frau und ihr Schicksal verantwortlich. Eine Frau, die seine Gedanken durcheinanderbrachte, konnte er nicht gebrauchen.

„Ist es eine Frau? Wer ist sie?"

Johns Großmutter Josephine trat zu ihm. Sie sah ihn amüsiert an und strich über die Falte auf seiner Stirn.

„Wo denkst Du hin, Großmutter. Frauen haben in meinem Leben nichts verloren."

„*Quelle honte,* wie schade."

Er schaute in das faltige Gesicht seiner Großmutter. „Du weißt, warum mein Herz für immer verschlossen ist."

„*Oui,* John Philippe, wie könnte ich den Grund dafür vergessen? Aber Du musst aufhören, dich so sehr zu grämen. Es wird deinen Bruder nicht zurückbringen. Er hätte nicht gewollt, dass Du unglücklich bist. Und schon gar nicht, dass Du dein

Herz vor einer Frau verschließt. Such dir eine Ehefrau und hab Kinder mit ihr. Das wirst Du sowieso irgendwann müssen. Denn auch George, dein Vater, wird nicht ewig leben. Du wirst einmal sein Erbe antreten müssen."

Er zog seine Großmutter in die Arme. „Ich möchte eine Frau haben, so wie Du eine bist. Stark und trotzdem einfühlsam, klug und eine hübsche Erscheinung. Ich hab dich sehr lieb, *grand-mère*."

Er hauchte ihr einen Kuss auf ihre Wange und löste sich aus der Umarmung. Lächelnd schaute er sie an. „Ich weiß, dass Du dir immer Sorgen um mein Seelenheil machst, aber das musst Du nicht. Mir geht es gut. Und übrigens, dein Sohn George ist bei bester Gesundheit. Ich habe ihm versprochen, dass wir diesen Sommer wieder gemeinsam in England verbringen werden. Also richte dich schon einmal auf eine lange Reise ein."

„Was sagst Du da? Das ist ja wunderbar." Sie strahlte über das ganze Gesicht.

Er gab ihr noch einen Kuss. „Ich muss noch mal los, warte nicht auf mich."

„Wohin gehst Du nur immer zu so später Stunde, John", rief sie ihm hinterher.

Kapitel 5 - Das freie Leben

Paris, Mai 1830, Richelieustraße 20

John saß mit einigen Mitgliedern der Charbonnerie um den Küchentisch herum und schaute auf die Stadtkarte von Paris, die vor ihnen ausgebreitet lag.

Für ihre geheimen Treffen nutzten sie immer wieder verschiedene Treffpunkte. Heute war es Johns geheime Wohnung in der *Richelieustraße* 20. Die Straße befand sich unweit des *Louvre* und der *Grand Boulevards* und war überwiegend von der arbeitenden Mittelschicht, zu denen Kaufleute, Anwälte, Lehrer und Ärzte gehörten, bewohnt.

Seit er den Charbonnerie angehörte, besaß John diese Wohnung, von dem seine Familie nichts wusste. Denn offiziell lebte er als Sohn eines Earls im Stadtpalais der Granvilles bei seiner Großmutter. Die geheime Wohnung in der *Richelieustraße* gab ihm Gelegenheit, sich auf Spionageaufträge vorzubereiten, bei denen er in den verschiedensten Verkleidungen schlüpfen musste. Aber auch um heimliche Treffen abzuhalten.

Es waren seine engsten Vertrauten. Der älteste und vernünftigste war Francois, dann der schwarzhaarige Lebemann Pierre, der ruhige Alain und Fernand, ein ehemaliger Sklave, den John halb verhungert vor dem Tod bewahrt hatte.

Lediglich Francois und seine Schwester Ella, die hin und wieder für ihn putzte und Besorgungen erledigte, und ebenfalls den Charbonnerie angehörte, hatten einen Schlüssel zu dieser Wohnung.

Vor ein paar Wochen war den Liberalen gelungen, was niemand zu hoffen gewagt hatte. Die Neuwahlen, die Charles X. erzwungen hatte und die Polignac und D'Amboise wahrscheinlich versucht hatten zu manipulieren, waren ein noch größerer Erfolg als erwartet, denn die Opposition der Liberalen ging daraus als Mehrheit hervor. Es handelte sich um die größte Niederlage der

Bourbonen und ihrer Ultraroyalisten, seit König Charles X. den Thron bestiegen hatte.

Daraufhin hatte La Fayette die Charbonnerie zur Vorbereitung einer Revolution aufgerufen. Denn er glaubte, dass der König und Polignac zum Gegenschlag ausholen würden. Der Plan war, zunächst die liberalen Bürger, auch das bonapartistische Bürgertum mit der proletarischen Unterschicht, zu vereinen, und sie dann gezielt politisch zu aktivieren. Und ihr Vorhaben hatte Erfolg gehabt. Nun galt es, sich für einen Aufstand gegen die Regierung strategisch zu positionieren.

In den letzten Wochen hatten Francois und Pierre sowohl Polizei als auch Gendarmerie beobachtet, um herauszufinden, wie viele und an welchen Straßenecken sie zu den verschiedenen Tages- und Nachtzeiten patrouillierten.

„Wie viele Stadtteile haben wir schon kontrolliert?", fragte John.

„Es fehlen uns die Straßen rund um das Regierungsviertel und dem Regierungsgebäude *Palais-Royal*. Aber Du kannst davon ausgehen, dass die Zahl der Soldaten der königlichen Armee dort erdrückend sein wird", antwortete Francois.

„Ich werde mich als einer der königlichen Sergeanten verkleiden und mich bei seinen Männern einschleichen, um sie auszuhorchen."

„Eine gute Idee, John", meinte Pierre, „Du bist ein exzellenter Schauspieler, dir wird man glatt den königlichen Sergeanten abnehmen." Alle lachten.

„Alain, Du bist doch unser Beschaffungsmeister. Wie lange brauchst Du, um mir eine Uniform der königlichen Sergeanten und einen Säbel zu besorgen?"

„Das kann dauern. Die Uniformen sind Spezialanfertigungen und auf den Knöpfen ist die Lilie der Bourbonen aufgenäht. Ich werde sehen, was sich machen lässt."

„Du bekommst die Zeit, die Du brauchst. Aber wer übernimmt dann D'Amboise? Du Francois?"

„Ja, geht klar. Was hast Du für mich."

John schaute zu Francois. „Ich habe herausgefunden, dass er mittwochs immer den Spielsalon in der *Rue de Clarmat* besucht. Nur leider wimmelt es von Angestellten im Haus, solange seine Familie anwesend ist. Aber gestern sind Frau und Kinder zu den Eltern seiner Frau gefahren. Für eine ganze Woche. Diese Information hat mich einen ganzen Abend mit Branntwein und einem anschliessend betrunkenen Kutscher gekostet."

„Soll heissen, ich soll ein wenig in seinem Haus herumschnüffeln?"

John nickte. „Uns fehlen immer noch Informationen, in welcher Beziehung D'Amboise zu Minister Polignac steht und was die beiden planen. Ich habe euch von dem Notizbuch berichtet. Du solltest schauen, ob Du es findest. Vielleicht sind neue Einträge hinzugekommen."

„Ich werde sehen, was ich finde", sagte Francois.

„Dann brauchen wir nur noch Verbündete der liberalen Opposition im Stadtviertel *Notre-Dame* und beim *Louvre*. Fernand, Du hast doch mal in der *Rue de Notre Dame* gelebt. Kennst Du die Leute, die dort wohnen? Sind sie uns wohlgesonnen?"

Der dunkelhäutige Fernand nickte.

„*Oui*, der Grossteil sind Liberale, aber auch Republikaner. Ich werde Kontakt aufnehmen und sehen, wen von ihnen man für unsere Sache gewinnen kann."

„Was ist mit dem Marquis? Meinst Du, er wird die Nationalgarde wiedervereinigen", fragte Pierre.

John schüttelte den Kopf. „Nicht zum jetzigen Zeitpunkt. Wir müssen Geduld haben."

Pierre ergriff das Wort: „Ich könnte trotzdem die alte Garde zusammentrommeln und ihnen von unserem geplanten Aufstand berichten. Es ist gut, sie auf unserer Seite zu wissen. Oberst Claude Germain ist mit meiner Cousine verheiratet und war Mitglied der Nationalgarde. Ich könnte ihn treffen. Was sagst Du, John?"

„Eine gute Idee, Pierre."

Alain meinte: „Polignac und sein verdammtes Kabinett versuchen seit Monaten, die liberale Verfassung auszuhebeln. Wenn wir nicht aufpassen, dann haben wir bald wieder einen absolutistischen König in Frankreich."

„Das wissen wir zu verhindern", sagte John.

Paris, Mai 1830, Stadtpalais Clermont

Die ersten Wochen verliefen stets gleich. Helen nahm das Frühstück mit der Familie ein. Anschließend gab sie Miss Pauline Unterricht. Sie lehrte der jungen Miss die Gepflogenheiten der Londoner Gesellschaft, unter anderem, welches Gebäck man zu welchem Tee zu sich nahm. Ließ sie aus englischen Romanen zitieren und verbesserte sie in ihrer Aussprache.

„Ihr Engländer seid so streng, genau wie eure Sprache. Sie hat überhaupt nichts Melodisches", musste sich Helen immer wieder anhören.

Bei schönem Wetter ging sie mit Pauline und ab und zu in Begleitung von Lady Elenora in den erblühenden Garten des *Palais de Tuileries* am rechten Ufer der Seine und bei schlechtem Wetter saßen sie im Salon und stickten, während Helen ihr ununterbrochen die kultivierte englische Sprache beibrachte.

Bertrand Clermont war gestern von einer zweiwöchigen Geschäftsreise zurückgekehrt und die Stimmung schlug schlagartig um, sowohl bei der Hausherrin als auch bei den Angestellten. Die ansonsten lockere Heiterkeit zwischen den Anwohnern dieses Hauses war verschwunden.

Gerade saßen Lady Elenor, Helen und Miss Pauline jeder für sich vertieft über einer Stickarbeit, als Paulines Seufzen die Stille unterbrach.

„Ich habe schon ganz zerstochene Fingerkuppen. Ich werde auf keinen Fall noch einen Tag im Haus verbringen und sticken. Sollte es morgen wieder regnen, will ich, dass wir einen Ausflug mit der Kutsche machen."

„Eine schöne Idee, Miss Pauline", sagte Helen und den Blick auf Lady Elenora gerichtet. „Meinen Sie nicht auch?"

„Oh, entschuldigen Sie, Miss Campbell. Was sagten Sie gerade?"

Lady Elenore wirkte geistesabwesend. Helen musterte sie eingehend. Was war nur los mit der Viscountess?

„Geht es Ihnen gut, Lady Elenora?", fragte Helen vorsichtig.

„Aber ja, warum sollte es das nicht. Was sagten Sie noch?"

„Miss Pauline hatte einen Ausflug mit der Kutsche vorgeschlagen. Sie könnten uns begleiten."

„Bitte, Stiefmutter", flehte Pauline sie an.

Lady Elenora lächelte. „Ja, das wäre eine schöne Abwechslung. Es regnet schon seit Tagen. Wir könnten uns die ägyptische Sammlung im *Louvre* anschauen."

Helen war ganz begeistert. Sie hätte nicht zu hoffen gewagt, einmal den *Louvre* besuchen zu können. Am frühen Nachmittag brachen Lady Elenora, Miss Pauline und sie selbst sowie ein paar

Bedienstete zum *Louvre* auf. Helen konnte ihr Erstaunen über diese sagenhafte Ausstellung und all die kostbaren Malereien in der Galerie kaum im Zaum halten. Pauline lief immer voraus und Lady Elenora und sie diskutierten ausführlich über die zahlreichen ägyptischen Skulpturen. Helen hatte es besonders die Skulptur der Venus von Milo angetan, die ein französischer Marineoffizier von einem griechischen Bauern erworben hatte. Es war ein wundervoller Tag gewesen, den sie im *Louvre* verbracht hatten. Und sie hatten dabei ganz die Zeit vergessen.

Erst am späten Abend waren sie zurückgekehrt und Helen lag nun erschöpft, aber zufrieden in ihrem Bett.

Ihr waren gerade die Augen zugefallen, als sie durch laute Stimmen geweckt wurde.

„Wo bist Du den ganzen Tag gewesen? Seit wann verlässt Du das Haus ohne meine Erlaubnis."

Helen setze sich aufrecht in ihr Bett. Ihr Puls ging augenblicklicher schneller.

Die tobende Stimme des Hausherrn hallte von der Treppe, die zu den oberen Gemächern der Familie führte. Helens Zimmer befand sich im darunterliegenden Trakt.

„Du hast getrunken, Bertrand."

„Das geht dich überhaupt nichts an, ob ich getrunken habe."

„Au! Du tust mir weh. Lass mich los, Bertrand."

Helen sprang aus dem Bett und lief zur Tür, denn ihr erster Impuls war es, Lady Elenora beizustehen. Sie besann sich aber, denn was konnte sie schon ausrichten? Es stand ihr nicht zu, sich in die Ehe der beiden einzumischen. Sie war eine Angestellte und es würde ihre sofortige Kündigung bedeuten. Kurz darauf hörte sie ein Klatschen, das einer schallenden Ohrfeige glich. Erschrocken hielt Helen sich die Hand vor den Mund. Hatte er Lady Elenora etwa geschlagen? War er nicht mehr Herr seiner Sinne, weil er getrunken hatte? Sollte sie einfach untätig bleiben und zulassen, wie er seine Frau schlug?

„Halt deinen Mund und komm mit, Du unbrauchbares Frauenzimmer. Ich werde dir zeigen, was deine Aufgaben als meine Ehefrau sind."

Helen hörte, wie eine Tür zugeschlagen wurde und die Stimmen nur noch gedämpft zu hören waren. Sie presste ihr Ohr an die Tür und lauschte, konnte jedoch nichts mehr verstehen. Dann verstummten die Stimmen und es wurde wieder still im Haus.

Verängstigt und schockiert huschte sie wieder unter ihre Bettdecke. Sie war soeben Zeugin geworden, wie Bertrand Clermont seine Frau behandelt, wenn diese sich nicht an die Regeln hält. Sie hatte ihn nicht um Erlaubnis gebeten, einen Ausflug zu machen. Grund genug für ihn, sie zu schlagen. Das, was soeben passiert war und sie mitanhören musste, wäre sicher ihr Schicksal gewesen. Wie froh sie in diesem Augenblick war, dieser Ehe entronnen zu sein. Dafür lohnte es sich zu frieren, kratzende Kleidung zu tragen und einer Arbeit nachgehen zu müssen. Helen konnte nur erahnen, was Lady Elenora jetzt durchmachen musste. Das Schlimmste war, sie durfte sich ihrem Mann nicht verwehren, ganz gleich wie brutal er seine ehelichen Pflichten einfordern würde. Kein Gesetz dieser Welt konnte ihm das verbieten. Frauen waren das Eigentum ihrer Ehemänner und Helen schwor sich, niemals im Leben zu heiraten.

Am nächsten Morgen kam Lady Elenora erst spät zum Frühstück. Helen versuchte vergeblich, in ihrem Gesicht zu lesen, wie es ihr ging, aber die

Viscountess sah wie immer aus. Gepudert und frisiert mit einem Lächeln auf den Lippen. Sie setzte sich zu Pauline und Helen an den Frühstückstisch, so wie sie es jeden Morgen tat. Aber Helen hatte die nächtliche Szene mit angehört. Das unveränderte Verhalten der Viscountess ließ darauf schließen, dass es nicht das erste Mal war, das der Viscount sie geschlagen hat. Oder aber, dass sie eine gute Schauspielerin war.

„Wie kommen Sie mit dem Unterricht von Pauline voran, Miss Helen?", fragte sie unbekümmert und ließ sich von einem Dienstmädchen eine Tasse heiße Schokolade einschenken.

„Miss Pauline hat beachtliche Fortschritte gemacht. Es wäre an der Zeit, dass sie ihre Sprachkenntnisse außerhalb des Klassenzimmers anwendet. Vielleicht kennen Sie einige englische Familien, die man zum Tee einladen könnte? Ansonsten gibt es sicher in einer Weltstadt wir Paris einige ausgewählte Treffpunkte der britischen Adelsschicht."

Miss Pauline warf Helen ein dankbares Lächeln zu. Sie hatte sich anscheinend über ihr Lob gefreut. Helen zwinkerte ihr lächelnd zu. Sie begann allmählich eine gute Beziehung zu ihrem Schützling aufzubauen.

„Hmm, lassen Sie mich überlegen." Die Viscountess tippte sich mit dem Zeigefinger auf ihre Unterlippe.

„Oh, aber ja, Lady Eliza Bentwood, sie ist die Cousine meiner Mutter. Sie lebt schon seit Jahren in Paris und hat England den Rücken gekehrt. Ich werde nach dem Frühstück einen Brief an sie schreiben und um ein Treffen bitten."

„Vielen Dank."

Helen musterte die Viscountess immer noch argwöhnisch, aber diese verhielt sich, als sei nie irgendetwas vorgefallen.

Hätte Helen sich ihrem Schicksal ebenfalls so kampflos ergeben? Hätte sie am Tag danach einfach wieder lächeln und über alltägliche Dinge reden können? Sie hatte keine Antwort darauf. Aber Lady Elenora nahm ihr mit ihrem Verhalten eine Entscheidung ab. Denn sie hatte überlegte, ob sie sie darauf ansprechen sollte. Vielleicht brauchte sie jemanden, mit dem sie über die Geschehnisse der letzten Nacht reden wollte. Nun, dem war anscheinend nicht so.

Viscount Clermont verbrachte die nächsten Tage meist außerhalb. Wohin er ging und was er tat, das wusste niemand von den Hausangestellten. Sobald er nach Hause kam, ließ er nach seiner Frau schicken und sie folgte ihm pflichtbewusst in die oberen Schlafräume. Helen hatte seit der Nacht vor zwei Wochen, nicht einen Laut aus einem der oberen Zimmer gehört.

„Es geht dir ziemlich nahe, Helen. Das sollte es nicht. Es geht uns nichts an, was der Herr mit seiner Frau macht", sagte Sophie sanft.

Sie saßen gemeinsam in der Küche und tranken Tee. Pauline war bereits zu Bett gegangen und die meisten Angestellten hatten sich ebenfalls zur Ruhe begeben. Helen hatte Sophie von dem Vorfall erzählt. Aber Sophie empfand nicht die gleiche Ungerechtigkeit dabei wie Helen. Anscheinend aber auch Lady Elenora nicht. Was war nur mit den Frauen ihrer Zeit los? Sie sollten aufhören, sich so respektlos behandeln zu lassen.

„Doch, das tut es. Findest Du es nicht ungerecht, wie Männer ihre Frauen behandeln dürfen? Wir sollten uns als Frauen dagegen wehren, das Eigentum von Männern zu sein."

„Aber der Viscount ist verpflichtet, sie zu beschützen und finanziell für sie zu sorgen. Da ist es doch nur sein gutes Recht, dass sie ihm ein Kind, einen Erben, gebärt. Sie sind nun seit einem halben Jahr verheiratet und sie ist immer noch nicht in anderen Umständen."

Helen schniefte wütend. „Es ist auch kein Wunder. So, wie er sie behandelt, wehrt sich ihr gesamter Körper gegen eine Schwangerschaft. Außerdem, muss man seine Frau misshandeln, um einen Erben von ihr zu bekommen? Steht das auch im Gesetzbuch?"

Sophie zuckte lediglich mit den Schultern. „Es wird gemunkelt, dass er sich auch von ihr scheiden lassen wird, falls sie unfruchtbar ist. Genau wie damals bei seiner zweiten Frau. Denn es kann ja nicht an ihm liegen, sonst würde es Pauline nicht geben."

„Es wäre wohl das Beste für die Viscountess."

„Das glaube ich nicht. Sie wäre gesellschaftlich ruiniert. Kein Mann würde sie heiraten, wenn sie ihm keine Kinder schenken kann. Wenn sie Glück hat, nehmen ihre Eltern sie wieder bei sich auf. Ansonsten wäre sie mittellos."

„Lieber das, als ein Leben in Angst und Schrecken."

Paris, Mai 1830, Grand Boulevard

John spazierte auf der Promenade des *Grand Boulevard* auf der Suche nach Zerstreuung. Viele Cafés und Restaurants befanden sich entlang der belebten Promenade, die auf den alten Stadtmauern errichtet worden war. Die Stadt expandierte, vor allem nach Norden und Westen – durch die tatkräftigen neuen Bankiers der Stadt finanziert. John hatte sie beobachtet, die einflussreichen Bankiers Casimir Perier, Jacques Laffitte und die Rothschilds, deren Status und Einfluss immer mehr zugenommen hatte. Sie gehören der französischen Bourgeoisie an, Bürger der weltlichen Oberschicht. Sie waren zwar ebenso wie die einfachen Proletarier nicht Teil der Aristokratie, aber durch ihren Reichtum konnten sie sich in das Parlament einkaufen. Sie vertraten das Bürgertum gegenüber dem König. Aber taten sie das wirklich? Diese reichen Industriellen und Bankiers, die im

Parlament saßen, waren doch nur auf ihren eigenen Vorteil bedacht. Was kümmerte sie die Belange der arbeitenden Bevölkerung? Die Bourgeoisie vertrat die Meinung, dass Menschen, die nichts zu verlieren hatten, nicht aufrichtig an dem allgemeinen Wohl des Landes interessiert sein konnten.

John wusste, dass die Bourbonen und vor allem der engste Berater des Königs, Minister Polignac, die arbeitende Bevölkerung und die armen Leute nicht in der Parlamentskammer haben wollten. Denn somit konnten sie allein die Gesetze in Frankreich machen und die Auflagen bestimmen, von denen sie den schwersten Teil den Armen aufluden. Die Geschichte der Revolution musste sich wiederholen. Das Volk brauchte lediglich genug Mut oder vielleicht einfach nur genügend Unmut, um sich zu erheben.

John kaufte sich seine bevorzugte Zeitung, die radikale liberale Zeitschrift *Le Nationale* und setzte sich in ein gemütliches Bistro. Er bestellte Wein und eine warme Pastete und begann die Zeitung zu lesen.

„Eine sehr gute Lektüre haben Sie da, Langdon."

John schaute auf und sah seinen guten Bekannten Adolphe Thiers, Chefredakteur der *Le Nationale*.

Er erhob sich erfreut. „Thiers, wie lange ist es her, dass wir uns gesehen haben?" Die beiden Männer schüttelten sich die Hände.

„Viel zu lange. Wie geht es Ihnen?"

Ohne zu fragen, nahm er am Tisch Platz, zugleich erschien die Bedienung.

„Ich nehme das Gleiche, was der Herr bestellt hat", sagte Thiers freundlich zu der Dame.

„Mir gehts gut und selbst?"

„Ich kann nicht klagen, Langdon."

Adolphe Thiers war zehn Jahre älter als John, trug sein dunkles Haar kurzgeschnitten und hatte eine kleine runde Brille auf der Nase.

Er beugte sich leicht hinüber zu ihm und flüsterte John zu: „Na, nicht wieder Lust, Agent für mich zu sein? Sie waren der Beste, Langdon. Oder sind Sie zur Konkurrenz gewechselt?"

John musste lachen. Sie hatten sich getroffen, als Adolphe Thiers gerade seine eigene Zeitung *Le Nationale* gründete. Er hatte für ihn in den Cafés spioniert und die Bürger belauscht, besonders politische Diskussionen. Anschließend hatte er alles zu Papier gebracht und Thiers veröffentlichte die Zeilen am nächsten Tag in seinem Blatt. Durch die steigende Leserzahl wurde die Kritik, die sie an der Regierung verübten, in der Presse immer lauter und die Regierung reagierte mit strengen Kontrollen. Seit drei Jahren gab es das Gesetz der eingeschränkten Pressefreiheit, weswegen John seine Zusammenarbeit mit Thiers beendet hatte. Es machte für ihn keinen Sinn mehr, wenn er nicht die Wahrheit schreiben durfte. Denn widersetzte man sich diesen Einschränkungen, drohten hohe Geldstrafen oder sogar Gefängnisstrafe und beidem wollte John aus dem Weg gehen. Denn er hatte nur ein Ziel in seinem Leben, Rache an den Bourbonen.

„Was treiben Sie nun, da Sie keiner Arbeit mehr nachgehen? Oder haben Sie bereits Ihr Erbe in England angetreten?"

John wartete, bis die Bedienung ihnen den Wein und die Pastete serviert hatte, bevor er fortfuhr.

„Nein, mein Vater lebt gesund und munter in London und kümmert sich selbst um alles. Dafür bin ich sehr dankbar."

Thiers quittierte seine ausweichende Antwort mit einem Lächeln. Dann jedoch wurde sein Ausdruck ernst.

„Sagen Sie, Langdon, was halten Sie von der Entwicklung in Europa? Metternich hat einen Polizeistaat errichtet, Belgien wird von der holländischen Dynastie der Oranier tyrannisiert und auch die Schweiz wird immer noch vom Hochadel regiert. Die Länder in Europa leben in Unterdrückung. Und dann unser Land. Überall, wo man hinschaut, das Zeichen der Bourbonen. Sie sind es, die unser Land regieren. Die nach der Revolution ins Exil geflohenen Adelsgeschlechter leben schon lange wieder in Frankreich. Was wir brauchen, ist eine Revolution. Eine, die ganz Europa wachrüttelt. Sind Sie nicht auch meiner Meinung?"

„Seien Sie lieber still, oder wollen Sie verhaftet werden?"

„Keine Sorge, niemand hört uns."

John musterte den Mann ihm gegenüber. Er wusste, dass Thiers ein radikaler Anhänger der Liberalen war und seine Zeitung als Sprachrohr nutzte. Aber er hatte ihn noch nie so leidenschaftlich reden hören. War er nun bereit, aktiv zu werden, vielleicht nicht nur auf dem Papier zu revolutionieren? Sollte John ihn in seine Pläne mit einweihen? Nein, es war zu gefährlich, einem Journalisten zu vertrauen. Selbst wenn dieser auf der gleichen Seite stand.

„Jeder, der Zeitung liest, weiß um die Situation in Europa", sagte John, um Thiers keine falschen Signale zu senden. „Dennoch ist Frankreich freier als das Europa der Metternich-Ära. Jedoch könnten wir den starrsinnigen Greis, König Charles X., etwas in seine Schranken weisen, allem voran seinen ehrgeizigen Minister Polignac."

Thiers beugte sich zu ihm. „Die Liberalen haben seit über einem Monat die Mehrheit in der Abgeordnetenkammer. Nun sind sich alle einig, die Absetzung Polignacs zu fordern."

John lachte kurz auf. „Es sollte mich sehr wundern, wenn Charles X. das akzeptiert."

„Er wird keine Chance haben, sich den Forderungen entgegenzusetzen. Die Bourgeoisie ist auf dem Vormarsch, allen voran die Bankiers. Der König und seine Minister haben bald nichts mehr zu lachen. In Zukunft bestimmt das wohlhabende Bürgertum in Frankreich. Die Franzosen sind endlich erwacht und haben begriffen, was Charles vorhat. Unterstützen Sie unsere Sache und lassen Sie uns die Monarchie endgültig stürzen."

John räusperte sich. „Mein lieber Monsieur Thiers, dies ist weder der richtige Ort noch der richtige Zeitpunkt, um so etwas zu besprechen. Ihnen ist es vielleicht gleichgültig, ob man sie diskreditiert. Ich jedoch habe meinen Titel und ein Erbe zu beschützen."

Thiers lehnte sich enttäuscht zurück. „Ich habe mich wohl in Ihnen getäuscht, Langdon. Sie sind doch nur einer der verwöhnten und gelangweilten Aristokraten, die den Kopf einziehen, wenn es der Monarchie an den Kragen geht."

John setzte sein charmantestes Lächeln auf und hob sein Glas. „Darauf trinken wir."

Paris, Mai 1830, Grand Boulevard

Helen und Sophie liefen zur Kutschenstation. Die Viscountess hatte ihnen endlich einen Tag zusammen frei gegeben. Sophie wollte ihr die Stadt zeigen und Helen freute sich, endlich mehr von Paris zu sehen.

„Sophie, nicht so schnell."

„Beeil dich, Helen, sonst verpassen wir die Kutsche."

In letzte Minute erreichten Sie die Haltstelle, kauften zwei Fahrkarten und stiegen in die Kutsche.

„Puh, geschafft", sagte Sophie.

Die beiden Frauen ließen sich auf der hinteren Bank der Kutsche nieder. Helen war immer wieder begeistert über diese französische Erfindung. Sie sassen in einer geschlossenen Kutsche mit Platz für bis zu zehn Passagieren. Die Kutschen fuhren von morgens bis abends durch Paris und gehalten wurde alle zehn Minuten an den dafür vorgesehenen Haltestellen. Helen war seit ihrer Ankunft in Paris nur zu Fuß unterwegs gewesen, sie wollte das Geld sparen. Doch heute hatten Sophie und Helen das erste Mal zusammen frei, beide hatten ihren Wochenlohn erhalten und sie wollte Spaß haben.

Sie schaute aus dem Fenster und lauschte Sophies Redeschwall. Sie überquerten gerade eine Hängebrücke und verließen damit den noblen Stadtteil *Faubourg Saint-Germain* und fuhren vorbei an den grünen Bäumen der Gärten vom *Palais de Tuileries*.

„Das ist die *Chaussée-d'Anti*, ein ziemlich neues Viertel. Erbaut von den Neureichen, den Industriellen und Bankiers. Wir fahren weiter zum *Grand Boulevard*, da sind wir unter den Bürgern Frankreichs und die Preise sind erschwinglicher."

Helen registrierte wieder das Aufgebot an Soldaten und den Sergeanten in den blauen Mänteln.

„Sophie, wer sind diese uniformierten Männer in den blauen Mänteln?"

„Das sind die Sergeants de Ville, die Polizeitruppe von Charles X. Tagsüber gehen sie nur mit Stöcken, aber nachts dürfen sie Säbel tragen."

„Polizei? Man sollte meinen, sich dadurch sicher zu fühlen. Aber irgendwie werde ich das Gefühl nicht los, dass sie eher auf der Hut vor irgendetwas sind. Auch Soldaten sieht man überall. Warum?"

Sophie beugte sich dicht zu ihr und sprach leise. „Seit der Massendemonstration vor zwei Jahren, an dem sieben Menschen getötet wurden, ist die Regierung nervös, es könnte wieder zu Tumulten kommen."

„Warum ist es denn zu dieser Demonstration gekommen?"

„Der König hat sich gegen den Rat der Akademie der Wissenschaften gestellt."

„Wie meinst Du das?"

„Na, es ging um die Anstellung eines Professors. Weil bei den Wahlen die Liberalen die mehrheitlichen Stimmen bekamen, hatten sie somit Anspruch darauf gehabt den Professor einzustellen. Aber anstelle eines liberalen Professors wurde vom König einer der ultraroyalistischen Fraktion eingestellt. Dadurch brachen im *Quartier Latin*, dem Pariser Studentenviertel, Unruhen aus. Als die Soldaten der Nationalgarde, die zum größten Teil aus dem einfachen Volk stammten, dem König dann auch noch regierungsfeindliche Parolen zuriefen, löste er die Truppen einfach auf. Daraufhin begannen die Studenten die ersten Barrikaden zu errichten. Er stellte eine Armee auf und sie eröffnete das Feuer auf die Aufrührer. Sieben Menschen wurden getötet und zwanzig verletzt. Der König beruhigte zwar den Aufstand, aber seitdem traut er seinem Volk nicht mehr. Anstelle der Nationalgarde trat nun seine eigens gegründete Polizeiwache, die Sergeanten de Ville."

Helen hatte angespannt zugehört. Sollte sie beunruhigt sein? Sie hatte natürlich über die

Französische Revolution gelesen und den Sturm auf die Bastille. Aber das gehörte doch der Vergangenheit an. Konnte es in diesem Land wieder zu einer Revolution kommen? Die Franzosen waren dafür bekannt aufzubegehren. Ganz anders war es in England. König George war mittlerweile ein alter Mann und seine Regierungsmethoden waren eingestaubt. Aber er hatte sein Volk bisher nicht so sehr erzürnt, dass es ihm den Gehorsam verwehrte.

Kurze Zeit später bogen sie in die *Rue Saint-Honoré* ein.

„Schau Helen, hier siehst Du die schönsten und teuersten Geschäfte von ganz Paris. Wir werden uns niemals leisten können, hier einzukaufen. Schau, dort drüben hat der bekannteste Modemacher Leroy seinen Laden. Sogar die Herzogin von Anglouéme ist dort Kundin."

„Und wer ist diese Dame? Sollte ich wissen, wer sie ist?"

„Helen, aber natürlich solltest Du das. Sie ist die Tochter von Ludwig XVI. und führt die Pariser High Society an. Jede Woche gibt sie exklusive Veranstaltungen im ersten Stock der *Palais de Tuileries* oder in den Salons der prächtigen Stadthäuser von *Faubourg Saint-Germain*."

Helen registrierte es mit einem Schulterzucken. Sie wusste, wie langweilig solche Veranstaltungen waren und wie oberflächlich die Menschen, die sich dort tummelten. Sie vermisste es nicht.

„Wie man sagt, geht sie immer in Schwarz. Sie ist schwerreich."

„Was bedeutet dieses Emblem, das man überall in der Stadt sieht? Es ist auf fast allen Fenstern oder Türen der Pariser Geschäfte, Cafés und Restaurants zu sehen."

„*Fleur-des-Lys*, Blume des Lichts, das Emblem der Bourbonen", sagte sie knapp.

Zwei Haltestellen weiter hatten sie ihr Ziel erreicht und stiegen aus. Sie schlenderten zum Eingang der Einkaufspassage und Helen wünschte sich wirklich, sie hätte mehr als die paar Francs in der Tasche. Es gab hier alles, was das Herz begehrte. Neben einem Süßwarenladen namens *a la Duchesse de Courtlande*, der nicht nur Bonbons, sondern auch frische Pfirsiche, Kirschen und Weintrauben anbot, gab es auch Konditoreien, Schokoladengeschäfte und Geschäfte, die Kaffee und Tee verkauften. Als sie weitergingen, sah sie einen Papierladen, der Visitenkarten und feines Schreibpapier anbot; dann passierten sie das Geschäft der berühmten Modistin, Mademoiselle Lapostolle, deren Spezialität Strohhüte waren. Sie sah Damensalons, die Dessous verkauften, und feine Stoffe für die nach Maß angefertigten Kleider anboten.

„O Helen, das musst Du probiert haben. Gibt es das bei euch in England? Eiscreme. Sie schmeckt einfach köstlich."

Helen lachte über die euphorische Art ihrer neuen Freundin. Sophie konnte sich einfach wunderbar herrlich über die einfachsten Dinge freuen.

Sie kauften sich ein Eis, setzten sich auf eine Bank und schauten auf die vorbeigehenden Passanten. Es war ein warmer Maitag und viele Pariser nutzten die Gelegenheit für einen ausgiebigen Spaziergang an der frischen Luft.

„Du hattest recht, Sophie, es schmeckt einfach köstlich."

„Wie ich sehen kann, haben Sie bereits Gefallen an den Pariser Köstlichkeiten gefunden."

Helen blinzelte, weil die Sonne sie blendete. Vor ihr stand eine hochgewachsene Gestalt, die sie sofort erkannte.

„Sie? Was machen Sie hier?"

„Das Gleiche wie Sie. Das schöne Wetter genießen."

Sophie stieß Helen mit ihrem Ellenbogen an und flüsterte ihr zu: „Himmel, was für ein Mann. Kennst Du ihn etwa?"

„Wir sind uns auf der Überfahrt von England nach Frankreich kurz begegnet."

John hielt den Kopf leicht geneigt und lächelte.

„Ja, richtig. Wie schön, dass Sie sich an den kurzen Moment erinnern, Miss Helen. Ich muss einen tiefen Eindruck bei Ihnen hinterlassen haben."

Er wandte sich an Sophie und deutete eine knappe Verbeugung an.

„Und wer ist diese entzückende Dame?"

Sophie lächelte ihn kokett an. „Nennen Sie mich Sophie."

Er nahm ihre Hand entgegen und hauchte einen Kuss darauf. „Dann nennen Sie mich John."

Helen beobachtete, wie Sophie aufgeregt mit ihren Wimpern blinkerte. Was wollte sie damit bezwecken? Es sah einfach nur albern aus. John schien es zu gefallen, wenn sie seinen Blick richtig deutete. Na und, sollten sie doch beide flirten. Helen würde sich nicht hergeben für so eine dumme Tändelei. Auch wenn sie sich eingestand, dass er sehr attraktiv aussah, mit dem weißen Hemd, den hellen Hosen und schwarzen Stiefeln. Seinen schwarzen Frack hatte er ausgezogen und über den Arm gelegt. Sein blondes Haar war von der leichten Brise zerzaust und seine Haut hatte einen dunkleren Teint angenommen, seit sie ihn das letzte Mal gesehen hatte.

Sehr zum Missfallen Sophies setzte sich John jedoch neben Helen auf die Bank. Sie blickte geradeaus und leckte weiter an ihrer Eiscreme.

„Helen, sind Sie mir aus irgendeinem Grund böse?", flüsterte er.

„Nein. Ehrlich gesagt, hatte ich die Begegnung mit Ihnen bereits vergessen."

Sie sah das Zucken um seinen Mund und bemerkte, wie sein Blick zu ihren Lippen wanderte.

„Sie haben da etwas Eiscreme an Ihrem Mundwinkel."

Helen errötete, denn sein Blick hing wie gebannt an ihren Lippen. Sie wusste, dass es wenig damenhaft war, aber schnell leckte sie sich mit Zunge die Eiscreme weg. John machte sie nervös und warum musste er sie die ganze Zeit so anstarren? Da war wieder dieses Kribbeln in ihrem Bauch, das sie nur in seiner Gegenwart verspürte. Verlegen schaute sie in die andere Richtung und widmete sich wieder ihrem Eis.

Sophie sprang mit einem Mal auf und lief zu einem jungen Paar, das auf dem Boulevard spazierte. Die drei verfielen sofort in ein aufgeregtes Gespräch. Wie dumm. Musste Sophie sie ausgerechnet jetzt mit diesem Mann allein lassen?

„Ich habe unsere kurze Begegnung nicht vergessen, Helen. Ich muss sagen, dass ich mir ein wenig Sorgen um Sie gemacht habe."

Helen sah ihn verwundert an. „Wieso haben Sie sich Sorgen um mich gemacht? Sehe ich aus, als ob ich nicht auf mich aufpassen kann?"

„Nun, Sie sind eine attraktive junge Frau und allein in einer Stadt wie Paris. Das birgt Gefahren für eine Lady wie Sie, Miss Beaufort."

Helen riss die Augen auf. „Woher ... wieso ...?" Helen geriet in Panik. Schickte ihr Vater ihn?

Er sah sie amüsiert an. „Woher ich weiß, wer Sie sind?"

„Sind Sie hier, um mich zu meinem Vater nach London zurückzubringen?", fragte sie ängstlich. Die Lust an ihrem Eis war ihr schlagartig vergangen.

„Nein, wieso sollte ich? Ich kenne Ihren Vater überhaupt nicht."

„Bitte nennen Sie mich nie wieder bei diesem Namen. Ich heiße jetzt Helen Campbell. Nun sagen Sie schon, woher wissen Sie meinen Namen? Wir sind einander nie vorgestellt worden."

Er rutschte nun dichter zu ihr, sodass sie seinen Oberschenkel an ihrem spüren konnte. Hitze schoss ihr ins Gesicht.

Er beugte sich leicht zu ihr und sagte: „Das stimmt. Ich habe ein wenig spioniert. Bereits an dem Abend, an dem wir uns zum ersten Mal begegnet sind."

„Sie wussten die ganze Zeit, wer ich bin, und haben so getan, als wüssten Sie es nicht? Wieso?"

„Ich habe unser kleines Versteckspiel einfach zu sehr genossen. Machen Sie sich keine Sorgen, Ihr Geheimnis ist bei mir gut aufgehoben."

Er beugte sich so nah zu ihr, dass sie die Wärme seines Körpers spürte. Sein sauberer Duft stieg ihr in die Nase und Helen fühlte sich ganz berauscht von seiner Nähe.

„Allerdings verlange ich einen kleinen Gefallen für meine Verschwiegenheit."

Sie biss verärgert die Lippen aufeinander. Wusste sie es doch. Alles hatte seinen Preis.

„Was wollen Sie? Geld? Sie wissen ja Bescheid über mein kleines Vermögen."

Er richtete sich auf, um wieder etwas Abstand zwischen ihnen zu schaffen.

„Jetzt beleidigen Sie mich aber, Helen", bemerkte er kühl.

Helen sah ihm an, dass sie ihn damit wirklich verletzt hatte. „Verzeihen Sie."

Er schaute eine Weile auf die vorbeigehenden Passanten und Helen fragte sich, was in ihm vorging.

„Ich würde Ihnen gern etwas vom kulturellen Paris zeigen. Begleiten Sie mich heute Abend ins

Theater. Sie können auch Ihre Freundin mitnehmen. Ich lade Sie beide ein."

Damit hatte Helen nun gar nicht gerechnet. Aber sie hatte wirklich Lust, einmal das Pariser Theater zu erleben. Als Sophie sich wieder zu ihnen gesellte, fragte Helen sie.

„Der Gentlemen hat uns beide ins Theater eingeladen, Sophie. Was meinst Du, sollen wir ihn begleiten?"

„*Comme c'est excitant*, wie aufregend. Natürlich werden wir ihn begleiten."

Paris, Mai 1830, Theater Comédie-Française

Sie waren etwas zu früh im Theater angekommen. Das Stück würde erst in einer Stunde beginnen. Nachdem sie sich ihre Plätze in den vorderen Rängen gesichert hatten, begann John, der rechts neben Helen saß, über den Verfasser des heutigen Theaterstückes zu erzählen.

„Das Stück heißt *d'Hernani* – Hernani oder die kastilische Ehre. Es spielt in Spanien, um 1519. Victor Hugo hat es geschrieben."

„Victor Hugo? Nie von ihm gehört", sagte Helen.

„Hugo ist ein Provokateur.", stieß Sophie hervor, die zu Helens Linken saß.

John bedachte ihren Kommentar mit einem Schmunzeln.

„Allerdings das ist er. Hugo war bis vor kurzem nur wenig bekannt in Frankreich. Aufmerksam wurde man auf ihn durch den Roman *Le dernier jour d'un condamné à mort* – der letzte Tag eines Verurteilten. Der Roman ist ein Plädoyer gegen die Todesstrafe und indirekt eine Kritik an der Regierung. Mittlerweile ist er verboten. Aber wenn Sie wollen, leihe ich es Ihnen aus."

Er grinste und Helen schüttelte den Kopf.

„Sein nächstes Stück, *Marion Delorme*, wurde sofort verboten und nie aufgeführt."

„Warum?", wollte Helen interessiert wissen.

John fuhr fort: „Nun, wie Sophie soeben richtig bemerkt hatte, Hugo ist ein Provokateur. Seine Theaterstücke verdeutlichen die Konflikte der Gegenwart und sagen die Wahrheit. Das ist dem König ein Dorn im Auge. Das Theater in Frankreich unterliegt genauso einer Zensur, wie es die Presse tut. Es ist der Versuch der Kontrolle menschlicher Äußerungen. Sie führt dazu, dass gewisse Publikationen, die sich gegen den König und seine Regierungsmethoden aussprechen, unterdrückt oder verfälscht werden."

„Darf denn der König das so einfach selbst entscheiden? Ich kann mir beim besten Willen nicht vorstellen, dass so etwas in der Verfassung steht, nach dem Sturz der Monarchie unter der Revolution. Hat das Parlament da nicht auch etwas mitzureden?"

John lachte. „Die Verfassung wurde vom König selbst gemacht. So auch die Erlasse zur Einschränkung der Pressefreiheit und sogar des Wahlrechts."

„Ich verstehe."

„Die Uraufführung des heutigen Stückes löste sowohl Begeisterung als auch Kritik beim Publikum aus."

„Es war wohl eher ein Skandal, wenn man es genau nimmt.", mischte sich Sophie wieder in die die Unterhaltung. „An diesem Abend kam es im Theatersaal sogar zu Schlägereien im Publikum."

„Allerdings, wenn man der Presse glauben kann. Hugo hat in seinem neuen Stück mit der klassischen Theatertradition gebrochen und sich die

Freiheit genommen, etwas Neues und Moderneres zu erschaffen. Das wiederum provozierte die Anhänger des alten Theaters. Sie können sich auf eine erstklassige Sensation freuen. Ich habe es bereits zuvor gesehen. In Paris ist Hugo seitdem ein berühmter Mann. Es wird nicht mehr lange Dauern und er wird auch in England bekannt sein."

Der Theatersaal des *Comédie-Française* wurde mittlerweile immer überfüllter. Sie saßen ganz unten und Helen musste ihren Kopf nach hinten beugen, um auf die fünfstöckigen Ränge, die bis unter die Decke des Theaters hinauf ragten, schauen zu können. Es wurde lauter von all diesen Menschen, sodass man sich nun nicht mehr unterhalten konnte. Neben Sophie hatte sich ein junger Mann gesetzt und sie in eine Unterhaltung verwickelt.

Die stickige und warme Luft begann Helen allmählich Probleme zu bereiten. Sie überlegte, ob es schicklich war, wenn sie ihre Kostümjacke auszog. Darunter hatte sie lediglich eine dünne, enganliegende Bluse. John saß ohne Gehrock und Krawatte mit zwei am Kragen geöffneten Knöpfen, entspannt neben ihr. Obwohl sie ihm seine

Herkunft der Oberklasse anmerkte, scherte er sich nicht wirklich um deren Konventionen.

„Geht es Ihnen gut, Helen?"

Helen hörte einen Anflug von Besorgnis in seiner Stimme, was aus irgendeinem Grund ihr Herz schneller schlagen ließ.

„Ja, es ist nur etwas stickig hier drin."

„Ziehen Sie Ihre Jacke aus, genauso wie es Sophie getan hat. Ihre englischen Konventionen des guten Anstandes sind hier gänzlich fehl am Platz."

Sie schnaufte, erhob sich jedoch und befreite sich aus der warmen und engen Jacke.

Sein bewundernder Blick glitt über ihre Gestalt und blieb ungeniert an ihrem Busen hängen. Sie setzte sich und verschränkte die Arme vor der Brust, was John ein amüsiertes Lächeln entlockte.

„Sehen Sie, schon viel besser."

John ergriff unerwartet ihre Hand und zog sie an seine Lippen. Ihre Blicke trafen sich und Helen verlor sich in seinen schönen dunklen Augen. Sein warmer Blick, der zu lange auf ihr ruhte, als das es noch schicklich gewesen wäre, verursachte heftiges Kribbeln in ihrem Bauch. Sie musste sich eingestehen, dass sie sich zu ihm hingezogen fühlte.

Diese Anziehungskraft, die er auf sie ausübte, konnte sie nicht mehr vor sich selber leugnen. Er schaffte es immer wieder, ihren Körper in Aufruhr zu versetzen? Helen konnte gar nichts dagegen tun und das missfiel ihr. Sie war seinem Charme verfallen? Und ja, sie stellte sich vor, wie es wäre ihn zu küssen.

Eilig entzog sie ihm ihre Hand und wand den Blick ab.

Der Vorhang ging auf und die Schauspieler betraten die Bühne.

Nach dem Theaterbesuch hatte es John für selbstverständlich gehalten die beiden Frauen zu einer Kutsche zu begleiten. Es war bereits nach einundzwanzig Uhr und dunkel in den Straßen von Paris.

Der junge Mann, der neben Sophie im Theater gesessen hatte und sich ihnen als Etienne vorgestellt hatte, wollte sie ebenfalls begleiten. John und Helen gingen hinter den beiden, entlang des immer noch ziemlich belebten *Grand Boulevard*.

„Wie hat Ihnen das Stück gefallen, Miss Helen", wollte John wissen.

„Nun, ich gebe Victor Hugo recht, man muss erst mit den alten Traditionen brechen, um etwas Neues erschaffen zu können. Mir hat die Romantik in dem Stück besonders gut gefallen. Ich denke die Freiheit der Künste, sollte unantastbar sein. Er hat etwas Wunderbares und Unvergessliches mit diesem Stück geschaffen, in jedem Fall für mich."

„Ich schließe mich Ihnen an, Miss Helen. Die Romantiker werden siegen und das neue Theater wird sich auf den Bühnen der Welt durchsetzen.", sagte er und eine Weile schwiegen sie.

„Wo wohnen Sie überhaupt, Helen?"

„Ich habe eine Anstellung als Gouvernante bei der Familie Clermont und lebe unter ihrem Dach in *Faubourg Saint-Germain*."

„Sagen Sie nicht, Sie sind nach Paris gekommen, um zu arbeiten?"

„Oh doch, John. Ich habe mir eine Arbeit gesucht oder glauben Sie, das Geld vom Verkauf der Ohrringe würde ewig reichen? Paris ist teuer."

„Nein, aber vielleicht sind Sie wegen Ihrem heimlichen Geliebten hier? Vielleicht war ein Mann der Grund, dass Sie durchgebrannt sind?" Sie spürte seinen abwartenden Blick auf sich.

„Das ist ja lächerlich. Was soll diese Frage?"

Er war nun schon der zweite Mann, der ihr unterstellte, einen heimlichen Verehrer zu haben.

„Antworten Sie, Helen, gibt es einen Mann in Ihrem Leben?"

Sie drehte den Kopf zu ihm herum und ihre Blicke trafen sich. Helen hätte schwören können, seine Augen funkelten vor Eifersucht.

„Gibt es eine Frau in Ihrem Leben, John?"

Er zog die Luft ein und stieß sie geräuschvoll aus.

„Ich bin unverheiratet, wenn Sie das meinen", sagte er nun wieder in seinem gewohnt lässigen Tonfall.

„Oh, das bin ich auch. Beantwortet das Ihre Frage?"

„Na, schön. Sie weichen mir aus."

Helen ignorierte seinen Kommentar. Es ging ihn nichts an und sie genoss es, ihn ein wenig eifersüchtig zu machen, denn aus irgendeinem Grund war er das.

John wusste nicht warum, aber es ärgerte ihn, dass sie seiner Frage ausgewichen war. Konnte es sein, dass Helen wegen eines Mannes nach Paris geflohen war? Und er hatte ihr auch noch Geld dafür gegeben, damit sie sich in den Laken eines anderen wälzen konnte. Ihm war es unverständlich, aber die Vorstellung von Helen in den Armen eines anderen Mannes löste Neid in ihm aus. Dabei hatte er überhaupt gar keinen Anspruch auf sie. Sie standen in keinerlei Beziehung zueinander. Sie waren nicht mehr als flüchtige Bekannte. Dennoch, sie wirkte unschuldig und sein Instinkt sagte ihm, dass es noch keinen Mann in ihrem Leben gegeben hatte.

Den ganzen Abend über konnte er kaum die Augen von der bezaubernden Frau neben sich wenden. Sie hatte etwas an sich, das ihn interessierte. Er wollte mehr über sie erfahren. Er genoss es, ihr zu zuhören und dabei das Spiel ihrer Lippen zu beobachten. Wie es wohl sein würde, diese Lippen einmal zu küssen?

„Dann sind Sie jetzt eine *Grisette*, wie wir Franzosen sagen."

„Wie bitte?"

„Es bedeutet, dass sie eine junge unverheiratete Frau niederen Standes sind, die sich selbstständig ihren Lebensunterhalt verdient."

„Das trifft es ganz richtig. Frei und unabhängig von einem Mann."

„Ist es das, was Sie wollten? Sich von den Männern in Ihrem Leben befreien? Was werden Sie tun, wenn Sie sich verlieben?"

„Wie ich sehe, machen Sie sich Gedanken, über meine Herzensangelegenheiten. Wie sieht es mit Ihnen aus, John? Gibt es eine Dame in Ihrem Leben der Ihr Herz gehört?"

„Wieso fragen Sie mich das? Würde es Sie stören, wenn es eine Herzdame in meinem Leben gäbe?" Er lächelte sie verschmitzt an.

„Nein, wieso sollte es mich stören?"

„Nun vielleicht fühlen Sie sich ein wenig zu mir hingezogen."

„Also, wirklich, wie kommen Sie nur darauf, John? Habe ich Ihnen Anlass dazu gegeben, dass zu glauben?"

Er schnalzte mit der Zunge. „Sie kränken meinen männlichen Stolz, Helen. Geben Sie es zu, ein wenig mögen Sie mich."

„Ich bin mir sicher, Ihr großes Ego wird es überleben, wenn ich verneine."

Sie hatte den Kopf in den Nacken geworden und lachte. Ihr helles und herzliches Lachen berührte Johns Herz und er konnte es nur erwidern.

„Sagen Sie, John, womit verdienen Sie eigentlich Ihren Lebensunterhalt? Oder, nein, warten Sie, Sie sehen mir eher wie der Sohn eines reichen Earls aus und leben unbekümmert in den Tag hinein? Habe ich recht?"

„Sie weichen mir aus, Helen."

„Nein, Sie weichen mir aus, John."

John würde aufpassen müssen. Die kleine englische Lady ging ihm schon jetzt viel zu sehr unter die Haut, und sie fing an, neugierige Fragen zu stellen.

John fiel ein, dass sie nicht weit weg von seiner Großmutter wohnte. Das Stadtpalais, der Besitz der Familie Granville, befand sich ebenfalls in *Faubourg Saint-Germain*. Er würde seine Großmutter über die Clermonts befragen, denn er kannte sie nicht. John kannte seine Nachbarn, die allesamt der Oberschicht entstammten, nur flüchtig. Er mochte das oberflächlichen Gehabe der Aristokraten nicht, auch wenn er selber einer war, so fühlte er sich nicht als solcher. Er liebte sein Leben ohne Konventionen. Aber es freute ihn, dass er nun wusste, wo sich Helen Beaufort in Paris aufhielt.

Paris, Juni 1830, Stadtpalais Clermont

Helen stand vor der Kreidetafel, die im Klassenzimmer an der Blumentapete aufgehängt war, und schrieb den heutigen Stundenplan für Miss Pauline darauf.

„Miss Helen, nicht schon wieder Grammatik, Geschichte und Geographie."

Pauline saß an ihrem Tisch, hielt ihren weißen Pudel *Petit* auf dem Arm und streichelte ihn.

„Miss Pauline bitte, wie oft habe ich Ihnen schon gesagt, dass der Hund nicht ins Klassenzimmer gehört."

„Aber Papa will nicht, dass er überall im Haus herumläuft und Pipi macht. Und er hört nun mal nur auf mich."

„Wie wollen Sie denn schreiben, was ich Ihnen diktiere, wenn Sie den Hund auf dem Arm haben?"

„Ich werde ihn dort drüben auf das kleine Sofa legen."

„Also gut, dann tun Sie das jetzt." Helen rollte hinter ihrem Rücken mit den Augen.

Hund hin oder her. Aber wie sollte sie dem Mädchen etwas beibringen, wenn sie nur auf ihren Hund fokussiert war und bei jeder kleinsten Bewegung ihres Lieblings in Kichern ausbrach?

Im nächsten Moment klopfte es an der Tür und Lady Elenora betrat das Klassenzimmer. Sie sah müde aus und hatte Schatten unter den Augen, die selbst das Puder nicht vollständig verdeckten. Auf Helen wirkte Sie nicht wie eine glückliche werdende Mutter. Denn seit ein paar Tagen wusste die gesamte Belegschaft, das Viscountess Elenora in anderen Umständen ist.

„Entschuldigen Sie Miss Helen, dass ich den Unterricht stören muss. Aber Eliza Bentwood wird uns heute zum Nachmittagstee besuchen."

Helen nickte.

An Pauline gewandt sagte sie. „Das ist wieder eine gute Gelegenheit, dein Englisch zu verbessern."

Pauline, die schon wieder nur mit *Petit* beschäftigt war, nickte knapp.

Sie schaute wieder zu Helen, als sie sagte: „Sie werden den Unterricht ein wenig verkürzen. Lady Bentwood wird um drei Uhr erwartet."

„Sehr wohl, Lady Elenora. Wünschen Sie wieder meine Anwesenheit bei dem Besuch?"

„Aber natürlich Miss Helen, Sie sollen Pauline durch sachkundige Unterstützung bei der Konversation mit Lady Bentwood helfen und ihr nebenbei fundiertes Wissen und die englische Sprache vermitteln."

„Selbstverständlich."

Daraufhin verließ die Viscountess das Klassenzimmer wieder.

„Es wird ein schrecklich langweiliger Nachmittag mit einer noch langweiligeren alten Dame sein.", maulte Miss Pauline.

„Bitte, Miss Pauline, sagen Sie nicht so etwas. Es ist doch eine Abwechslung zu den langen Stunden in diesem Klassenzimmer."

„Wann fangen wir endlich mit den englischen Tänzen an, Miss Helen? Das wäre doch eine willkommene Abwechslung."

„Alles zu seiner Zeit, Miss Pauline."

Paris, Juni 1830, am Ufer der Seine

Helen hatte allein einen Spaziergang in die Pariser Innenstadt gemacht. Sophie musste heute arbeiten, Lady Elenora und Miss Pauline waren zu einem Teenachmittag zu einer französischen Freundin der Viscountess gefahren. Man hatte ihr deshalb für den Nachmittag freigegeben.

Helen hatte sich heute einen neuen Sommerhut aus Stroh gekauft, den sie nun stolz auf ihrem Kopf trug. Der Juni war heiß und trocken und die Sonnen brannte vom Himmel. Trotz dessen Sie nicht mehr allzu sehr auf ihren hellen Teint achten musste, wollte sie sich dennoch nicht ihre zarte Haut verbrennen.

Sie spazierte am Ufer der *Seine* entlang und beobachte das Treiben der Frauen beim Wäschewaschen auf den schwimmenden Wäschereien, die aus einem zweistöckigen Lastkahn bestanden.

Als im nächsten Moment eine kleine Gruppe junger Männer auf sie zukam, dachte sie zuerst erschrocken, dass sie sie ausrauben wollten. Aber einer der Männer sagte lediglich zu ihr.

„Sie guillotinieren gerade."

Dann liefen sie weiter, zu einer der vielen Hängebrücken, die von Ketten gehalten wurden und auf denen man die Seine überqueren konnte.

In nächsten Moment hörte Helen das Schlagen von Trommeln, das vom Rathausplatz, dem *Place de Greve*, herüberschallte. Sie überquerte ebenfalls die kleine Hängebrücke und sah die vielen Menschen, die sich hinter den bewaffneten Soldaten tummelten. Wie konnten sie nur so eifrig sein, einem Menschen beim Sterben zu zusehen? Einem unwürdigen und grausamen Tod noch dazu. Sie sah aus der Ferne, wie man eine Frau auf die Erhöhung in der Mitte des Platzes führte und sie sah die schreckliche Tötungsvorrichtung, die man Guillotine nannte. Nein, sie würde sich das nicht anschauen. Zu abstoßend empfand sie diese Art der Strafe. Was hatte die Frau so Schwerwiegendes verbrochen, dass man ihr den Kopf abhacken musste? Wenn man die englische Geschichte betrachtete, so wurden jahrhundertelang Menschen in *Tyburn*, einem kleinen Ort außerhalb Londons, öffentlich hingerichtet. Doch das letzte Mal kam der Tyburn-Galgen vor fast 50 Jahren zum Einsatz. Hinrichtungen fanden seither nur noch hinter geschlossenen Gefängnismauern statt. Mit Schrecken dachte Helen, dass sie in ein Land gegangen war, in dem man Frauen genauso wie Männer öffentlich enthauptete. Was für eine makabre Art der Gleichstellung beider Geschlechter. Ein eiskalter Schauer lief ihr über den Rücken. Sie drehte sich schnell um und ging zurück zum Stadtpalais der Clermonts.

Als Helen von ihrem Nachmittagsspaziergang nach Hause kam, begab sie sich in die Bibliothek, nahm sich das Buch zur Hand, das sie am Abend zuvor gelesen hatte, und setzte sich auf das Sofa, vor dem hohen Fenster stand.

„Sieh mal einer an. Miss Campbell. Ganz allein. Darf ich Ihnen etwas Gesellschaft leisten?"

Bertrand Clermont betrat die Bibliothek. Er sah sehr gut aus in seinem dunkelblauen Anzug mit dem strahlend weißen Hemd darunter. Wie ein Raubtier, das auf Beutefang geht, kam er zu Helen herüber geschlendert.

Sie erhob sich vom Sofa und knickste vor ihm, den Kopf nach unten gesenkt. „*Bonjour*, Viscount Clermont. Selbstverständlich dürfen Sie mir Gesellschaft leisten."

Helen versuchte, ihre Angst vor ihm zu kontrollieren.

Er blieb dicht vor ihr stehen und hob ihr Kinn mit seinen Fingern an, sodass sie ihn direkt in seine funkelnden Augen schauen musste.

„An was für eine Art von Gesellschaft dachten Sie, Miss Campbell?"

Helen errötete bei seinen Worten. Was hatte der Viscount vor? Er war ihr viel zu nah und es war unschicklich, wie er sie berührte.

„Nun, ich könnte Ihnen etwas vorlesen, wenn Mylord es wünscht." Helen zitterte, aber ihre Stimme war klar und deutlich.

Der Viscount lachte leise. „Das entspricht nicht meinen Vorstellungen." Sein Finger glitt sanft über ihre Wange und sein Blick blieb an ihrem Mund hängen. Er wollte sie doch nicht etwa küssen?

Helen wollte an ihm vorbei, aber er stellte sich ihr in den Weg. Sie wich zur anderen Seite aus und er ließ sie mit einem Lachen gewähren.

Eilig lief sie auf ihr Zimmer und aus lauter Verzweiflung und Wut kamen ihr die Tränen. Das konnte doch nicht sein. Bertrand Clermont hatte ein Auge auf sie geworfen. Sie hoffte, dass er sein Interesse an ihr bald verlieren würde, denn sie würde seinen Avancen niemals nachgeben.

Paris, Juni 1830, Regierungsviertel Palais-Royal

Seit zehn Minuten beobachtet John aus der Dunkelheit einer schwach beleuchteten Gasse, wie die fünf Sergeanten *de Ville*, die Polizeitruppe von König Charles X., auf die Wachablösung für die Nacht warteten. Es war nach acht Uhr abends und ab dieser Zeit durften die Sergeanten mit Säbeln durch die Straßen streifen. John fühlte seinen Säbel, den er unter seinem schwarzen Umhang trug. Er hatte diesen samt der Uniform vor ein paar Tagen von Alain erhalten. Sobald die Wachablöse auftauchte, würde sein Schauspiel beginnen. Denn die fünf Sergeanten würden feststellen, dass einer der ablösenden Sergeanten fehlte.

John hatte den fünften Mann mit Hilfe von Francois's Schwester ausgeschaltet. Nachdem diese ihn in ihrem Bett zum Schlafen gebracht hatte, waren Francois und er gekommen und hatten den schlafenden Kerl aus Paris fortgeschafft. Sie wollten ihm nichts tun, aber sie mussten sichergehen, dass er für einige Tage aus Paris verschwand.

Als er die Gruppe der Wachablösung kommen sah, nahm John seinen Umhang ab und schritt gelassen auf die Sergeanten zu.

„*Bonne Soirée*, meine Herren, ich bin die Vertretung für Jacques Chambord. Mein Name ist Henri Le Brun. Hier sind meine Arbeitspapiere."

Dank La Fayette hatte er einigermaßen glaubwürdige Unterlagen.

Die Sergeanten musterten ihn skeptisch. Einer von ihnen trat hervor und nahm ihm die Papiere ab und las sie.

„Nie gehört von einem Henri Le Brun", sagte ein anderer der Sergeanten im scharfen Ton.

„Die Papiere sind in Ordnung. Aber was ist mit Jacques?" Er gab ihm die Dokumente wieder zurück.

John hatte damit gerechnet, dass man ihm seine Geschichte nicht gleich abnehmen würde. Ruhig und gelassen wie eh und je, ging er dichter auf die Sergeanten zu.

„Nun, ehrlich gesagt, habe ich keine Ahnung, wo er ist oder warum er heute nicht zum Dienst erschienen ist. Ich wurde von der südlichen Pariser Polizeiwache abgezogen, um diesen Dienst heute Nacht zu übernehmen. Wir können gern gemeinsam dorthin gehen, falls sie mir nicht glauben. Aber dann müssten die vier Herren der Tagesschicht so lange hier warten und Überstunden machen. Es liegt bei euch."

„Was hat Jacques nur wieder ausgefressen? Wahrscheinlich sitzt er in einem der Opiumhäuser und weiß nicht einmal, ob es Tag oder Nacht ist", bemerkte einer der Uniformierten.

„Wahrscheinlich. Ich werde für ihn jedenfalls keine Überstunden schieben. Der Job ist ohnehin schon schlecht bezahlt", sagte ein anderer.

„Ja, ich bin der gleichen Meinung."

Nachdem sich alle einig waren, John zu glauben, verließen die fünf Sergeanten der Tagesschicht den Posten und John war mit den vier anderen Sergeanten allein.

„Also gut, welche Route patrouillieren wir zuerst und wie lange?"

„Wir teilen uns auf. Zwei von uns gehen die *Rue Saint-Honoré* und die anderen drei gehen *Rue de Rivoli*, da ist viel los am Abend, wenn die Prostituierten beginnen zu flanieren", sagte der älteste der vier Sergeanten. Vor ihn musste John sich in Acht nehmen, denn er musterte ihn immer noch skeptisch.

„Ich bin Jean Coligny", stellte er sich John vor. Dann zeigte er auf die drei hinter ihm stehenden Sergeanten.

„Und das sind Anton, Gérard und Marcel."

„Willkommen in der Gruppe, Henri", riefen die drei im Chor.

„Also gut, ich denke, Henri geht mit mir und Gérard zur *Rue de Rivoli*. Ihr anderen beiden kennt euren Weg", sagte Jean Coligny.

Die Truppe teilte sich entsprechend und John folgte den beiden Sergeanten des Königs.

„Wie lange werden wir uns dort aufhalten?"

„Für die nächsten zwei Stunden", antwortete Jean Coligny.

„Und danach? Haben wir dann Pause?"

„Nach den zwei Stunden treffen wir uns wieder am Wachpostenwechsel und legen neue Straßen fest."

„Welche Straßen?", fragte John.

„Alle um das Regierungsviertel. Alle zwei Stunden wird das *Palais-Royal* umrundet, dies tun zwei von uns, während die drei anderen im Hintergrund auf ein eventuelles Zeichen der anderen beiden warten. Dies ist eine Vorsichtsmaßnahme im Falle man einen Anschlag verübt und man die Schlosswache außer Gefecht gesetzt hat. Wir sind dann dafür verantwortlich, sofort weitere Wachposten darüber in Kenntnis zu setzten und die Nachricht eines Angriffes würde sich wie ein Lauffeuer verbreitete. Binnen Minuten würde es nur so wimmeln von Soldaten des Königs."

„Ein wirklich guter Plan. Wo stehen diese Wachposten denn?"

„Du stellst ziemlich neugierige Fragen. Das musst Du nicht alles wissen. Du bist ja nur eine Vertretung."

John presste die Lippen zusammen. Mist, warum musste dieser Jean Coligny auch so misstrauisch sein. Er würde sich mit seiner Fragerei etwas zurückhalten und es lieber bei dem schüchtern wirkenden Gérard versuchen.

„Nun, das muss ich doch, ich meine Fragen stellen, ansonsten kann ich doch meine Arbeit nicht richtig gut machen, oder?"

„Soso, Du willst wohl hoch hinaus, Bursche. Einer von der ehrgeizigen Sorte. Aber lass dir eines gesagt sein, solange ich hier der Oberbefehlshaber bin, hast Du keine Chance."

„Ich habe verstanden, Jean. Mach dir keine Sorgen, ich bin nicht an deinem Posten interessiert."

Dieser blickte ihn ernst an, grinste dann aber und klopfte ihm auf die Schulter.

„Na dann haben wir das ja geklärt und nun kommt, lass uns sehen, welche Schwalben heute Abend auf den Pflastersteinen umherschwirren."

Paris, Juni 1830, Stadtpalais der Clermonts

„Helen, bist Du da?"

„Komm rein."

Sie öffnete ihre Zimmertür und ließ Sophie herein.

„Oh, gut, dass Du da bist", sagte diese. „Du musst mir einen Gefallen tun."

„Und der wäre?"

„Lady Elenora klagt über extreme Übelkeit und hat mich gebeten, bei ihrem Arzt diese Medikamente abzuholen. Die Apotheke hat schon geschlossen."

Sie hielt ihr einen Zettel vor die Nase.

„Um diese Zeit?"

„Ja, ich weiß. Ich hätte dich auch nicht darum gebeten, wenn es nicht wirklich wichtig wäre. Aber ich habe eigentlich jetzt Dienstschluss und bin verabredet."

Sie kicherte. „Du weißt schon, Etienne."

Helen rollte mit den Augen. „Verstehe."

Sophie jauchzte und drückte Helen einen Kuss auf ihre Wange.

„Nun gib mir schon den Zettel."

Sophie überreichte ihr den Zettel und ein paar Francs.

„Hier. Und Du nimmst dir eine Kutsche, die Viscountess hat mir Geld dafür gegeben."

Helen griff sich ihr farbiges Tuch, das sie sich letzte Woche auf einem Markt gekauft hatte, und beide verließen ihr Zimmer.

Es war bereits dunkel geworden und Helen schaute in alle Richtungen der *Rue Saint-Honoré*, aber sie konnte keine Kutsche entdecken. Sie hatte den Kutscher gebeten, zu warten, als sie in das Haus des Arztes ging, um die Medikamente zu holen. Als sie jedoch herauskam, war die Kutsche verschwunden.

Sie seufzte entnervt und ging bis zur nächsten Straßenecke, dort würde sie jemanden nach einer Haltestelle fragen. Es dauerte nicht lange, da traf sie auf zwei kichernde Frauen. Sie sprach die beiden unverblümt an und sie erklärten ihr freundlich den Weg zum nächsten Kutschenstopp.

Helen verließ den lichtdurchfluteten Bereich der *Rue Saint-Honoré*, in der zu dieser späten Stunde noch eine ganze Menge Menschen in Restaurants und Bistros speisten.

Paris hatte wirklich viele schöne Plätze und Wohnviertel, aber die engen Gassen dazwischen wollte man eiligst durchqueren. Helen schaute nach oben, die Höhe und das düstere Aussehen der dichtstehenden Häuser und die teilweise kaputte Straßenbeleuchtung vermittelten etwas Unheimliches. In den alten Nebengassen wirkte alles altertümlich und verfallen. Die meisten Läden, an denen sie vorbeieilte, waren geschlossen oder sahen übel aus. Es umgab sie eine ungesunde stickige Luft. Überall lag Unrat. Helen erschien dieser Teil von Paris wie ein Platz aus lang vergangener Zeit, der sein schmutziges Äußeres beibehalten hatte.

Erleichtert atmete sie auf, als sie die Gasse verließ und auf eine wieder durchweg hellbeleuchtete Passage trat. Von weitem hörte sie das bekannte Rattern der Kutschenräder, die über das Pflaster rollten. Helen eilte in die Richtung, aus der die Geräusche kamen.

Immer wieder passierte sie Frauen, die leichtbekleidet und stark geschminkt umherflanierten. Das mussten Prostituierte sein. Sophie hatte ihr erzählt, dass hinter den meisten dieser Frauen ein tragisches Schicksal lag. Viele waren alleinstehende Mütter, die so Geld verdienten, um sich und ihr Kind zu ernähren. Ihr lief ein Schauer über den Rücken.

„*É Regardez quelle beauté*", sagte ein breitschultriger, rundlicher Mann und stellte sich ihr in den Weg.

Helen antworte instinktiv in ihrer Muttersprache, um dem Mann zu signalisieren, dass sie ihn nicht verstand.

„Tut mir leid, was sagten Sie, Mylord?"

„Oh, eine englische exotische Ware."

Er griff ihr ins Haar und zog ihren Kopf grob nach hinten. „Sieh an, was für eine Schönheit. Ich zahle das Doppelte."

Helen entwand sich dem Mann und trat einen Schritt zurück.

Doch der Mann ließ nicht von ihr ab. Er zog ihr das Tuch von den Schultern und begann ihren Busen abzutasten. „Voll und prall, so mag ich sie."

Energisch stieß sie seine Hände von sich. „Bitte, Sir, es liegt eine Verwechslung vor. Mein Körper steht nicht zum Verkauf. Ich bin lediglich auf dem Weg zu einer Kutsche."

Der Mann machte keine Anstalten zu gehen und begann sie zu bedrängen.

„Sie haben doch gehört, was die Dame gesagt hat", hörte sie mit einem Mal eine Stimme hinter sich.

Der Mann ließ von ihr ab und blickte an ihr vorbei. Als Helen sich umdrehte, erkannte sie überrascht, dass es John war. Dieser sah sie ebenfalls verdutzt an.

„Helen? Was ...?"

Doch dann ging alles ganz schnell. Der Mann hatte plötzlich ein Messer in der Hand und lief auf John zu. Dieser konnte gerade noch zur Seite springen, sodass der Mann ihn lediglich an der Schulter erwischte.

„Nein, o Gott, John ..." Helen stand wie versteinert da und beobachtete den Kampf der beiden Männer. John versetzte dem Mann einen so harten Schlag ins Gesicht, dass er zu Boden fiel.

„Das werden Sie mir büßen", drohte der Mann und hielt sich sein Kinn.

John warf ihm einen eisigen Blick zu. „Wenn Sie nicht augenblicklich verschwinden, dann rufe ich die Polizei."

Der Mann rappelte sich auf und sah an seiner schmutzigen Kleidung herab. *„Merde."*

John schnalzte mit der Zunge. „Nicht doch."

Ohne Helen nochmal eines Blickes zu würdigen, ging er davon.

Sie lief zu John.

„Sind Sie verletzt? Ich weiß gar nicht, wie ich Ihnen danken kann."

Sie sah, wie Blut durch sein weißes Hemd sickerte.

„Sie bluten John, ich muss Sie zu einem Arzt bringen."

„Das brauchen Sie nicht, Helen. Es ist nur eine leichte Verletzung."

„Dann lassen Sie mich die Wunde wenigstens versorgen. Bitte."

Zögernd sah er sie an. „Also gut, dann kommen Sie."

Er beugte sich und hob seinen dunklen Umhang und einen prallgefühlten Leinensack und einen Säbel von den Pflastersteinen auf. Warum hatte er einen Säbel bei sich? Und warum hatte er diesen nicht benutzt? Als er sich wieder aufrichtete, sah Helen, dass er leicht schwankte. Sein Blick war verhangen, als er sie nun ansah.

„Was ist mit Ihnen John? Sind Sie noch woanders verletzt?"

Er schaute sie einfach nur an und hatte ein merkwürdiges Grinsen auf seinem Gesicht.

„Sie sind so wunderschön Helen Beaufort." Er hob eine Hand an ihre Wange und sie spürte, wie sein Daumen zärtlich über ihre Wange fuhr.

„Sind Sie etwa betrunken, John?"

Helen war besorgt, hatte er sich vielleicht seinen Kopf angeschlagen. Sie griff seinen Arm und legte ihn sich um die Schulter, um ihn zu stützen.

„Ich bringe Sie jetzt nach Hause. Wo wohnen Sie?"

„*Richelieustraße* 20", sagte er.

Sie gingen in die Richtung, aus der sie zuvor die Geräusche der Kutschen gehört hatte und kurze Zeit später sah sie den Kutschenstopp. Sie nannte dem Kutscher ihr Reiseziel und gab ihm Geld für zwei Passagiere. Sie würde keinen Schritt mehr allein zu Fuß durch Paris machen. Ab jetzt würde sie nur noch die Kutsche benutzen. Es war einfach viel zu gefährlich. Nicht auszudenken, was alles hätte passieren können, wenn John nicht gekommen wäre.

Helen war erleichtert, als sie endlich im Inneren der Kutsche saßen.

John ihr gegenüber und musterte sie.

„Helen, was haben Sie auf der *Rue de Rivoli* gemacht? Jeder weiß, dass die Straße am Abend den Prostituierten gehört." Da war es wieder, er lallte.

„Sind Sie betrunken, John?"

Seine Mundwinkel verzogen sich zu einem Grinsen. „Nein, Madam, das bin nicht."

„Was ist denn mit Ihnen? Und lassen Sie dieses nervige Grinsen."

Nun lachte er schallend. „Helen, Sie sind einfach wunderbar ehrlich. Ich könnte Sie auf der Stelle küssen."

„Das verbitte ich mir."

Er wurde ernst und beugte sich zu ihr. „Was haben Sie dort zu suchen gehabt, nun sagen Sie schon."

„Ich war eigentlich mit der Kutsche unterwegs und sollte Medikamente für Viscountess Clermont bei ihrem Arzt abholen. Als ich aus dem Haus des Arztes kam, war der Kutscher fort und ich musste mir eine neue Kutsche suchen. Ich fragte zwei Damen und sie schickten mich in diese Richtung."

John schüttelte nur mit dem Kopf und lehnte sich wieder zurück. „Es waren keine Damen, Helen. Eine Dame hätte Sie niemals in diese Richtung geschickt."

„Was haben Sie dort gemacht, John?" Helen biss sich auf die Lippen. „Entschuldigen Sie, das war falsch von mir, Sie das zu fragen. Ich will es gar nicht wissen." Sie spürte, wie ihr die Hitze ins Gesicht schoss. Verlegen schaute sie aus dem Fenster.

„Wieso fragen Sie das, Helen? Würde es Sie stören, dass ich mich mit Frauen vergnüge?"

Sie blickte ihn an, wollte sehen, ob er sich über sie lustig machte. Aber keine Spur. Er schaute sie ruhig an und sie verlor sich in seinen dunklen Augen. Das Kribbeln in ihrem Bauch war mit einem Mal so übermächtig, dass sie nicht in der Lage war zu antworten. Verlegen schaute sie wieder aus dem Fenster.

Sie hörte, wie er sich räusperte. „Nein, Helen, ich nutze die armen Frauen, die sich dort verkaufen, nicht aus. Prostituierte sind nichts für mich. Ich bevorzuge Frauen, die das Bett freiwillig und ohne Bezahlung mit mir teilen."

Helen wusste, dass sie noch mehr errötete, über die Direktheit seiner Worte. Aber sie spürte auch Erleichterung darüber, dass er nicht zu der Sorte Männer gehörte, die zu Prostituierten gingen.

„Es ehrt Sie John, dass Sie Frauen nicht ausnutzen."

Er schmunzelte.

Helen sah ihn ernst an. „Das erklärt trotzdem nicht Ihren, nun, wie kann man es formulieren, Ihren berauschten Zustand."

„Ich war in einem Opiumhaus, wenn Sie es genau wissen wollen. Ich war deshalb nicht ganz Herr meiner Sinne, ansonsten hätte der Tölpel keine Chance gehabt."

Das erklärte natürlich seinen Zustand. Sie hatte viel darüber gelesen. Die Pflanze, aus der das Opium gewonnen wurde, stammte aus Indien und sollte angeblich eine berauschende Wirkung auf die Person, die es einnimmt, besitzen.

„Hat der Mann Ihnen wehgetan, Helen?"

Sie schüttelte den Kopf. „Nein, nicht wirklich. Aber ohne Sie hätte er sich mit Gewalt genommen, was ich nicht bereit war, ihm zu geben. Ich danke Ihnen, dass Sie mir dieses Schicksal erspart haben."

„Gern geschehen. Versprechen Sie mir, in Zukunft vorsichtiger zu sein."

Die Kutsche kam zum Stehen und Helen stieg zuerst hinaus, um John eine Hand hinzuhalten.

„Nicht doch, ich liege nicht im Sterben, Helen."

Sie rollte mit den Augen und wartete, bis er aus der Kutsche gestiegen war, um ihm in das hohe Haus mit dem dunklen Eingang und den geschlossenen Fensterläden zu folgen.

Die Wohnung war klein und spartanisch eingerichtet. Es wirkte sauber und irgendwie unbewohnt. Sie sah einen großen Esstisch mit acht Stühlen, darunter ein marokkanischer Teppich. In der Ecke hinter der Tür war eine kleine Küche eingerichtet. Auf der Küchenbank standen zwei ungeöffnete Weinflaschen. Durch eine offenstehende Tür konnte sie ein Bett erkennen. An der Seite des Bettes stand ein in die Jahre gekommener Sessel, über den wahllos Kleidung, nein, sie schaute genauer hin, verschiedene Uniformen, Perücken und Hüte lagen. Merkwürdig, dachte sie kurz. Sie konnte sich John nicht mit

Perücke vorstellen. Auf dem Nachtisch lagen stapelweise Bücher. Die Tür zum Bad stand ebenfalls offen und sie konnte eine Badewanne sehen. Als sie zum Tisch ging, knarzten die Dielen des Holzfußbodens. John erhellte den Raum durch zwei Öllampen. Helen verstand nicht, warum er sie in diese Wohnung geführt hatte? Sie hatte angenommen, dass er in einem Stadtpalais wohnte. Schließlich war er in London auf einem Tanzabend gewesen, an dem nur wohlhabende Adlige geladen waren. Der Abendanzug, den er dort getragen hatte, war sicher mehr wert als die Miete dieser Wohnung für ein viertel Jahr. Wieso versuchte er, seine adlige Herkunft vor ihr zu verbergen? Glaubte er etwa, sie würde ihn nicht durchschauen? Er sprach gebildet und war sichtlich mit den Konventionen der gehobenen Gesellschaft vertraut. Er war belesen und hatte gepflegte Hände. Aber vielleicht zog er auch nur ein einfaches Leben dem eines Aristokraten vor? Es würde zu ihm passen. John schien ihr nicht die Sorte Mann zu sein, die sich gern auf Teegesellschaften oder Musikabenden aufhielt. Sie wusste so gut wie nichts über ihn. Trotzdem vertraute sie ihm und fühlte sich sicher in seiner Gegenwart.

„Wohnen Sie hier, John?"

„Hin und wieder", antwortet er kurz und wich ihrem Blick aus. Er ging in das Schlafzimmer und entledigte sich Säbel, Mantel und Leinensack.

Als er wieder zu ihr trat und sich ihre Blicke trafen, spürte sie plötzlich eine greifbare Spannung zwischen ihnen und ihr wurde nur zu deutlich bewusst, dass sie sich mit ihm allein in seiner Wohnung befand. Wie unanständig wäre das in ihrem früheren Leben gewesen. Undenkbar. Sie wäre kompromittiert gewesen. Diese neue Freiheit liebte sie.

Ihr schoss Hitze ins Gesicht. Hastig ging sie zu dem Tisch und zog einen Stuhl hervor.

„Kann ich mir nun Ihre Wunde ansehen? Dann werde ich Sie in Ruhe lassen."

John trat zu ihr und setzte sich auf den Stuhl vor ihr.

„Dort drüben im Küchenschrank befinden sich Verbandszeug und eine Tinktur zum Reinigen."

Helen legte ihr Tuch ab und ging hinüber zum Küchenschrank. Als sie zurückkam, hatte er sich sein Hemd ausgezogen und sie musste schlucken bei dem Anblick seines nackten Oberkörpers. Er war überaus muskulös und dunkelblonde Haare bedeckten seine Brust. Sie sah das Blut, das aus der Wunde an seiner Schulter sickerte.

Eilig trat sie zu ihm und begann mit zittrigen Fingern seine Wunde mit der Tinktur abzutupfen. Die Verletzung war oberflächlich und würde schnell heilen. Sie spürte, wie er sie beobachtete, während sie ihre Arbeit verrichtete. Sein warmer Atem streichelte ihre Wange, so dicht waren sie einander.

Unvermittelt griff er sie sanft am Handgelenk und stoppte sie.

„Mache ich Sie nervös, Helen?", raunte er.

Dann zog er sie sanft auf seinen Schoß und einen Moment später trafen sich ihre Lippen. Sie spürte seine Hände, die ihre Hüfte umfasst hielten. Seine Küsse, die drängender wurden. Helen öffnete ihren Mund und als seine Zunge die ihre berührte, entfuhr ihr ein leises Seufzen. Immer schneller wurde das Spiel ihrer beiden Zungen. Seine Hände glitten hinunter zu ihrem Hinterteil und begannen ihre Pobacken zu kneten.

„Süße Helen", murmelte er, während er seinen Kuss vertiefte.

Nun mutiger streichelte sie vorsichtig über seine warme Brust. John löste sich von ihr und sah sie mit dunklem Blick an. Als sie weiter seinen Oberkörper erkundete, ging sein Atem schneller und sie hörte sein leises Stöhnen. Es erregte sie, zu sehen, wie er auf ihre Berührungen reagierte. Sie griff in sein seidiges Haar und fühlte kurz darauf seine Hände an ihrem Busen. Helen keuchte und ihre Brustwarzen begannen zu schmerzen vor Verlangen. Ihr ganzer Unterleib pochte und sie spürte, wie sie feucht zwischen ihren Schenkeln wurde. Wieder trafen sich ihre Münder zu einem hungrigen Kuss. Er rieb über ihre harten Brustwarzen und sie hörte sein tiefes kehliges Stöhnen. Seine Berührungen waren anders als die des widerlichen Mannes, der sie grob und gegen ihren Willen angefasst hatte. Der Gedanke daran ließ sie zusammenzucken. Was tat sie hier? Dachte er etwa, sie wäre nur deswegen mit ihm hierhergekommen?

Hastig sprang sie von seinem Schoss.

Ihm entfuhr ein tiefes Stöhnen. „Was ... Helen? Warum hörst Du auf? Du bringst einen Mann um den Verstand."

Sie sah Begehren in seinem verhangenen Blick.

„Was tust Du da?"

Er lachte heiser. „Nun, ich küsse dich. Das wollte ich schon die ganze Zeit tun."

„Unterlass das gefälligst. Ich bin keine von diesen Damen, die Du sonst mit in dein Bett nimmst."

„Dessen bin ich mir bewusst. Auch wenn ich gern wüsste, woher Du wissen willst, welche Damen ich mit in mein Bett nehme. Helen, so prüde, wie Du dich gerne geben möchtest, bist Du nicht. Ich habe deine Leidenschaft gespürt. Du wolltest den Kuss genauso sehr wie ich."

„Sei nicht albern. Dein Charme und deine Verführungskünste mögen ja bei den französischen Damen Wirkung haben, aber nicht bei mir. Wir englischen Damen bevorzugen die langsame, romantische Eroberung, die eines Gentlemans."

Er lachte und warf den Kopf dabei in den Nacken. „Mein kleine, unschuldige Helen. Gerade bei den englischen Aristokratinnen kam mein Charme besonders gut an."

„Wenn dem so ist, dann sei gewiss, dass ich mich nicht in die Reihe deiner Eroberungen einreihen werde."

John machte eine ausladende Armbewegung. „Dann bitte, Helen, die Tür steht offen. Ich habe es bisher noch nicht nötig gehabt, eine Frau zu irgendetwas zu zwingen."

Helen zog eine Grimasse, nahm ihr Tuch und ging zur Tür. „Ich denke, Du wirst dich selbst versorgen können. Deine Wunde war nur oberflächlich, es wird bald aufhören zu bluten. Ich wollte lediglich meine Dankbarkeit zeigen und dir beim Verband helfen. Du musst mich missverstanden haben. Die Viscountess wartet sicher schon auf ihre Medizin. Leb wohl, John."

Sie ging zur Tür und hielt inne, als er bittend zu ihr sagte.

„So warte doch Helen, lass mich dich wenigstens nach Hause bringen."

John und Helen saßen in der rumpelnden Kutsche und hatten bisher kein Wort gewechselt.

Er spürte seine erregte Männlichkeit immer noch, so sehr hatte er das zärtliche Liebesspiel mit Helen Beaufort genossen. Schon als sie so dicht vor ihm gestanden hatte, konnte er nicht vermeiden, ihren vollen Busen unter der engen Bluse zu bewundern. Er zog scharf die Luft ein. Er musste seine unpassenden Gedanken verdrängen. Aber es fiel ihm schwer bei ihr. Sie war eine Frau mit fraulichen Rundungen und weckte sein Verlangen in einer Weise, wie er es nie zuvor bei einer Frau erlebt hatte. John hatte nicht vorgehabt, sich mehr, als einen Kuss zu stehlen. Aber in dem Moment, als ihre Lippen die seinen berührten, hatte sein Verstand ausgesetzt. Wie von selbst hatten seine Lippen ihren Mund gefunden. Hatten seine Hände ihren vollgeformten Körper berührt. Sie hatte sich bereitwillig an ihn geschmiegt und sie hatte sich einfach zu gut in seinen Armen angefühlt. Was sanft begann, war schnell purem Verlangen gewichen. Ja, er begehrte Helen Beaufort, und er hatte die Kontrolle verloren, was ihm noch nie zuvor bei einer Frau passiert war. Wie gern würde er sie in die Kunst der Liebe einführen. Ausgerechnet diese eine, die er nicht haben durfte, denn sie war die Tochter eines englischen Earls. Wenn herauskam, dass er ihr auf diese Weise nahegekommen war, würde er schneller in der Kirche stehen und sein Jawort geben müssen, als ihm lieb war.

John musste sich von ihr fernhalten. So, wie er es in den letzten Wochen, nach dem Theaterbesuch getan hatte. Er wollte keine Frau in seinem Leben, denn sie würde genauso am Galgen hängen wie er selber, wenn herauskommen würde, was er tat. Er fluchte innerlich. Weshalb nur hatte er sie in seine geheime Wohnung mitgenommen? Nie zuvor hatte er eine fremde Person, geschweige denn eine Frau, diese Schwelle übertreten lassen. Das Opium musste ihm den Verstand vernebelt haben. Mit einem war er sich jedoch sicher, Helen Beaufort wurde noch nie zuvor geküsst. Sie war die Unschuld in Person und er hatte eine Grenze überschritten. Es würde ein einmaliges Vergehen bleiben, denn er würde sie nie wieder anrühren.

„Es tut mir leid, Helen. Ich wollte nicht aufdringlich sein." Sie hatte die ganze Zeit aus dem Fenster der Kutsche gestarrt und ihn ignoriert.

Sie schwieg eine Weile, dann drehte sie ihren Kopf zu ihm herum und lächelte.
„Das hast Du nicht, John. Du hattest recht, ich wollte dich ebenfalls küssen. Lass und diesen Vorfall einfach vergessen."
„Wie Du meinst."
Vergessen?, dachte John, wie sollte er jemals diesen Kuss vergessen können.

Als er Helen abgesetzt hatte und die Kutsche in Richtung Stadtpalais der Granvilles weiterfuhr, lehnte er sich erschöpft zurück. Sein Schädel brummte und die Wirkung des Opiums war aus seinem Körper gewichen. Er war heute für die Tagesschicht der königlichen Sergeanten eingeteilt gewesen und konnte den schüchternen Gérard dazu überreden, mit ihm nach Schichtwechsel das Opiumhaus in der *Rue de Rivoli* zu besuchen. Denn es war nun an der Zeit, sich von seiner Tarnung zu verabschieden und den Sergeanten Henri Le Brun verschwinden zu lassen. Je länger er diese Tarnung aufrecht hielt, desto gefährlicher war es, entdeckt zu werden. Der Abend war ein Erfolg gewesen, er hatte die letzten Informationen, die er noch brauchte, aus Gérard herausbekommen. Sein Spionageauftrag war beendet, schon morgen Abend würde er Pierre, Alain, Francois und Fernand zu sich in die *Richelieustraße* zu einem geheimen Treffen bestellen.

Doch jetzt brauchte er erst einmal ein warmes Bad oder vielleicht doch eher ein kaltes, um seinen immer noch spürbar erregten Körper abzukühlen.

Helen lag noch lange wach in dieser Nacht. Sie war viel zu überwältigt von dem, was zwischen John und ihr vorgefallen war. Es hatte, sich einfach wundervoll angefühlt von ihm geküsst zu werden. Seine warmen Hände auf ihrem Körper zu spüren. Die Erinnerung an sein weiches Haar und seinen nackten Oberkörper weckten Sehnsucht nach mehr. Denn eines war sicher, John hatte ihr Verlangen geweckt. Immer noch war sie erschrocken über ihre heftige Reaktion auf seine Berührungen. Aber auf keinen Fall wollte sie ihn glauben machen, dass sie leicht zu haben sei und keinen Anstand mehr besaß, jetzt wo sie keine Angehörige des Adels mehr war.

Sie wälzte sich unruhig in ihrem Bett hin und her. Was war da nur zwischen John und ihr? Nur körperliche Anziehung oder war es mehr als das? John weckte in ihr das Bedürfnis, mehr über die körperliche Liebe erfahren zu wollen. Aber dies durfte nur sein, wenn man verheiratet war und heiraten, das wollte sie auf keinen Fall. Aber sollte sie deshalb ihr Leben lang auf körperliche Liebe verzichten? Sie durfte jedoch nicht außer Acht lassen, dass dieser Wunsch Gefahren barg. Was, wenn sie sich ihm hingab und schwanger werden würde? Wie sollte sie allein mit einem Kind überleben? Wie einer Arbeit nachgehen?

Helen klopfte mit beiden Fäusten auf die Bettdecke. Verdammt auch, sie konnte sich ihm nicht hingeben. Nicht ohne diese Konsequenzen außer Betracht zu lassen. Aber die Frage stellte sich ja vorerst sowieso nicht. Denn sie hatte zu ihm gesagt, sie wollte diesen Vorfall vergessen und er hatte sich ohne Widerspruch gefügt. Er würde sie sicher nie wieder berühren, geschweige denn versuchen zu küssen. Und das war vielleicht das Beste so.

Paris, Juni 1830, Stadtpalais der Granvilles

John ging auf den kleinen Salon zu, in dem ein Besucher, auf ihn wartete. Der Butler öffnete ihm die Tür und er war erstaunt über das Gesicht, das ihm entgegenschaute.

„Thiers, was machen Sie denn hier?"

Er setzte sich in den danebenstehenden Sessel.

„Was bringt Sie zu mir?"

„Zuerst eine Bitte."

„So? Und die wäre?"

„Würden Sie bitte die Diener hinausschicken und die Türen schließen? Ich würde gern ungestört mit Ihnen reden."

John war überrascht über die Bitte. Was wollte Thiers von ihm? Er hatte ihm erst vor Kurzem gesagt, dass er an keiner erneuten Zusammenarbeit mit ihm interessiert war.

Nachdem er den Butler hinausgeschickt hatte mit der Bitte, nicht gestört zu werden, schloss er die Tür und setzte sich wieder in den Sessel.

Thiers sah aus, als ob er sich angestrengt seine nächsten Worte zurechtlegte.

„Ich muss ein wenig ausholen."

„Ich habe Zeit."

„Es geht um Polignac, den Minister des Königs, der nur so strotzt vor ultraroyalistischer Überheblichkeit. Seit den Neuwahlen forderte die liberale Mehrheit im Parlament seine Absetzung. Aber der König ignoriert diese Forderung. Nicht, dass dies nicht allein schon ein Schlag gegen die Demokratie wäre. Nein, es kommt noch schlimmer. Seit Anfang Juni werden in allen Sitzungen des Ministerrats ausnahmslos Polignacs Entwürfe für neue, höchst umstrittene Verordnungen diskutiert. Diese sind so machtübergreifend, dass es einem Staatsstreich gleichkommen würde, sollten diese durch eine Mehrheit verabschiedet werden."

„Was sind das für Verordnungen?"

„Der König hat sich von Polignac verleiten lassen, durch neue Verordnungen die zweite Kammer im Parlament aufzulösen. Das würde das Ende der liberalen Opposition bedeuten. Und damit er bei Neuwahlen nicht wieder eine Niederlage erleidet, will er ebenfalls die Wahlgesetze ändern lassen. Selbstverständlich zum Nachteil der arbeitenden Bevölkerung."

„Woher haben Sie solch brisante Informationen?"

„Was wissen Sie über den Viscount D'Amboise?"

John hob eine Augenbraue. Wusste Thiers, dass er seit längerem an dem Viscount dran war, um ihn auszuspionieren? „Ich kenne keinen Viscount D'Amboise."

„Ich denke doch, Langdon. Sie können sich Ihre Mühe sparen und aufhören, dem Mann hinterherzuspionieren. Ich werde Ihnen alles erzählen, was Sie wissen müssen."

„Sie werden mir immer unheimlicher, Thiers. Sagen Sie mir, wer Ihr Informant ist?"

„Nicht doch, Langdon. Sie wissen, dass ich das nicht kann."

„Nun gut, ich bin ganz Ohr."

„D'Amboise sitzt seit den Neuwahlen mit im Ministerkabinett und macht gemeinsame Sache mit Polignac. Sie brauchen genügend Stimmen, denn nur mit einer mehrheitlichen Abstimmung dürfen die besagten Verordnungen erlassen werden. Polignac hat ihm ein Vermögen gezahlt und ihm sogar sein Haus in London überlassen, damit er die Minister, die gegen die Entwürfe gestimmt haben, umstimmt. Dies tut er, indem er sie erpresst und besticht. D'Amboise gehörte bereits unter Charles Bruder zu den königlichen Spionen und er kennt so einige Geheimnisse von den Ministern beider Fraktionen. D'Amboise schreckt auch nicht vor Mord zurück. Es wird gemunkelt, dass das Attentat auf den Herzog von Orléans von ihm veranlasst wurde. Nun, das sind aber lediglich Spekulationen. Jedenfalls haben die beiden nun genug Stimmen, um die Verordnungen zu veröffentlichen. Der König steht kurz davor, seine Unterschrift darunterzusetzen."

Thiers nahm einen Schluck und schaute abwartend zu ihm hinüber. John war sich immer noch unsicher, was Thiers eigentlich von ihm wollte. Und vor allem, wie viel er wirklich von Johns Doppelleben wusste.

„Warum erzählen Sie mir das?"

„Ich weiß, dass Sie mit dem Geheimbund der Charbonnerie und La Fayette zusammenarbeiten."

John zog die Stirn in Falten. „Vorsicht mit solchen Äußerungen. Wer erzählt sowas?"

„Ich habe, wie gesagt, meine Quellen, aber auch eine gute Nase, wenn es um Geheimnisse, Skandale oder Verschwörungen geht. Die muss man als Redakteur und Politiker haben."

„So und weiter?"

„Kommen Sie schon, Langdon, wir wissen beide, dass Ihr Bruder den Charbonnerie angehörte und deswegen seinen Kopf verlor. Ich weiß, wie radikal Ihre Ansichten waren, in der Zeit, als Sie für mich gearbeitet haben. Ihre Wut auf die Bourbonen wird sich wohl kaum in Luft aufgelöst haben. Sie lehnen alles und jeden, der mit der Bourbonen-Regierung zu tun hat, ab. Lassen Sie uns zusammenarbeiten."

John musterte Thiers. Er mochte ihn und sie teilten die gleichen Ansichten.

„Sagen wir einmal, Sie haben Recht. Wer sagt mir, dass ich Ihnen trauen kann?"

„Nun, um nochmal alles zusammenzufassen. Charles X. beharrt darauf, als unumschränkter absoluter Monarch zu herrschen. Polignac, sein Minister, fordert in den neuen Verordnungen die Auflösung der eben erst gewählten Abgeordnetenkammer. Denn seiner Ansicht nach sind die Wahlen nicht ordnungsgemäß abgelaufen. Außerdem will Charles X. das aktuelle Wahlrecht einschränken, um so der Regierung bei den neuen Wahlen im September eine genehmere Zusammensetzung der neuen Kammer zu sichern. In dieser soll nur noch eine deutlich geringere Zahl von Abgeordneten sitzen. Natürlich zum Nachteil der bürgerlichen Schichten, die regierungskritisch gewählt hatten. Zudem will er einen stark erhöhten Wahlzensus einführen. Das würde bedeuten, dass mehr als drei Viertel der vorher wahlberechtigten Bürger nicht mehr an Abstimmungen teilnehmen dürfen. Abschließend, und nun komme ich ins Spiel, fordert er die Abschaffung der geltenden Pressefreiheit. Wenn ich es mir recht überlege, so plant die Regierung einen Staatsstreich."

„Und Sie erwarten nun von mir, dass ich diesen Wahnsinn aufhalte?"

„Nein, Langdon, ganz und gar nicht. Der König soll in sein Verderben rennen. Er schaufelt sich gerade sein eigenes Grab. Auf so einen Fauxpas haben Sie und La Fayette doch die ganze Zeit gewartet, habe ich recht? Der Zeitpunkt, eine Revolution in Gang zu setzen, ist günstig. Unter der richtigen Führung werden wir den Zorn des Volkes für unsere Sache nutzen können. Außerdem ist die königliche Armee nicht vollzählig. Ein Großteil der Militärtruppen befindet sich noch in Algerien. Wenn Ihre Leute und die Anhänger meiner liberalen Partei zusammenarbeiten, könnten wir es schaffen, die Bourbonen zu stürzen und für immer aus Frankreich zu vertreiben."

John fuhr sich mit einer Hand über das Gesicht. Thiers legte ihm eine Möglichkeit zur Erfüllung seiner Rache regelrecht vor die Füße. Sollte er sie ergreifen? Oder war das Ganze eine Falle?

„Geben Sie zu, dass Sie mich ausspioniert haben?"

„Glauben Sie, wir sitzen untätig herum und lassen uns aus dem Parlament einfach so wieder vertreiben, nachdem wir endlich die Mehrheit erreicht haben? Natürlich arbeiten wir, die Liberalen, ebenfalls seit Jahren gegen die

Bourbonen und ihren Terror. Wir haben jedoch immer versucht, den legalen politischen Weg zu gehen, um sie aus der Stadt zu vertreiben. Aber nun müssen wir diesen Weg leider verlassen, denn die Bourbonen zwingen uns dazu. Wir haben dasselbe Ziel, Langdon."

„Also schön, lassen Sie mich zunächst mit La Fayette sprechen. Wenn er zustimmt, werden wir gemeinsam einen Weg finden, den Bourbonen endlich den Kampf anzusagen."

„Sie haben recht. Wir brauchen La Fayette an unserer Seite. Wie steht es übrigens um seine Freundschaft mit dem Herzog von Orléans? Der Herzog hat immer noch eine große Gruppe von Orleanisten hinter sich. Sie sollten wir ebenfalls zu unseren Verbündeten machen."

„Der Herzog und der Marquis sind sich immer noch freundschaftlich verbunden." Mehr wollte John nicht sagen. „Was halten Sie von den Bonapartisten, Thiers?", brachte er das Thema auf etwas anderes. „Sie hassen die Bourbonen ebenfalls."

Thiers kratzte sich am Kinn. „Wir müssen aufpassen, dass Sie nicht in der Überzahl sind. Wir können nicht riskieren, einem Bonaparte auf den

Thron zu verhelfen. Sein Neffe lauert immer noch auf eine Gelegenheit, die Macht zu ergreifen."

„Also gut. Ich werde Ihnen eine Nachricht zukommen lassen, sobald ich mit La Fayette gesprochen habe." John erhob sich und auch Thiers stand auf und wandte sich zum Gehen.

„In zwei Wochen findet der Opernball statt, dort werden auch alle Minister anwesend sein. Es wird mir ein Vergnügen sein, jedem auf den Zahn zu fühlen", sagte John.

„Seien Sie vorsichtig."

Paris, Juli 1830, Stadtpalais der Clermonts

Die Tür wurde aufgerissen und Bertrand Clermont betrat das Klassenzimmer, in dem Pauline Helen gerade aus Shakespeare *„The Winter's Tale"* vorlas. Beide drehten sich erschrocken zur Tür herum.

Helen erhob sich und knickste vor dem Hausherren.

„*Bonjour*, Viscount Clermont."

„Papa, wie schön das mich besuchen kommst."

„Pauline, meine Süße. Das kleine Ding von einem Pudel hat sich schon wieder in meinem Arbeitszimmer ausgetobt und für Unordnung gesorgt. Von den nassen Flecken auf dem Teppich ganz zu schweigen. Geh und sorg dafür, dass der Hund draußen im Garten sein Geschäft erledigt."

„Das werde ich Papa, nichts lieber als das."

Jubelnd lief sie mit *Petit* auf dem Arm aus dem Klassenzimmer und Helen war mit dem Viscount allein. Er kam auf sie zu und blieb vor ihr stehen.

„Miss Campbell, wo verstecken Sie sich nur die ganze Zeit?" Sein Blick streifte ihr Kleid. „Eine Schönheit wie Sie sollte nicht in diesen grauen Lumpen herumlaufen und die Hände voller Kreide haben."

Er trat noch dichter an sie heran und Helens Herz klopfte ihr bis zum Hals.

„Was kann ich für Sie tun, Mylord?"

„Ich wünsche, Sie unter vier Augen zu sprechen, Miss Campbell. Heute Abend in meinem Arbeitszimmer. Nach dem Dinner."

„Wenn Sie wünschen, mit mir zu sprechen, dann können wir das doch jetzt tun, Mylord. Ich werde sicher damit beschäftigt sein, für Miss Pauline zu lesen. Wie jeden Abend, Mylord."

Helen ahnte nichts Gutes, als der Viscount zur Tür ging und sie verschloss.

„Wie Sie wünschen Miss Campbell."

„Mir wäre es lieber, wenn Sie bei unserem Gespräch die Tür offenließen, Mylord."

„Und mir ist es lieber so."

Er kam wieder auf Helen zu und sie ahnte, was nun kommen würde, und sie war dem hilflos ausgeliefert. Vergeblich war sie ihm aus dem Weg gegangen. Sie machte einen Schritt zurück und spürte die Tafel im Rücken.

„Sie brauchen keine Angst vor mir zu haben, Miss Campbell. Ich muss gestehen, dass ich mich zu Ihnen hingezogen fühle. Es ist sehr bedauerlich, dass Sie ausgerechnet die Gouvernante meiner Tochter sind."

Er stand so dicht vor ihr, dass sie den sauberen Geruch seiner gestärkten Wäsche riechen konnte.

„Mylord, ich möchte auf keinen Fall Ihre Gefühle verletzen, aber ich empfinde nicht dasselbe für Sie."

Er schnalzte mit der Zunge. „Nicht so vorschnell, Miss Helen. Wir kennen uns doch noch nicht richtig. Lassen Sie sich ein wenig verwöhnen von mir. Sie sind sicher einsam, so ganz allein in Paris."

Helen bog den Kopf in den Nacken, um ihm in die Augen zu schauen, so dicht stand er vor ihr.

Seine dunklen Augen sahen sie leidenschaftlich an und kurz darauf spürte sie seine Lippen auf ihren. Sie nahm all ihren Mut zusammen und stieß ihn von sich. Er schaute sie überrascht an, so als ob er nicht mit ihrem Widerstand gerechnet hätte. Denn Bertrand Clermont war es nicht gewohnt, dass Frauen ihn zurückwiesen.

„Bitte, Mylord. Ihre Tochter Miss Pauline könnte jeden Augenblick das Zimmer wieder betreten."

Er ging an ihr vorbei und schaute aus dem Fenster, das zur Gartenseite hinausging.

„Keine Sorge Miss Campbell, Pauline ist mit ihrem pelzigen Freund beschäftigt."

Helen nutzte die Gelegenheit und wollte zur Tür eilen. Doch er machte einen Schritt auf Sie zu, packte sie so hart am Handgelenk, dass ihr ein Schmerzensschrei entfuhr, und wirbelte sie zu sich herum.

„Lassen Sie mich sofort los, Mylord."

„Ich mag es, wenn Frauen wild sind. Und jetzt kommen wir zu meinem Anliegen."

Helen versuchte vergeblich, sich aus seinem harten Griff zu befreien. Daraufhin zog er sie so brutal an ihren Haaren nach hinten, dass sie ihn anschauen musste.

„Hören Sie gut zu, meine Liebe. Sie werden mir im Schlafzimmer zu Diensten sein, solange meine Frau ein Kind erwartet."

„Niemals!", stieß Helen aufgebracht hervor.

Er lachte nur. „Ich werde eine neue Gouvernante für Pauline finden, irgendeine alte Schachtel. Denn Sie, Miss Campbell, gehören ins Schlafzimmer und nicht in ein staubiges Klassenzimmer."

Er ließ ihr Handgelenk los und zog sie stürmisch in seine Arme. Gerade wollte er sie erneut küssen, als sie die Stimme von Pauline auf dem Gang hörten.

Abrupt ließ der Viscount sie los, so dass sie nach hinten taumelte. Hastig richtete sie ihr Kleid und versuchte, ihre Fassung wieder zu erlangen. Der Viscount glättet seine Haare und strich seinen Anzug glatt.

„Bis bald, Miss Campbell. Ich wünsche Ihnen einen angenehmen Tag."

Er ging zu Tür und Pauline lief fast in ihn hinein.

„Oh Papa, Du bist noch hier? Ich habe getan, was Du gesagt hast. *Petit* ist jetzt auf meinem Zimmer und kann keinen Unsinn mehr anstellen."

„Das hast Du gut gemacht, meine Kleine." Er hauchte ihr einen Kuss auf die Stirn und verließ das Klassenzimmer.

Sophie betrat das Zimmer von Helen, nachdem diese Sie hereingebeten hatte.

„Helen, Du warst heute nicht beim Abendessen. Was ist passiert?"

Sie richtete sich in ihrem Bett auf und wischte sich die letzten Tränen von der Wange.

„Hast Du etwa geweint?" Sophie setzte sich neben ihr auf das Bett und nahm ihre Hand.

„Nun erzähl schon Helen. Was ist passiert? Mir kannst Du es doch anvertrauen."

Nachdem Helen Sophie geschildert hatte, was Bertrand Clermont von ihr verlangte, war diese nicht sonderlich überrascht gewesen. Es war allgemein bekannt, dass der Hausherr nicht zu der treuen Sorte Ehemann gehörte und dass er Affären hatte.

„Nun, er ist ein sehr attraktiver Mann. Es gibt genug Frauen, die ihm schöne Augen machen, auch vom Personal. Wie dumm, dass er ausgerechnet ein Auge auf dich geworfen hat, wo es doch so viele andere Willige hier im Haus gibt."

„Wie kann man diesen Mann attraktiv finden? Er schlägt seine Frau. Das müssen doch auch die anderen Angestellten irgendwann mal mitbekommen haben."

Helen schob ihren Ärmel vom Handgelenk und zeigte ihr die blauen und roten Male an ihrem Handgelenk.

Sophies Augen weiteten sich vor Entsetzen.

„Das war er. Und ich schwöre dir, niemals wird mich dieser Mann ohne meine Zustimmung wieder anfassen."

„Das kann ich verstehen. Kannst Du ein Geheimnis für dich behalten?"

Helen nickte.

„Madelaine, die Kammerzofe der Viscountess, erzählte mir von dunklen Flecken, die sie immer wieder am Körper ihrer Herrin erhascht, oder auch von Schwellungen im Gesicht, die sie abkühlen musste."

„Wie schrecklich. Mir tut Lady Elenora wirklich sehr leid. Sie wirkt immer sehr stark, aber ich glaube, dass es alles nur Fassade ist. Sie ist sicher eine sehr unglückliche Frau", sagte Helen.

„Nun hat sie jedenfalls erst einmal ein paar Monate Ruhe vor ihrem Ehemann. Da es der Viscountess nicht sehr gut geht mit ihrer Schwangerschaft, bleibt er ihrem Schlafzimmer fern. Ich hoffe, sie schenkt ihm den langersehnten Erben, dann hat sie vielleicht eine Zeitlang Ruhe vor ihm."

„Genau! Und jetzt darf ich dem Hausherrn gefällig sein."

„Was willst Du denn jetzt machen, Helen?"

„Nie und nimmer werde ich seine Geliebte. Ich bin als anständige Frau hierhergekommen und als diese werde ich das Stadtpalais der Clermonts auch wieder verlassen", sagte Helen energisch.

„Morgen ist schon der Opernball, auf den Du dich so lange gefreut hast."

Helen stieß die Luft aus. „Ja, wie sehr hab ich mich auf den Ball gefreut und nun hatte ich ihn glatt vergessen. Ich weiß nicht, was ich jetzt tun soll, Sophie. Ich denke, ich werde mir eine neue Anstellung suchen müssen. Bis dahin werde ich mir woanders eine Unterkunft suchen. Ich habe ein wenig gespart."

„Das ist wohl das Beste, Helen. Ich werde dir dabei helfen. Aber den Opernball lässt Du dir nicht entgehen. Komm, ich habe eine Überraschung für dich."

„Was ist es?" Helen schaute sie neugierig an.

Sophie war aufgesprungen und ging zur Tür.

„Wenn ich es dir sage, ist es doch keine Überraschung mehr. Aber na schön, ich sag es dir. Dein Kleid für den Opernball ist vorhin von der Schneiderin geliefert worden – samt Handschuhen und Schuhen."

Kapitel 6 - In der Oper

Paris, Juli 1830, Opernhaus Le Peletier

„Es ist unerträglich heiß in diesem Kleid. Ich sterbe, wenn ich nicht gleich was zu trinken bekomme."

Sie saßen in einer offenen Kutsche auf dem Weg zum alljährlichen Pariser Opernball. Pauline jammerte, seit sie das Stadtpalais verlassen hatten, und fächelte sich ununterbrochen Luft zu. Helen schaute zu ihrem Schützling, der neben ihr saß. Ihr Korsett war ihres Erachtens zu eng geschnürt. Helen würde es ihr später ein wenig lockern müssen, um eine Ohnmacht zu vermeiden. „Wir sind gleich da, Miss Pauline. Es stehen sicher Erfrischungen am Eingang bereit."

Sie warf einen flüchtigen Blick zum Viscount und der Viscountess Clermont, die ihnen gegenübersaßen. Die beiden ignorierten das Jammern und starrten in entgegengesetzte Richtungen.

Helen musterte Bertrand Clermont, der sehr elegant in seinem schwarzen Abendanzug aussah. Dennoch widerte sie seine Gegenwart und seine überhebliche Erscheinung regelrecht an. Er hatte bemerkt, dass sie ihn beobachtet, und schaute zu ihr herüber. Seine Mundwinkel verzogen sich zu einem selbstgefälligen Grinsen und Helen wand den Blick ab. Dein Grinsen wird dir schon noch vergehen, dachte sie. Mich wirst Du nicht in die Reihe deiner Geliebten einreihen. Sicher malte er sich bereits aus, wie er sie auf jede erdenkliche Weise verführen würde und wenn sie ihn zurückweisen würde, dann würde er sie mit Schmerzen gefügig machen, so wie bei Lady Elenora. Der Beweis für seine gewalttätige Ader war ihr mit Flecken übersätes Handgelenk.

Nachdem sie die Oper erreicht hatten, folgte sie Miss Pauline und dem Viscount, der seine Ehefrau galant am Arm den schmalen Weg zum Eingang der Oper geleitete. Zu beiden Seiten standen königliche Soldaten in Zweierreihe. Beim Eingang wurden sie von Musik empfangen. Sie gingen die Treppen hinauf zum Saal. Die Wände waren mit Spiegeln und Blumen geschmückt, der Boden mit Teppich ausgelegt. Es war ein prachtvoller Anblick.

Als sie den Saal betraten, wurde Helen fast zerdrückt von der Menge anwesender Menschen. War es überhaupt zulässig, so viele Besucher hineinzulassen? Dennoch, der Anblick der Oper war atemberaubend. Der ganze Saal erstrahlte im Lichterglanz, der auf Gold, Silber, Kristall, Seide und Blumen fiel. Alles war mit so viel Geschick und Kunst dekoriert, dass es ein Genuss für die Augen war. Die Musik, die durch den Saal zwischen Bühne und Balustraden hallte, war wundervoll.

Der Viscount und die Viscountess waren in der Menge verschwunden und Helen stand hinter Miss Pauline.

„Soll ich Ihnen eine Limonade holen?", raunte sie ihrer Schutzbefohlenen ins Ohr.

„Ja, vielen Dank, Miss Helen."

Das dürfte eine Herausforderung werden, dachte Helen, als sie begann sich durch die Menge zu schieben, und erblickte bald die verschiedenen Büffets, die an mehreren Orten aufgebaut waren. Sie staunte, als sie die hohen Berge von Kuchen, Torten, Konfitüren und Früchten sah, von denen man sich so oft und so viel man mochte, auffüllen konnte. Dann entdeckte sie, wie Erfrischungen aller Art von königlichen Dienern auf Silbergeschirr serviert wurden, und eilte einem der Diener entgegen, um sich zwei Gläser Limonade von seinem Tablett zu nehmen.

Jetzt nur nichts verschütten, dachte Helen, und bannte sich einen Weg zurück, um genervt festzustellen, dass Miss Pauline verschwunden war. Na schön, dann würde sie die junge Miss wohl suchen müssen. Denn das war ihre Aufgabe an dem heutigen Abend: die Anstandsdame zu spielen. Vielleicht war ihr unwohl geworden und sie war zu den Damensalons geeilt.

Helen übergab die beiden vollen Gläser einem Diener und fragte ihn nach den Damensalons. In den schummrigen Seitengängen waren dunkelgrün drapierte Zimmer für die Damen eingerichtet. Helen durchsuchte alle und ließ sich erschöpft im letzten auf einen Stuhl sinken. Außer ihr waren nur zwei weitere Damen anwesend. Helen nahm eine der Servietten und befeuchtete sie mit frischem Wasser. Sie tupfte sich den Schweiß von der Stirn und kühlte ihren Nacken, dann ging sie zurück in den Ballsaal. Als ihr Blick suchend durch den Saal schweifte, sah sie ein paar offenstehende Türen, die zu den Balkons führten. Sie bahnte sich einen Weg dorthin, trat hinaus und konnte endlich wieder frei atmen. Die Luft im Saal war stickig und der Geruch von verschiedenen Parfümen und Eau de Cologne verursachten bei Helen regelrecht Übelkeit. Sie würde ein wenig die frische Luft genießen und sich dann erneut auf die Suche nach Miss Pauline begeben. Weit konnte sie ja nicht sein.

„Sehen Sie, dort drüben, meine Liebe, der junge Lord Langdon. Ein prachtvoller Mann, den würde ich auch nicht verschmähen."

„O Himmel, was für ein attraktiver junger Mann. Sehen Sie sich nur die fein geschnittenen Gesichtszüge an. Wer ist der junge Mann, sagten Sie?"

„Lord Langdon. Er ist Engländer. Sein Vater ist der Earl of Granville und der Sohn der alten Viscountess Lefebvre."

Helen war neugierig geworden und drehte sich nun so weit herum, dass sie einen Blick auf den

Mann, der Mittelpunkt des Gespräches war, werfen konnte. Sie staunte, als sie John erblickte. Er stand inmitten einer Gruppe älteren Männer und diskutierte über irgendetwas. Sie sprachen doch nicht etwa über John? Doch er war der einzige junge Mann in dieser Runde. Er stach allein schon wegen seiner schlanken, hohen Gestalt heraus. Aber auch, weil er wie kaum ein anderer Mann in diesem Saal auf bunte Abendgarderobe und Puder verzichtet hatte. Er sah umwerfend aus in seinem schlichten schwarzen Abendanzug und mit seinem welligen blonden Haar, das er mit Pomade fixiert hatte. Sogleich spürte sie wieder seine Lippen auf den ihren, seine Hände auf ihrem Körper und ein warmes Gefühl schoss in ihren Unterleib. Jede Nacht hatte sie von ihm geträumt und sich ausgemalt, wie es sein würde, seine Hände auf ihren nackten Brüsten zu spüren. Aber nicht letzte Nacht. Der Vorfall mit Bertrand Clermont hatte John aus ihren Gedanken vertrieben.

„Sieh an, noch dazu eine gute Partie. Er wird irgendwann den Titel und das Vermögen seines Vaters erben. Der alte Granville lebt zurückgezogen in London, seit dem Tod des ältesten Sohnes."

Helen lauschte angestrengt.

„Wie schrecklich, was ist denn passiert?"

„Hingerichtet auf der Guillotine vor seinen Augen. Seine Mutter, die Ehefrau des Earls, weilte zu diesem Zeitpunkt schon unter der Erde. Ihr blieb dieses grausige Schauspiel erspart."

„Die Guillotine wünscht man nicht einmal seinem ärgsten Feind. Was hat der arme Junge denn verbrochen?"

„Angeblich Verschwörung gegen den König. Genaueres weiß ich nicht. Aber seitdem hat man seinen Vater nie wieder in Frankreich gesehen."

„Wie es wohl dem jungen Langdon damit ergangen ist? Er muss ja noch ein halbes Kind gewesen sein. Wann sagten Sie, war das?"

„Es müsste nun mittlerweile acht Jahre her sein."

„Glauben Sie, der junge Langdon ist auch ein Verschwörer wie sein Bruder? Ihn umgibt etwas Geheimnisvolles, finden Sie nicht auch?"

Die Dame zuckte nur mit den Schultern. „Der arme Junge ist bei der alten Lefebvre aufgewachsen. Man nimmt an, dass er sein Leben in London führt, denn er zeigt sich nur selten in der Pariser Gesellschaft."

Nein, dachte Helen, das tat er nicht. Man kannte sich in der Londoner Gesellschaft und John Langdon hatte sie nie zuvor gesehen oder geschweige denn von ihm gehört. Er lebte ein Leben im Verborgenen. Aber die Dame hatte recht, John umgab etwas Geheimnisvolles. Aber ein Verschwörer? Nein, das konnte Helen sich nicht beim besten Willen nicht vorstellen. Auf sie hatte er nicht den Eindruck eines politisch engagierten Mannes gemacht. Aber er hatte definitiv etwas in dem Arbeitszimmer des Viscounts D'Amboise gesucht.

Den Namen Granville hatte sie allerdings schon mal vernommen, nur wollte ihr nichts so recht zu ihm einfallen. Eine durchaus mysteriöse Familie. Warum lebte John hin und wieder in dieser kleinen Wohnung, wenn er doch der Sohn eines Earls war? Was verbarg er? Er hatte also seinen Bruder auf schreckliche Weise verloren. Das tat Helen leid für ihn. Auch, dass scheinbar seine Mutter sehr früh von ihm gegangen war.

Dennoch, es sollte ihr egal sein, sie hatte genug eigene Probleme, die sie schnellstmöglich in den Griff bekommen musste.

Die beiden Damen hatten sich bereits einem anderen Thema gewidmet. Helen warf einen letzten Blick auf John und bahnte sich dann einen Weg durch die essende und trinkende Menge, um Miss Pauline zu finden.

Ein wenig schwindelig lehnte sie sich an eine der Balustraden und versuchte ihren Schützling unter den vielen Menschen zu finden und entdeckte sie erleichtert. Miss Pauline stand mit zwei jungen Damen ihres Alters nicht weit von ihr und unterhielt sich.

John verabschiedete sich von den Ministern des Kabinetts. Er hatte versucht, ihnen ein wenig auf den Zahn zu fühlen, aber selbst nach mehreren Gläsern Champagner war nichts aus ihnen herauszubekommen gewesen. Selbstverständlich nicht. Aber es wäre interessant gewesen, herauszufinden, wer von ihnen vielleicht Anzeichen eines schlechten Gewissens aufgrund von Bestechung zeigte. La Fayette, Thiers und John, die seit Thiers Besuch bei ihm zu Hause zusammenarbeiteten, erwarteten nun bald die Veröffentlichung der umstrittenen Verordnungen. Sie waren bereit, denn das Unaufhaltsame würde kommen. Daran glaubten sie alle drei ganz fest. Sobald diese Verordnungen publik würden, käme es zur Rebellion. Und sie würden die Gunst der Stunde nutzen, in der sich das Volk gegen den König und seine Minister, allen voran Polignac, erheben würde.

Es war stickig und John kam sich zwischen all den gepuderten Dandys mit ihren glamourösen Festanzügen und dem intensiven Geruch von Eau de Cologne fehl am Platz vor. Er zog an seinem Krawattentuch, um besser atmen zu können. Er musste an die frische Luft. Als er die Ausgangstür fast erreicht hatte, erblickte er sie: Helen Beaufort. Es war mehr als eine Woche her, dass sie seine Wohnung so übereilt verlassen hatte. Viel war passiert in der Zwischenzeit. Aber es war nicht ein Tag vergangen, an dem er nicht an sie gedacht hatte. An ihre vollen weichen Lippen, die seine Küsse leidenschaftlich erwidert hatten. Und ihren weichen Körper, der sich verlangend an ihn gepresst hatte. Er hatte von ihr gekostet und seitdem sehnte er sich nach mehr. Keine andere Frau hatte ihn je zuvor so in ihren Bann gezogen wie Helen Beaufort. Seitdem er sie kannte, hatte er keine andere Frau auch nur angeschaut. Aber er konnte sie nicht verführen. Denn er würde sie nicht heiraten können. Sein Leben war nicht mit dem Leben eines Ehemannes vereinbar. Er sollte einfach weitergehen und sich von ihr fernhalten. Aber sie wirkte irgendwie verloren und traurig, so, wie sie dort stand und an ihrem Glas nippte. Ihr elegantes Kleid aus mitternachtsblauen Samt war sicher eines der schlichtesten Ballkleider an diesem Abend, aber das tat ihrer Schönheit keinen Abbruch. Er bewunderte ihre Natürlichkeit, die grün funkelnden Augen, die von dunklen langen Wimpern umrahmt wurden und stets einen kühnen Ausdruck hatten. Und ihr gelocktes Haar, das im Schein der Kronleuchter einen leicht roten Schimmer annahm. Ihre Haut war makellos und John erinnerte sich an deren Zartheit. Das Kleid war nicht tief dekolletiert, wie es bei den meisten anderen Frauen der Fall war. Dennoch schmiegte es sich perfekt an ihre weiblichen Rundungen. John schluckte schwer. Er konnte sich ja höflich nach ihrem Befinden erkundigen. Schließlich war sie vor seinen Küssen in diesem überfüllten Ballsaal mehr als sicher.

„Miss Campbell? Helen? Auf einem Ball der gehobenen Pariser Gesellschaft? Das musst Du mir erklären."

Sie war nicht überrascht ihn zu sehen und lächelte schwach, als sie ihn anschaute.

„Das Gleiche könnte ich dich fragen."

„Es gibt nichts Einfacheres, als sich auf so einem Opernball einzuschleichen, wenn man nur die passende Kleidung hat." Er zog genervt an seiner Krawatte.

Sie hob fragend eine Augenbraue und sah ihn skeptisch an.

„Auch wenn ich diese Kleidung abscheulich finde."

„Ein wenig Puder und Parfüm und Du wärest der perfekte Dandy. Den Charme dazu hast Du ja bereits."

„So schnippisch heute, Helen? Was ist los?"

Helen faltete ihren roten Fächer auseinander und begann sich Luft zu zufächeln. „Es ist unerträglich stickig hier."

John trat näher zu ihr, umfasste ihr Handgelenk, drehte es zu sich herum und erschrak.

„Was ist das Helen? Wer hat dir das angetan?"

Erschrocken entzog sie ihm ihre Hand und blickte zur Seite, um ihm nicht in die Augen schauen zu müssen.

„Es ist nichts. Ich bin gefallen."

John stieß den Atem laut aus. Dann berührte er ihr Kinn und drehte ihren Kopf zu sich und ihre Blicke trafen sich.

„Das glaube ich dir nicht. Jemand hat dir Gewalt angetan. Wer war es?"

Er trat noch dichter an sie heran.

„John, bitte, beruhige dich. Ich bin hier als Anstandsdame der jungen Miss Clermont. Es sieht höchst unanständig aus, wenn wir zwei so dicht zusammenstehen. Außerdem habe ich dir versichert, dass ich lediglich gefallen bin."

Er brachte wieder etwas Abstand zwischen sie und versuchte, seine Fassung wieder zu erlangen. Die blauen Verfärbungen am Handgelenk waren Blutergüsse. Jemand musste sie hart festgehalten haben. John wurde übel. Erst vor einer Woche hatte er sie aus den Fängen eines wollüstigen Mannes befreit. Hatte ein Mann sich ihr erneut aufgedrängt? Er musste es wissen.

„Helen, bitte, begleite mich nach draußen an die frische Luft. Dort können wir in Ruhe reden."

„Das geht nicht, ich kann meinen Schützling nicht unbeaufsichtigt lassen. Das würde mir vom Lohn abgezogen werden."

„Dann werde ich das übernehmen."

„So? Und womit? Womit verdienst Du dein Geld, John? Ich weiß im Grunde genommen gar nichts über dich. Warum sollte ich dir folgen? Das letzte Mal, als ich dich sah, wolltest Du mich verführen. Ich traue dir nicht. Keinem von euch Männern."

Also doch. Ein Mann musste ihr zu nahegetreten sein. Er straffte sich und blickte sie aus zusammengekniffenen Augen an.

„Vergleich mich nicht mit Männern, die sich Frauen aufdrängen oder ihnen Gewalt antun. Und um eines klarzustellen, unser Kuss war einvernehmlich und das weißt Du."

John sah, wie ihr Tränen in die Augen traten, und er hätte nichts lieben getan, als sie in seine Arme zu ziehen.

„Verzeih John, aber es scheint, dass ich in meinem Leben immer den falschen Männern begegne."

John wusste nicht, was er darauf erwidern sollte.
„Helen, geh mit mir essen, dann kannst Du mir alles in Ruhe erzählen", bat er dann. „Morgen?"

Sie tupfte sich ihre Tränen weg mit einem einfachen Taschentuch aus ihrem Retikül. Dann traf ihr Blick den seinen und er verlor sich in ihren schönen Augen. Was stellte sie bloß mit ihm an und was hatte man ihr angetan?

„Also gut. Hol mich um dreizehn Uhr ab."

Paris, Juli 1830, Ecke Rue Mandar

John hatte Helen in ein sehr vornehmes Restaurant an der Ecke *Rue Mandar* ausgeführt.

„Ich fühle mich unwohl, John."

„Wieso, Helen? Jetzt bist Du wieder unter deinesgleichen. Du solltest dich wie zu Hause fühlen."

„Sehr lustig. Dann würde ich wohl kaum in einem einfachen Sommerkleid und einem Strohhut hier sitzen."

Er strahlte über das ganze Gesicht, sodass Helen sich mit einem Mal schwach fühlte. Er sah atemberaubend aus. Seine dunklen Augen stachen unter dem hellen Haar hervor und waren ein bezaubernder Kontrast zu seiner sonnengebräunten Haut. Er war kein französischer Dandy mit Puder. Nicht einmal Parfüm trug er. Und doch, wann immer er ihr nah kam, nahm sie seinen herrlichen männlichen und sauberen Duft nach Seife und ihm selbst wahr. Er war genauso schlicht wie sie gekleidet. Ein weißes Hemd ohne Krawatte, dunkle Pantalons, die seine langen schlanken Beine betonten, und dazu schwarze Stiefel.

„Du bist mit Abstand die hübscheste Frau hier. Schau dich um. Keine kann dir das Wasser reichen."

Helen stieg Hitze ins Gesicht. Verlegen schaute sie in die Karte. Nachdem sie gewählt und ihre Bestellung aufgegeben hatten, stützte John seine Arme auf den Tisch und schaute sie eingehend an. Zaghaft nahm er ihre rechte Hand und drehte sie herum.

„Willst Du mir jetzt sagen, wie das passiert ist, Helen?"

Helen entzog ihm ihre Hand und zog den Stoff ihres Ärmels darüber. „Hast Du mich deshalb eingeladen? Um mich zu bemitleiden? Ich brauche dein Mitleid nicht."

„Sei nicht albern. Ich mache mir Sorgen um dich. Ich weiß, dass Du es nicht gewohnt bist in der rauen Welt außerhalb der Kreise, in denen Du aufgewachsen bist. Du bist dein ganzes Leben lang beschützt worden. Ich finde den Schritt, den Du gegangen bist, sehr mutig und Du hast dich tapfer geschlagen. Aber lass mich dich beschützen. Sieh es einfach als Freundschaftsdienst an. Du kannst mir vertrauen."

Helen schaute ihn an. Wenn er wüsste, wie gut ihr seine Worte taten. Ja, sie brauchte jemanden, mit dem sie offen sprechen konnte, der wirklich wusste, in welchem Zwiespalt sie war. Wie gern würde sie sich der Illusion hingeben, er würde sie vor allem im Leben beschützen. Aber er belog sie. Warum sagte er nicht einfach, wer er war? Warum sollte sie ihm vertrauen, wenn er ihr nicht vertraute? Dennoch hörte sie sich sagen: „Es war Bertrand Clermont."

John haute so hart mit der Faust auf den Tisch, dass die Gläser klirrten, und einige der Gäste sich zu ihnen umdrehten. „Hat er dich ... ich meine, hat er ...?"

Sie schüttelte den Kopf. „Nein, hat er nicht."

Helen sah die Erleichterung in seinem Blick.

„Wann war das?"

„Vor zwei Tagen"

John griff erneut über den Tisch und nahm ihre Hand. „Du kannst dich mir anvertrauen, Helen. Was genau ist vorgefallen?"

Sie zögerte kurz, doch dann sprudelte alles aus ihr heraus.

„Dieser Mistkerl. Er nutzt seine Macht als Hausherr aus, um sich das Personal gefügig zu machen." Helen hatte John noch nie so zornig gesehen.

„Du solltest keine Nacht länger unter diesem Dach verbringen. Du kannst vorerst in meiner Wohnung in der *Richelieustraße* wohnen. Ich benutzte sie im Moment sowieso nicht. Und dann werde ich dir helfen, eine neue Anstellung zu finden. Eine, wo Du nicht den Gelüsten eines Hausherrn ausgesetzt bist."

„Das ist wirklich sehr großzügig von dir. Aber Du weißt, das kann ich nicht. Ich wäre kompromittiert. Jeder weiß, dass es deine Wohnung ist. Man würde glauben, dass ich deine Geliebte bin. Außerdem möchte ich mich nicht von dir abhängig machen."

Er zog die Luft scharf ein. „Sei nicht kindisch. Lass die Leute reden. Sie können dir nichts, denn sie wissen nicht, dass Du die Tochter eines Earls bist. Und wir beide wissen, dass Du es nicht so ist. Ich meine, dass Du nicht meine Geliebte bist. Außerdem ist es nur für ein paar Tage, niemand wird es mitbekommen. Oder willst Du lieber dem Viscount hilflos ausgeliefert sein?"

Sie schaute ihn skeptisch an. „Wo wohnst Du in der Zwischenzeit?"

„Bei meiner Großmutter." Er lachte.

„Bei deiner Großmutter? Das ist interessant." Sie lachte ebenfalls.

Helen überlegte kurz. „Also gut, unter einer Bedingung?"

John lehnte sich zurück. „Und die wäre?"

„Ich will deinen vollen Namen wissen."

Er lachte. „Warum ist dir das jetzt so wichtig? Du hättest mich die ganze Zeit danach fragen können. Es ist kein Geheimnis. Darf ich mich vorstellen: John Philippe Langdon."

„Sohn des Earl of Granville?"

John schnalzte mit der Zunge. „Du kennst meinen Vater?"

„Nein. Aber die Damen der feinen Gesellschaft reden. Auch über dich."

„Und jetzt, Helen, siehst Du mich mit anderen Augen? Ich bin nicht die Sorte Mann, die mit ihrem Adelstitel hausieren geht."

„Warum lebt der Sohn eines Earls hin und wieder in einer nicht standesgemäßen Wohnung?"

„Ist das jetzt ein Verhör? Vertraust Du mir nicht?" Sein Ton war leicht gereizt.

„Nein und nein. Aber ist es nicht normal, dass sich Freunde die Wahrheit sagen, John? Wenn dir meine Fragen jedoch so unangenehm sind, dann vergessen wir deinen Vorschlag einfach wieder. Ich habe es einmal geschafft, mich gegen Clermont zu verteidigen. Ich werde es wieder tun. Bald habe ich ein Zimmer gefunden. So lange werde ich mich in meinem Raum einschließen."

Er lachte bitter. „Als wenn ihn das davon abhalten würde, dein Zimmer zu betreten."

John legte den Kopf schief und sah sie an. „Bitte, komm mit mir, bevor Du es bereuen wirst und er dein Leben für immer ruiniert hat."

Das Essen wurde serviert und eine Weile aßen sie beide schweigend.

Dann sagte John: „Ich wohne im Stadtpalais meiner Familie zusammen mit meiner Großmutter. Aber manchmal ziehe ich mich für Tage oder auch Wochen in die *Richelieustraße* zurück, weil ich dort der sein kann, der ich will. Ohne Regeln und Konventionen. Dort bin ich einfach John und nicht der Sohn des Earl of Granville."

Helens Gesichtszüge entspannten sich. „Das kann ich gut verstehen."

Sie lächelten einander an.

Helen musste eine Entscheidung treffen. John hatte recht. Sollte sie riskieren, dem Viscount erneut in die Hände zu fallen, nur um ihren guten Ruf zu schützen? Sie war keine Dame der feinen Gesellschaft mehr. Es würde keinen Skandal verursachen. Niemand interessierte sich für eine Frau mit dem Namen Helen Campbell. Helen Beaufort, Tochter des Earl of Devonshire, gab es nicht mehr. Nichtsdestotrotz hatte sie immer noch ihren Stolz und ihre Würde. Sie wollte nicht, dass jemand sie für ein leichtes Frauenzimmer hielt. Sicher würde es Gerede geben, auch unter Bürgerlichen. Denn auch in dieser Gesellschaftsschicht war es üblich, verheiratet zu sein, bevor man zusammenzog. Aber es sollte nur für ein paar Tage sein. In der kurzen Zeit würde es keinem auffallen. Paris war groß und niemand kannte sie. Zudem konnte sie es sich nicht wirklich leisten, ein Zimmer anzumieten, ohne eine feste Arbeit in Aussicht zu haben. Und sie vertraute John, dass er sie nicht ausnutzen würde. Schließlich war er der Sohn eines Earls.

„Also gut, John Langdon. Ich werde für ein paar Tage in deine Wohnung ziehen, bis ich was Eigenes gefunden habe."

„Eine gute Entscheidung, Miss Beaufort."

Helen zog pikiert eine Augenbraue hoch. „Lass das, ich heiße Campbell."

„Entschuldige."

„Ich werde meine Sachen abholen und zu dir kommen. Ich muss mich auch von Sophie verabschieden."

„Soll ich dich begleiten?"

„Nein, es wird mir schon nichts passieren."

„Dann lass mich dich bitte zum Stadtpalais der Clermonts begleiten."

„Also gut, einverstanden."

Helen fühlte eine tiefe Erleichterung. Alles würde gut werden.

Nachdem sie das Restaurant verlassen hatten, winkte John eine Kutsche herbei und half ihr beim Einsteigen.

„Du bist so zuvorkommend heute, John. Du kannst ja wirklich ein Gentleman sein."

„Und Du bist heute so empfänglich dafür. Sonst weist Du meine Höflichkeiten rüde zurück. Du kannst zuweilen sehr kratzbürstig sein."

Helen warf ihm ein Lächeln zu. Er saß ihr gegenüber und sein Blick hielt den ihren gefangen. Ein unbeschreibliches warmes Gefühl durchflutete ihren Körper und ihr wurde schlagartig bewusst, dass er sich immer mehr in ihr Herz schlich. Der Kuss, den sie mit ihm geteilt hatte, hatte ihr gezeigt, wie sehr sie körperlich auf ihn reagierte. Aber sie begann seine Nähe und seine Fürsorge ebenso zu schätzen. Sie musste sich in Acht nehmen, denn sich in ihn zu verlieben, war das Letzte, was sie in ihrem Leben gebrauchen konnte.

„Was geht in deinem hübschen Kopf vor, Helen?"

Er beugte sich vor und ergriff ihre Hände. Warm und stark umschloss er die ihren.

„Du machst dir Sorgen um deinen Ruf, wenn Du zu mir kommst, habe ich recht? Die Regeln des guten Anstands kann man nicht so einfach ablegen wie ein Kleid, nicht wahr?"

Helen lachte innerlich. Nein, dachte sie, ich habe Angst vor mir selbst. Denn ich weiß nicht, wie lange ich dir noch widerstehen kann, John Langdon.

„Nein, Du liegst falsch. Ich habe mir nie wirklich viel aus diesen Regeln gemacht. Nun, das schließt natürlich nicht aus, dass ich vermeiden will, als eine Frau ohne Moral und Anstand angesehen zu werden."

Sie löste den Blick von seinem attraktiven Gesicht. „Ich kenne dich kaum, John, und ich weiß nicht, ob Du eher ein Gentleman bist oder doch eher einer dieser... nun, wie soll ich es ausdrücken ..."

John ließ abrupt ihre Hände los. Er wirkte verärgert. „Wieso glaubst Du, ich wäre ein Lebemann? Weil ich dich geküsst habe? Ich sehe ein, es war ein Fehler, und ich entschuldige mich dafür, es wird nicht wieder vorkommen."

Helen zuckte mit den Schultern. „Ich weiß auch nicht, warum ich glaube, dass Du ein Frauenheld bist. Vielleicht ist es dein männlicher Charme, Du siehst gut aus und Du hast eine ziemlich unkonventionelle Art."

„Helen Beaufort, haben sie einem Mann gerade ein Kompliment gemacht?"

Sie lachte. „Es war eher eine versteckte Kritik. Einen Mann wie dich hat man vielleicht nicht für sich allein. Das könnte für eine Frau, die dich wahrhaftig lieb, ein Problem sein."

„Nun, es kommt auf die Frau an, die mich ganz für sich allein haben will."

Der Gedanke, John zusammen mit anderen Frauen zu teilen, missfiel ihr. War sie etwa eifersüchtig? Eifersüchtig darauf, er könnte andere Frauen küssen außer sie? Wie albern und närrisch.

„Aber ich kann dir versichern, Helen, sollte ich mich jemals für eine Frau entscheiden, dann kann sie sich nicht nur meiner uneingeschränkten Liebe sicher sein, sondern auch meiner Treue. Ich bin kein Mann wie Bertrand Clermont, der sich Mätressen hält oder unschuldige Angestellte in sein Schlafzimmer zwingt."

„Es tut mir leid, wenn ich dich verärgert habe. Es geht mich auch überhaupt nichts an, wie Du dein Leben führst. Wir sind lediglich Freunde. Bitte sei mir nicht mehr böse."

Er hatte den Blick abgewandt und schaute aus dem Fenster. Sie dachte schon, er würde nichts mehr sagen, als sie seine volltuende männliche Stimme erneut vernahm.

„Ich bin dir nicht böse. Ich möchte nur nicht, dass Du einen falschen Eindruck von mir hast." Seine Augen waren dunkel, als er sie nun wieder ansah.

„Warum ist dir das so wichtig?", fragte Helen.

Wie machte er das bloß? Seine Augen sprühten Funken und er beugte sich dicht zu ihr. Gleich würde er sie küssen. Und nichts wünschte sie sich sehnlicher. Doch er tat es nicht. Er lehnte sich wieder zurück und schaute aus dem Fenster.

„Nun, weil wir Freunde sind."

Die Kutsche stoppte in dem Moment und John sprang hinaus, um Helen beim Aussteigen zu helfen.

„Warte nicht auf mich. Ich muss packen und mich verabschieden."

Er nickte und stieg zurück in die Kutsche.

Kapitel 7 - Im Gefängnis

Paris, Juli 1830, Stadtpalais der Clermonts

Es klopfte und Helen zuckte zusammen. Sie war gerade am Packen ihrer wenigen Habseligkeiten.

„Helen, bist Du da?"

Erleichtert atmete sie auf und öffnete Sophie die Tür.

„Du packst? Soll das heißen, Du hast eine Anstellung erhalten?"

„Nein, leider nicht. Ich ziehe vorübergehend in eine andere Bleibe."

Sophie lächelte. „Das ist eine gute Idee. Wann und wo können wir uns wiedersehen?"

„Ich werde dir eine Nachricht zukommen lassen."

Helen packte weiter ihre Tasche. Dann hörten sie Geräusche aus dem oberen Trakt der Familie Clermont.

„Ist der Viscount im Haus?" Helen fühlte eine beklemmende Enge in ihrer Brust.

„Ich habe ihn heute noch nicht gesehen."

„Hörst Du das auch?"

Sie liefen zur Tür hinaus und gingen dann die Dienstbotentreppe zum oberen Trakt hinauf. Es war still, doch dann hörten sie einen hysterischen Schrei und im nächsten Moment wurde eine Tür aufgerissen. Schnell sprangen sie die letzten Stufen der Personaltreppe hinauf in den Gang. Sie erblickten Lady Elenora, die aus ihrem Schlafzimmer gestürmt kam und in die entgegengesetzte Richtung den Gang hinab lief.

„Du lieber Himmel, was ist mit ihr", hörte Helen Sophie hinter sich sagen.

Die Viscountess hatte sich nun auf dem Boden gekniet, ihnen den Rücken zugedreht. Helen glaubte, ein leises Wimmern zu hören.

„Helen, wir müssen nachsehen, was sich in dem Zimmer abgespielt hat. Sie nur die Flecken auf dem Teppich. Das ist Blut." Sophie's Stimme zitterte.

Gemeinsam gingen sie durch die offene Tür des Schlafzimmers. Der Anblick, der sich ihnen dort bot, würden sie ihr Leben lang nicht vergessen. Auf dem riesigen Bett lag der Viscount und bewegte sich nicht. Er hatte Hose und Stiefel an, lediglich sein Hemd war offen und der Oberkörper entblößt. Ein Brieföffner steckte in seiner Brust und Blut sickerte aus der Wunde.

Beide keuchten erschrocken auf. „Sophie, geh Du und sieh nach, ob er noch lebt."

„Nein, Du musst das machen. Ich kann kein Blut sehen." Wie zum Beweis hielt sie sich die Hand vor den Mund und würgte.

„Ich glaube, er ist tot, sieh nur seine Augen starren bewegungslos zur Decke. Und sein Brustkorb bewegt sich nicht."

Helen hatte noch nie einen Toten gesehen, aber so stellte sie sich einen vor.

„Ich werde die Polizei verständigen, Helen. Sieh nach, wie es der Viscountess geht."

Sophie hastete aus dem Zimmer und Helen war allein. Sie konnte den Anblick des toten Mannes nicht mehr ertragen. Auf keinen Fall würde sie noch näher an das Bett gehen. Sie spürte nun auch, dass ihr übel wurde. Schnell verließ sie das Zimmer und ging den Gang entlang zur Viscountess und stellte sich vor ihr auf.

Sie hatte nur ein Nachthemd an und ihre dunkelblonden Locken fielen ihr offen über den Rücken. Apathisch starrte sie auf ihre blutverschmierten Hände und wiegte dabei ihren Oberkörper vor und zurück. Sie blickte hoch, als sie Helen bemerkte.

„Ist er endlich tot? Ich musste ihn töten, um mein Kind zu schützen."

Helen erschrak, als sie die halbmondförmigen Würgemale zu beiden Seiten ihres Halses erblickte.

„Was ist passiert, Lady Elenora?"

Ihre Augen waren weit aufgerissen und Helen fragte sich, ob sie sie überhaupt wahrnahm. Sie schien unter Schock zu stehen.

„Er wird Ihnen nichts mehr tun, Lady Elenora.", sagte Helen.

„Ich werde nicht ins Gefängnis gehen."

„Das müssen Sie sicher nicht. Es war Notwehr, Mylady."

Sie lachte hysterisch und Helen lief ein Schauer über den Rücken.

„Niemand wird mir glauben, dass ich in Notwehr gehandelt habe. Es ist laut dem Gesetz meine eheliche Pflicht, meinem Mann im Bett gehörig zu sein, damit er seine perversen Fantasien bei mir ausleben kann. Kein Gesetz der Welt beschützt eine Frau vor so einem Monster." Ihre Stimme klang fremd, als sie das sagte.

Helen schaute voller Mitleid auf die Frau, deren Fassade, die sie so krampfhaft versucht hatte aufrecht zu halten, bröckelte.

Plötzlich hörte Helen eine Zimmertür und kurz darauf sah sie Miss Pauline von der anderen Seite des Ganges auf sie zukommen. Hastig lief sie zu ihr. Auf keinen Fall durfte sie in das Schlafzimmer blicken.

„Miss Pauline, gehen Sie keinen Schritt weiter."

Wie immer hatte sie *Petit* auf dem Arm.

„Was ist mit Ihnen, Miss Helen? Und was ... ist das meine Stiefmutter ... wieso?"

Im nächsten Augenblick kamen zwei Dienstmädchen die Personaltreppe hinauf. Sie hatten gemangelte Bettwäsche auf dem Arm und unterhielten sich.

Helen ging ihnen entgegen und sagte zu den beiden Dienstmädchen.

„Schnell, bringt Miss Pauline nach unten in die Bibliothek und bleibt dort bei ihr."

Und dann wurde es laut in der Eingangshalle. Helen hatte keine Zeit mehr abzuwarten, ob die Dienstmädchen ihren Anweisungen folgten, denn zwei Sergeanten kamen die Haupttreppe hinauf.

Schnell lief sie zur Viscountess hinüber, die sich mittlerweile wieder etwas gefangen hatte und aufgestanden war.

Einer der beiden Sergeanten, der dem Auftreten nach der Oberbefehlshaber sein musste, wandte sich an die Lady Elenora.

„Uns wurde berichtet, dass hier ein Mann zu Tode gekommen ist. Bitte führen Sie uns zu der Leiche."

Die Viscountess warf Helen einen flehenden Blick zu.

„Bitte kommen Sie, ich führe Sie zu ihm." Helen übernahm die Aufgabe für die Viscountess.

Sie ging voraus und der Oberbefehlshaber folgte ihr. Der andere Sergeant blieb bei Lady Elenora.

Der Sergeant trat zu dem Toten, legte einen Finger an seinen Hals und lauschte mit einem Ohr an seinem Mund.

„Handelt es sich bei dem Toten um den Hausherren, Viscount Bertrand Clermont?"

Helen nickte.

„Es besteht kein Zweifel. Er ist tot. Bitte verständigen Sie einen Doktor und einen Bestatter."

„Sehr wohl."

Helen wollte gerade, aus dem Zimmer eilen, als sie mit Sophie zusammenstieß.

„O, gut, das Du wieder da bist. Wir sollen einen Doktor und einen Bestatter kommen lassen."

„Er ist also tot? Du lieber Himmel. Gut, ich werde das erledigen."

Sophie lief davon und Helen und der Sergeant gingen wieder zurück zur Viscountess und dem anderen Sergeanten.

„Sie hat ihn getötet", alle starten auf die kreischende Viscountess. „Helen Campbell hat meinen Ehemann ermordet. Bitte schaffen Sie sie weg. Sehen Sie hier, meine Herren, meine Hände sind voller Blut, ich wollte ihn retten, aber es war zu spät."

Helen glaubte, sich verhört zu haben. Wieso glaubte die Viscountess plötzlich, sie habe ihren Mann ermordet? War sie verrückt geworden?

„Sind Sie Viscountess Clermont, die Ehefrau des Ermordeten?"

Lady Elenora nickte.

„Und Sie sind Helen Campbell?"

„Ja, Sir."

„Wie ist Ihre Stellung in diesem Haushalt?"

„Ich bin die Gouvernante der Tochter, Sir."

„Stimmt es, was Viscountess Clermont Ihnen vorwirft?"

„Nein! Ich weiß nicht, warum sie so etwas sagt. Die Viscountess hat noch vor ein paar Minuten selbst zugegeben, dass Sie den Viscount in Notwehr getötet hat. Sehen Sie nicht die Würgemale an ihrem Hals? Es ist absurd zu glauben, ich habe etwas mit der Ermordung des Viscounts zu tun. Bitte glauben Sie mir. Ich bin unschuldig", sagte Helen aufgebracht.

„Sie lügt, um Ihrer Strafe zu entgehen."

„Das wird das Gericht entscheiden müssen."

Der Oberbefehlshaber wand sich zu seinem Kollegen.

„Wir werden vorläufig beide festnehmen. Es steht hier Aussage gegen Aussage."

„Sehr wohl."

Helen war fassungslos. Was geschah hier?

„Bitte, es liegt hier ein Missverständnis vor. Ich habe überhaupt nichts getan."

Sie sah, wie der eine Sergeant Lady Elenora die Handschellen anlegte.

„Das werden Sie bereuen. Mich, eine Viscountess, des Mordes zu beschuldigen. Sie ruinieren meinen guten Ruf", schrie sie aufgebracht.

Der Sergeant lächelte herablassend und zeigte keine Gnade.

Der Oberbefehlshaber trat nun vor Helen.

„Hände nach vorne."

Sie sah stumm zu, wie er ihr die kalten und schweren Handschellen um beide Handgelenke legte.

Dann ging die Gruppe gemeinsam die Treppe hinunter. Die Hausangestellten standen versammelt in der Eingangshalle. Einige wirkten entsetzt, andere tuschelten und andere wiederum blickten sie voller Mitleid an.

„Helen, was ist passiert? Warum verhaften sie dich?"

Das Letzte, was sie sah, war das entsetzte Gesicht von Sophie, bevor man sie aus dem Haus führte.

Paris, Juli 1830, Richelieustraße 20

John ging auf und ab und schaute immer wieder aus dem geöffneten Fenster seiner Wohnung.

Wo war Helen? Es konnte doch nicht so lange dauern, ihre Tasche zu packen. Hatte sie es sich anders überlegt? Dachte sie wirklich, er sei ein Lebemann und hatte es mit der Angst bekommen, dass er sie verführen würde? Sicher, John traf sich hin und wieder mit Frauen. Schließlich war er ein junger Mann und hatte Bedürfnisse. Aber niemals hatte er je eine Frau mit in diese Wohnung gebracht. Helen war die Erste und seit er sie kannte, gehörte all sein Verlangen und Begehren ihr. Aber er würde sich zu beherrschen wissen. Denn niemals durfte er seinem Verlangen in ihrer Gegenwart nachgeben. Er würde sie nicht kompromittieren und er würde sie aus seinem Leben raushalten. Es war nur für ein paar Tage, bis er mit Josephine gesprochen hatte. Denn er hatte sich überlegt, dass er Helen in die Obhut seiner Großmutter geben wollte. Es war weit nach Mitternacht und er musste wohl oder übel akzeptieren, dass sie nicht mehr kommen würde. Enttäuscht verließ er die Wohnung und ging zurück zum Stadtpalais seiner Großmutter.

Paris, Juli 1830, Stadtpalais Granville

Am nächsten Morgen saß er schon zeitig im Frühstückssalon und wartet, dass seine Großmutter hinunterkam, um ihr Frühstück einzunehmen. Er trommelte mit den Fingern auf dem Tisch herum und stellte sich immer wieder dieselbe Frage. Warum war Helen nicht zu ihm gekommen?

„John Philippe? So früh schon auf den Beinen?"

Josephine Lefebvre betrat den Raum und ging zu ihrem Enkel, um ihm einen Kuss auf die Stirn zu hauchen.

„Früh? Es ist bereits weit nach 11 Uhr", sagte er schmunzelnd.

Sie setzte sich zu ihm an den Tisch und John überlegte, wie er am besten sein Anliegen vortragen konnte, ohne dass seine Großmutter gleich eine Hochzeit plante. Er wollte Helen eine Anstellung bei seiner Großmutter beschaffen, ohne dass diese vermutete, John würde seine heimliche Geliebte bei ihr einschleusen. Er musste ihr irgendeine glaubwürdige Geschichte auftischen.

„Hast Du es schon gehört?", unterbrach sie seine Gedanken.

„Nein, was denn?"

„Einer meiner Nachbarn ist gestern Nachmittag ermordet worden. Seine Frau und eine junge Hausangestellte wurden verhaftet."

John wurde hellhörig. „So, welcher Nachbar denn?"

„Ich kannte ihn nicht besonders gut. Habe ihn nur ein paar Mal in der Kutsche vorbeifahren sehen. Viscount Bertrand Clermont ist sein Name."

Im Nu war John auf den Beinen.

„Was ist denn los, John Philippe? Du erschreckst mich zu Tode."

„Wo hat man sie hingebracht?"

„Aber ..."

„Wohin, Josephine?"

„Wen meinst Du denn?"

„Na, die Hausangestellte", rief er ungeduldig.

„Ins Gefängnis natürlich. Wieso interessiert dich das?"

„Und in welches?"

„*Sainte-Pélagie*. Glaube ich."

Paris, Juli 1830, Gefängnis Sainte-Pélagie

„Wenn Sie nicht Ihr Anwalt oder Ihr Ehemann sind, kann ich Sie nicht zu der jungen Dame durchlassen", sagte der Leiter des Gefängnisses.

„Dann sagen Sie mir doch wenigstens, ob es sich bei der Dame um Miss Helen Campbell handelt."

„Das darf ich nicht, Mylord."

John stieß einen leisen Fluch aus. Er griff in die Innenseite seines Jacketts und holte seine Brieftasche hervor. Mit einem überaus freundlichen Lächeln legte er einen Stapel Geldnoten auf den Tisch. Der Mann hob erstaunt die Augenbrauen, dann erhob er sich von seinem Schreibtisch, ging an John vorbei und schloss die Tür zu seinem Büro. Als er zurück zu seinem Tisch ging, nahm er die Scheine an sich und ließ sie in seiner Hosentasche verschwinden.

„Mylord, es ist nicht meine Art, Geldzuwendungen entgegen zunehmen, aber in Anbetracht Ihrer Beharrlichkeit werde ich eine Ausnahme machen. Miss Campbell wurde gestern am späten Nachmittag zusammen mit Viscountess Clermont hierhergebracht. Letztere hat bereits ihren Anwalt eingeschaltet. Was nun mit der jungen Dame passiert", er zuckte ratlos mit den Schultern, „wem wird man wohl eher glauben?"

John ballte die Fäuste. „Bitte, lassen Sie mich mit der Dame sprechen, was haben Sie schon zu verlieren? Sie ist doch nur eine unbedeutende Hausangestellte."

Der Mann schien gierig zu sein, John sah es in seinem abwartenden Blick. Er holte noch einmal seine Brieftasche hervor. Zufrieden mit dem, was John ihm reichte, erhob er sich seufzend.

„Also schön, Mylord, Sie scheint Ihnen ja viel zu bedeuten, diese unbedeutende Miss. Folgen Sie mir."

Helen hoffte immer noch, aus ihrem Alptraum zu erwachen.

Seit gestern saß sie in diesem Gefängnis. Sie war zusammen mit zehn anderen Frauen aus verschiedenen Gesellschaftsschichten eingesperrt, jedoch hatte man die Viscountess nicht mit hierhergebracht. Wo hatte man sie eingesperrt? Oder hatte man sie bereits wieder entlassen, da die Schuldige bereits festzustehen schien? Diese Ungewissheit nagte an Helen. Sie hatte sich in die hinterste Ecke gekauert und vergrub ihr Gesicht in ihren Händen. Kein Auge hatte sie zugetan in dieser Nacht. Sie verstand es immer noch nicht. Hundertmal hatte sie das Geschehene versucht zu begreifen. Als die Sergeanten auf Lady Elenora und sie zukamen und sie beide festnahmen. Der Moment, als Helen ihnen panisch versuchte zu erklärte, sie hätte nichts getan, und dann die hysterischen Worte von Lady Elenora, mit denen sie Helen beschuldigte, die Mörderin des Viscounts zu sein.

Aus irgendeinem Grund konnte sie nicht mal weinen. Ihr Körper und ihre Seele waren taub, wie gelähmt. Sie war nicht in der Lage, sich zu erheben, um zu trinken oder zu essen. Immer wieder versuchten die Frauen, mit ihr ein Gespräch zu beginnen, aber sie konnte nicht sprechen.

„Mädchen, Du musst was trinken, es ist stickig in dieser Zelle. Wenn Du nicht bald etwas trinkst, dann stirbst Du noch, bevor sie dich verhören können."

Eine Frau mit einem blau-weiß gestreiften Sommerkleid und roten Haaren kam zu ihr und hielt ihr einen Becher mit Wasser an den Mund. Als Helen die kalte Flüssigkeit auf ihren ausgetrockneten Lippen spürte, merkte sie erst, wie durstig sie war. Gierig trank sie den Becher leer.

„Danke."

„Warum bist Du hier?", fragte die rothaarige Frau.

„Ich bin unschuldig. Ich sollte gar nicht hier sein."

Ein Grölen ging durch die Gefängniszelle.

„Das sind wir alle", schrien die Frauen lachend durcheinander.

„Helen Campbell?"

Ein Wachmann schaute durch die Gitter. Sie erhob sich ängstlich und ging zu ihm.

„Mitkommen."

Er legte Helen Handschellen an und sie folgte ihm in einen Raum mit vergitterten Fenstern, einem Tisch und vier Stühlen.

„Besuch für Sie."

Sie setzte sich auf einen der Stühle und einen Moment später betrat John den Raum.

„Helen."

„John? Was ...?"

Sein Gesicht war blass und übermüdet. Seine Augen, die sonst immer so heiter und ironisch dreinblickten, sahen dieses Mal erschreckend ernst aus. Sein Lächeln fiel sehr kurz aus.

Der Wachmann verließ den Raum und verriegelte die Tür hinter sich.

John setzte sich ihr gegenüber auf einen Stuhl.

„Hör mir jetzt gut zu, Helen. Es sieht nicht gut aus für dich. Deine Aussage steht gegen die einer Viscountess. Sie hat bereits einen Anwalt eingeschaltet. Man wird versuchen, dir den Mord anzuhängen. Du weißt, was auf Mord in Frankreich steht?"

Helen wurde übel. Die aufsteigende Panik erschwerte ihr das Atmen. Sie würde sterben. Die Erkenntnis darüber ließ sie bewegungslos verharren.

„Helen, so sag doch was."

„Du hast mich noch gar nicht gefragt, ob ich es getan habe."

Er stieß die Luft aus. „Ich weiß, dass Du es nicht getan hast."

„Wieso bist Du dir da so sicher? Der Mann wollte mich zu seiner Geliebten machen. Gegen meinen Willen. Ich hätte allen Grund dazu."

„Du könntest keinen Menschen töten. Ich weiß es einfach."

„Ich habe ihn nicht getötet. Sie hat es getan. Sie hat ihren gewalttätigen Ehemann zum Schweigen gebracht. Er hat sie fast zu Tode gewürgt und sie hat sich gewehrt. Stell die nur vor, was sich diese Frau alles gefallen lassen musste von ihm und das, obwohl sie sein Kind erwartet. Ich hätte nie gedacht, dass ich das mal sagen würde, aber er hat es verdient."

John nickte stumm. „Hast Du irgendwelche Zeugen, die deine Unschuld bestätigen können?"

„Nur Sophie, aber ihr wird man genauso wenig glauben."

Sie hörte seinen schweren Atem. Er schien verzweifelt zu sein. Ging ihm ihr Schicksal so nah? Warum war er überhaupt gekommen? Es konnte ihm doch gleich sein, was aus ihr wurde.

„Ich bin weder dein Ehemann noch dein Anwalt, ich kann dir also wenig für dich tun. Aber ich werde dafür sorgen, dass Du einen Anwalt bekommst. Außerdem müssen wir alle, die im Haus anwesend waren, befragen. Irgendjemand muss doch was mitbekommen haben."

Helen stutzte. „Wir? Wieso bist Du hier, John? Warum hilfst Du mir?"

Er sah sie eine Weile schweigend an.

„Ich bin ein Gegner der Todesstrafe, wie Victor Hugo, Du erinnerst dich an ihn? Ich empfinde die Tötung durch die Guillotine als unmenschlich. Denn das wird dich erwarten. Außerdem empfinde ich die Welt mit einer lebenden Helen Campbell darin um einiges reizvoller."

Er lächelte.

Ah, das war es also. Helen erinnerte sich an den tragischen Tod seines Bruders durch die Guillotine.

„Tja, es sieht so aus, dass meine Flucht aus England mich weit gebracht hat. Es sollte nicht sein, mein Leben in Freiheit. Ich habe ein Gefängnis gegen ein anderes ausgetauscht. Vielleicht ist es dann am besten, sich von dieser Welt zu verabschieden, als in einem Gefängnis zu versauern."

Johns Augen blinzelten zornig. „Sag sowas nicht, Helen. Ich will, dass Du durchhältst, versprich mir das. Ich werde versuchen dich hier rausholen."

Sie schaute hinunter auf ihre Hände, die in Handschellen lagen. Ihre Blutergüsse am rechten Handgelenk. Was war nur aus ihrem Leben in Freiheit geworden? Sollte es schon nach so kurzer Zeit beendet sein. Es gab noch so vieles, was sie erleben wollte.

„Ich kann mir keinen Anwalt leisten, John."

„Sei nicht albern. Ich werde dafür aufkommen."

„Das kann ich nicht annehmen und es wäre auch seltsam, wenn Du das für mich tun würdest. Wir sind weder verheiratet noch verwandt."

„Dann sagen wir eben, wir sind verwandt. Du bist meine Cousine aus England, oder irgendeine andere Verwandte? Lass dir von mir helfen."

Helen presste die Lippen aufeinander.

„Helen, dir kann doch nicht ernsthaft dein verdammter Stolz wichtiger sein als dein Leben?"

„Also gut, aber ich werde dir alles zurückbezahlen. Ich bin nicht so weit von zu Hause weggelaufen, um mich doch wieder abhängig von einem Mann zu machen."

„Du bist unvernünftig. Warum kannst Du dir nicht von einem Mann helfen lassen? Wir sind nicht alle schlecht. Herrgott nochmal, sei nicht so eine Närrin, Helen."

„Ich habe meine Prinzipien." Sie lächelte beschwichtigend.

Dann hob sie ihre Hände auf den Tisch und John registrierte ihre Handschellen.

Er ergriff ihre Hände und sein Daumen fuhr über ihren Handrücken. Eine unschuldige, doch überaus wohltuende Geste.

„Danke, John, dass Du mir glaubst."

Einen Tag nach John's Besuch, kam der Anwalt Monsieur Dumoulin zu ihr. Nach einem kurzen Gespräch und einigen Dokumenten, die Helen unterschreiben musste, ging er wieder.

Der alte Mann war ein Mensch, dessen Gefühle man nicht lesen konnte. Helen wusste nicht, ob er ihr glaubte oder nicht. Konzentriert stellte er seine Fragen und erklärte ihr die verschiedenen Dokumente. Ein merkwürdiger Kauz, dachte Helen, als er wieder gegangen war.

In dieser Nacht fiel sie in einen tiefen Schlaf, aus dem sie panisch hochschreckte. Keuchend rang sie nach Atem und versuchte, sich wieder zu beruhigen. Sie hatte geträumt, dass sie auf dem Schafott des *Place de Greve* stand. Der Platz war gefüllt von jubelnden Menschen, die darauf warteten, dass man sie auf die Guillotine band. Helen zitterte am ganzen Körper. Angst schnürte ihr die Kehle zu. Sie hatte das Gefühl zu ersticken. O Gott, ich will nicht sterben. Nicht so. Nicht jetzt.

Den Rest der Nacht machte sie kein Auge mehr zu, aus Angst, nicht mehr aufzuwachen. Sie lag auf ihrem Strohsack, starrte in die Dunkelheit und lauschte den Schlafgeräuschen der anderen Frauen, mit denen sie gemeinsam in der Zelle eingesperrt war.

Drei Tage später wurde sie in eine Einzelzelle verlegt. Hier hatte sie eine kleine Liege und einen Stuhl mit einem Eimer Wasser für sich allein. Ihr Anwalt hatte das für sie erwirkt. Sie war ihm dankbar, aber Helen wurde jeden Tag mutloser. Hatte sie noch geglaubt, dass Missverständnis würde sich bald aufklären, so glaubte sie nun nicht mehr daran. Sie würde sich, wohl oder übel auf eine längere Zeit hinter diesen Mauern einstellen müssen.

Hierher hatte sie nun ihr neues Leben als Miss Campbell gebracht. In ein Gefängnis, angeklagt als Mörderin. Wenn man sie zum Tode verurteilt, dann würde sie nicht einmal unter ihrem richtigen Namen begraben werden.

Dennoch fühlte sie einen gewissen Stolz, wenn Sie auf die kurze Zeit die sie hier, in Paris, verbracht hatte, zurückschaute. Denn sie war zumindest frei gewesen und sie würde als freie Frau sterben.

Die Welt der Frauen, die frei sein wollten, war hartherzig und einsam. Es war schwer für eine Frau ohne Mann, denn die Gesellschaft und die jahrhundertelangen frauenfeindlichen Traditionen, erlaubten keine gleichberechtigte Eigenständigkeit. Wann würde die Welt der Männer Frauen endlich als gleich akzeptieren? Für sie war die Stellung der Frau klar definiert. Frauen sollten zu Hause bleiben und Kinder bekommen.

Helen war froh, dass sie es zumindest versucht hatte, sich von den Regeln, die ihr die Gesellschaft auferlegte, zu befreien. Sie hatte in dieser Zeit zu mehr Selbstbewusstsein gefunden. Gewiss hatte sie sich einigen Herausforderungen stellen müssen und sie hatte grausame Dinge erlebt. Schutzlos, ohne Ehemann und Titel, war sie dem Übergriff gewalttätiger Männer ausgesetzt gewesen. Lord Ashley, der Mann der sie für eine Prostituierte hielt und auch Bertrand Clermont. Männer kamen fast immer ungestraft davon, vor allem Männer mit Geld und Macht. Nun, nicht Bertrand Clermont.

Helen dachte viel über das Schicksal der Viscountess nach. Wohin hatte man Lady Elenora gebracht. War sie auch hier im Gefängnis? Sie, die für Helens Schicksal verantwortlich war. Sie sollte eigentlich wütend auf die Viscountess sein, und das war sie auch, aber ein gewisses Verständnis für ihr Handeln konnte sie dennoch aufbringen.

Hätte Lady Elenora, nicht in einer Welt gelebt, wo das Prinzip der Überlegenheit der Männer herrschte, sie hätte keinen Grund gehabt, ihren Mann zu ermorden. Sie hätte ein Recht darauf gehabt, ihren Ehemann anzuzeigen. Doch dazu müssten die Gesetze geändert werden und diese würden sicher nie von Männerhand umgeschrieben.

Doch wie sollte es sich dann irgendwann ändern? Als Frau hatte man weder Zugang zu öffentlichen Ämtern noch wurden sie in politischen und bürgerlichen Angelegenheiten mit einbeschlossen. Sie durften nicht wählen und das aus dem simplen Grund, weil sie keine Bürgerrechte besaßen. Was also bedeute, dass man ganz einfach die Hälfte der Menschheit vom Bürgerrecht ausschloss. Warum sollte eine Gruppe von Menschen, nur weil sie schwanger werden kann, nicht Rechte haben können? In jeder noch so erdenklichen Angelegenheit war sie von der Gunst eines Mannes abhängig. Denn ihre Menschenrechte waren auf Männerrechte reduziert.

Helen, die auf ihrer Liege mit angewinkelten Beinen saß, erschrak, als das Schloss ihrer Zellentür sich drehte. Kurz darauf schwang die Tür auf und sie erblickte John hinter einem der Gefängniswärter.

Er lächelte sie an, als er eintrat, und sie erhob sich von der kleinen Liege.

„Zehn Minuten", sagte der Wärter und schloss die Tür.

„Wie gehts es dir, Helen?"

Sie setzten sich auf die Liege und John ergriff wie selbstverständlich ihre Hände.

„Du musst mich nicht besuchen, John. Du hast sicher Besseres zu tun. Außerdem kümmert sich Monsieur Dumoulin um alles. Sieh nur, ich habe eine exquisite Unterkunft bekommen. Hier lässt es sich aushalten", scherzte sie.

„Ich möchte es aber und Du kannst mich nicht daran hindern."

Er ließ ihre Hände los und griff in seine Jackentasche.

„Ich habe etwas Schokolade für dich, lass sie die Wärter nicht sehen."

„O vielen Dank." Verlegen schaute sie auf das kleine Päckchen, das er ihr hinhielt und nahm es entgegen.

„Ich bin hier, um dich zu fragen, ob Du irgendetwas brauchst. Kleidung, Seife, egal was, ich werde es dir besorgen."

Helen schüttelte den Kopf.

„Das ist lieb von dir, dass Du daran denkst, aber Sophie war gestern hier und hat mir alles gebracht, was ich hier drin brauche. Aber man hat sie nicht zu mir durchgelassen. Wie hast Du es geschafft?"

„Ich kann sehr überzeugend sein.", sagte er knapp und wechselte schnell das Thema.

„Ich habe heute erfahren, dass dein Verhandlungstermin auf Ende nächster Woche festgelegt wurde. Nur noch eine Woche Helen, dann bist Du draußen."

„Nun vielleicht, vielleicht auch nicht. Das Gericht wird entscheiden, ob ich sterben und leben werde."

Sie erhob sich von der Liege und ging zu dem kleinen Fenster ihrer Zelle und versuchte, sich die innere Leere zu erklären.

John stand ebenfalls auf und sie spürte, wie er hinter sie trat.

Er legte seine Hände auf ihre Schultern. „Helen, ich wünschte, ich könnte dir diese Angst nehmen. Aber glaube mir, man wird dich nicht zum Tode verurteilen. Du wirst frei sein und leben."

Helen drehte sich zu ihm herum und sah seinen warmen Blick, der auf ihr ruhte.

„John, ich werde vielleicht sterben."

„Nein, das wirst Du nicht. Denk nicht einmal daran."

In diesem Moment brach es aus ihr heraus. Heftig begann sie zu schluchzen. Die Anspannung, die Angst vor dem Tod, das Bild des toten Viscounts und die Scham ihrer Verhaftung sowie die bevorstehende Gerichtsverhandlung – all das hatte sich angestaut und verlangte nach Erlösung.

Sie spürte, wie John sie an sich zog und sie schlang verzweifelt ihre Arme um seine Mitte. Sanft streichelte er ihr über den Rücken. Es tat so gut, von ihm gehalten zu werden. Sie wusste nicht, wie lange sie beide so engumschlungen gestanden hatten. Aber als ihre Tränen versiegt waren, löste sie sich aus seinen Armen.

„Entschuldige meinen Ausbruch." Sie sah auf sein zerknittertes Hemd und die Tränen, die sie darauf vergossen hatte.

„Und jetzt habe ich auch noch deine Kleidung ruiniert."

Verlegen suchte sie seinen Blick. Fühlte sich unbehaglich, ihm so nah zu sein und ihm ihre Schwäche und Verletzlichkeit offenbart zu haben.

„Helen, Du musst dich nicht entschuldigen. Deine Reaktion ist ganz verständlich. Alles, was Du gerade erlebst."

Sie wischte sich mit dem Handrücken die Tränen von den Wangen.

„Hast Du was von Viscountess Clermont gehört. Wohin hat man sie gebracht?"

„Du solltest nicht ein Gedanken an diese Lügnerin verschwenden, Helen", sagte er erbost.

„Ich war zuerst wütend auf sie, dann enttäuscht und jetzt habe ich einfach nur Mitleid mit ihr. Welche Qualen hatte diese junge Frau ertragen müssen, dass sie letztendlich zur Mörderin und Lügnerin wurde? Versteh mich nicht falsch, ich will ihre Tat nicht entschuldigen, aber mit einem Mann wie Bertrand Clermont an ihrer Seite, der sie misshandelt hat, obwohl sie schwanger ist, kann ich ihr Handeln doch irgendwie verstehen. Sie war verzweifelt gewesen und hatte sich gewehrt."

Wäre es Helen vielleicht genauso ergangen, an der Seite von Robert Ashley? Wie verzweifelt wäre sie gewesen? Sie verdrängte diesen Gedanken schnell wieder.

„Danke John. Für alles, was Du für mich tust. Aber Du solltest dich in Zukunft lieber von mir fernhalten, ich scheine dir nur Unannehmlichkeiten zu bereiten."

„Ich glaube, das kann ich nicht mehr", raunte er.

„Warum nicht?"

Sie sah in seine unergründlich dunklen Augen und dann tat sie das Einzige, wonach es sie in diesem Augenblick verlangte. Sie stellte sich auf die Zehenspitzen und küsste ihn.

John erwiderte den Kuss zaghaft. Zärtlich fuhr er mit seiner Zunge ihre Unterlippe entlang, bevor er ihren Mund vollständig in Besitz nahm. Helen rückte näher zu ihm, legte ihre Hände auf seine Brust, denn sie sehnte sich nach seiner körperlichen Nähe. Er zog sie noch näher an sich und vertiefte den Kuss.

Sie löste sich voneinander, als sie die Schritte des Wärters hörten.

„Ich werde morgen wiederkommen.", sagte er knapp, bevor er die Zelle verließ.

John schien sich sehr sicher zu sein, dass Helen nächste Woche dieses Gefängnis als freie Frau verlassen würde. Dank ihm schöpfte sie wieder ein wenig Hoffnung, dass sich doch noch alles zum Guten wenden würde.

Paris, Juli 1830, eine Woche später

John ging schnellen Schrittes neben seinem Freund Francois durch die *Rue de Notre Dame*.

„Du solltest dich auf das fokussieren, was wichtig ist, John. Wir haben zu lange dafür gearbeitet."

„Das tue ich."

„So? La Fayette will uns alle versammelt in seinem Stadthaus sehen und Du läufst einer Frau hinterher."

„Du verwechselst hier etwas, mein lieber Francois. Ich laufe keiner Frau hinterher, um mich mit ihr zu vergnügen, sondern ich versuche sie vor der Guillotine zu retten."

„John Philippe, Du kannst nicht alle vor der Guillotine retten. Außerdem bringt es deinen Bruder nicht zurück."

„Du weißt nicht, wovon Du redest. Lassen wir diese Diskussion."

„Wo ist der Herzog von Orléans jetzt?"

„Er bleibt vorerst außerhalb von Paris, auf seinem Schloss in Neuilly."

John hielt Francois am Arm zurück. Er musste fast schreien, als in dem Moment die Glocken der *Notre-Dame de Paris* erklangen.

„Ihr könnt euch auf mich verlassen. Ich würde euch nie wegen einer Frau im Stich lassen. Das habe ich nie getan und werde ich auch nie. Aber jetzt muss ich diese Dame vom Gefängnis *Sainte-Pélagie* abholen und dafür sorgen, dass sie ein Dach über dem Kopf hat. Ich werde nachkommen."

„Ich nehme dich beim Wort und nun geh schon und rette deine Dame."

John klopfte ihm dankend auf die Schulter und bog in die nächste Gasse ein, um kurz darauf eine Kutsche heranzuwinken. Er würde erst ruhen, wenn Helen Beaufort das Gefängnis sicher verlassen hatte.

Er ließ sich auf die Bank der Kutsche sinken. Sein Kopf tat ihm weh und sein Körper pulsierte. John wusste, dass er Francois angelogen hatte. Er war im Zwiespalt und das gefiel ihm gar nicht.

Zum ersten Mal in seinem Leben war ihm das Wohl einer Frau wichtiger als sein Kampf gegen die Bourbonen. Seit dem Tod Antonys hatte er keine Gefühle mehr an sich herangelassen. Irgendwie hatte Helen Beaufort es geschafft, sich in sein Herz zu schleichen. Dachte er zunächst noch, es war eine rein körperliche Begierde, die sie so anziehend für ihn machte, so wusste er nun, dass sie ihm mehr bedeutete als das. Ihr Wohlergehen lag ihm am Herzen und er spürte den Drang, sie zu beschützen. Und er wollte in jeden Fall verhindern, dass ihr schöner Kopf der Guillotine zum Opfer fiel.

Wenn es um Helen ging, dann setzte sein Verstand aus. Sobald das Urteil verkündigt war und sie den Gerichtssaal verlassen konnte, würde er sie davon überzeugen, eine Anstellung bei seiner Großmutter anzunehmen. Verdammt, er hatte ganz vergessen, Josephine danach zu fragen. Er würde Helen vorerst in seine Wohnung bringen und sie morgen früh zu seiner Großmutter begleiten.

Aber dennoch würde er kämpfen und er würde seine Kameraden nicht enttäuschen. Seine Rache war jetzt zum Greifen nahe. Sollten sie es schaffen, die Bourbonen zu stürzen, dann stand ihm vielleicht die Möglichkeit offen, sich auf eine Frau einzulassen. Denn dann konnte er ein Leben ohne Charbonnerie führen.

Paris, 25. Juli 1830,
Parlament de Paris, **französischer Gerichtshof**

„Miss Helen Campbell, bitte erheben Sie sich. Der Richter wird nun das Urteil verkünden."

Helen, die neben Monsieur Dumoulin saß, erhob sich und sah zu dem Tisch, an dem der Richter mit seiner grauen Perücke und seiner schwarzen Robe vor den Anwesenden thronte. Er würde nun seine Aufgabe wahrnehmen und Recht sprechen. Für Helen bedeutete es Leben oder Sterben.

Monsieur Dumoulin hatte hervorragende Arbeit geleistet. Er hatte für ihr Recht, und das, obwohl sie eine Frau der Unterschicht war, gekämpft, und es erfüllte sie mit Stolz, so einen ehrenwerten und gerechten Anwalt den ihren nennen zu dürfen. Er hatte die Zeugen der Viscountess Elenora so lange einem Verhör unterzogen, bis diese irgendwann einräumten, sich nicht mehr sicher zu sein, was geschehen war. Nachdem man Sophie als Zeugin befragt hatte, wurden ebenfalls die zwei der zum Zeitpunkt anwesenden Sergeanten befragt. Beide bezeugten, dass das Nachtgewand sowie die Hände der Viscountess mit Blut beschmiert war. Helen, jedoch hatte nicht einen Tropfen Blut an ihrer

Kleidung gehabt. Der Arzt, der den Totenschein ausgestellt hatte, sagte aus, dass bei der Schwere der Stichverletzungen es unmöglich gewesen wäre, keinen Tropfen Blut abzubekommen und Helen die Tat somit unmöglich begangen haben konnte. Außerdem sprachen die Würgemale am Hals der Viscountess für einen Kampf zwischen den Eheleuten. Der Richter musste doch einsehen, dass er sie gehen lassen musste.

„Miss Helen Campbell, Sie wurden von Viscountess Eleonora Clermont beschuldigt, ihren Mann, Viscount Bertrand Clermont, auf grausame Weise getötet zu haben. Wir haben zur Kenntnis genommen, dass Sie sich der Tat unschuldig bekennen. Nach eingehender Prüfung über die Zulässigkeit oder Nichtzulässigkeit der einzelnen Befragungen der Zeugen ist das Gericht zu dem Ergebnis gekommen, Sie von der Frage der Schuld freizusprechen. Sie dürfen das Gericht als freier Mensch verlassen, Miss Campbell. Die Verhandlung ist geschlossen."

Helen zuckte zusammen, als Monsieur Dumoulin ihr sanft an die Schulter tippte.

„Haben Sie gehört, was der Richter gesagt hat? Sie sind freigesprochen. Sie dürfen gehen, wohin Sie möchten."

Sie nickte stumm und sah, wie er seine Dokumente in einer dunklen Aktentasche verstaute. Einer der Wärter kam und nahm ihr die schweren Handschellen ab.

„Ich danke Ihnen, Monsieur Dumoulin, ohne Sie hätte man mich zum Tode verurteilt. Ich stehe für immer in Ihrer Schuld."

„Danken Sie lieber dem jungen Lord Langdon. Ohne ihn hätte ich von Ihrem Schicksal wohl nie erfahren. Ich habe lediglich meine Arbeit getan." Zum ersten Mal, seit sie ihn kannte, stahl sich ein Lächeln auf seine Lippen.

„Leben Sie wohl, Miss Campbell." Dann ging er.

Unsicher, wohin sie jetzt sollte, ging sie in Richtung Ausgang, als ihr Blick sich mit einem Paar dunkler, warmer Augen kreuzte. An die Wand gelehnt stand John und lächelte ihr zu.

Kurze Zeit später saßen sie sich in einer Kutsche gegenüber. John strahlte über das ganze Gesicht.

„Monsieur Dumoulin ist ein hervorragender Anwalt. Helen, ich bin so froh, dass er es geschafft hat, dich rauszuholen, und das in der kurzen Zeit. Ich habe nie geglaubt, dass man dich zum Tode verurteilen wird."

Helen spürte weder Freude noch Erleichterung. Immer noch schien es ihr unwirklich, dass sie frei war. Immer noch glaubte sie aufzuwachen und in ihrer Zelle zu liegen. Immer noch glaubte sie, ihr Freispruch wäre ein Irrtum gewesen.

„Helen, so sag doch was."

„Ich kann es immer noch nicht glauben. Ich werde nicht sterben. Bist Du dir sicher, dass der Freispruch kein Irrtum war?"

John ergriff ihre Hände und zog sie an seine Lippen.

„Nein, Helen. Das Gericht hat entschieden. Sie können dich nicht noch mal für die gleiche Sache vor Gericht stellen."

Sie sah ihn an. „Warum habe ich dennoch Angst."

„Du stehst noch unter Schock, Helen, gib dir jetzt etwas Zeit, dich von dem Ganzen zu erholen."

„Ich glaube, ich werde Paris verlassen. Ich kann hier nicht mehr leben. Ich will die schrecklichen Bilder aus meinem Kopf bekommen."

John sah sie verdutzt an.

„Willst Du nach England zurück? Zu deiner Familie?"

„Nein, auf keinen Fall."

„Du solltest nichts überstürzen. Du musst dich erst einmal erholen. Schlaf dich aus. Hier ist der Schlüssel zu meiner Wohnung. Du hast sie ganz für dich allein."

Sie konnte wirklich etwas Ruhe gebrauchen. Außerdem fehlte ihr die Kraft, mit ihm zu diskutieren. Zögernd nahm sie den Schlüssel entgegen.

„Also schön. Für ein paar Tage."

Die Kutsche hielt und John half Helen beim Aussteigen.

„Du kennst ja den Weg. Ich werde nachher nochmal nach dir schauen", sagte er lächelnd.

Helen sah der fahrenden Kutsche hinterher.

Warum half ihr John Langdon? Was nur war das zwischen ihnen?

Kapitel 8 - Richelieustraße 20

Paris, 25. Juli 1830, Richelieustraße 20

Helen lag in Johns Schlafzimmer auf dem Bett und hatte bis eben geschlafen. Der Blick durch die Fenster verriet ihr, dass es bereits später Abend war. Sie hörte ein leises Klopfen an der Tür und erhob sich.

„Helen, ich bin es, John."

Sie öffnete ihm die Tür und sah, dass er die Hände voll mit Köstlichkeiten hatte.

„Ich habe dir etwas zu Essen gebracht. Ich hoffe, Du magst Lammbraten. Du musst ausgehungert sein. Wein und Limonade, Du wählst selbst."

Er lächelte und stellte alles auf dem Tisch. Helen sah, wie er sie eindringlich anblickte. Er wirkte unsicher, fast schüchtern.

Sie lächelte. „Danke, John."

„Ich werde dich jetzt wieder in Ruhe lassen."

Er ging an ihr vorbei in Richtung Tür, als Helen ihn zurückhielt.

„Würdest Du mir helfen, ein Bad zuzubereiten? Ich fühle mich ziemlich schmutzig. Außerdem wäre es schön, wenn Du mir beim Essen Gesellschaft leisten würdest. Ich will jetzt nicht allein sein."

„Ja natürlich."

Nachdem John genügend warmes Wasser in die Badewanne gefüllt hatte, verließ er das Badezimmer. Helen nahm ein langes Bad. Es war herrlich, sich den Schmutz der letzten zwei Wochen vom Körper zu waschen.

Ihr fiel ein, dass sie ja gar keine saubere Kleidung hatte und sie konnte, nein, sie wollte nie wieder diese Sachen anziehen, die vor ihr lagen. Sie würde alles, was sie in der Zeit im Gefängnis getragen hatte, verbrennen. Sie trocknete sich und schlang das Handtuch so um ihren Leib, dass es möglichst viel verdeckte.

Helen verharrte im Türrahmen und schaute auf John, der am Fenster stand und hinaus in die Dunkelheit starrte. Sie bewunderte seine kraftvolle Gestalt, seinen breiten Rücken, seine schlanken Beine. Sein blondes Haar, das so lang geworden war, dass es sich ihm Nacken wellte und von dessen Weichheit sie wusste. Sie wollte nicht, dass er wieder ging, und in dem Moment war ihr egal, ob sie jemand für unmoralisch und verdorben hielt. Sie wollte einfach nur vergessen, was sie erlebt und gesehen hat. Sie würde eine Weile brauchen dies alles zu verarbeiten. Doch nun sehnte sie sich nach seiner Nähe, sie wollte von seinen starken Armen gehalten werden. Er sollte vergessen machen, was sie erlebt hatte. Und Helen wusste, dass nur er dazu in der Lage war.

Helen sah, wie John leicht zusammenzuckte. Er musste weit weggewesen sein mit seinen Gedanken. Was beschäftigte ihn so sehr?

Er drehte sich zu ihr und riss die Augen weit auf, als er sie nur mit einem Handtuch bekleidet erblickte.

Als er sich wieder gefangen hatte, sagte er.

„John, würdest Du bitte bei mir bleiben?"

„Es wird dir hier nichts passieren, Helen. Du bist in Sicherheit. In diesem Haus leben nur gute Menschen, denen ich vertraue."

„Ich meine, ...also ich möchte, dass Du die Nacht mit mir verbringst."

Nun war es raus. Helen schaute abwartend auf Johns Gesicht. Sie wusste, dass sie errötete, denn sie hatte ihm soeben ein unanständiges Angebot gemacht. Er schwieg.

Hatte er sich verhört? Das, was, sie ihm anbot, konnte er nicht annehmen. Er wollte den Zustand, in dem sie sich gerade befand, nach allem, was ihr widerfahren war, nicht ausnutzen. Oder war es als Geste der Dankbarkeit gemeint? Der Gedanke machte ihn wütend.

„Sag mir, wenn ich mich irre. Aber hast Du mich gerade in dein Bett eingeladen? Ist es deine Art, mir zu zeigen, wie dankbar Du mir bist?"

John sah, wie sie ihn zornig anfunkelte und auf ihn zugestürmt kam. Er versuchte, ihr Gesicht zu fokussieren, und den Umstand, dass sie lediglich ein Handtuch trug und darunter nackt war, zu ignorieren. Sie bohrte ihm den Finger in die Brust.

„Wie kannst Du nur so etwas denken, John Langdon? Ich würde weiß Gott nicht meinen Körper einem Mann als Dankeschön anbieten. Für wen hältst Du mich?"

Sie wand sich von ihm ab, setzte sich an den Tisch und schenkte sich ein volles Glas roten Bordeaux ein. Sie sah verführerisch aus, mit ihrem feuchten Haar, das ihr über die nackten Schultern fiel. Helen Beaufort war keine Verführerin, sie war unschuldig, und doch war sie für ihn die Versuchung selbst. John hatte Mühe, seine aufkommende Erregung, zu unterdrücken.

„Entschuldige, Helen. Die Situation, in der wir beide sind, ist etwas ... nun ja, kompliziert."

Sie trank einen großen Schluck aus dem Glas und schaute ihn mit ihren großen runden Augen an.

Himmel, sie saß nur mit einem Handtuch bekleidet vor ihm. Er musste dafür sorgen, dass sie sich etwas anzog. Mit großen Schritten ging er in das Schlafzimmer und holte eine saubere Hose und ein Hemd heraus.

„Verzeih, ich habe nicht daran gedacht, dir frische Kleider mitzubringen. Nun ich bin vielleicht auch nicht der Richtige für so was. Bitte zieh das erst einmal über."

Helen lächelte ihn an. „Mache ich dich nervös, John Langdon? Eine Frau, nur mit einem Handtuch bekleidet?", fragte sie ihn kühn.

„Nicht irgendeine Frau, Helen. Sondern Du. Und ja, Du machst mich nervös."

Sie erhob sich und ging ins Schlafzimmer, um sich die Sachen überzuziehen.

Als sie zurückkam, musste er lachen.

Die Hose und auch das Hemd waren natürlich viel zu groß.

„Gefalle ich dir so besser?", stimmte Helen in sein Lachen mit ein und machte eine Drehung vor ihm.

Als sein Blick auf ihren Busen fiel, musste er hart schlucken. Nur zu deutlich zeichneten sich ihre Brustwarzen unter dem Stoff ab. Hastig drehte er sich zum Fenster herum und sah hinaus.

„Ich werde deine Sachen bei den Clermonts abholen. Deine Freundin wird mir sicher helfen, deine Kleider zu packen. Wie hieß sie nochmal?"

„Sophie. Aber ich werde selber dort hingehen und alles abholen."

Er hörte, wie sie sich wieder an den Tisch setzte.

„Nun komm schon John, setz dich zu mir."

Er tat, was sie sagte, und lehnte sich entspannt an die Lehne des Stuhles, verschränkte die Arme vor der Brust und beobachtete sie. Genüsslich aß sie das Fleisch und leckte sich die Finger danach.

„Dein gesunder Appetit ist zurück. Das ist ein gutes Zeichen."

„Da hast Du allerdings recht. Ich habe kaum einen Bissen im Gefängnis runtergebracht."

„Also gut, ich sehe, dir geht es gut, dann werde ich jetzt gehen."

„Nicht John, bitte bleib.", sagte sie leise.

Ach, nun wollte sie das Bett mit ihm teilen, aber nicht mit ihm schlafen? Er musste sich ein Grinsen verkneifen.

„Bei aller Liebe, Helen, aber ich glaube nicht, dass ich neben dir schlafen kann, ohne dich berühren zu wollen. Wir wissen beide, wohin das führen würde. Und diesen Unsinn, dass wir beide lediglich Freunde sein können, vergessen wir am besten auch ganz schnell."

„Ich hatte nicht den Eindruck das Du mich körperlich anziehend findest, sonst würden wir diese Unterredung gar nicht führen."

John lachte heiser.

„Ich schiebe diese Erkenntnis auf deine Unerfahrenheit mit Männern. Helen, ich versuche immer noch krampfhaft, deine Unschuld zu beschützen. Du machst es mir nicht gerade leicht."

Sie zog einen Schmollmund. War sie enttäuscht, dass er sie zurückwies? Hatte er ihren weiblichen Stolz verletzt? Er wollte sie doch nur schützen. Oder fürchtete sie sich doch und wollte einfach nicht allein sein?

„Weißt Du John, ich werde aus euch Männern nicht schlau. Setze ich mich euch zur Wehr, dann wollt ihr mich mit Gewalt nehmen oder ihr seid bereit, ein Vermögen für mich zu zahlen, um mich zu besitzen. Aber wenn ich mich euch freiwillig hingeben will, dann wollt ihr mich nicht."

„Ich habe nicht gesagt, dass ich dich nicht will, Helen. Ich will dich sogar sehr."

Ihre Blicke trafen sich und sekundenlang starrten sie einander einfach nur an.

Dann erhob sie sich und ging zum Bett hinüber. Langsam streifte sie ihre Sachen ab und ließ sie zu Boden gleiten. Sie stand nackt vor dem Bett, den Rücken ihm zugewandt.

„Zeig mir wie sehr, John", hauchte sie.

Sein Blick glitt über ihren schlanken Rücken, bewunderte ihre schmale Taille und ihre weiblichen Hüften und ihren wohlgeformten ... er schluckte.

Er erhob sich und ging langsam auf sie zu. Sanft legte er seine Hände auf ihre zarten Schultern und glitt ihre Arme hinunter. Er spürte, wie sie erschauderte.

„Du solltest deine Unschuld für den Mann, den Du einmal heiraten wirst, aufheben. Ich kann dich nicht heiraten, Helen. Nicht jetzt. Außerdem könntest Du ein Kind von mir empfangen. Das Risiko können wir beide nicht eingehen", flüsterte er ihr ins Ohr.

„Ich will keine Heirat, John. Sei unbesorgt. Ich werde niemals heiraten, denn niemals werde ich Eigentum eines Mannes."

„Soso, jetzt enttäuschen Sie mich aber, Miss Campbell." Er sog den Duft ihrer Haut ein.

„Außerdem habe ich darüber gelesen, wie man verhindert ein Kind zu empfangen. Du darfst deinen Samen einfach nicht in mir lassen."

John schnalzte mit der Zunge.

„Es wundert mich doch sehr, welche Art Lektüre man heutzutage jungen englischen Aristokratinnen zum Lesen gibt?"

Langsam schlang er seine Arme um ihre Mitte. Presste sich an ihr rundes Hinterteil. Sie legte ihren Kopf zurück an seine Schulter und gab sich den Liebkosungen seiner Hände hin. Laut keuchte sie auf, als er ihre nackten Brüste umschloss und sanft knetete. Er musste ein Stöhnen unterdrücken, ihr Busen fühlte sich himmlisch an unter seinen Händen. Seine Lippen kosteten von ihren warmen Hals, dem sie ihm bereitwillig darbot.

„Die Rolle der Verführerin steht ihnen Miss Campbell", flüsterte er ihr ins Ohr.

Er drehte sie sanft zu sich herum und sah die Entschlossenheit in ihrem Blick, aber auch ein Anflug von Unsicherheit und Verletzlichkeit. Zärtlich strich er ihr eine dunkle Locke aus der Stirn. Er konnte ihr nicht länger widerstehen. John hatte für sie beide entschieden und beugte sich hinunter, um sie endlich zu küssen.

Helen schlang ihre Arme um seinen Hals. Sie war berauscht von seiner Nähe, seinem warmen Körper, seinen kräftigen Händen, die überall auf ihrer Haut glühende Hitze hinterließen. Sie fühlte sich wieder lebendig, nach der schrecklichen Zeit im Gefängnis. Nie zuvor hatte sie gewusst, wie es sich anfühlte, einen Mann zu begehren. Den Wunsch, sich ihm ganz hingeben zu wollen. Sie hörte, wie er immer wieder ihren Namen und irgendetwas Französisches flüsterte, was sie nicht verstand.

Mit zittrigen Fingern begann sie sein Hemd aufzuknöpfen und es ihm von den Schultern zu streifen. Unsicher, was sie tun sollte, glitt sie mit den Händen über seine Brust. Streichelte und berührte sanft mit den Fingerkuppen seinen Oberkörper und seine muskulösen Oberarme. Als sie anfing, leichte Küsse auf seine Brust zu hauchen, hörte sie sein leises Stöhnen.

Sie ließ sich auf das Bett nieder und sah zu, wie er seine Stiefel abstreifte. Sein Blick wanderte, während er das tat, über ihre Brüste, ihren Bauch bis hinunter zu ihrem dunklen Dreieck zwischen ihren Schenkeln. Sein Blick war dunkel und sie sah das Verlangen in seinen Augen. Er kam zu ihr und zog sie zu sich in die Arme. Seine Lippen bahnten sich einen Weg bis hinunter zu ihrem Busen und er begann an ihren harten Brustwarzen zu saugen. Helen stöhnte laut auf und ihre Hände vergruben sich in seinem vollen Haar.

„Findest Du es nicht unfair? Ich liege nackt unter dir und Du hast immer noch deine Hose an."

John hob den Kopf und grinste sie amüsiert an.

„Ich habe keine Erfahrung mit Jungfrauen, aber sollten sie nicht etwas schüchterner und verängstigter sein?"

„Du kannst ganz beruhigt sein, ich weiß, was Du zwischen deinen Beinen hast."

„Etwas zu wissen und etwas spüren sind zwei unterschiedliche Dinge, meine süße Helen."

Er schob sich zwischen ihre Schenkel und sie spürte kurz darauf seine harte Männlichkeit an ihrer Mitte. Er rieb sich an ihr und beide keuchten lustvoll.

„Wie fühlt sich das an, Helen. Sag es mir."

„Es ist ... ich weiß, auch nicht."

Er verschloss ihren Mund und küsste sie leidenschaftlich. Gierig stieß er seine Zunge in ihren Mund und Helen erwiderte seinen Kuss mit gleicher Leidenschaft.

„Helen, Du bist so unsagbar schön und Du riechst so gut."

Seine Küsse wurden drängender und seine Hände forscher. Als er ihre Beine spreizte und seine Hand zwischen ihre Schenkel schob, bäumte sie sich ihm instinktiv entgegen.

„Du bist so feucht. Lass mich von dir kosten."

Er ließ sich vor das Bett nieder und zog sie mit einem Ruck zu sich.

„Nicht John, was machst Du denn da?"

„Ich bereite dich auf das vor, was gleich kommen wird."

Erschrocken schaute sie zu seinem blonden Schopf, der zwischen ihren Beinen lag. Dann spürte sie seine Zunge und vergaß in dem Moment zu denken. Sie konnte nicht mehr protestieren. Sie ließ sich nach hinten fallen und genoss das Spiel seiner Zunge an ihrer intimsten Stelle.

Etwas in ihrem Unterleib braute sich zusammen und schrie nach Erfüllung.

„Bitte John", keuchte sie.

Er baute sich vor ihr auf und stütze seine Hände zu beiden Seiten ihres Kopfes ab. Sein dunkler Blick suchte den ihren.

„Bist Du dir immer noch sicher, Helen?"

Sie nickte und John erhob sich. Er streifte seine Hose von den Hüften und ließ sie zu Boden fallen. Erstaunt und neugierig schaute sie auf sein Glied.

Sein Blick schaute verlangend in ihr Gesicht und dann zwischen ihre Beine.

„Ich muss dich haben, Helen."

Er kam zu ihr und drängte sich zwischen ihre Schenkel. Helen spürte, wie er vorsichtig in sie eindrang und sich langsam tiefer in sie stieß. Sie wusste nicht, was sie tun sollte, und hob ihm unsicher ihr Becken entgegen.

„Nicht bewegen, Helen, ich kann mich kaum noch beherrschen. Ich will dir nicht weh tun."

Als er tiefer drang, durchfuhr sie ein stechender Schmerz und sie versteifte sich, bis der Schmerz nachließ.

„Geht es dir gut?"

Helen keuchte „Ja, ich glaube schon."

John lachte heiser.

Dann begann er sich stoßweise in ihr zu bewegen, sein Atem ging schwer. Als Helen ihre Beine um seine Hüfte schlang, nahm sie ihn noch tiefer in sich auf.

„Du fühlst dich so gut an Helen. Aber ich darf nicht in dir kommen."

Seine Bewegungen wurden schneller und Helen steuerte unaufhaltsam ihrem Höhepunkt entgegen und als sie kam, verschlang er ihren Aufschrei der Lust in einem tiefen Kuss.

John streichelte ermattet ihren schmalen Rücken und sah auf ihren gelockten Schopf, der auf seiner Brust lag. John hatte Mühe, wieder zurück in die Wirklichkeit zu kommen. Nachdem er für sie beide entschieden hatte, hatte sein Verstand ausgesetzt. Er war machtlos gegen sein Begehren gewesen. Schon zu lange hatte er sein Verlangen nach Helen unterdrückt. Er schwebte immer noch im Glücksgefühl seines Höhepunktes. Und doch fühlte er sich nicht vollständig befriedigt. Wollte mehr, mehr von Helen.

„Du bist so still, John", sagte sie leise und begann kleine Kreise um seinen Bauchnabel zu ziehen.

„Ich bin vollkommen ermattet. Das hast Du mit mir gemacht."

Helen kicherte.

„Seit ich dich kenne, habe ich dich noch nie so still erlebt. Nun weiß ich, wie ich dich zum Schweigen bringen kann."

Er rollte sie auf den Rücken und schaute auf sie hinab.

„Hab ich dir schon gesagt, wie sehr ich mich nach dir verzehrt habe, dich begehrt habe, seit wir uns das erste Mal geküsst haben."

Sie berührte mit den Fingern seine Stirnfalte, so wie Josephine es immer tat.

„Jetzt hast Du sie wieder, die Anspannung in deinem Gesicht, dann bekommst Du diese Stirnfalte. Sie war eben verschwunden gewesen. Was beschäftigt dich, John Langdon?"

Er schwieg. Dann beugte er sich zu ihr hinunter und verschloss ihren Mund mit seinen Lippen.

„Du weichst mir aus. Erzähl mir, was dich bedrückt, ich sehe es dir doch an."

„Es gibt nichts, was mich bedrückt."

Sie wand sich unter ihm hervor und erhob sich aus dem Bett.

Laut stöhnend ließ er sich zurück auf die Kissen fallen und beobachtete, wie sie sich sein Hemd überzog.

Dann verließ sie das Schlafzimmer und setzte sich wieder an den Tisch.

„Helen? Können wir es nicht einfach dabei belassen, Du bist Helen und ich bin John? Lass es uns nicht verkomplizieren."

Sie goss sich mehr Wein ein und schwieg.

John erhob sich nun auch und schlüpfte in seine Hose. Er setzte sich ihr gegenüber und schenkte sich ebenfalls ein Glas Wein ein.

„Also gut. Du hast recht. Keine Fragen und keine Versprechungen."

Sie hielt ihm ihr Glas hin und sagte: „Darauf trinken wir."

Helen wusste nicht, was sie erwartet hatte. Sicher, sie hatte weder einen Antrag noch Liebesschwüre erwartet. Und das wollte sie auch nicht. Aber vielleicht ein wenig mehr Offenheit. Sie würde so gern mehr über den Mann erfahren, dem sie ihre Unschuld geschenkt hatte. Und in den sie dabei war sich zu verlieben. Er hatte gesagt, er begehre sie, aber das bezog sich nur auf ihren Körper. Fühlte er sich auch zu ihr, Helen, hingezogen? Sie war ihm auf jeden Fall nicht gleichgültig. Das hatte er zu Genüge bewiesen.

„Was geht in deinem hübschen Kopf vor?", fragte er, während er sie eingehend musterte.

„Was glaubst Du, wird mit Viscountess Clermont passieren?"

„Ich weiß nicht, und es sollte dich auch nicht kümmern. Diese Frau wollte dich für ihre Tat büßen lassen. Sie hätte in Kauf genommen, dass man dich hinrichtet, für etwas, was Du nicht getan hast."

„Die Viscountess erwartet ein Kind. Ich frage mich, ob man sie vielleicht verschonen wird. Ich sollte eigentlich die Letzte sein, die Mitleid mit ihr hat, aber letztendlich ist sie keine eiskalte Mörderin und Lügnerin. Sie hat im Affekt gehandelt."

John schüttelte den Kopf. „Wenn man sie verurteilt, dann wartet man ab, bis das Kind geboren wurde und wird sie dann erst hinrichten. Aber sie ist vermögend und hat mit Sicherheit einen guten Anwalt. Er wird auf Notwehr plädieren. Ich vermute, Bertrand Clermont war ein Mann, der seine Frau über längere Zeit misshandelt hat. Es dürfte einige Zeugen unter dem Personal dafür geben, die zu ihren Gunsten aussagen werden."

„Ja, das stimmt. Ihre Kammerzofe. Sie hat ihr dabei geholfen die Blutergüsse und Flecken zu kaschieren."

Helen trank einen Schluck aus ihrem Glas.

„Ich werde morgen erst einmal zum Haus der Clermonts gehen und meine Sachen abholen. Mein gesamtes Vermögen liegt in meiner Reisetasche. Ich sollte es endlich zu einer Bank bringen."

John stellte sein Glas ab und rieb sich über das Gesicht.

„Nein, Helen, Du solltest dich dort vorerst nicht blicken lassen. Wie schon gesagt, ich werde deine Sachen abholen und sie hierherbringen lassen. Erhol dich erst einmal von deinen Strapazen. Gib dir etwas Zeit und Ruhe, alles zu verarbeiten. Du kannst hier wohnen, so lange Du möchtest."

Helen lächelte ihn an. „Danke, John. Aber ich bin nicht so zart und zerbrechlich, wie Du denkst. Ich habe mir dieses Leben ausgesucht und ich werde es auch alleine fortsetzen. Außerdem muss ich Sophie wiedersehen."

„Na schön, Du lässt dir ja sowieso nichts von mir sagen. Übrigens habe ich eine Arbeit für dich in Aussicht."

Sie sah ihn erstaunt an: „Soso, Du hast tatsächlich nicht an meinen Tod geglaubt."

„Nein, das sagte ich doch."

„Und was genau für eine Arbeit, wäre das?"

„Gesellschafterin für meine Großmutter Josephine Lefebvre."

Helen riss die Augen auf. „Ich soll für dich arbeiten?"

„Nein, nicht für mich, für meine Großmutter."

„Ich weiß nicht."

„Du wirst sie mögen, Helen. Außerdem wird sie dich verhätscheln wie die Tochter, die sie nie hatte. Und kein Mann wird dir zu nahekommen können."

„Und was ist mit dir?" Helen errötete.

Er kratzte sich verlegen am Hinterkopf. Helen musste schmunzeln.

„Ich meine, was willst Du ihr sagen, wie wir beide uns kennengelernt haben?"

John zuckte mit den Schultern. „Ich werde mir irgendeine Geschichte ausdenken. Vielleicht bist Du die Schwester eines Freundes."

„Na schön, ich werde es mir überlegen."

Sie erhob sich und ging um den Tisch herum zu John. Helen konnte nicht anders, sie wollte diesen Mann noch einmal berühren und ihn in sich spüren. Er sah umwerfend aus, wie er vor ihr saß, mit nacktem Oberkörper und einem Glas Rotwein in der Hand. Sie nahm es ihm aus der Hand und stellte es auf den Tisch. Dann setzte sie sich rittlings auf seinen Schoß und schlang die Arme um seinen Hals. Seine Augen sprühten Funken und seine Mundwinkel verzogen sich zu einem verführerischen Grinsen.

„Es scheint mir, meine süsse kleine Helen hat Gefallen an dem Akt der körperlichen Liebe gefunden. Ich sehe Begierde in Ihrem hübschen Gesicht, Madam, die gestillt werden möchte."

„Da haben Sie Recht, Mylord. Und nun küssen Sie mich endlich."

Gierig nahm er ihren Mund in Besitz. Seine Hände glitten unter den Stoff des Hemdes und legten sich auf ihr nacktes Hinterteil. Er presste sie an sein bereits hartes Glied und Helen seufzte vor Lust. Doch dann schob er sie sanft weg und sie sah ihn fragend an.

„Helen, ich glaube, Du bist noch nicht bereit für ein zweites Mal. Ich meine ... ich denke, ach, wie soll ich es sagen?"

Sie lachte. „Was willst Du sagen? Wo ist der sonst so selbstsichere Charmeur geblieben, der jedes Frauenherz höherschlagen lässt?"

„Ich habe noch nie mit einer Jungfrau geschlafen. Ich dachte, dass Du vielleicht Schmerzen hast und ... nun ja, wund bist?"

Sie küsste ihn auf die Wange und knabberte an seinem Ohr. „Ich kann Ihnen versichern, mir geht es hervorragend. Oder sind Sie zu ermattet, Lord Langdon?"

„Du hast ja keine Ahnung", knurrte er und trug sie hinüber ins Schlafzimmer, um sie ein zweites Mal zu lieben.

Paris, 26. Juli 1830, Richelieustraße

Als Helen am nächsten Morgen erwachte, war das Bett neben ihr leer. Sie sah auf den kleinen Nachttisch, von dem ihr der Geruch nach frischgebackener Brioche und Kaffee entgegenkam. John musste früh aufgestanden sein und es für sie gekauft haben, stellte sie gerührt fest. Halb verhungert nahm sie das Brot, um hineinzubeißen.

Wo war John? Warum war er ohne ein Wort gegangen?

Helen schwelgte in ihren Erinnerungen an die letzte Nacht. Sie waren einander so nah gewesen und seine Berührungen hatten sich wundervoll angefühlt. John war ein sehr einfühlsamer Liebhaber und war ständig besorgt gewesen, er würde ihr weh tun. Wenn sie nach dieser Nacht eines sicher wusste, dann, dass sie sich in ihn verliebt hatte. Und sie war glücklich darüber. Sie wollte nicht an morgen denken oder was aus ihnen beiden werden würde. Sie wollte einfach das genießen, was sie beide hatten. Keine Versprechungen, keine Bindung durch ein Heiratsversprechen. Sie beide konnten ihr Leben in Freiheit fortsetzen. Sich lieben und zusammensein, ohne an die Konsequenzen zu denken. Wenn da nicht diese Sache mit dem Kinderkriegen wäre. John hatte beide Male aufgepasst. Aber hatte das ausgereicht, um eine Schwangerschaft zu verhindern? Helen seufzte, sie hatte jetzt keine Lust, sich Kopfzerbrechen zu machen.

Sie stand auf und ging ins Wohnzimmer, um die Fensterläden zu öffnen. Die Sonne stand bereits hoch am Himmel. Es würde wieder ein glühend heißer Julitag werden.

Helen schlüpfte in das saubere Kleid, das John ihr, woher auch immer, besorgt hatte, und verließ die Wohnung. Sie würde ihre Sachen bei den Clermonts abholen und von ihren Ersparnissen für sie beide einkaufen. Vielleicht konnte Sophie ihr mehr darüber sagen, was mit Lady Elenora geschehen war.

Sie ging die *Richelieustraße* in südlicher Richtung entlang und dachte an ihre Nacht mit John. John! Allein sein Name löste das Gefühl von tausend Schmetterlingen in ihrem Bauch aus. Wie es wohl sein würde mit ihm unter einem Dach zu leben? Denn das würde sie, falls sie die Arbeit bei seiner Großmutter antreten sollte. Würde er sich dann nachts zu ihr schleichen? Sie überlegte angestrengt, ob das ihrem Seelenfrieden nicht irgendwann schaden könnte. Denn er war der Sohn eines Earls und musste irgendwann heiraten. Es würde ihr das Herz brechen, eine andere Frau an seiner Seite zu sehen. Vielleicht war es doch keine so gute Idee, ihr Leben zu sehr mit seinem zu verstricken.

Helen war noch nicht am Ende der *Richelieustraße* angekommen, als sie Tumult bemerkte. Drei mit Bausteinen beladene Fuhrwerke wurden von einer Menge wütend umherschreiender Menschen angehalten. Andere begannen die Fracht herunterzunehmen und am Eingang der *Richelieustraße* zur Barrikade aufzutürmen. Aber das ging doch nicht? Wie sollte sie denn jetzt vorbeikommen?

„Was ist passiert? Warum wird die Straße gesperrt?", fragte sie einen der Männer.

„Liest Du keine Zeitung? Der König und seine Minister haben ihre neuen Gesetzesentwürfe heute Morgen verlesen. Das hat einige hart arbeitende Bürger wütend gemacht."

„Nieder mit den Ministern!", hörte Helen die Menschen schreien.

Sie blickte hinter sich und sah am anderen Ende der Straße, dass die Menschen dort eine zweite Barrikade aufbauten, indem sie das Straßenpflaster aufrissen. Helen musste sich beeilen, sonst würde sie hier festsitzen. Sie lief zum nördlichen Ende der Straße, an dem die Menschen die Barrikade noch nicht vollständig geschlossen hatten, und schaffte es gerade noch an ihnen vorbei.

Als Erstes würde sie sich eine Zeitung besorgen.

Paris, 26. Juli 1830, Regierungsviertel Palais-Royal

John durchquerte das Regierungsviertel am *Palais-Royal* und war auf dem Weg zum Stadthaus, das der Marquis de La Fayette. Er war früh aufgestanden, um die Zeitung und für Helen und sich Frühstück besorgen. Kurz entschlossen war er noch in einen Damensalon gegangen und hatte ihr ein leichtes Sommerkleid gekauft. Nachdem er einen letzten Blick auf die tiefschlafende Schönheit in seinem Bett geworfen hatte, war er wieder gegangen.

Er brauchte ein wenig Abstand, um die neuen Gefühle, die in ihm für Chaos sorgten, zu ordnen. Die Nacht mit Helen war unglaublich schön gewesen. Er hatte noch nie eine solche Intimität mit einer Frau zusammen erlebt. Sie hatten sich geliebt und er konnte es nicht mehr länger leugnen, dass er sich in Helen verliebt hatte. Sie hatte sich so verdammt richtig in seinen Armen angefühlt. Wie konnte er nur jemals wieder aufwachen, ohne ihren warmen, wohlgerundeten Körper neben sich zu spüren? Er sollte ihr einen Heiratsantrag machen. Jedoch war jetzt der absolut falsche Zeitpunkt dafür. Helen in die Sache mit hinzuziehen, wäre verantwortungslos. Sie hatte genug durchgemacht. Er würde sein Leben erst einmal ordnen müssen. Er würde das Gespräch mit La Fayette suchen. Denn noch war nicht sicher, ob er den Geheimbund der Charbonnerie einfach so verlassen konnte. Einmal Spion, immer Spion.

Die letzten acht Jahre hatte er nur für seine Rache und Vergeltung gelebt und nun stand er kurz davor, sie zu bekommen. Er würde jetzt natürlich nicht aufgeben, so kurz vor dem Ziel, auch wenn er eine Verhaftung riskierte oder sogar sein Leben verlieren würde. Aber danach konnte er sich vorstellen, seinem Leben einen neuen Inhalt zu geben. Ein Leben mit einer Frau, die er liebte.

Jetzt musste er allerdings den Fokus auf die Sache haben. Denn nun würde es endlich losgehen. Er hielt die Regierungszeitung von diesem Morgen so fest in seiner Hand, dass die Fingerknöchel weiß hervortraten. Die neuen Verordnungen waren an diesem Morgen in der Regierungszeitung *Le Moniteur* veröffentlicht worden und sollten sofort gelten. Sie hatten den Staatsstreich gegen die französische Verfassung tatsächlich gewagt, Charles X., Polignac und seine Minister. Sie würden es noch bereuen. Dafür würde er sorgen.

John hörte wütende Protestrufe und sah Menschengruppen, die mit Steinen auf die geschlossenen Fenster des Regierungssitzes warfen. „Nieder mit den Ministern!"

Immer mehr Menschen versammelten sich zu immer größer werdenden Gruppen.

Eilig schloss John sich der Menge an, die versuchte, den Räumungskommandos der Polizei zu entkommen. Er konnte jetzt nicht riskieren, verhaftet zu werden.

Paris, 26. Juli 1830,
Stadtviertel Faubourg Saint-Germain

Nachdem Helen die *Richelieustraße* verlassen hatte, traf sie auf ihrem Weg nach *Faubourg Saint-Germain* immer wieder auf Menschengruppen, die in Richtung Palais-Royal strömten. Es herrschte eine angespannte Stimmung, die Luft war stickig heiß und die Menschen waren aufgebracht. Vielleicht hätte sie doch einfach in Johns Wohnung bleiben und auf ihn warten sollen. Was war denn nur los?

Als Helen das Ufer der Seine erreicht hatte und das Stadtpalais der Clermonts nicht mehr weit war, erblickte sie eine Steinmauer, die für die Veröffentlichung von Proklamationen der Regierung genutzt wurde. Sie las sich hastig die Gesetzesänderungen durch, die an diesem Morgen erschienen waren. Der König von Frankreich hatte die Pressefreiheit außer Kraft gesetzt und den

Verlagen ein zwischenzeitliches Druckverbot erteilt. Weitere Absätze galten einer Änderung des Wahlrechts, einschließlich einer Erhöhung des Wahlzensus und der Auflösung des soeben gewählten Parlaments. Für September wurden Neuwahlen proklamiert. Durfte der König das überhaupt? Das vom Volk gewählte Parlament auflösen? Sie würde John danach fragen. Denn das waren tiefgreifende Änderungen, die die plötzliche Aufruhr der Bevölkerung erklären würde. Durch das Druckverbot würden viele der Pariser Verlage ihre Arbeiter entlassen müssen. Das konnte doch nicht im Sinne des Königs und seiner Regierung sein?

Seit sie das Ufer der Seine überquert hatte, war es ruhiger in den Straßen geworden. Helen lief erleichtert weiter. Die Adligen, denen sie auf dem Weg begegnete, schienen von dem Geschehen ungerührt. Ruhig und mit erhobenem Kopf stolzierten sie durch die Straßen.

Je näher sie dem Haus kam, in dem sie seit über drei Monaten gelebt und gearbeitet hatte, desto nervöser wurde sie. Ja, Bertrand Clermont konnte ihr nichts mehr anhaben, aber der hinterlistige Verrat von Lady Elenora schmerzte noch immer.

Helen ging wie gewohnt zum Hintereingang und läutete. Eines der Dienstmädchen öffnete und sah sie erschrocken an.

„Ist Sophie da? Könntest Du sie für mich holen?"

„*Oui.*" Sie verschwand und kurz darauf fiel ihr eine strahlenden Sophie um den Hals.

„Dem Himmel sei Dank, Du bist raus aus dem Gefängnis. Ich habe es schon gehört. Sag, wann hat man dich entlassen? Du ahnst nicht, was hier los ist, seit der Viscount und die Viscountess nicht mehr die Hausherren sind. Nicht einen freien Tag hat man mir zugestanden."

„Nicht so schnell, Sophie. Hol doch erst einmal Luft", sagte Helen lachend.

„Erst einmal brauche ich dringend meine lederne Reisetasche, die unter meinem Bett liegt, und meine Kleider. Meinst Du, ich kann hereinkommen?"

„Es ist besser, wenn Du nicht hineinkommst. Der Cousin von Bertrand Clermont, ist angereist. Er ist jetzt der neue Hausherr. Es könnte ihm nicht recht sein."

Helen registrierte es mit einem Nicken. „Wie geht es Miss Pauline?"

„Nicht gut. Sie hat seit dem Vorfall ihr Zimmer nicht verlassen. Nachts hört man ihr Schluchzen im gesamten Palais. Sie hat ihren Vater abgöttisch geliebt."

„Ja, lass ihn all diese schlimmen Dinge getan haben, aber er war für Miss Pauline immer ein guter Vater gewesen. Es ist eine furchtbare Tragödie."

Sophie stimmte ihr zu.

„Was wird denn jetzt aus ihr?", fragte Helen.

Sophie zuckte mit den Schultern. „Ich weiß es nicht. Der neue Viscount wird sie sicher als sein Mündel unter seinem Dach wohnen lassen. Aber nun setz dich erst einmal dort drüben auf die Bank und ich werde schnell deine Sachen holen. Dann können wir weiterreden."

Die brütende Hitze an diesem Tag verursachte Flimmern auf den Gehwegen und Helen setzte sich in den wohltuenden Schatten der Bank, die unter einem Baum stand. Kurze Zeit später kam Sophie mit ihrer gepackten Tasche zurück und gesellte sich zu ihr.

„Himmel, bin ich froh, diese Tasche zu sehen", sagte Helen und fühlte, wie eine Last von ihren Schultern glitt. Ihr ganzes Leben, samt

Dokumenten und Geld befand sich in dieser Tasche.

„Nun sag schon, Helen. Wo bist Du gewesen? Wie hast Du es geschafft, so schnell aus dem Gefängnis zu kommen?"

Helen erzählte ihr, was passiert war, und Sophie lächelte amüsiert.

„Ich wusste doch, dass dieser John verrückt nach dir ist. Und werdet ihr beide nun heiraten?"

„Wie kommst Du denn darauf? Warum muss man denn immer gleich heiraten? Es ist herrlich, ein freies Leben, ohne einen Ehemann zu führen, der über mein Leben bestimmen kann."

„Du vergisst, dass eine Ehe dir finanzielle Sicherheit bietet. Vor allem, wenn Du ein Kind erwarten solltest. Sei nicht naiv, Helen Campbell. Die Leidenschaft lässt einen schnell blind werden."

Helen wollte sich keine Moralpredigt anhören. Zumal Sophie die Letzte war, von der sie solche Ratschläge annehmen würde. War ihre Freundin doch selber ständig verliebt in irgendeinen Mann.

„Sag, hast Du was von Lady Elenora gehört?", wechselte sie das Thema.

„Hast Du es etwa nicht mitbekommen?"

„Nein, was denn?"

„Viscountess Elenora soll einen Hysterieanfall bekommen und einen der Wärter angegriffen haben. Angeblich hat sie ihm das gesamte Gesicht zerkratzt. Daraufhin hat man sie nach *Bicêtre* gebracht."

„*Bicêtre*?"

„Es ist offiziell ein Gefängnis außerhalb von Paris, aber jeder weiß, dass man nur die Schwachsinnigen dorthin bringt. Es ist ein Irrenhaus. Sie ist damit der Guillotine entkommen."

„Wie furchtbar. Aber ist sie denn überhaupt verurteilt worden?"

„Nein, das wird sie vorerst auch nicht, aber man sagt sich, dass in *Bicêtre* schlimme Dinge vor sich gehen. Die Ärzte würden die Insassen zu Versuchszwecken missbrauchen und sie dazu in Jacken stecken, die keine Ärmel haben."

Helen schlug sich die Hand vor den Mund. „Lady Elenora erwartet ein Kind. Das würden sie nicht wagen."

„Wenn sie Glück hat, dann verliert sie es. Es wäre das Beste für das Ungeborene. Wer weiß, was sie mit dem Kind dort anstellen würden."

„Wie kannst Du nur so gefühllos sein?"

Sophie lachte bitter. „Das Leben macht das aus einem. Helen, Du kommst mir manchmal so vor, als hättest Du bisher hinter einem bunten Vorhang gelebt. Mach endlich die Augen auf und schau hinter den Vorhang."

Sie sprang auf. Ihr schwirrte der Kopf und es war viel zu heiß.

Vielleicht hatte John recht gehabt und sie sollte sich ein paar Tage Ruhe gönnen, um die Geschehnisse der letzten Tage und Wochen zu verarbeiten. Was sie soeben gehört hatte, war zu viel für sie.

„Ich muss gehen, Sophie. Ach nein, das geht ja nicht. In der *Richelieustraße* haben die Bewohner eine Barrikade zu beiden Seiten aufgetürmt. Stell dir vor, ich komme überhaupt nicht zu der Wohnung von John."

Sophie riss die Augen auf. „Was Du nicht sagst? Wieso das denn?"

Sie berichtete ihr kurz von den vielen aufgebrachten Menschen, die ihr auf dem Weg hierher begegnet waren, und das es etwas mit den neuen Verordnungen, die der König heute Morgen proklamiert hatte, zu tun haben musste.

„Ich habe eine Idee, Helen. Du gehest vorerst in meine Wohnung in der *Rue Saint-Martin 5*, bis die Barrikaden beseitigt wurden. Seit Du weg bist, muss ich im Nebenzimmer von Miss Pauline schlafen. Ich kann hier also vorerst nicht weg, bis man Ersatz für dich gefunden hat. Bitte tue mir den Gefallen und schau, dass dort alles in Ordnung ist. Fühl dich wie zu Hause. Ich glaube, die Unruhen werden bald wieder unter der Kontrolle der königlichen Soldaten sein. Es gibt immer wieder Rebellen, die versuchen, die Regierung zu stürzen, aber sie haben bisher nie eine Chance gehabt. Die Barrikaden werden im Nu verschwunden sein, glaube mir."

„Also gut. Vielen Dank, das ist furchtbar lieb von dir."

Helen nahm ihr den Schlüssel ab und drückte ihrer Freundin zum Abschied ein Küsschen links und rechts auf die Wange.

Kapitel 9 - Die Barrikaden

Paris, 26. Juli 1830, am späten Abend

„Es ist eine einzige Provokation. Ein Frontalangriff auf die liberale Opposition."

La Fayette schlug mit der Faust auf den Tisch, vor dem er stand.

John und an die 30 Männer der Charbonnerie saßen in dem Versammlungszimmer des Stadthauses. Dies taten sie bereits seit dem frühen Nachmittag. Immer wieder kamen Mitglieder mit Neuigkeiten und wie sich zeigte, funktionierte das Netzwerk der Späher, das sie von langer Hand aufgebaut hatten.

„Habt ihr es schon gehört? Die *Richelieustraße* und die darum liegenden Gassen und Straßen sind von allen Seiten verbarrikadiert. Kein Durchkommen mehr für die Kavallerie."

John erhob sich von seinem Stuhl. „Was sagtest Du, die *Richelieustraße*?"

„Ja, richtig. Wohnst Du etwa da? Dann kannst Du vergessen, da jetzt hinzugelangen. Die Straße ist komplett belagert."

„Allerdings, ich wohne da."

Verdammt. Helen ängstigte sich sicher zu Tode. Wobei? Helen Beaufort ließ sich nicht so leicht erschrecken. Er dachte kurz nach. Sie hatte reichlich zu trinken und ein wenig Essen. Er war jetzt froh, dass er heute Morgen noch für sie eingekauft hatte. Er konnte jetzt nicht hier weg, um sie dort herauszuholen und zu Josephine zu bringen. Seiner Großmutter ging es gut. John hatte einen Boten zu ihr geschickt, um sich zu erkundigen, ob alles in Ordnung bei ihr war. Aber wie er sich gedacht hatte, war es still rund um die Stadtvillen der Oberschicht.

„Du kannst hier nächtigen. Das Haus hat genügend Zimmer." Der Marquis musterte ihn. „Ist alles in Ordnung, John? Ich brauche deine hundertprozentige Aufmerksamkeit in diesen Stunden."

„Ja, alles in Ordnung. Sie können sich auf mich verlassen, Marquis."

La Fayette sprach weiter: „Also gut, meine Herren, es gab bereits die ersten Zusammenstöße zwischen den zutiefst verärgerten Bürgern und den Soldaten des Königs. Es ist nun an der Zeit, diese Menschenmengen zu Gunsten unserer Ziele zu nutzen und sie dementsprechend zu führen. Pierre und Francois, ihr werdet die Mengen rund um das *Palais-Royal* unter eure Kontrolle bringen. Zuerst solltet ihr die Sergeanten de Ville ausschalten. John hat mit ihnen zusammengearbeitet und weiß genau wie, wo und wann sie patrouillieren."

„Und nicht zu vergessen, wie sie agieren, wenn das Regierungsviertel angegriffen wird." Mischte John sich ein. La Fayette nickte zustimmend.

„Ganz genau. Die Wachposten der Polizei müssen ebenfalls systematisch entwaffnet werden. Behaltet die Waffen vorerst bei euch und verteilt sie nicht gleich wahllos an die Aufrührer. Dann sammelt das Volk und fangt an, Barrikaden in allen Zufahrtsstraßen zum Regierungsviertel zu errichten. Ich glaube, wir haben genügend Bürger dort vor Ort, die mitanpacken."

La Fayette ließ sich erschöpft auf seinen Stuhl fallen. Dann sprach er weiter.

„Die restlichen Männer begeben sich auf ihre zugeteilten Stadtviertel *Louvre*, *Notre-Dame de Paris*, *Rue Saint-Honoré* und *Place de Greve*. Wir müssen verhindern, dass die königliche Armee die Barrikaden rund um die Altstadt durchdringt. Das Herz von Paris und der Regierung. Denn da wird die Armee zuerst zuschlagen. Wenn wir das Regierungsviertel und die Straßen drum herum besetzen, haben wir eine gute Chance auf einen Sieg."

Die Männer erhoben sich und verließen das Versammlungszimmer.

La Fayette ging auf John zu. „Bitte bleib noch kurz und komm mit mir ins Nebenzimmer."

John folgte ihm und war nicht sonderlich überrascht, Thiers dort anzutreffen.

Vor einer Stunde hatten sie erfahren, dass der Polizeipräfekt den Befehl gegeben hatte, die Druckereien der oppositionellen liberalen Zeitungen zu beschlagnahmen. Dazu gehörte auch Thiers Zeitung *Le Nationale*.

Die drei Männer begrüßten sich und setzten sich auf die Sessel, die um einen Tisch herum standen.

„Nun, Thiers, was haben Sie jetzt vor, wo Sie Ihre radikalen Provokationen nicht mehr veröffentlichen können? Den Kopf in den Sand stecken und zuschauen, wie die Demokratie in sich zusammenbricht?"

„Nicht doch, Marquis de La Fayette. Wir haben damit rechnen müssen, dass sie uns die Druckerpressen wegnehmen, wenn wir uns der Suspension der Pressefreiheit widersetzen und Proteste ankündigen. Leider bin ich nun ein gesuchter Mann. Mehrere meiner führenden Journalisten wurden verhaftet. Ich werde also für eine Weile untertauchen müssen. Jedoch werde ich nicht untätig sein."

Er machte eine Pause.

„Ich bin mir nicht sicher, ob wir etwas losgetreten haben, dass wir nun selber nicht mehr kontrollieren können. Aber jetzt gibt es kein Zurück mehr. Es gibt bereits einen Toten und drei Verwundete aus dem Volk am *Palais-Royal*."

„Davon haben wir gehört. Gehen Sie davon aus, dass es weitere Tote geben wird. Oder haben Sie geglaubt, dass Sie eine Revolution ohne

Blutvergießen gewinnen können? Dann hätten sie weiter brave Politik betreiben sollen", sagte John.

„Nun, Politik wird bald gemacht. Jetzt wird gekämpft. Unsere Männer sind bereits auf dem Weg, um das Regierungsviertel unter ihre Kontrolle zu bekommen", sagte La Fayette siegessicher.

Thiers registrierte es mit einem Nicken.

„Nun zu meinen Neuigkeiten. Gestern Abend fand eine heimliche Versammlung der Liberalen einschließlich meiner Wenigkeit statt. Die Ausschüsse von allen zwölf Stadtbezirken von Paris waren anwesend. Wir haben gemeinsam beschlossen, den Widerstand zu unterstützen. Wir werden Waffen und Munition sammeln und an die Mitglieder der aufgelösten Nationalgarde verteilen und sie damit zur Teilnahme aufrufen. Ich denke, es wäre von Vorteil, wenn Sie als ehemaliger General der Garde sich Ihren Männern zeigen, Marquis de La Fayette."

John und Thiers sahen einander wissend an. Sie hatten diesen Schachzug geplant, denn sie brauchten die Nationalgarde. Aber wie würde La Fayette entscheiden? Würde er sich vorerst im Hintergrund halten? Er würde seine Anteilnahme am Aufstand gegen die Regierung damit offenlegen.

Schon damals, als Anthony, Claude und die anderen verhaftet wurden, hatte La Fayette geschickt seine Spuren verwischt und war geflohen. Bis heute konnte ihm niemand eine Beteiligung an der geplanten Verschwörung nachweisen.

„Sehr gut, Monsieur Thiers. Wie ich sehe, sind Sie und Ihre liberale Opposition zahlreich vertreten in den einzelnen Stadtbezirken. Das ist ein Vorteil für unsere Sache. Wenn unser Plan aufgeht, dann brauchen wir die Nationalgarde erst nach Übernahme des Rathauses. Die Kämpfe haben soeben begonnen, wir können nicht so früh unser Gesicht zeigen. Lassen Sie uns die heutige Nacht und den morgigen Tag abwarten."

„Wie ich sehe, sind Sie in den Jahren mehr Politiker als Revolutionär geworden, La Fayette." John konnte sich diese Bemerkung nicht verkneifen. Er erhob sich und verließ das Zimmer.

Paris, 27. Juli 1830, Rue Saint-Martin 5

Mitten in der Nacht krachte Gewehrfeuer und Helen schrak hoch. Sie musste tief eingeschlafen sein. Die letzten zwei Nächte hatte sie so gut wie kein Auge zugetan. Sie schlug die Wolldecke beiseite und sprang von dem schmalen Bett, auf dem sie geschlafen hatte. Es war stockdunkel in dem kleinen Wohnzimmer von Sophies Wohnung. Warum schien kein Licht von den Straßenlaternen hinein?

Sie ging zum Fenster, öffnete es und sah hinunter in die Straße. Sophies Wohnung befand sich im dritten Stockwerk eines fünfstöckigen Hauses, was ihr einen guten Blick auf die Umgebung gewährte. Die Laternen hier waren tatsächlich aus, ebenso die in den umliegenden Straßen. Sie hörte Menschengruppen in der Ferne, die etwas schrien, das sie nicht verstehen konnte. Was war passiert? Woher kam das Gewehrfeuer? Oder war es doch eher ein Pulverfass, was explodiert war? Eine gefährliche Stimmung lag über Paris.

Helen zog diesmal auch die Fensterläden zu, bevor sie das Fenster schloss. Die kleine Öllampe auf dem Nachttisch erhellte das Zimmer leicht. Sie nahm sich ein Glas Wasser aus dem Krug, der auf dem Tisch stand. Ihr Magen knurrte. Helen hatte seit heute Morgen nichts mehr gegessen. Sie schaute im Küchenschrank nach, ob irgendetwas Essbares zu finden war. Aber sie erinnerte sich daran, dass Sophie ihr gesagt hatte, sie schliefe jede Nacht im Stadtpalais der Clermonts. Sie hatte also nichts eingekauft.

Hungrig legte sie sich wieder auf das Bett.

John konnte ebenfalls nicht in seine Wohnung, oder ließ man ihn durch, weil man ihn kannte? Wenn ja, dann würde er sich sicher fragen, wo sie war. Außerdem hatte sie noch den Schlüssel zu Johns Wohnung. Er machte sich hoffentlich keine Sorgen um sie. Morgen früh würde sie als Erstes zur *Richelieustraße* gehen und schauen, ob man die Barrikaden weggeräumt hatte.

Am nächsten Morgen wachte Helen frühzeitig auf. Sie hatte den Rest der Nacht unruhig geschlafen. Die Gewehrschüsse der Nacht ließen sie vermuten, dass die Armee des Königs den Aufstand in der Nacht niedergeschlagen hatte, und sie nun wieder in die Wohnung zu John zurückkehren konnte. Aber was war das nur für ein Geschrei von der Straße? Sie nahm ihre Tasche an sich, verließ die Wohnung und steckte den Schlüssel in ihre Tasche ihres Kleides. Zuerst würde sie Sophie ihren Schlüssel zurückbringen.

Helen hatte sich getäuscht. Wie sie schnell sehen konnte, war nichts unter Kontrolle. Mehrere Menschengruppen liefen tobend durch die Straßen und riefen „Nieder mit den Ministern!"

Sie ging in einen Laden, um sich eine Zeitung, Kaffee und Croissants zu kaufen, als sich das Gesicht der Ladenbesitzerin ängstlich verzog. Eine Gruppe tobender Menschen lief an dem Laden vorbei. Helen hatte das Gefühl, die Menge würde immer dichter. Sie sah Männer mit Zylindern wütend ihre Gehstöcke schwingen und andere mit roten Wollmützen, die einen längeren runden Zipfel hatten, mit Pflastersteinen in der Hand. Einige Aufständische trugen Fahnen mit blauer, weißer und roter Farbe. Sie alle schrien: „Nieder mit den Ministern!"

„Die verbotene Trikolore." Die Ladenbesitzerin deutete auf die Flaggen mit den drei Farben. „Seit die Bourbonen an der Macht sind, ist sie verboten."

„Was geht hier vor sich?", fragte Helen.

„Überall errichten sie Barrikaden. Es wird bald kein Durchkommen mehr möglich sein. Sie riegeln systematisch das Straßennetz ab, als ob sie genau wüssten, was sie tun."

„Aber warum? Wegen der neuen Verordnungen?"

Die Frau nickte. „Gestern waren es nur die entlassenen Druckereiarbeiter, wegen des Schreib- und Druckverbots. Man hat sie alle vor die Tür gesetzt. Aber seit heute Nacht gehen Bürger jeder Schicht, Republikaner, Jakobiner, sogar Bonapartisten auf die Straße. Und die Schwarzen, die Sklaven, nun, sie sind es jetzt nicht mehr, wissen Sie, aber sie sind auch überall dabei. Jeder, der was zu gewinnen oder aber auch nichts mehr zu verlieren hat, wie der Pöbel, geht auf die Straße."

„Aber die Soldaten des Königs sind doch sicher dabei, für Ordnung zu sorgen? Ich habe Schüsse gehört in der Nacht."

„Ein Toter und drei Verwundete, die Offiziere im Regierungsviertel haben geschossen. Das hat den Zorn der Aufrührer nur noch verstärkt. Und nun haben sie Schwierigkeiten, die Kontrolle über die zahlreichen Menschenmassen zu erlangen. Die Barrikaden, die überall errichtet werden, erschweren das Vordringen. Die Kavallerie kommt gar nicht erst hindurch und die Infanterie wird mit Steinen und schweren Dingen von den Bewohnern der Straßen beworfen, sobald sie versuchen durchzudringen."

Helen sah die Frau verunsichert an. Was sollte sie denn jetzt tun? Ausgerechnet jetzt. Sie musste doch Sophie ihren Schlüssel zurückbringen und mit John sprechen. Aber sie hatte Angst, durch die Straßen von Paris zu laufen. Überall liefen Horden von tobenden Menschen herum. Was geschah hier nur?

„Kaufen Sie sich genug zu essen und zu trinken, Mademoiselle, und bleiben Sie in Ihrer Wohnung, wo Sie sicher sind. Ich werde meinen Laden jedenfalls verriegeln, bis hier wieder Ruhe herrscht."

Helen tat, wie ihr die Frau geraten hatte, und begab sich wieder zurück zu Sophies Wohnung. Auf ihrem Weg dahin konnte sie sehen, wie eine große Ansammlung Menschen die weiße Fahne mit den Lilienemblemen der Bourbonen, die am Eingang eines Hutmachergeschäftes hing, heruntergerissen. Anschließend warfen sie sie in die Gosse und trampelten wütend darauf herum. „Nieder mit den Bourbonen!", hallte es durch die Straße.

Helen schüttelte ungläubig den Kopf, sie verstand den Zorn dieser Menschen nicht, aber wie konnte sie auch, sie war Engländerin. Sicher gab es Unstimmigkeiten in den Gesetzen und in der Verfassung der Franzosen, wie sie in Gesprächen mit John herausgehört hatte. Aber war das der Grund, dass diese Menschen so randalierten und voller Zorn waren? So etwas hatte sie nicht für möglich gehalten. Sie kam aus einer Welt, wo sich alle Menschen diszipliniert und höflich verhielten. Aber was wusste sie schon? Sie hatte ja immer nur in ihrer kleinen Welt gelebt, in der man ihr so gut wie alles vorgeschrieben hatte. Und wie Sophie zu ihr gesagt hatte, hinter einem bunten Vorhang.

Paris, 28. Juli 1830, Rue Saint-Honoré

Die Altstadt und die darum liegenden Straßen lagen im Finstern, weil die Rebellen alle Straßenlaternen zerschlagen hatten. Im Schein der unzähligen Windlichter und Kerzen hatten die wütenden Menschmassen die Straßen vollends entpflastert, um damit Barrikaden zu errichten.

John hatte seit Stunden zusammen mit Fabrikarbeitern, liberalen Politikern, Veteranen, Frauen und Bürger verschiedener Nationen in der *Rue Saint-Honoré* und weiteren Straßen am südlichen Ufer der Seine Barrikaden errichtet. Steine wurden zu vielen neuen Barrikaden aufgeschichtet und so dicht hintereinander gelagert, dass es den Soldaten, die zu Pferde waren, unmöglich sein würde, sie zu passieren. Sie mussten schnell handeln, denn die Truppen des Königs unter dem Kommando von General Marmont waren auf dem Vormarsch. Die Wachposten der Pariser Polizei rund um den *Palais-Royal* waren entwaffnet und die Schlosswache hatte es nicht geschafft, der Masse Herr zu werden.

„Sie sind da! Die Truppen umzingeln die Schlösser und das Rathaus. Der *Louvre* wird gerade vom Schweizer Bataillon besetzt. Sie schießen mit scharfer Munition", berichtete einer der Späher.

„Wir werden uns nicht einschüchtern lassen. Nieder mit den Bourbonen!", riefen die Menschenmassen hinter den Barrikaden.

Fünf der Aufständischen wollten die Menge dazu anstacheln, den Truppen entgegenzueilen, um Widerstand zu leisten.

„Halt!" John stieg auf Pflastersteine, die zu einer Art Treppe gefügt worden waren, und erklomm die Barrikade. Von oben herab schrie er seine Worte, sodass die Menschen ihn sehen und hören konnten. „Es wäre falsch, die Barrikaden jetzt zu verlassen. Hier sind wir geschützt. Lasst sie kommen, wir sind vorbereitet."

„Buh, ein Feigling", dröhnte es ihm entgegen.

„Lasst mich zu Ende reden. Wir haben zu wenig Waffen, mit denen wir der Armee entgegentreten können. Ohne den Schutz der Barrikaden laufen wir ins offene Feuer. Aber hier in unseren Häusern und hinter unseren Barrikaden, die sie versuchen werden zu durchbrechen, können wir sie einschließen und überwältigen. Wir nehmen alles, was wir in die Hände bekommen: Steine, Stühle, Tische, Geschirr und bewerfen sie damit. Aus der Höhe der Häuser heraus sind diese Dinge eine gewaltsame bis tödliche Waffe. Ihr Frauen, sammelt alle Töpfe, die ihr finden könnt, und bringt darin Wasser zum Sieden, dann schüttet es über die Soldaten. Wenn eine Straße von den Truppen besetzt wird, müsst ihr in ihrem Rücken neue Barrikaden bauen, um ihnen den Rückweg abzuschneiden. Ihre Munition wird irgendwann verschossen sein. Verschanzt euch während des Beschusses in euren Häusern. Und denkt immer daran, zusammen seid ihr stärker als sie. Wir werden die Truppen physisch und psychisch an ihre Grenzen bringen. Noch ist es Nacht, aber auch morgen wird es wieder ein heißer Tag und die Soldaten werden triefen vor Schweiß, sie werden durstig und hungrig sein. Es wird sie nervlich zermürben. Während ihr in euren schattigen Häusern bei einem Glas Wasser sitzt." Es herrschte Stille, dann wurden die ersten Stimmen laut.

„Ja, er hat recht."

„Ja, lasst sie kommen. Nieder mit den Bourbonen!"

Die Menschenmenge grölte und John hatte sie da, wo er sie haben wollte.

Die Aufständischen hatten auf John gehört und blieben hinter ihren Barrikaden. Er hatte die gleichen Worte auch an andere Volkskämpfer gerichtet, die Barrikaden in den Straßen um St.-Antoine und den Boulevards errichtet hatten. Die Altstadt von Paris war im Halbkreis von Volksmassen umschlossen, während Charles X. in seinem Schloss *Saint-Cloud* südlich von Paris weilte.

Warum tat er das? Sollte er nicht hier sein und versuchen, Herr der Lage zu werden? Denn keiner hatte mehr Kontrolle über Paris. Der König und sein enger Berater Polignac unterschätzten die Situation womöglich und John dachte, dass dies ein entscheidender Vorteil für sie war. Es herrschte der Ausnahmezustand. Seit dem frühen Morgen tobten die Straßenkämpfe. John hatte mittlerweile jene Waffen, die aufständische Studenten, Arbeiter und Bürger jeder Klassenschicht aus mehreren Waffendepots geplündert hatten, an die Straßenbelagerer verteilt. Sie hatten Dutzende von Matratzen herbeigeschafft, um sich vor dem Kugelhagel, der sie bald ereilen würde, zu schützen.

„Achtung! Sie kommen", rief ein Rebell, der auf die versperrte Straße zugelaufen kam.

John stand im Erdgeschoss eines der ersten Häuser vor den Barrikaden und eröffnete das Feuer auf die heraneilenden Soldaten. Ein ohrenbetäubender Schusswechsel begann. Die Soldaten waren in der Überzahl und begannen die Barrikaden zu erklimmen.

„Versucht, sie zurückzuhalten", schrie John, während er auf die Soldaten zielte.

Aus einem Fenster über ihm kam eine Kommode heruntergeschossen und traf eine Gruppe Soldaten. Drei von ihnen blieben unter dem Möbelstück leblos liegen. Steine und Fässer kamen von allen Seiten geflogen und die Soldaten waren dem Beschuss der Anwohner gnadenlos ausgesetzt. Dann rollten mehrere Soldaten ein Pulverfass vor die Barrikade. Die Kavallerie, die mit ihren Pferden nicht hindurch kam, stand zum Angriff bereit.

„Versucht, die Soldaten mit dem Pulverfass zu treffen", schrie er, denn er konnte aus seinem Winkel keinen dieser Soldaten selbst erledigen.

Doch es war zu spät. John lief in den Hauseingang, um Deckung zu suchen, und fiel durch die Wucht der Detonation zu Boden. Wie aus weiter Ferne hörte er die Kämpfe, die draußen tobten. Ein Durcheinander streitlustiger, zorniger Menschen. Soldaten, die Befehle riefen. Gewehrfeuer und Schwerter. Er brauchte einige Sekunden, um sich zu sammeln. Sein Kopf schmerzte und als er sich an die Schläfe fasste, sah er das Blut, das mit schwarzem Ruß vermischt war. Er erhob sich mühsam und bemerkte, dass der Hauseingang verschüttet war. Langsam ging er die

Treppe zum oberen Stockwerk bis hinauf auf das Dach und legte sich flach auf die Dachziegel. Er sah ein Gewimmel aus kämpfenden Bürgern und königlichen Truppen. Es wurde mit Gewehren, Piken, Säbeln und Knüppeln gekämpft. John begann Dachziegel zu lösen und bewarf damit die Soldaten, die versuchten, durch die zerstörte Barrikade zu dringen. Die Soldaten gerieten unter die volle Wucht der Wurfgeschosse. Erschüttert musste John jedoch feststellen, dass die Rebellen keine Chance gegen die Kavallerie hatten, die sich einen Weg durch die Barrikade gekämpft hatte. Männer versuchten, die Soldaten der Kavallerie von ihren Pferden zu zerren, und die Frauen begannen mit Töpfen und Schüsseln zu schmeißen. Es prasselten Steine, Flaschen, Holz, Möbel und Gewehrkugeln von den Fenstern der umliegenden Häuser auf die Soldaten hinunter. In je einer Schützenreihe schlich die Infanterie dicht an den Hauswänden entlang, um die gegenüberliegenden Fenster und Dächer zu beschießen. Auf diese Weise tobte der Straßenkampf und immer mehr Soldaten desertierten zu den Rebellen und begannen auf die Soldaten des Königs zu schießen.

Paris, 28. Juli 1830, Rue Saint-Martin 5

Den ganzen Tag über hatte Helen durch das Fenster beobachtet, wie Männer, Frauen und Kinder Barrikaden aus Pflastersteinen, Fässern, Holzkarren, Möbeln und anderem Hausrat am Ende der Straße auftürmten. Ein Späher hatte sich eine Treppe gebaut und beobachtet, wer sich der Straße näherte. Sie hatte einem Jungen dabei zugeschaut, der wie sie schätzte, gerade mal zehn Jahre alt war, wie er fleißig seinem Vater dabei half, die Pflastersteine aus den Gehwegen zu entfernen. Sie glaubten doch nicht allen Ernstes, dass sie so eine Chance gegen eine bewaffnete Armee hatten? Sie würden alle sterben. Warum brachte der Vater seinen Sohn nicht in Sicherheit?

„Sie kommen! Stellt die Matratzen auf und schützt euch vor dem Kugelhagel", hörte sie die Schreie eines Aufrührers.

Kurz darauf hallte dröhnendes Gewehrfeuer durch die Straßen. Helen saß kerzengerade auf dem Bett in Sophies Wohnstube und starrte zitternd in die flackernde Öllampe.

Sie fuhr hoch, als eine gewaltige Explosion das Gebäude unter ihr erschütterte. Hastig legte sie sich auf den Boden und drückte sich an die Wand in der hintersten Ecke.

„Zum Angriff, marsch! Stürmt die Barrikade!"

Ein heftiger Kugelhagel prallte an die Außenläden. Sie hörte Schreie des Kampfes, Schreie des Schmerzes und Laute des Sterbens. Sie hörte Männer und auch Frauen, die schrien. Sie hörte Fenster, die zersprangen und Schwerter, die aneinanderschlugen. All das wurde von dem immer heftiger werdenden Gewehrfeuer übertönt. Sie presste die Hände, so fest sie konnte auf ihre Ohren. Wenn nur der Krach aufhören würde!

Sie schloss die Augen. Alles kam ihr plötzlich unwirklich und fern vor. Sie würde sterben. Kugeln würden sie durchlöchern oder ein Pulverfass, das explodierte, würde sie in Stücke reißen. Wieder erklang ein heftiges Dröhnen und der Boden vibrierte unter ihr.

Helen atmete erleichtert aus, als endlich Ruhe in der Straße einkehrte. Sie hatte überlebt. War es vorbei? Sie wartetet noch eine ganze Weile, bevor sie sich zögernd erhob. Ihr Körper war steif und tat weh. Als sie auf das Fenster zuging, überkam sie ein heftiger Hustenanfall. Der kleine Raum war mit Rauch, der von detonierten Pulverfässern, Feuer und Gewehrbeschuss herrührte, vernebelt.

Sie öffnete ein Fenster und schob die Außenläden beiseite. Gegenüber auf der anderen Seite der Straße taten es die Bewohner ihr gleich und linsten vorsichtig nach unten in die Straße.

Es war bereits Nacht und sie konnte kaum etwas erkennen. Nicht eine Straßenlaterne leuchtete, lediglich Windlichter und Kerzen erhellten die Straße. Man konnte es mehr erahnen denn sehen, dass dort unten ein Trümmerhaufen lag. Sie hörte die leisen Stimmen der Rebellen, die sich hinter den Barrikaden versteckten. Die Wohnung von Sophie war am Anfang der Straße und somit schräg über den errichteten Barrikaden. Einige Männer hielten Laternen in ihren Händen und leuchteten den Männern, die die Leichen wegtrugen. Nach längerem Hinschauen bemerkte sie, dass unter den Rebellen auch Soldaten waren. Konnte es sein, dass sich einige der Soldaten des Königs den Aufständischen angeschlossen hatten?

Wie es wohl John ging? War er in Sicherheit? Sie hatte in den letzten Stunden nicht an ihn denken können. Ob er ebenfalls in die Straßenkämpfe hineingeraten war? Bitte, lass ihm nichts passiert sein.

Die Stille der Nacht wurde von herannahenden Reitern unterbrochen.

„Die Kavallerie. Auf eure Posten, Männer."

Schnell zog Helen die Außenläden wieder zu und schloss das Fenster. Es war noch nicht vorbei. Eilig kauerte sie sich wieder an die Wand in der hintersten Ecke und wartete.

Wieder stieg Angst in ihr hoch. Würde sie doch sterben? Würde sie, die sie eine Engländerin war, dem französischen Widerstand zum Opfer fallen? Warum nur hatte sie das Land der Franzosen für ihre Flucht wählen müssen?

Paris, 29. Juli, Stadthaus La Fayette in den frühen Morgenstunden.

„Ich bezweifle, dass General Marmont es vermag, mit seinen Truppen Paris wieder unter Kontrolle zu bringen. Die Regierung hat das Risiko des Bürgerkriegs gewagt, ohne ihn vorzubereiten. Den königlichen Truppen fehlt es an Bemannung. Das Offizierskorps der Pariser Garnison ist nicht vollzählig, viele der Soldaten sind noch nicht aus Algerien zurück. Ich denke, das ist unser entscheidender Vorteil", sagte John, als er mit Thiers und La Fayette in dessen Stadthaus zusammensaß.

Er fuhr fort: „Die gesamte Gendarmerie, Infanterie und Kavallerie konnten die Straßen am *Palais-Royal* nicht mehr freiräumen. Die Straßen sind unter unserer Kontrolle. Die gesamten Polizeiposten der Altstadt sind entwaffnet. Ein Großteil der Menge ist im Besitz von Waffen aus den umliegenden Waffendepots. Seit letzter Nacht haben die Aufständischen das Rathaus *Hôtel de Ville* belagert. Es ist an der Zeit, die Nationalgarde unter Ihrem Kommando wieder einzuberufen. Warum zögern Sie noch, La Fayette?"

Thiers mischte sich ein. „Die Aufständischen setzen ein klares Zeichen, wofür sie kämpfen. Nieder mit den Bourbonen! Mir wurde berichtet, dass unter dem Geläute der Sturmglocke von *Notre-Dame de Paris* sogar die Trikolore wieder gehisst wurde. Es ist an der Zeit, die liberale Bourgeoisie zu versammeln."

Es klopfte und Francois, schwarz von Schießpulver im Gesicht, trat herein.

„Polignac hat den Belagerungszustand verhängt. Niemand kommt in Paris herein oder heraus. General Marmont erwartet Verstärkung aus Versailles. Die Truppen sind auf dem Vormarsch."

John sprang auf. „Wir müssen den *Louvre* einnehmen und den *Palais de Tuileries*, von da aus haben wir eine Chance, die Truppen zurückzuwerfen."

„Ach und noch etwas." Francois zögerte. „Das Rathaus hat seinen Besitzer gewechselt, es ist wieder in der Hand von Marmont."

Ein Raunen ging durch den Raum.

John straffte seine schmerzenden Schultern und erhob sich.

Wenn Thiers und La Fayette sich die Hände nicht schmutzig machen wollten, fein. Er würde es tun. Ohne die beiden eines Blickes zu würdigen, wandte er sich an Francois:

„Gehen wir und holen uns *Louvre*, *Hôtel de Ville* und *Palais de Tuileries*."

Paris, 29. Juli 1830, Richelieustraße **20, früher Vormittag.**

John eilte durch seine kleine Wohnung und stieß nacheinander alle Türen auf.

„Helen? Bist Du hier?"

Keine Antwort. Anscheinend hatte sie ihm auch keine Nachricht hinterlassen.

Seine Wohnung hatte wenig Schaden genommen, da sie direkt unter dem Dach lag. Lediglich ein Fenster war zertrümmert.

Ihn beschäftigten jetzt zwei Dinge: Wo war Helen und ging es ihr gut?

In den letzten Tagen waren die Straßenkämpfe so heftig gewesen, dass John weder die Möglichkeit noch die Zeit hatte, nach Helen zu schauen. Er hatte einfach darauf gehofft, dass sie sich in seiner Wohnung verbarrikadiert hatte. Aber dem war nicht so. Wo war sie hingegangen? Ihm wurde übel, es waren viele Tote zu verzeichnen und die vorrangig auf Seiten des Volkes, wenn man die Leichen sah, die überall hinter und vor den Barrikaden lagen und unter denen sich wenig Uniformierte befanden. John hatte auch viele weibliche Leichen gesehen. War sie eine davon? Er verdrängte diesen Gedanken schnell.

Er ging ins Schlafzimmer und setzte sich auf das Bett und ließ sich nach hinten fallen. Sein Kopf hämmerte immer noch und seine Wunde, die von der Explosion herrührte. Er fühlte das angetrocknete Blut an seiner Schläfe. Außerdem war er schmutzig und könnte ein Bad gebrauchen.

John rieb sich seine vor Müdigkeit brennenden Augen, aber an schlafen war jetzt nicht zu denken. Sein Blick glitt zu den zerwühlten Kissen, auf denen sie beide geschlafen hatten. Es kam ihm wie eine Ewigkeit vor, seit er Helen in diesem Bett geliebt hatte. Ein ungutes Gefühl beschlich ihn. Was, wenn er sie nie wiedersehen würde? Vielleicht war sie gegangen, für immer. Und er hatte sie gehen lassen. Er wischte sich über sein Gesicht und stieß die Luft aus.

„Wo bist Du nur, Helen?"

Dann stand er auf, ging ins Bad, um sich ein wenig zu waschen und seine Wunde zu säubern, zog sich saubere Kleider an und verließ die *Richelieustraße*. Auf dem Tisch hatte er eine Nachricht für Helen hinterlassen.

„Bitte bleib und warte auf mich. John"

Paris, 29. Juli 1830, Rue Saint-Martin 5

Ruhe, endlich Ruhe. Die Straßenkämpfe hatten aufgehört. Lediglich die Glocken der *Notre-Dame de Paris* erklangen. Es war also mittags zwölf Uhr. Helen hatte seit den Morgenstunden in die bedrückende Stille gelauscht, zwischendurch waren ihr immer wieder die Augen zugefallen. Konnte sie es wagen, Sophies Wohnung zu verlassen?

Seit über 48 Stunden hatte sie sich in der Wohnung vor den Straßenkämpfen versteckt. Aber der gestrige Abend und die Nacht waren am heftigsten gewesen. Bis in die frühen Morgenstunden hatte der Straßenkrieg direkt vor ihrem Fenster getobt. Auch Pulverfässer waren explodiert und der Lärm der Detonationen dröhnte immer noch in ihren Ohren.

Entschlossen erhob sie sich und ging zum Fenster, öffnete es und schob die hölzernen Fensterläden beiseite. Ein entsetzliches Bild bot sich ihr. Ein Trümmerfeld aus Steinen, Karren, Möbelstücken, Fässern und anderem Unrat. Dazwischen lagen tote Menschen und Pferde, deren blutige Leiber von Ruß bedeckt waren.

Sie lief schluchzend vom Fenster weg und schrie in das Kissen, das auf dem Bett lag. Wieso nur hatte es so weit kommen können? Helen erinnerte sich, dass sie immer wieder „Nieder mit den Ministern!", später dann „Nieder mit den Bourbonen!" gerufen hatten. Wie konnte ein König sein Volk so dermaßen in Wut und Empörung versetzen, dass es bereit war, sich gegen ihn mit Barrikaden aus Pflastersteinen zu erheben? So ein König hatte es nicht verdient, auf dem Thron zu sitzen. Sie musste hier raus, raus aus dieser Wohnung. Sie bekam keine Luft mehr hier drin und sie wollte, verdammt noch mal, nicht in dieser Wohnung einsam und allein sterben. Sie würde gehen und Sophie den Wohnungsschlüssel zurückbringen und dann würde sie John suchen. Vielleicht war er ja in der *Richelieustraße*.

Sie griff in ihre Tasche und zog sich ein frisches Kleid über, dann steckte sie ihr Haar, das sich gelöst hatte, zu einem festen Knoten im Nacken zusammen und verließ die Wohnung.

Im Hausflur war es still. Aber auch hier roch es überall nach kaltem Rauch, sauer und schal hatte er sich in jeden Winkel des Hauses verbreitet. Je weiter sie dem Erdgeschoss kam, desto deutlicher wurde ein anderer Geruch, metallischer mit leicht süßlichem Unterton: der Geruch nach Blut. Helen hielt sich die Hand vor den Mund, um die aufsteigende Übelkeit zu unterdrücken. Sie blieb kurz stehen, um sich an der Hauswand abzustützen.

Jetzt nur nicht die Nerven verlieren, Helen, ermahnte sie sich selbst.

Sie ging weiter der Haustür entgegen, räumte die Trümmer zerbrochener Stühle beiseite, die ihr den Weg versperrten, und betrat die Straße. Das Bild des Grauens nun so nah vor sich zu sehen, war nochmal etwas ganz anderes.

Ihr Blick fiel auf einen Soldaten, der unter seinem Pferd begraben lag, sein Gesicht war merkwürdig verzerrt und bleich. Sie waren überall, die toten, blutüberströmten Menschen, bedeckt mit schwarzem Ruß. Dort ein Mann, der einen Säbel in der Brust stecken hatte, und da eine Frau mit weit aufgerissen Augen. Sie alle lagen zwischen den Trümmern aus Pflastersteinen, Fässern, Stühlen, Tischen, Schränken, Schüsseln und Töpfen. Überall Blut und dieser grauenhafte Geruch. Helen übergab sich in ein Fass, das an der Hauswand stand.

Einzig der Wunsch, diesen Ort zu verlassen, gab ihr die Kraft, über die Leichen und den Unrat zu steigen. Wo waren die Bewohner? Warum war es so still? Ihr Blick war starr geradeaus gerichtet. Nur mühsam kam sie auf dem kurzen Stück bis zum Anfang der Straße, die sowohl einem Trümmerfeld als auch einem Schlachtfeld glich, voran. Ihr war elend zumute. Endlich erreichte sie die zusammengefallene Barrikade und durchquerte sie. Dann lief sie los.

Tränen rannen über ihr Gesicht. Der Schock über das Grauen, das sie soeben gesehen hatte, saß tief. Je weiter sie lief, je voller wurden die Straßen. Die Menschen schienen aber nicht mehr wütend und zornig zu sein. Nein, es war eher ein Jubeln. Sie trugen vereint die Trikolore und riefen: „Nieder mit den Bourbonen!" Nirgendwo waren Soldaten oder Polizei zu sehen. Hatten die Aufständischen den Kampf gehen die Staatsgewalt gewonnen? Es musste so sein. Sie hörte immer noch die Glocken der *Notre-Dame de Paris* läuten. War es ein Läuten des Sieges?

Nachdem Helen durch die Trümmer der Altstadt zur Brücke, die nach *Faubourg Saint-Germain* führte, geeilt war, stellte sie erleichtert fest, dass dieser Teil von Paris von Straßenkämpfen verschont geblieben war. Der französische Adel hatte sich offenbar aus den Straßenschlachten herausgehalten. Sie hatten die drei Tage ruhig und zurückgezogen in ihren Stadtpalais verbracht.

Helen stand auf der gegenüberliegenden Straßenseite und schaute auf das riesige Palais der Clermonts. Sie wollte gerade die Straße überqueren, als ein Mann sie plötzlich am Arm packte.

„Heh, was machen Sie? Lassen Sie …", schrie sie ihn an.

„Ganz ruhig, Miss."

Im nächsten Moment spürte Helen einen harten Gegenstand an ihrem Rücken.

„Das ist eine Pistole, im Falle Sie zweifeln. Und ich kann Ihnen versichern, dass ich von ihr Gebrauch machen werde, sollten Sie schreien oder versuchen zu fliehen. Und jetzt seien Sie ein liebes Mädchen und begleiten Sie mich ein Stückchen."

Der Mann war unverkennbar ein Engländer, bemerkte Helen.

Sie tat, was der Mann ihr gesagt hatte, sie schritten die Straße entlang und entfernten sich vom Stadtpalais der Clermonts.

Paris, 29. Juli 1830, Redaktionsbüro des Le Nationale

John saß im Büro von Thiers Druckerei und hörte, wie dieser ihm seinen verfassten Artikel vorlas.

„Nieder mit dem Bourbonen!', riefen die Soldaten zweier Linienregimenter der königstreuen Truppen und warfen im nächsten Moment ihren Zweispitz vom Kopf und liefen zu den Aufständischen über. Die Schweizergarde, die den *Louvre* verteidigen sollte, räumte die Galerien in panischem Schrecken. Die revoltierende Pariser Bevölkerung besetzte daraufhin den *Louvre*, während die Regierungstruppen einschließlich General Marmont zum König nach *Saint-Cloud* flüchteten. Gegen zwölf Uhr mittags hissten die Revolutionäre die Trikolore anstelle des Bourbonen-Lilienbanners auf den Dächern des *Louvre*, des *Palais de Tuileries* und dem Turm der

Notre-Dame de Paris. Paris war endgültig der Kontrolle des Königs entzogen."

Thiers reichte das Blatt, von dem er soeben vorgelesen hatte, seinem Mitarbeiter mit der Anweisung: „Lassen Sie das umgehend drucken und hängen Sie es überall in der Stadt auf."

Dann schaute er zu John.

„Langdon, so betrübt? So kurz vor dem Ziel?"

John lächelte. „Sagen Sie, Thiers, wie wäre es, wenn wir uns endlich beim Vornamen nennen? Ich meine, in Anbetracht dessen, dass wir beide hier sitzen und Geschichte schreiben."

Der gewiefte Redakteur schaute ihn über den Rand seiner Brille hinweg an. Lächelnd griff er in die unterste Schublade seines Tisches und holte eine Flasche Branntwein und zwei kleine Gläser hervor.

„Darauf und auf unseren baldigen Sieg trinken wir."

Er schenkte ihnen beiden ein und John nahm das Glas, welches er ihm hinschob, entgegen.

„Ich bin John."

„Adolphe, sehr angenehm."

Die beiden tranken das Glas in einem Zug leer.

Thiers schenkte ihnen nach, während er sprach.

„Die aufgelöste Nationalgarde wurde wiederhergestellt und La Fayette hat endlich sein Gesicht gezeigt und das Kommando übernommen. Die erste Amtshandlung ist vollbracht."

„Er hat sich lange im Hintergrund gehalten", bemerkte John mürrisch, „immer auf seine Sicherheit bedacht."

„Mach ihm keinen Vorwurf. Er ist ein alter Mann und sehr weise. Du weißt, was La Fayette geleistet hat in seinem Leben. Nicht nur die Soldaten, sondern auch die Bürger aller Klassenschichten sehen zu ihm auf. Er gibt ihnen in diesen Zeiten Sicherheit. Das Volk vertraut ihm. Es ist brillant, ihm gerade jetzt das Kommando der Nationalgarde zurückzugeben. Denn jetzt werden die Rollen neu verteilt und wir müssen die nächsten Schritte mit Bedacht wählen. Ich weiß, dass sie sich treiben lassen von ihrer persönlichen Rache. Aber hier geht es um weitaus mehr, nämlich um die Zukunft Frankreichs."

John trank aus und erhob sich. „Nun, dann werde ich ab jetzt das Feld räumen, wenn Du mir versprichst, dass die Bourbonen verschwinden. Denn ich habe eine andere persönliche

Angelegenheit, die dringend meine Aufmerksamkeit erfordert."

„John, geh nicht. Ich weiß, dass Du ein Revolutionär bist, einer, der die Massen anführt. Ein Held. Vergiss nicht, dass ich diesen Artikel ohne dich und die Charbonnerie niemals hätte verfassen können. Es war eure Kampfstrategie, die ihr dem Volk vermittelt habt. Ihr habt die Massen strukturiert und angeführt. Ohne eine zentrale Leitung hätte sich kein taktisch übereinstimmendes System der Straßenkämpfe entwickeln können. Ohne eure Anweisungen wären alle Volkskämpfer im offenen Feld dem gedrillten, gut bewaffneten Militär zum Opfer gefallen."

John setzte sich wieder zu ihm. „Weißt Du, eigentlich haben wir nur in Gang gesetzt, was ich seit der Hinrichtung meines Bruders immer gewusst habe, und die letzten drei Tage haben es bewiesen. Die Tatkraft des Volkes, wenn es sich gemeinschaftlich erhebt, kann alles erreichen. Aber erst musste man sie wachrütteln und ihren Instinkt wecken, dass hier Ungerechtigkeit geschieht. Erst dann strömten sie aus Wohnungen und Arbeitsstätten auf die Straße, um den Bourbonen zu trotzen. Und mit wachsendem Erfolg mischte sich in die Wut ihres Kampfes auch der Stolz ihrer Nation."

Paris, 29. Juli 1830, Faubourg Saint-Germain

„Na los, aufsitzen!"

Helen und der Mann mit der Pistole waren an einem kleinen Park, keine 500 Meter vom Stadtpalais der Clermonts, angelangt. An einem Baum gebunden standen zwei Pferde.

„Sie wollen das ich auf diesem Pferd reite? Durch Paris?"

„Na wonach sieht es denn aus, junge Dame? Also los, aufsitzen!"

„Und wo bitte soll ich meine Tasche verstauen?"

Der Mann, der weit über fünfzig sein musste, riss ihr die Tasche aus der Hand und warf sie ins Gestrüpp.

„Aber das geht doch nicht. Meine Papiere, meine Kleider, einfach alles, was ich besitze, ist in dieser Tasche."

Der Mann lachte laut auf.

„Da, wo sie hingehen, brauchen Sie diese Dinge nicht mehr."

„Wie meinen Sie das? Wohin bringen Sie mich?"

„Später. Nun steigen Sie schon auf."

Der Mann half ihr auf das Pferd und schwang sich dann auf das andere Pferd.

Der Ritt durch das zertrümmerte Paris stellte sich als schwieriger heraus, als ihr Entführer anscheinend angenommen hatte.

„Verdammte Revolution. Ausgerechnet jetzt." Hörte sie ihn lauthals schimpfen.

Immer wieder musste Helen absteigen, um mit ihm gemeinsam Trümmerteile beiseitezuräumen. Nach einer guten Stunde erreichten sie die ländlichere Gegend außerhalb von Paris.

Als sie wenig später an einen Gasthof ankamen, hörte Sie den Mann sagen.

„Wir sind da. Steigen Sie ab."

Sie gingen mit den Pferden in den Innenhof und Helen erblickte eine dunkle Postkutsche. Ein Stallbursche kam herbeigelaufen, um ihnen die Pferde abzunehmen, und Helen sah, wie der Mann ihm Geld zusteckte. Sie konnte sich immer noch keinen Reim auf diese Entführung machen. Was wollte er von ihr?

Der Mann zeigte auf die Postkutsche. „Bitte einsteigen, Miss."

„Das werde ich nicht. Erst sagen Sie mir, was Sie eigentlich von mir wollen."

„Das werde ich selbstverständlich tun, Miss Beaufort."

Nun wurde Helen alles klar. Sie starrte den Mann entsetzt an.

„Schickt Sie etwa mein Vater?"

„Steigen Sie ein", sagte der Mann nun im ungehaltenen Ton.

Wenig später saß Helen in der Kutsche zusammen mit zwei Männern, der eine war ihr Entführer und bedrohte sie immer noch mit der Pistole und der andere, ein bedeutend jüngerer Mann mit rotbraunem Schopf, der sein Kumpan sein musste.

Helen war schwindelig. Ihr Mund fühlte sich trocken an und sie hatte Probleme zu schlucken. Wann hatte sie eigentlich das letzte Mal etwas getrunken?

„Ich habe Durst."

„Gib ihr was zum Trinken."

Der junge Mann reichte ihr eine Blechkanne, sie nahm den Deckel ab und trank.

„Vielen Dank."

Sie musterte ihre beiden Entführer, die ihr gegenübersaßen. Beide waren Engländer. Ihrer Aussprache nach zu urteilen keine Aristokraten. Der Jüngere von beiden war schmächtig, während der andere Grauhaarige einen dicken Wanst vor sich hatte. Sie mussten Detektive sein, die von ihrem Vater beauftragt wurden. Es könnten Vater und Sohn sein, überlegte sie kurz.

„Wer sind Sie? Und wie haben Sie mich gefunden?"

„Wer wir sind, tut nichts zur Sache. Sie zu finden war ein Kinderspiel", sagte der Ältere und legte die Pistole nun endlich neben sich auf das Polster der Sitze.

„Haben Sie den Auftrag, mich zurück zu meiner Familie zu bringen?"

„Allerdings."

Helen wurde speiübel. Sie begann zu würgen und der Mann hob seinen Stock, um dem Kutscher zu vermitteln anzuhalten. Helen sprang hinaus und übergab sich in das trockene Gestrüpp am staubigen Wegesrand. Sie wischte sich mit dem Handrücken über den Mund und schaute kurz hinter sich. Die beiden Männer waren nicht mit ausgestiegen. Sollte Sie es wagen? Ohne weiter nachzudenken, lief sie los. Doch sie kam nicht weit. Der jüngere der beiden Männer hatte sie im Nu eingeholt und zerrte sie zurück zur Kutsche.

„Netter Versuch", sagte er belustigt.

Der ältere Mann zischte Sie verärgert an: „Versuchen Sie das nochmal, werden wir sie fesseln müssen. Und glauben Sie mir, es wird unangenehm werden, gefesselt in einer schaukelnden Kutsche zu sitzen."

„Nun steigen Sie schon wieder ein, sonst verpassen wir das Schiff nach England", sagte der Jüngere genervt.

Ihr Leben war zu Ende. Ihre Eltern hatten sie gefunden und es würde sie Schlimmes erwarten, wenn sie vor ihnen stand. Nicht nur, dass sie vor der Hochzeit davongelaufen war, nein, sie hatte auch die Ohrringe ihrer Mutter gestohlen und ihren eigenen Schmuck verkauft. Sie hatte ihre gesamte Familie vor den Kopf gestoßen. Und nun musste sie ihnen allen wieder unter die Augen treten. Das Schrecklichste war jedoch, dass sie letztendlich nun doch Robert Ashley heiraten musste. Alles, was sie getan und erlebt hatte, war umsonst gewesen. Ihre Flucht, die Arbeit im Haus der Clermonts, die

Erniedrigungen, die sie durch Bertrand Clermont erfahren hatte, ihre Nächte im Gefängnis und die Tage und Nächte der Revolution. Und dann war da noch John Langdon. Der Mann, den sie liebte und dem sie ihre Unschuld gescheckt hatte. Würde sie ihn je wiedersehen? Sie stockte kurz in ihren Überlegungen. Sie war nun nicht mehr unschuldig und das konnte sie vielleicht zu ihrem Vorteil ausnutzen. Würde ein Earl, ein Mann der gehobenen Aristokratie, eine Frau zu seiner Ehefrau nehmen, wenn sie keine Jungfrau mehr war?

„Sie bekommen wieder etwas Farbe ins Gesicht, Miss Beaufort."

Helen sah den Jüngeren aus zusammengekniffenen Augen an.

„Verraten Sie mir wenigstens, wie Sie mich gefunden haben? Sie konnten nicht wissen, dass ich nach Frankreich gegangen bin. Und selbst wenn, Paris ist groß?"

„Ein Vögelchen hat uns gezwitschert, dass sie in Paris sind."

Die beiden schauten sich an und lachten.

„Ihr Aristokraten, müsst euch doch immer jemanden anvertrauen, das war ihr Fehler, Miss

Beaufort."

Helens Gedanken überschlugen sich. Was hatte das zu bedeuten? Sie hatte sich niemandem anvertraut. Außer … Nein, das konnte nicht sein! Der einzige Mensch, der wusste, wer und wo sie war, war John. Hatte er sie verraten? Hatte er deshalb am Morgen nach ihrer gemeinsamen Nacht die Wohnung verlassen? Aber warum? Wollte er sie auf diese Weise loswerden, weil er befürchtete, sie habe ein Kind empfangen oder würde ihn dazu zwingen, sie zu heiraten? Was wusste sie eigentlich von diesem Mann, außer dass er der Sohn eines Earls war? Wenn das überhaupt der Wahrheit entsprach. War sie einem Betrüger in die Falle gegangen?

Wie konnte sie nur so naiv und dumm gewesen sein? Wahrscheinlich saß er in Paris und lachte über sie, die kleine, naive Lady. Man hatte ihm sicher eine gute Stange Geld für seinen Verrat bezahlt.

Eben noch dachte sie, sie liebte diesen Mann, doch nun schlugen ihre Gefühle in Wut, Enttäuschung und Verachtung um. John Langdon wusste nicht, was er ihr mit seinem Verrat angetan hatte, dann hätte er sie lieber im Gefängnis sterben lassen sollen.

„Sie haben sich nur leider den falschen Zeitpunkt für Ihren Parisaufenthalt ausgesucht. Wegen Ihnen sind wir doch mitten in eine weitere Revolution geraten, Miss Beaufort."

Kapitel 10 - Monarchie oder Republik

Paris, 30. Juli 1830,
Redaktionsbüro der Le Nationale

Adolphe Thiers hatte die Arme hinter seinem Rücken verschränkt und schaute durch das Fenster hinunter auf die Druckerpressen.

„Was wird jetzt weiter geschehen?", fragte John. „War nicht 1789 deklariert worden, der Ursprung aller Souveränität liege bei der Gesamtheit des Volkes? Kein Einzelner sollte eine Autorität ausüben dürfen, die nicht ausdrücklich vom Volk ausging. Für die Wiederherstellung haben wir gekämpft, Adolphe, und das wollen wir in

Frankreich wieder einführen. Keine Bourbonen mehr! Die Monarchie muss der Republik weichen. Kein Königtum mehr."

Adolphe drehte sich zu John um.

„Nein, keine Republik! Ich bin deiner Meinung, dass wir die erneute Machtübernahme durch das Bürgertum anstreben, aber in einem liberalen Königtum. Eine Republik würde uns nur außerpolitische Probleme verschaffen. Die drei Monarchen der Heiligen Allianz, Russland, Österreich und Preußen, könnten sich zu einer Einmischung gezwungen sehen. Du weißt, Frankreich ist seit 1818 dem Bündnis beigetreten."

„Gut, keine Republik. Doch es droht uns noch erhebliche Gefahr von Seiten der Republikaner, allen voran den Jakobinern, den alten Anhängern Robespierres. Sie werden das Volk in feindliche Lager spalten, denn sie wollen einen solchen Staat, wie Du ihn dir vorstellst, mit allen Mitteln verhindern. Willst Du das heraufbeschwören?"

„Will Frankreich sich mit der Monarchie in ganz Europa verfeinden?"

„Aber wie soll das aussehen, ein liberales Königtum?"

„Das werden wir gemeinsam durch eine Neugestaltung der Staatsgewalt definieren. Aber sie sollte zum Hauptziel haben, das Königtum, so wie es unter den Bourbonen existierte, für immer abzuschaffen. Heute Nachmittag haben General La Fayette, die beiden Bankiers Casimir Perier, Jacques Laffitte sowie fünf Abgeordnete meiner liberalen Partei den Platz im Rathaus eingenommen. Nun geht das Rollenverteilen los, John."

„Ich stimme dir zu, dass der Fortbestand der bisherigen Monarchie unmöglich ist. Und ich denke, es droht keine Gefahr mehr von der alten Regierung. Charles X. ist auf dem Weg ins Exil. Polignac sitzt im Gefängnis. Wie wäre es stattdessen, den Herzog von Orléans auf den Thron zu setzen? Er ist der Sache der Revolution ergeben und hat schon während der großen Revolution die Trikolore getragen. Er wird die Verfassung achten und bereit sein, die Krone vom Volk entgegenzunehmen", sagte John und musterte Adolphe Thiers eindringlich.

Dieser überlegte kurz, bevor er antwortete: „Er ist seit Jahren ein treuer Anhänger der liberalen Opposition. Ein guter Mann."

John lächelte zufrieden. „Du solltest in deiner Zeitung Propaganda für ihn machen."

„John, Du hast recht. Wozu habe ich denn meine Zeitung und Du wirst mir beim Verfassen der Texte helfen."

Ja, das ist La Fayettes heimlicher Plan, dachte John bei sich. Dem liberalen Herzog von Orléans die Krone von Frankreich auf sein Haupt zu setzen. Und wie es aussieht, würde ihm das auch gelingen.

John streckte seine müden Glieder aus. So hat doch jeder bekommen, was er wollte, dachte John im Stillen und war zufrieden damit, wie die Dinge nun ihren Lauf nahmen.

Paris, 30. Juli 1830, Palais-Royal

Es war nicht einfach, in diesen Tagen durch die Straßen zu gelangen. Überall standen noch immer Barrikaden und Kutschen waren noch nicht wieder in Betrieb. John war auf dem Weg zum Rathaus. Er war nochmal in seiner Wohnung gewesen, hatte er doch gehofft, Helen sei in der Zwischenzeit wieder aufgetaucht. Aber er wurde enttäuscht. Wo konnte sie nur hingegangen sein? Vielleicht hatte sie irgendwo anders Schutz gesucht. Sie hatte doch diese Freundin, Sophie, oder wie sie hieß. Er musste zum Haus der Clermonts und dort nach ihr fragen.

„Kein Königtum mehr!", hörte er jemanden rufen und kurz darauf Jubel von einer Gruppe Republikaner, wie er vermutete. Denn die wollten weder Charles X. noch einen anderen König. Die Propaganda für den Herzog von Orléans, die Thiers und er heute verfasst hatten, würde nicht überall beim Volk gleich gut ankommen.

Die Abgeordneten, die nunmehr in förmlicher Sitzung im Gebäude des *Palais-Royal* tagten, wussten sich durch La Fayette begünstigt. Und La Fayette übte sich in Schaukelpolitik. Er warnte die Orleanisten vor Übereilung, ermutigte sie andererseits durch sein wohlwollendes Einverständnis. Und er duldet die Zuneigung der republikanisch Gesinnten – speiste sie aber mit hinhaltenden Versprechungen und schönen Worten ab.

Die Abgeordneten hatten beschlossen, eine Einladung an den Herzog von Orléans zu schicken, wonach dieser einstweilen das Amt eines Reichsstatthalters übernehmen und die Verfassung sichern sollte. La Fayettes Plan ging auf und Thiers und er halfen ihm dabei.

Die Einladung für den Herzog von Orléans sollte John, Pierre und Francois als Boten überbringen. Sie würden sich sogleich auf dem Weg zum *Schloss Neuilly*, südlich von Paris, begeben, wo der Herzog sich bislang versteckte.

Als er das *Palais-Royal* betrat, erschrak er kurz über den Anblick, der sich ihm bot.

Erhitzte junge Männer, nacktarmige Arbeiter und bewaffnete Bürger, die sich in Höfen, Gängen und Treppen des Gebäudes herumtrieben, als ob das hier ihre eigenen vier Wände seien. Nur mit Mühe bahnte er sich einen Weg durch die drängenden, fragenden, gewaltsamen Massen, bis er La Fayette in einem Raum fand.

Als John eintrat, hörte er die Worte des königlichen Boten, der vor dem Marquis stand:

„In Anbetracht der soeben überreichten neuen Verordnungen erbittet Charles X. um eine private Besprechung mit Ihnen, Marquis de La Fayette."

La Fayette las die Verordnungen laut vor und die Menge im Saal begann laut dem königlichen Boten zuzurufen: „Wer sind Sie, dass Sie es wagen, hier Befehle von König Charles X. vorzubringen? Es gibt keinen König, keine Bourbonen mehr! Nieder mit den Bourbonen! Und in die Seine mit Ihnen!"

„Sie hören", sagte La Fayette und lächelte den königlichen Boten an. „Das ist die Antwort, die Sie dem König überbringen können."

Nachdem der Bote von Charles X. das Rathaus verlassen hatte, verfassten die anwesenden Abgeordneten eine Einladung an den Herzog von Orléans. Sie luden ihn ein, nach Paris zu kommen. La Fayette hatte nun die gesamte Mehrheit der Orleanisten hinter sich, die sich bemühten, ihren hochgeborenen Kandidaten zu unterstützen. La Fayette wie auch Thiers waren einer Meinung. Je schneller man einen neuen König fand und kürte, der seine Krone aus bürgerlich-liberalen Händen empfing, desto sicherer blieb die Macht bei der reichen Bourgeoisie und die Aussicht auf bald wieder florierende Geschäfte. Nach 15 Jahren des Regimes war die Mehrheit des Bürgertums für den Sturz der Bourbonen, aber zugleich auch für eine eilige Überwindung der Krise, bevor das übrige Frankreich überhaupt begann, die revolutionäre Woge wahrzunehmen und zu begreifen.

Es gab nur ein Problem, das sich an den Namen des Herzogs von Orléans knüpfte, und das bei sowohl den Abgeordneten als auch bei seinem langjährigen Freund La Fayette Zweifel hervorrief.

Wäre der Herzog, Louis Philippe von Orléans, wirklich bereit, die Krone als ein Ergebnis von Straßenkämpfen, Rebellion und Barrikaden anzunehmen? Würde er das Spiel La Fayettes, Thiers und der Bankiers mitspielen, die die gehobene liberale Bourgeoise in Frankreich repräsentierten? Der Herzog hatte es bisher für klug gehalten, weder am Königshof in *Saint-Cloud* noch bei den Barrikaden in Paris zu sein.

La Fayette wirkte angespannt und sein Gesicht war bleich, als er ihm den Brief übergab: „John, Du musst ihn dazu bringen, zu kommen. Es ist bereits der fünfte Brief, den ich an ihn schicke. Mein Freund lässt mich hängen. Ich fürchte, wenn er sich nicht bald entscheidet, dann werden wir die Republikaner nicht mehr länger zurückhalten können."

Schloss Neuilly**, südlich von Paris, am Abend des 30. Juli 1830.**

John und seine beiden Freunde ritten durch Paris. Nur mit einem Hemd bekleidet genoss John den kühlenden Wind auf seiner Haut, nach den heißen und schwülen Julinächten und der Hitze der Gefechte eine Wohltat. Sie würden bald die südliche Stadtgrenze erreichen und dann wäre es nur noch ein kurzer Ritt bis zum *Schloss Neuilly*.

Als sie das beleuchtete Schloss in der Ferne erblickten, stoppten die drei ihre Pferde. John sprang ab und reichte Pierre und Francois zwei Uniformen und den dazugehörigen Zweispitz der Nationalgarde.

„Hier, tragt das. La Fayette meinte, es würde vielleicht den Entschluss des Herzogs verstärken und ihn überzeugen, dass Charles X. endgültig besiegt ist."

Pierre prustete vor Lachen. „Ein feiger König, der sich in seinem Schloss versteckt. Es sieht nicht so aus, als wenn er große Lust hat, König zu werden."

„Er hat Angst", sagte Francois.

„Noch schlimmer. Es ist wie eh und je. Die Gewinner der Revolution haben nicht einmal daran teilgenommen. Keiner von ihnen hat gekämpft, John", sagte Pierre verbittert.

„Schluss jetzt. Oder willst Du lieber König werden?"

Die beiden lachten schallend, zogen die Uniformen an und setzten sich den filzenen Zweispitz auf. John tat es ihnen gleich.

„Also los, Männer, lasst uns den Herzog nach Paris holen. Vielleicht stehen wir gleich unserem neuen König gegenüber, meine Freunde."

Kurze Zeit später erstiegen sie die Treppe, die zwischen hohen Säulen hinauf zum Eingang des Schlosses führte.

Zwei Wachposten versperrten ihnen den Weg, beäugten die drei aber ungläubig. Ja, sie sahen richtig, die Nationalgarde wurde wieder ins Leben gerufen und von ihrem General La Fayette befehligt.

„Der Herzog hat Anweisung gegeben, niemanden hineinzulassen."

John trat zu dem Wachmann, der gesprochen hatte.

„Nun, da wusste der Herzog noch nicht, dass drei Soldaten der Nationalgarde eine wichtige Botschaft für ihn haben."

Der Wachmann schaute zu dem anderen hinüber. Dieser zuckte ahnungslos mit den Schultern.

„Der Herzog befindet sich im Nebengebäude und nur einer seiner vertrauenswürdigsten Diener hat die Erlaubnis, ihm Nachrichten zukommen zu lassen."

John vernahm das Schniefen von Pierre und das leise Lachen von Francois hinter sich.

„Nun gut, dann übergeben Sie bitte diesem vertrauenswürdigen Diener diesen Brief."

Er holte das Dokument aus der Innenseite seiner Uniform und übergab es dem Wachmann.

Gemeinsam beobachteten sie, wie er eilig davonlief.

„Er hat Angst, nach Paris zu gehen, denn wenn die Revolution noch scheitern sollte, dann fiele er bei Hofe in Ungnade. Wenn er aber zu Charles X. hält, dann wird er mit ihm fallen. Also wartet er im Verborgenen, um zuletzt dort zu erscheinen, wo man siegte", sagte John leise, „er ist ein Stratege und er hat viel zu verlieren in seiner Position. Dennoch ist er ein Liberaler und hat eine große Anhängerschaft hinter sich. Vor allem die

Orleanisten, deren Stimmführer der Bankier Laffitte ist."

„Da, er kommt zurück", sagte Francois.

„Ich wurde beauftragt, Ihnen mitzuteilen, der Herzog erhebe erneut Anspruch auf Bedenkzeit."

John musste handeln.

„Ihr bleibt hier", sagte er zu Pierre und Francois.

„Führen Sie mich zu ihm! Jetzt sofort! Oder wollen Sie am Ende schuld daran sein, dass die Bourbonen unser Land erneut übernehmen?"

Der Wachmann sah ihn ängstlich und verunsichert an, sagte dann jedoch:

„Also gut, kommen Sie."

Sie gingen zu dem Nebengebäude des Schlosses, das direkt an den Westflügel angrenzte. Der Wachmann gab den beiden dort stehenden Wachmännern ein Zeichen und die beiden ließen sie passieren. John folgte ihm hinein und sie standen einem Mann in der Kleidung eines Butlers gegenüber. Er hielt einen Arm auf dem Rücken und die andere legte er auf seinen Bauch, während er sich vor John verneigte.

„Der Herzog hat mich angewiesen, niemanden durchzulassen."

John hatte genug von dem Theater. Er ging an dem hochnäsigen Butler vorbei und rief ihm zu: „In welchem Raum finde ich den Herzog?"

„Aber ... das... Sie können doch nicht einfach ... So nehmen Sie doch diesen Offizier fest!", rief der Butler empört.

Die Wachmänner bewegten sich nicht, zeigten jedoch John den Raum, in dem der Herzog weilte.

„Ich werde keine Hand an einen Offizier unserer Nationalgarde legen", sagte der Mann, mit dem John das Gebäude betreten hatte.

John ging an den anderen Wachen vorbei und betrat den Raum.

„Wer sind Sie? Ich habe Ihnen nicht gestattet, diesen Raum zu betreten.", sagte der Herzog, der hinter seinem Schreibtisch saß und ihn nun erschrocken anstarrte.

Das Zimmer war schlicht gehalten mit dunklen Holzmöbeln und einer Wand mit einem Bücherregal, das bis unter die Decke reichte und an dem eine Leiter angelehnt war. Einzig das riesige Chaiselongue-Sofa vor dem brennenden Kamin und der funkelnde Kronleuchter waren luxuriös in diesem Raum.

„Eure Hoheit, darf ich mich Ihnen vorstellen. Ich bin John Philippe Langdon, Sohn des Earl of Granville. Ich bin hier, um Ihnen eine dringende Nachricht der Abgeordneten von Paris zu überbringen. Diese ist eigens vom Marquis de La Fayette verfasst worden."

Nachdem John dem Herzog von der Verschwörung Polignac's und D'Amboise berichtete und die Hintermänner seines Attentates somit enttarnte, atmete dieser erleichtert auf. Als John ihm dann noch versicherte, dass aus Schloss *Saint-Cloud* keine Gefahr mehr drohe und Charles X. mit dem Rest der Armee auf der Flucht sei und bereits hinter Versailles wäre, hatte dieser sich endlich dazu durchgerungen sein Versteck zu verlassen.

Sofort hatte John seine beide Freunde Pierre und Francois losgeschickt, damit sie Laffitte und La Fayette von der baldigen Ankunft des Herzogs berichteten.

Eine Stunde später stand der Herzog von Orléans in einem dunkelblauen bürgerlichen Anzug vor John. Sein Hut wurde von der Trikolore geschmückt. Endlich hatte der Herzog begriffen, was auf dem Spiel stand.

Paris, 31. Juli 1830, Rathaus Hôtel de Ville - **Abgeordnetenkammer**

„Herrgott im Himmel noch eins. Er scheint die Situation nicht zu kennen. Wir stehen auf einem Vulkan, es muss schleunigst gehandelt werden." La Fayette war außer sich. Seine Frisur war zerzaust und die Schatten unter den Augen und das eingefallene Gesicht des alten Mannes zeigten, dass er an seine Grenzen kam.

„In einer Stunde könnte es zu spät sein, da hat man vielleicht schon die Republik ausgerufen!"

John saß auf einer der Bänke der Abgeordnetenkammer des Pariser Rathauses *Hôtel de Ville*. Der Herzog war zwar nach Paris gekommen, aber nur, um den Erfolg der Revolution mit seinen Volksvertretern zu teilen. Er war immer noch nicht gewillt gewesen, den Antrag der Abgeordneten anzunehmen. Denn dieser verlangte ernste Überlegungen und vor allem mutige Taten. Louis Philippe von Orléans versteckte sich jedoch lieber feige in seinem

Zuhause. Er ist weder ein Held noch ein Revolutionär, dachte John. Aber er ist auch kein Monarch, der nach Macht und Ruhm strebt.

Die Tür zum Saal wurde aufgerissen, ein Bote erschien und übergab La Fayette ein Schreiben. Dieser riss es auf und las. Der Saal verfiel in angespanntes Schweigen. Nachdem La Fayette fertiggelesen hatte, schlug er mit solcher Wucht auf den Tisch vor sich, dass ein aufgeregtes Raunen durch den Saal ging.

„Eine solche Tatkraft und Schnelligkeit habe ich dem Herzog überhaupt nicht zugetraut", schrie er den verblüfften Abgeordneten entgegen. Mit Begeisterung las er die vom Herzog verfasste Proklamation laut vor.

„Bewohner von Paris! Die in diesem Augenblick in Paris versammelten Abgeordneten haben den Wunsch ausgesprochen, ich solle mich nach Paris begeben, um das Amt eines Reichsstatthalters zu übernehmen. Ich habe keine Gefahren gescheut, mich in die Mitte dieser heldenmütigen Bevölkerung zu begeben und alle Anstrengungen aufzubieten, um euch vor Bürgerkrieg und Anarchie zu schützen. Als ich in die Stadt Paris einzog, trug ich mit Stolz die glorreichen Farben der Trikolore, die ihr wieder angenommen habt und die ich selbst lange Zeit getragen habe. Die Abgeordneten werden dafür Sorge tragen die Herrschaft der Gesetze und die Aufrechterhaltung der Rechte der französischen Nation zu sichern."

Als La Fayette endete, erhoben sich die anwesenden Abgeordneten und applaudierten. John sah Erleichterung in La Fayettes Miene, als er jedoch hinüber zu Adolphe Thiers blickte, erkannte er dessen Besorgnis.

„Meine Herren", ergriff Thiers das Wort, „diese Proklamation ist gut und schön und es freut mich, zu hören, dass der Herzog endlich den Ernst der Lage erkannt hat und dementsprechend handelt. Ich denke nur, dass es nicht ausreichen wird, die Massen zu beruhigen und die Republikaner zum Schweigen zu bringen. Wir müssen es offiziell proklamieren."

Die Abgeordneten riefen: „Sprechen Sie, Thiers. Was müssen wir proklamieren?"

„Dass Charles X. aufgehört hat zu regieren!"

Im Saal herrschte mit einem Mal Stille.

Thiers fuhr fort: „Unser Volk hat tagelang für den Sturz des Bourbonenkönigs gekämpft. Viele haben Familienangehörige verloren, sind verletzt worden und haben ihren Besitz verloren. Es sind unzählige Frauen und Kinder gestorben. Wir müssen ihnen Gewissheit geben, dass die Bourbonen ein für alle Mal aus Frankreich vertrieben worden sind."

„Ja, er hat recht. Wir sollten ebenfalls eine Proklamation erlassen, die von allen unterzeichnet wird", sagte einer der Abgeordneten.

Thiers nickte diesem dankend für die Unterstützung. „Außerdem denke ich, ist es an der Zeit, dass der Herzog sich dem Volk zeigt. Wir bitten ihn zu uns ins Rathaus. Wenn wir es richtig anstellen, dann wird er durch diese Demonstration mit einem Schlag die öffentliche Anerkennung der Bürger von Paris gewinnen. La Fayette, was meinen Sie? Sollten wir den Herzog in eine Uniform stecken und ihn von der Nationalgarde hierher eskortieren lassen?"

La Fayette kratzte sich am Kinn, dann sagte er: „Nein, ich habe eine bessere Idee."

Paris, am Nachmittag desselben Tages

John sah aus dem Fenster des Pariser Rathauses und beobachtete von weitem das Anrücken des Herzoges. Neben ihm standen La Fayette und Adolphe Thiers. Keiner von ihnen hatte seit einer gefühlten Ewigkeit mehr ein Wort gesagt.

Der Herzog Louis Philippe von Orléans bewegte sich ohne Militär und Nationalgarde, ohne Offizierskorps und Hofstaat und ohne jede Pracht durch die Pariser Innenstadt. Ihn begleiteten nur wenige. Voran ein Trommler mit Parlamentsdienern, dann kam der Herzog selbst in bürgerlichem Anzug und hoch zu Pferde, mit dreifarbiger Kokarde geschmückt, den Hut zu leutseligem Gruß in der Hand. Dahinter nur wenige Offiziere der Nationalgarde, der Bankier Laffitte als Präsident der Abgeordnetenkammer und zuletzt Arm in Arm die Abgeordneten des neugewählten Parlaments.

Es herrschte immer noch große Hitze und der Zug kam nur mühsam durch die verwüsteten und von Menschenmassen gefüllten Straßen. Je näher sie dem Rathaus kamen, desto mehr standen die Menschen in unheimlicher Stille zusammen. Einzelne Schreie ertönten gegen die Bourbonen.

John sah zu La Fayette. „Die Pariser sind für meinen Geschmack zu still. Was, wenn sie den Herzog nicht annehmen?"

„Lassen Sie ihn hochkommen zu mir", sagte La Fayette ruhig.

Thiers und John liefen den Gang hinunter und die Treppe hinab, auf der es von Bewaffneten wimmelte.

Der Herzog kam ihnen auf der Treppe entgegen und erkannte John.

„Lord Langdon, Sie scheinen immer in den brenzligsten Situationen meines Lebens aufzutauchen."

John lächelte und verbeugte sich vor ihm.

„Der alte General erwartet Sie bereits, Eure Gnaden."

General La Fayette empfing den Herzog auf der Treppe und geleitete ihn mitsamt den Abgeordneten in den großen Saal. La Fayette wusste seine schillernde Popularität, die er beim Volk hatte, nun geschickt einzusetzen. John kam es so vor, als ob Frankreichs Schicksal ganz in den Händen La Fayettes läge. Der lebende Mythos der Franzosen, der 1789 die Menschenrechte aus Amerika mitgebracht hatte. Nur er, der große

General La Fayette, konnte den Herzog erheben, aber auch abweisen. La Fayette drückte dem Herzog die Trikolore in die Hand und zog ihn an ein geöffnetes Fenster. Der Herzog begriff seine theatralische Rolle sofort. Er entfaltete die blauweißrote Fahne und umarmte den General. Ein Schauspiel, das seine großartige Wirkung nicht verfehlte.

Die Menschenmenge auf dem Vorplatz und auch im Saal brach in Jubel und Hochrufe aus. „Es lebe der Herzog von Orléans!"

Gewehrschüsse feierten den historischen Augenblick, der den Sieg der Monarchie, aber auch die Niederlage der Republik besiegelte.

Kapitel 11 - Die alte Heimat

Paris, August 1830, Stadtpalais Granville

John saß allein am Frühstückstisch im Stadtpalais seiner Großmutter Josephine. Gestern Abend war er erschöpft hier angekommen, hatte ein Bad genommen und war in einen unruhigen Schlaf gefallen.

Von Johns Schultern fiel die Last, die er seit der Hinrichtung seines Bruders getragen hatte. Er hatte erreicht, was er wollte. Die Bourbonen waren geschlagen, der alte König entmachtet. La Fayette hatte seine Ziele ebenfalls erreicht, indem er seinen liberalen Freund, den Herzog von Orléans, zum neuen König der Franzosen ernannt hatte. Die

Krönung würde am 9. August erfolgen. Und er hatte erreicht, dass die französische Nationalgarde wiederhergestellt wurde. Seit einem Jahr hatten er und seine Männer diesen strategischen Plan entwickelt. Sie hatten nur auf den richtigen Moment gewartet, die Revolte in Gang zu setzen. Sie hatten es geschafft.

Dennoch besaß die Revolution für ihn im Nachklang einen bitteren Beigeschmack. Die verwundeten Soldaten des Königs fielen der Wut der Massen zum Opfer. Es verschwanden aus dem nahen *Palais de Tuileries* kostbare Juwelen und Kunstgegenstände. Wein und Schnaps aus erbeuteten Fässern und Flaschen floss in die Bäuche der Sieger. Die Straßenkämpfer dieser Revolution waren keine klassischen Helden, vielmehr eine Masse von Idealisten und Zynikern, Unzufriedene und bloße Mitläufer. Doch das Paris der Revolution war kein Tummelplatz für Krawallhelden. Das zeigte das Schlachtfeld der Straßenkämpfe mit seinen vielen Toten, überwiegend aus der arbeitenden Bevölkerung. Der Sieg hatte seinen Preis gefordert.

John würde nach vorn schauen und seinem Leben einen neuen Inhalt geben. Er würde La

Fayette bitten, ihn aus dem aktiven Spionagedienst zu entlassen. Lang genug hatte er ein Doppelleben als Spion geführt. Er war es leid, seine Großmutter und seinen Vater zu belügen. Und er hatte sich fest vorgenommen, mehr Zeit mit ihnen zu verbringen und seinem Vater endlich mit der Verwaltung seiner Ländereien zu helfen.

Und dann war da noch Helen, die Frau, die er nicht mehr aus seinem Kopf und seinem Herz bekam. Wo war sie? Wieso war sie nicht in seiner Wohnung geblieben? Wo sollte er sie noch suchen? Seine Suche war erschwert gewesen durch die tausenden von Trümmerhaufen. Es würde dauern, bis in den Pariser Straßen und Boulevards wieder Normalität eingekehrt war. Und es würde noch länger dauern, die Straßen von Paris wieder zu bepflastern. John war zum Stadtpalais der Clermonts gegangen und hatte mit Helens Freundin Sophie gesprochen. Diese war zutiefst besorgt, als John ihr sagte, dass Helen verschwunden sei. Sie berichtete ihm, dass sie Helen den Schlüssel zu ihrer Wohnung in der *Rue Saint-Martin 5* gegeben hatte, sie diesen aber bis jetzt nicht zurückgebracht habe. John war daraufhin in die *Rue Saint-Martin 5* gegangen, aber auch dort war Helen nicht. Wo konnte sie hingegangen sein? Sie hatte weder ein Dach über dem Kopf noch eine Arbeit. Sie würde zu ihm in die *Richelieustraße* zurückkommen. Das zumindest hatte er angenommen. Doch nun, drei Tage nach Ende der Revolution, glaubte er nicht mehr daran. Sie hatte ihn verlassen oder sie war tot. Ihm zog sich der Magen zusammen. Lag sie vielleicht unter den Trümmern der Straßenkämpfe begraben?

John zuckte zusammen, als er die Stimme seiner Großmutter vernahm.

„*Bonjour*, mein Junge."

Josephine betrat den Frühstückssalon und John erhob sich, um ihr einen Kuss auf die Wange zu geben.

„*Bonjour*, Großmutter."

Er sah ihren eindringlichen Blick. „Du siehst immer noch mitgenommen aus. Wie hast Du geschlafen?"

Matt lächelte er: „Ich habe geschlafen wie ein Kind unter den Augen meines Vaters und meines Großvaters."

Josephine lachte. „Ach, Du meine Güte, die alten Gemälde von George und Alfred. Ich kann mich einfach nicht von ihnen trennen."

„Ich dachte, Du hast Großvater gehasst? Immerhin hast Du ihn verlassen und bist nach Frankreich gegangen. Ohne dein Kind."

„George war volljährig, als ich gegangen bin", sagte sie pikiert. „Es klingt vielleicht komisch, aber ich habe deinen Großvater, Gott hab ihn selig, zu sehr geliebt. Ich konnte seine Affären nicht mehr ertragen. Mein Herz hat sehr darunter gelitten."

John stutzte. Er kannte seinen Großvater kaum, aber dass er ein Schwerenöter gewesen war, das war neu für ihn.

„Du siehst ihm sehr ähnlich. Das goldblonde Haar, die warmen braunen Augen, das gleiche attraktiv geschnittene Gesicht mit den überheblichen Zügen."

John hob eine Augenbraue. „Ich kann dich beruhigen, Großmutter, selbst wenn ich ihm ähnlich sehe, so bin ich doch kein Schwerenöter. Falls ich jemals heiraten sollte, so kann sich meine Frau meiner Treue sicher sein."

„Das glaube ich dir. Aber ich denke eher, Du nimmst dir erst gar keine Ehefrau", murmelte sie bitter.

John betrachtete seine Großmutter liebevoll. Josephine war alt geworden, ihre Augen hatten ein wenig von ihrem Glanz verloren. Es würde ihm das Herz zerreißen, wenn sie irgendwann nicht mehr da wäre. Ohne sie hätte John die Zeit nach dem Tod seines Bruders nicht überstanden.

Ihren Augen musterten ihn skeptisch. „Aber ich sehe doch, dass dich etwas bedrückt. Du solltest tanzen und feiern, jetzt, wo das Volk die Bourbonen aus Frankreich vertrieben hat. Anthony kann endlich in Frieden ruhen."

John schwieg eine Weile. Er zögerte, ihr die Wahrheit zu sagen, denn dann musste er offenbaren, was für ein Dummkopf er war.

„Ich habe etwas verloren, das mir sehr wichtig ist. Nur leider habe ich es zu spät erkannt."

„Oh, und das wäre?"

John lächelte schwach. „Es ist eine Frau. Eine Frau, in die ich mich verliebt habe. Ich war ein Dummkopf und habe sie nicht wie eine Dame behandelt, die man erst umwirbt, um ihr dann einen Antrag zu machen und sie schließlich zu seiner Ehefrau zu machen. Nun, ich habe sie sehr wohl zu meiner Frau gemacht, aber ohne ihr das zu versprechen, was sie verdient hätte."

„*Mon dieu*, John Philipp, was hast Du getan? Hast Du einem jungen Mädchen die Unschuld genommen und sie dann sitzen lassen?"

„Ich habe sie nicht sitzen lassen. Ich sagte doch, sie ist verschwunden."

„Du Narr, endlich hast Du eine Frau gefunden, die dein Herz berührt, und dann verlierst Du sie. Wie konnte das geschehen? Du hast ihr doch nicht etwa ein Kind gemacht und wolltest die Verantwortung dafür nicht tragen?" Josephine funkelte ihn zornig an und da sah er wieder dieses rebellische Glitzern in ihren Augen.

„Das geht zu weit, *grand-mère*. Wofür hältst Du mich eigentlich? Vergleich mich nicht mit meinem Großvater."

„Nun rede!", sagte sie in strengem Ton.

„Sie ist verschwunden. Ich habe sie überall gesucht, aber sie ist weg. Die Revolution hat uns auseinandergebracht. Ohne die Barrikaden wäre ich zu ihr gegangen und hätte sie nie wieder gehen lassen."

„Das klingt etwas verworren für mich. Würdest Du mir alles von Anfang an erzählen?"

Und das tat John. Als er fertig war, fühlte er eine solche Verzweiflung in sich, dass er es kaum aushalten konnte. Warum hatte er nicht eher gesehen, wie viel Helen ihm bedeutete? Er hätte sie sofort zu seiner Großmutter bringen sollen, so wie er es auch vorgehabt hatte. Sie wäre hier in Sicherheit vor den Straßenkämpfen gewesen. Außerdem wäre bei Josephine ihr Anstand gewahrt worden. Aber er wollte sich nicht zu Helen bekennen, nicht mitten in der beginnenden Revolution und seiner lang ersehnten Rache. Stattdessen hatte er sie in seine geheime Wohnung gebracht und mit ihr geschlafen. War er da eigentlich so viel besser als sein Großvater? Verdammt.

„Du bist so still, *grand-mère*?"

„Du hast die Tochter eines Earls verführt?" Sie schlug die Hände über den Kopf zusammen. „Kann der Tag noch schlimmer werden?"

„Nun, sie ist theoretisch nicht mehr die Tochter eines Earls."

„So, na dann ist ja alles gut", meinte sie kopfschüttelnd. „Ich habe dich zu frei erzogen, und jetzt wird es auf unsere Familie und unseren guten Ruf zurückfallen."

„Großmutter, jetzt bist Du aber sehr theatralisch. Ich werde Helen einen Antrag machen.

Falls sie mich überhaupt will. Denn sie sträubt sich sehr gegen eine Heirat. Aber zuerst muss ich sie finden. Diese Frau da draußen allein ... Himmel, es, kann alles passieren."

„Helen, und weiter?"

„Beaufort, die Tochter des Earl of Devonshire."

„Der Name sagt mir nichts."

Sie schwieg viel zu lange und John fragte nervös: „Was ist?"

„Ich denke nach."

Zögerlich begann sie: „John, Du willst diesen Gedanken vielleicht nicht hören. Aber hast Du überhaupt in Erwägung gezogen, dass sie bei den Straßenkämpfen getötet worden sein könnte?"

„Nein, das ist sie nicht! Ich weigere mich, das zu denken!"

„Nun gut, dann lass uns laut überlegen. Sagtest Du, sie wäre vor einer arrangierten Ehe davongelaufen?"

John nickte. „Ich denke schon. Sie hat es mir gegenüber nie wirklich bestätigt und ich habe nicht weiter gefragt. Was ich sicher weiß, ist, dass sie um nichts in der Welt wieder zurück nach London wollte. Lieber wollte sie in Paris einer Arbeit nachgehen und unverheiratet bleiben."

„Das arme Ding. Was hat sie bloß alles durchgemacht und das in ihrem zarten Alter. Und dann gerät sie an einen Mann wie dich."

„Jetzt ist aber genug."

„Deswegen bist Du damals so überstürzt aus dem Haus, als ich dir von der Ermordung Bertrand Clermonts berichtet habe. Es ist dir hoch anzurechnen, dass Du sie aus dem Gefängnis gerettet hast. Nicht auszudenken, dass sie der Guillotine zum Opfer gefallen wäre."

Sie tippte sich mit dem Zeigefinger auf ihre Unterlippe.

„Wenn sie so verzweifelt war, dass sie vor ihrem Elternhaus geflohen ist, dann muss sie entweder was Schreckliches durchgemacht oder es kommen sehen haben. Du musst nach London und dem auf den Grund gehen. Vielleicht hat man sie sogar in Paris gefunden und zurück nach England gebracht. Wie sollten die *Times* und die Heiratsanzeigen etwas genauer studieren."

John rutschte unruhig auf seinem Stuhl umher. „Du meinst, man hat sie gegen ihren Willen nach England verschleppt? Das grenzt ja an ein Verbrechen. Außerdem, woher sollten ihre Eltern wissen, dass sie nach Paris gegangen ist?"

Seine Großmutter schnalzte mit der Zunge. „Jeder Mensch hinterlässt Spuren."

„Sie ist unverheiratet und noch nicht volljährig, wie Du mir sagtest. Dann ist sie das Eigentum ihres Vaters. Er bestimmt über ihr Leben. Sollte mit einer arrangierten Ehe ein Vermögen erwartet werden, dann kann es ihrem Vater viel wert sein, sie wiederzufinden."

John sprang auf und eilte zur Tür. „Ich werde noch heute reisen."

„Ich werde mitkommen."

John blieb stehen und drehte sich überrascht zu ihr herum. „Wie bitte?"

„Du hast richtig gehört. Hast Du vergessen, dass wir eigentlich den ganzen Sommer zusammen in England verbringen wollten? Nur deinetwegen haben wir die Reise immer wieder verschoben. Ich will gar nicht erst wissen, warum eigentlich."

„Du hast recht, Großmutter. Ich war zu beschäftigt. Nun gut, dann lass uns zusammen reisen. Ich geh und packe meine Sachen."

London, August 1830, Devonshire-House

„Ich habe meine Unschuld bereits an einen anderen Mann verloren. Der Earl wird mich nicht mehr wollen."

Aufrecht stand sie vor ihrer Mutter, die vor Zorn rot angelaufen war. Im nächsten Augenblick spürte Helen die schallende Ohrfeige auf ihrer rechten Wange. Sie hob die Hand und legte sie auf die schmerzende Stelle.

Helen funkelte ihre Mutter rebellisch an.

„Ihr mögt mich hier in meinem Zimmer einsperren, aber das wird mich auch nicht mehr zur Jungfrau machen."

Ihre Mutter holte erneut aus, doch Helen packte sie am Handgelenk.

„Mich schlägt niemand mehr, Du nicht und auch sonst keiner. Und ich werde diesen widerlichen Ashley nicht heiraten", zischte sie.

Erschrocken riss ihre Mutter die Augen auf, fing sich jedoch schnell wieder.

„Du undankbares Kind. Sieh nur, was aus dir geworden ist. In welchen Lumpen Du dich herumtreibst. Ein verkommenes Frauenzimmer, das sich dem erstbesten Mann hingegeben hat. Du bringst Schande über unseren guten Ruf, den dein Vater und dein Großvater über Jahrzehnte aufgebaut haben. Du widerst mich an und wenn ich könnte, würde ich dich vor die Tür setzen. Untersteh dich, auch nur ein Wort über deine verlorene Unschuld zu verlieren. Und fang schon mal an, dir Gedanken über deine bevorstehende Hochzeitsnacht zu machen. Denn Du wirst es sein, die sich Ashley dann erklären muss. Glaub mir, Helen, Du wirst den Earl heiraten, dafür werde ich sorgen. Wir mussten ihn lange genug hinhalten, bis wir dich gefunden hatten."

Mit einem Ruck befreite sie ihr Handgelenk aus Helens Griff.

„So, was habt ihr denn dem Earl für eine Geschichte aufgetischt?"

„Dich hätte eine schwere Erkältung mit Fieber niedergerafft und Du würdest dich nur langsam davon erholen. Über den Sommer hätten wir dich zur Erholung auf das Land geschickt."

Helen schnalzte mit der Zunge. „Was für Strapazen müssen das für dich gewesen sein, dieses ständige Hinhalten und Lügen. Und dann noch die Angst im Nacken, Du könntest mittellos auf der Straße landen. Vielleicht sogar einer Arbeit nachgehen. Ja, ich weiß es, Mutter. Dachtet ihr, ich wüsste nicht, warum ihr mich so plötzlich verheiraten wolltet?"

„Wage es ja nicht, einen Ton darüber zu verlauten. Du warst schon immer viel zu vorlaut, aber jetzt wirst Du endlich einen Mann an deiner Seite haben, der dein loses Mundwerk im Zaum halten wird."

Lady Devonshire drehte sich um und ging zur Tür.

„Ach, Helen, was hast Du mit meinen Diamantohrringen gemacht? Verkauft? Wie konntest Du es wagen, den Schmuck deiner Mutter zu stehlen? Und das, obwohl Du wusstest, dass wir ruiniert sind. Du bist eine einzige Enttäuschung für mich."

Sie griff in ihre Tasche, holte einen Schlüssel hervor und hob ihn so, dass Helen ihn sehen konnte.

„Du wirst das Zimmer nicht mehr verlassen, bis Du verheiratet bist. Dein Vater ist bereits bei Lord Ashley und bespricht den Hochzeitstermin."

Kurz nachdem ihre Mutter gegangen war, betrat ein junges Dienstmädchen ihr Zimmer.

„Guten Tag, Miss Beaufort, ich bin Anne, Ihre neue Zofe." Eine junge Frau mit rötlichen Haaren kam mit einem Stapel Handtücher herein.

„Wo ist Cecilie?"

„Cecilie arbeitet nicht mehr hier. Sie ist nach Essex zurückgegangen zu ihrem Vater und ihrem Bruder, Miss Beaufort."

„Nach Essex? Wieso das denn?"

„Ich weiß es nicht."

Helen nickte nur kurz, nahm es aber, ohne weiter nachzufragen, hin.

„Lady Caroline hat mich gebeten, Ihnen beim Baden und beim Haarewaschen zu helfen. Sie sollen heute Abend beim Dinner dabei sein, ein Gast wird erwartet."

Voll unterdrückter Wut presste Helen die Hände zu Fäusten. Was hatte sie nicht alles auf sich genommen, um all dem hier zu entfliehen. Ihr liefen die Tränen und als sie schluckte, fühlte sich ihre Kehle merkwürdig eng an.

„Geht es Ihnen gut, Madam?"

„Ja, Anne. Mir geht es wunderbar."

Helen betrat den Salon, in dem das Dinner serviert werden würde. Sie erblickte sofort die großgewachsene Gestalt ihres Vaters. Es war das erste Mal, dass sie ihm gegenübertrat, seitdem sie zurück war. Er hatte es bis eben vermieden, sie zu sehen oder mit ihr zu sprechen. Und eigentlich war Helen froh darüber.

Er stand vor der offenen Terrassentür, die an den Salon angrenzte. Neben ihm sah sie Robert Ashleys, den Earls of Wessex. An seiner anderen Seite stand ihr Bruder Oliver. Sie freute sich, ihn zu sehen, und merkte erst jetzt wirklich, wie sehr sie ihn eigentlich vermisst hatte.

Die Herren hatten ihr den Rücken zugewandt und waren in ein Gespräch vertieft. Sie redeten, wie sicher jeder im vereinten Königreich, über die Revolution der Franzosen.

„Die Franzosen waren schon immer Revolutionäre. Es ist noch nicht lange her, dass sie die Bastille gestürmt haben."

Ihre Mutter Caroline betrat hinter ihr den Raum und sagte.

„Helen, wie schön, endlich. Komm und begrüße unseren Gast, Lord Ashley."

Die Herren drehten sich um und Helen wusste nicht, wo sie zuerst hinblicken sollte, in das erfreute

Gesicht Lord Ashleys oder das steife Gesicht ihres Vaters.

„Miss Beaufort, ich bin zutiefst erleichtert, dass es Ihnen endlich besser geht. Sie sehen bezaubernd aus, wenn ich mir die Bemerkung erlauben darf. Die frische Landluft scheint Ihnen sehr gut bekommen zu sein." Lord Ashley kam auf sie zu und sie reichte ihm ihre Hand, die in einem cremefarbenen Handschuh steckte. Wie lästig sich diese Handschuhe plötzlich anfühlten, dachte sie kurz bei sich.

„Vielen Dank, Mylord.", sagte sie freundlich und knickste vor ihm.

„Helen sprüht nur so vor Gesundheit, als ob sie nie krank gewesen wäre. Schon morgen können Sie meine Tochter in den Park begleiten. Was halten Sie davon?"

„Es wird mir eine Freude sein, mit meiner zukünftigen Braut Zeit zu verbringen."

Er bedachte sie mit einem stechenden Blick und Helen überkam Ekel. Sie zwang sich krampfhaft zu einem Lächeln.

Ein Butler servierte Champagner und Helen nahm mit zittrigen Händen ein Glas entgegen.

„Haben Sie schon gehört, Miss Beaufort? In Paris ist es erneut zur Revolution gekommen. Die Bürger haben König Charles X. vom Thron gestürzt."

„Die Bürger?", fragte sie.

Sie schaute kurz zu ihrem Vater, dessen Blick sie nicht deuten konnte.

„Es ist mir unbegreiflich", sagte ihr Vater an Lord Ashley gewandt, „wie einfache und schwache Bürger die Armee des Königs vernichtend schlagen konnten."

Ashley lachte bitter. „Ich habe gelesen, dass sie mit Pflastersteinen und Hausrat Barrikaden errichtet haben und damit die Soldaten beworfen und getötet haben sollen. Ist das zu glauben? Paris muss einem Trümmerhaufen gleichkommen."

„Nun, das allein hätte nicht ausgereicht, die Armee zu besiegen. Sie haben die Waffenkammern geplündert und die Polizeiposten entwaffnet. Sie haben sicher ein paar schlaue oder sogar militärisch bewanderte Anführer gehabt, die das Ganze organisiert haben", meinte Oliver.

„Meine Herren, keine Politikgespräche vor uns Damen."

Helen's Mutter ging auf ihren Mann zu.

„Albert, lass uns lieber über die Hochzeit reden. Helen kann es kaum erwarten, ihr Hochzeitskleid anzuprobieren. Morgen wird die Schneiderin die letzten Änderungen vornehmen. Es scheint, Helen hat ein wenig abgenommen durch die Strapazen ihrer Krankheit. Wann, sagtest Du, wird der Hochzeitstermin in der Zeitung erscheinen?"

„Morgen, meine liebe Caroline."

Helen schwirrte der Kopf. Morgen würde die ganze Welt erfahren, dass sie, Helen Beaufort und der Earl of Wessex heiraten würden. Ihre Gedanken schweiften zu John. Der Schmerz über seinen Verrat saß tief. Denn er war schuld an ihrem Dilemma. Und dennoch dachte sie immer wieder an ihre gemeinsame Nacht. Sie verstand nicht, wie sie sich so in ihm hatte täuschen können. Nun gut, sie würde nach vorne schauen. Denn auf keinen Fall würde sie sich jetzt so einfach in ihr Schicksal fügen. Nicht, nach allem, was sie erlebt hatte. Denn eines war sicher, sie fühlte sich mutiger und selbstbewusste denn jemals zuvor.

„Oh, wie aufregend. Lass uns nun zu Tisch begeben und das Abendessen einnehmen." Lady Caroline strahlte über das ganze Gesicht.

Lord Ashley hielt Helen auffordernd seinen Arm hin. Sie legte ihre Hand darauf und ließ sich von ihm zu Tisch begleiten.

Helen saß in ihrem Sessel und versuchte, in einem Buch zu lesen, aber es gelang ihr nicht. Ihre Gedanken schweiften immer wieder ab.

Den Plan einer Flucht über den Garten hatte sie begraben müssen, denn dort standen entweder Patrick oder Jacob, die beiden Männer, die ansonsten in den Ställen arbeiteten. Sie wurden abwechselnd als Wache von ihren Eltern dort positioniert.

Ihre Hochzeit sollte bereits in zwei Wochen stattfinden. Die letzten zwei Tage hatte Helen in Begleitung Lord Ashleys verbracht. Er prahlte überall mit ihr als seine zukünftige Ehefrau. Lächelnd und zuvorkommend nahm sie die Glückwünsche der Menschen um sie herum entgegen. Sie musste schnell handeln, denn noch einen Tag in seiner Gegenwart würde sie nicht überstehen.

Irgendwie würde sie es schaffen, an den Schlüssel zu kommen. Zur Not würde sie die Tür aufbrechen und durch die Haupttür fliehen, denn da standen keine Wächter. Sie hatte es schon einmal geschafft. Sie würde es wieder schaffen. Himmel! Sie hatte eine Revolution in einem fremden Land überlebt und die falschen Anschuldigungen einer Viscountess sowie das Gefängnis, in das man sie gesteckt hatte. Das hier würde nicht leicht werden. Aber etwas in Helen wollte frei sein. Und das war stärker als alles andere.

Sie hörte den Schlüssel im Schloss ihrer Zimmertür und kurz darauf erblickte sie ihren Bruder Oliver.

„Helen."

„Oliver, wie schön, dass Du zu mir kommest."

Sie fiel ihrem Bruder um den Hals und eine Weile standen sie einfach nur so da.

„Helen, Du kleine Ausreißerin. Das hätte ich dir niemals zugetraut."

Sie lachte.

Oliver zog sich einen Sessel heran und setzte sich ihr gegenüber.

„Du musst mir alles erzählen, Helen. Wie hast Du es bis nach Paris geschafft? Ich kann es immer noch kaum glauben. Meine Schwester allein in Paris."

Helen erzählte ihm überschwänglich, was sie alles erlebt hatte, und Oliver kam aus dem Staunen nicht mehr heraus. Natürlich erwähnte sie nicht die Geschichte mit John.

„Es tut mir leid, dass Du so unglücklich über diese Heirat bist. Aber ich verstehe nicht ganz, weshalb. Du siehst selbst, wie es dir ergangen ist, ohne den Schutz deiner Familie oder eines Ehemannes."

„Würde es dir denn gar nichts ausmachen, jemanden zu heiraten, den Du abstoßend findest."

„O doch, dass würde es", stieß er aufgebracht hervor. „Während deiner Abwesenheit haben sie keine Bemühungen gescheut, mich mit der Tochter des Duke of Premstoke zu verkuppeln. Vater sieht uns beide nur als Mittel zum Zweck einer bestmöglichen Verheiratung, die ihm Ansehen und Geld einbringt."

Helen war überrascht. Sie hatte immer geglaubt, dass Oliver nicht so ein Schicksal ereilen würde. Aber sie hatte sich getäuscht.

„Und wie ist sie?"

„Wie ist wer?"

„Na, die Tochter des Dukes?"

„Helen, glaube mir. Gegen sie ist Ashley noch die bessere Wahl. Sie ist hässlich wie die Nacht. An ihr ist nichts Graziöses, sie ist regelrecht vulgär. Und sie ist üppig, wenn Du verstehst, was ich meine. Außerdem ist sie schon 25 Jahre alt."

Helen kicherte. „Du Ärmster. Dennoch wirst Du es einfacher haben. Du nimmst dir einfach eine Mätresse und schickst deine Ehefrau irgendwo auf eines der Landhäuser. Aber was ist mit mir? Ich werde das Eigentum dieses Mannes werden."

„Von der Seite habe ich die Sache noch gar nicht betrachtet. Aber vergiss bitte nicht, dass ich einen Erben mit ihr zeugen müsste. Allein der Gedanke, diese Person auch nur anzufassen, jagt mir einen Schauer über den Rücken."

„Oliver!"

„Was? Es ist ja auch egal jetzt. Du bist wieder da und sie werden den Druck von mir nehmen, diese Comtesse zu ehelichen. Denn Du erinnerst dich, Helen, wir sind pleite. Du kannst dir nicht vorstellen, was hier los war, als sie herausgefunden haben, dass Du verschwunden bist. Und, Du böses Mädchen Helen Beaufort, hast die teuren Diamantohrringe von Mutter gestohlen. Der Erlös hätte uns doch über einige Wochen gerettet, aber so musste Vater bei Ashley ein Darlehen erbetteln. Das wird er dir nie verzeihen."

„Recht so." Sie empfand doch ein wenig Genugtuung.

„Oliver, bitte versprich mir das Du eine Frau heiratest, die Du liebst. Lass dich nicht von unseren Eltern in eine arrangierte Ehe drängen. Du wirst nur unglücklich."

Oliver lächelte. „Machst Du dir Sorgen um deinen großen Bruder? Vielleicht sollte ich auch fliehen. Ich hatte schon immer Lust auf einem Schiff anzuheuern und über die Weltmeere zu segeln."

Helen riss überrascht die Augen auf. „Hast Du? Das hast Du mir nie erzählt."

„Du musst auch nicht alles wissen, kleine Schwester." Er zwinkerte ihr zu.

„Ach, hätte man mich doch bloß nicht gefunden. Mein Plan war gut. Niemand hätte mich je finden sollen."

„Nun anscheinend nicht gut genug. Irgendwo war eine undichte Stelle in deinem Plan. Vater meinte eines Tages, er hätte eine Spur, die nach Paris führt. Ich vermutete eine ganze Weile, dass es mit der übereilten Kündigung deiner Zofe Cecilie zu tun hatte. Aber sicher war ich mir da nie. Ich nehme an, Du hattest sie in deine Pläne eingeweiht?"

Helen stockte kurz. Cecilie? Ja, natürlich wusste sie über ihre Pläne Bescheid. Aber sie hätte sie niemals verraten.

„Ja, sie war bis ins kleinste Detail in alles eingeweiht."

„Du weißt, wie hartnäckig Vater sein kann. Er hat sie sicher so lange unter Druck gesetzt, bis sie geredet hat", bemerkte Oliver.

„Nein, das glaube ich nicht. Wir waren fast so etwas wie Freundinnen. Außerdem bin ich mir ziemlich sicher, wer den besagten Tipp gegeben hat."

„So? Wer?"

„Ach, es ist ja auch egal."

Helen wünschte, es wäre nicht John gewesen, der sie verraten hatte. Konnte es etwa sein, dass sie John Unrecht getan hatte? Nun, es war sowieso egal, denn sie würde ihn nie wieder sehen.

„Oliver, Du musst mir helfen zu fliehen, bitte, ich flehe dich an. Besorge mir den Schlüssel zu meinem Zimmer."

„Helen, Du willst doch nicht etwa schon wieder fliehen?"

„Du glaubst doch nicht, dass ich so viel auf mich genommen habe, um dieser Heirat zu entkommen, dass ich mich nun so bereitwillig füge."

„Ich weiß nicht, Helen. Es könnte dir etwas zustoßen. Dann würde ich mir mein Leben lang Vorwürfe machen."

„Dann komm mit mir. Wir könnten beide auf ein Schiff gehen und nach Amerika segeln."

Olivers Augen leuchteten bei dieser Vorstellung. Sie sah ihren Bruder an. Sein dunkelblond glänzendes Haar, seine schönen blauen Augen, sein markantes Gesicht. Er war ein hübscher Mann mit einem herzlichen Lachen. Mit ihm zusammen würde es leichter sein, in der Welt umherzureisen.

„Und was soll aus unseren Eltern werden, wenn ich auch einfach davonlaufe?"

„Vater ist ein gewiefter Geschäftsmann. Er wird schon irgendwie wieder auf die Beine kommen."

Oliver schmunzelte: „Da hast Du allerdings recht. Er hat mit dem Darlehen von Lord Ashley schon wieder neue Geschäfte gemacht, die ihm wahrscheinlich ziemlich viel einbringen werden.

Die Earls der Devonshires sind schon immer wieder auf die Beine gekommen. Außerdem würden sie nie auf der Straße landen, Du weißt selbst, wie groß unsere adlige Verwandtschaft ist."

„Na siehst Du, Du musst dir keine Sorgen um unsere Eltern machen. Denk auch mal an dich selbst, Oliver."

„Lass mich darüber nachdenken, Helen. Ich kann das nicht so überhastet entscheiden. Du hast sicher auch lange mit dir gerungen, bis Du den Sprung ins kalte Wasser gewagt hast."

„Also gut. Du hast zwei Tage zum Nachdenken. Und nun hol uns eine Flasche Rotwein, damit wir uns betrinken können."

Oliver lachte. „Du hast zu lange in Paris gelebt, Helen Beaufort."

London, Devonshire-House, weit nach Mitternacht.

John sprang auf den kleinen Balkon, der an Helens Schlafzimmer grenzte. Er hoffte, dass der junge Mann ihm das richtige Zimmer gezeigt hatte, denn ansonsten würde er ganz schön dumm dastehen.

Leider hatte er den jungen Mann kurzum fesseln und knebeln müssen, bevor er losgeklettert war.

Leise öffnete er die Balkontür, die leicht offenstand. Es war ein heißer Sommer dieses Jahr, auch in London, und die meisten ließen die Fenster und Balkontüren offenstehen. So auch Helen Beaufort.

Er trat an ihr Bett und konnte es nicht glauben, sie endlich gefunden zu haben.

„Helen, hörst Du mich?" John tippte ihr nun schon zum zweiten Mal an die Schulter. Warum schlief sie so tief?

Endlich bewegte sie sich und öffnete verschlafen die Augen. Es war dunkel in ihrem Schlafzimmer und er konnte ihren Gesichtsausdruck nicht genau erkennen.

„Was ist ...?", murmelte sie noch im Halbschlaf. Dann jedoch schrak sie hoch.

John hielt ihr gerade noch rechtzeitig die Hand vor den Mund, um ihren Aufschrei zu ersticken.

„Nicht schreien, Helen. Ich bin es, John."

Sie griff nach etwas und kurz darauf flackerte der Schein einer Öllampe auf.

„John Langdon, was machst Du in meinem Schlafzimmer?" Ihre Stimme klang kühl und abweisend.

„Es freut mich auch, dich zu sehen. Ich war in Sorge um dich und Du schläfst seelenruhig im Haus deiner Eltern, nicht zu vergessen, deine bevorstehende Hochzeit. Wenn man den Boulevardblättern glauben kann."

„Und? Bist Du hier, um mir zu gratulieren?", fauchte sie.

„Was ist mit dir Helen? Ich dachte ... wir ..."

„Was dachtest Du? Wie konntest Du mir das antun? Und dann wagst Du es auch noch, hierherzukommen."

John war verwirrt. Er schaute hinter ihr auf dem Nachtisch und sah die leere Flasche Wein. Deshalb hatte sie so tief geschlafen.

„Bist Du betrunken, Helen, und weißt nicht, was Du redest?"

„Hinaus. Verschwinde." Sie sprang aus dem Bett und starrte ihn aus kalten Augen an.

„Nicht, bevor Du mir gesagt hast, was los ist. Ich habe den Eindruck, dass Du wütend auf mich bist, und ich möchte wissen, warum."

John erhob sich und ging um das Bett herum auf sie zu. Sie wich vor ihm zurück.

„Helen, was ist passiert?"

„Was passiert ist? Sie haben mich gefunden. Dann haben sie mich mit einer Pistole bedroht, mich entführt und nach London zurückgebracht. Sie haben gesagt, jemand, dem ich mich anvertraut habe, hat mich verraten."

Ihre Augen waren mit Tränen gefüllt.

„John, Du warst der Einzige, der wusste, wer ich war und wo ich bin. Warum hast Du mich verraten? Und das nach dem, was wir miteinander getan haben. Du bist ein Verräter und nicht besser als die Viscountess. Warum hast Du mich nicht einfach im Gefängnis verrotten lassen?"

Gekränkt und wütend über ihre Reaktion sagte er scharf: „Ich bin vieles, aber mit Sicherheit kein Verräter." Er raufte sich seine Haare, er verstand die Welt nicht mehr.

„Helen, Du glaubst doch nicht wirklich, ich hätte dich an irgendjemanden verraten, der dich dann entführt und nach London verschleppt? Das ist ja lächerlich. Nenn mir einen vernünftigen Grund, warum ich das hätte tun sollen?"

„Weil Du Angst hattest, ich würde dich zu einer Heirat zwingen? Schließlich wissen wir beide, dass Du mir keinerlei Versprechungen gemacht hast und auch nie vorgehabt hast, bevor wir ... na, Du weißt schon. Aber ich kann dich beruhigen, es war und wird nie meine Absicht sein, dich zu heiraten."

„Das glaubst Du doch selber nicht. Erst befreie ich dich aus dem Gefängnis und rette dir damit das Leben, um dich anschließend an deine Eltern zu verraten, um dich dann wieder loszuwerden? Ach, um nicht zu vergessen, vorher nehme ich dir noch deine Unschuld? Sie haben eine wirklich blühende Fantasie, Miss Beaufort. Es beschämt mich zutiefst, dass Du mich für so einen Mann hältst."

„Ich weiß eigentlich nichts über dich. Ich war naiv genug, dir zu vertrauen."

Ihre von Tränen glasigen Augen funkelten ihn zornig an und John krampfte sein Herz bei ihrem Anblick. In dem Moment wurde ihm klar, wie sehr er sie liebte. Und wie schwer es ihn traf, dass sie ihm so einen Verrat zutraute. Aber konnte er ihr Vorwürfe machen? Sie kannten sich beide kaum. Und John wusste, dass er aus einem bestimmten Grund einen Teil seines Lebens immer verheimlicht hatte. Auch vor ihr. Seine Gefühle für sie hatten ihn eiskalt erwischt und er hatte in vielerlei Hinsicht falsch gehandelt, aber das, was sie ihm vorwarf, konnte er nicht auf sich sitzen lassen.

„Helen, ich weiß nicht, wie ich dich davon überzeugen kann, dass mich keine Schuld trifft. Ich würde dir nie so etwas antun. Es muss jemand anderen geben, der dich verraten hat. Bitte glaube mir, ich habe dich überall verzweifelt gesucht, während Paris in einen Trümmerhaufen verwandelt wurde. Ich bin nach London gekommen, ohne zu wissen, ob Du überhaupt hier bist. Dann habe ich die Heiratsanzeige gelesen und wollte enttäuscht wieder abreisen. Aber ich musste dich noch einmal sehen, mit dir sprechen. Ich wollte von dir hören, ob Du diesen Mann aus freien Stücken heiratest. Würde ich so etwas tun, wenn ich dich verraten hätte? Warum sollte sich ein Mann des Nachts heimlich in das Schlafzimmer einer Frau einschleichen? Es gibt nur einen Grund dafür."

John näherte sich Helen vorsichtig, diesmal wich sie nicht vor ihm zurück. Die Wut in ihren Augen war Verletzlichkeit gewichen.

„Warum sollte er so was tun, sag es mir, John", flüsterte sie.

„Weil er herausgefunden hat, dass er sich unsterblich in die Frau verliebt hat."

Helen sah ihn schweigend an. Nach einer gefühlten Ewigkeit hob sie ihre Hand zu seinem Gesicht und legte sie sanft an seine Wange.

„O John, ich würde dir so gern glauben. Ich war so glücklich an dem Morgen nach unserer gemeinsamen Nacht. Um dann festzustellen, dass Du ohne ein Wort gegangen warst. Und dann diese schrecklichen drei Tage. Das Gewehrfeuer, die Schreie. John, ich hatte solche Angst."

John starrte sie entgeistert an. „Es tut mir so leid, dass ich dich in dieser Zeit nicht beschützt habe. Aber ich war mitten in ... ach, das erkläre ich dir ein anderes Mal. Warum bist Du nicht einfach in meiner Wohnung geblieben?"

Sie hörten beide ein Geräusch auf dem Gang. Helen nahm seine Hand und zog ihn mit sich in das angrenzende schmale Durchgangszimmer, das für die Angestellten war, aber nie genutzt wurde.

„Ich glaube, es war nur ein Diener, der sich zu Bett begeben hat."

Helen hielt immer noch seine Hand und John ergriff die Gelegenheit und zog sie sanft an sich. Er atmete erleichtert aus, als sie ihre Arme um seine Mitte schlang und ihren Kopf an seine Brust lehnte.

„Helen, bitte sag, dass Du mir glaubst."

„Ich glaube dir. Nur ein verliebter Narr macht so etwas Dummes und schleicht sich nachts über den Balkon in das Zimmer einer Frau."

John lachte leise.

„Himmel, hab ich dich vermisst." Er hauchte einen Kuss auf ihr dunkles Haar.

„Liebst Du diesen Mann, den Du heiraten wirst?"

Helen stieß wütend die Luft aus und schaute zu ihm hoch.

„Lieben? Du hast überhaupt keine Ahnung. Er ist der Mann, vor dem ich davongelaufen bin. Ich habe Angst vor ihm. Angst vor dem, was er mit mir machen wird, wenn wir erst einmal verheiratet sind."

„Dann komm mit mir, Helen. Wir gehen zurück nach Paris. Ich werde nicht zulassen, dass man dich gegen deinen Willen verheiratet."

„Aber wie soll das gehen? Sie haben mich seit Tagen hier in diesem Zimmer eingeschlossen. Ich darf das Haus nicht verlassen. Am ersten Abend habe ich versucht, über den Balkon zu fliehen, aber sie haben einen Stallburschen als Wache im Garten postiert."

John grinste. „Nun, der dürfte kein Problem mehr darstellen. Ich hab ihn gefesselt und geknebelt und ihn in den Büschen versteckt."

„Wirklich?"

„Kannst Du gut klettern?"

„Ja, nur werde ich mein langes Nachtgewand gegen meine Beinkleider eintauschen müssen."

„Also gut, schnell, zieh dich um."

Helen verschwand und kam kurz darauf mit einem Spitzen verzierten Korsett einem seidenen Beinkleid und flachen Stiefeln bekleidet zu ihm zurück.

Er musste hart schlucken, als er sie erblickte.

„Kannst Du mir helfen, die Ösen des Korsetts einzuhaken? Ich gehe davon aus, Du hast so was schon mal gemacht."

John trat zu ihr und begann die Ösen einzuhaken.

„Helen, Du kannst dich nicht in diesem Aufzug in Londons Straßen zeigen. Ich bin mit dem Pferd gekommen."

Sie rollte mit den Augen. „Ich habe selbstverständlich ein Kleid eingepackt."

John konnte nicht anders, er drehte sie zu sich herum, schob sie rückwärts an die Wand und küsste sie. Überrascht von seinem zärtlichen Überfall stockte sie kurz, um gleich darauf ihre Arme um seinen Hals zu schlingen und seinen Kuss stürmisch zu erwidern.

Nur schwer löste er sich von ihr. Beide atmeten heftig.

„Meine süße kleine Helen, weißt Du eigentlich, wie sehr ich dich liebe?"

„Ich liebe dich auch, John."

Wieder küsste er sie, ließ seine Zunge ihren Mund erkunden und presste sich an sie. Sie fühlte sich so zerbrechlich an in seinen Armen, nur mit einem Korsett und einem dünnen Beinkleid am Körper. Er unterdrückte sein Verlangen. Das war absolut der falsche Ort und der falsche Zeitpunkt, um Liebe zu machen. Er trat einen Schritt von ihr weg.

„Wir sollten gehen."

„Ja, ich bin bereit, John. Nichts hält mich hier in diesem Haus." Sie hielt inne.

„Obwohl doch, Oliver."

„Oliver?", fragte John.

„Mein Bruder. Wir waren dabei eine gemeinsame Flucht nach Amerika zu planen."

„Helen Beaufort, ich glaube es nicht, was Du da sagst. Amerika kann ich dir nicht bieten, aber Paris. Du musst dich entscheiden."

Helen biss sich auf die Unterlippe.

„Ich werde mir was einfallen lassen für Oliver. Ich werde mit dir gehen, John."

Er hauchte ihr ein Kuss auf den Mund und ergriff ihre Hand.

„Dann komm."

London, August 1830, Stadthaus der Granvilles

Helen stand vor dem riesigen Bett in Johns Schlafzimmer, in das er sie vor ein paar Minuten gebracht hatte. Sie war überglücklich. John hatte sie nicht verraten und er hatte sie aus dem Haus ihrer Eltern gerettet. Alles würde nun gut werden.

Sie liebte ihn und sie würde mit ihm überall hingehen. Denn hier in London wären sie beide nie sicher. Es würde nicht lange dauern und ihr Vater würde sie im Haus der Granvilles finden.

Die Verbindungstür wurde geöffnet und John trat herein.

„Ich habe dir eines meiner Hemden geholt, das kannst Du erstmal zum Schlafen anziehen. Morgen werden wir dir ein paar alte Kleider aus dem Zimmer meiner Mutter holen. Josephine kennt sich damit aus. Und dann werden wir reden."

Helen ging ihm entgegen und nahm es ihm ab.

„Mit deinen Hemden habe ich bereits gute Erfahrungen gemacht."

John lächelte sie verführerisch an.

„Allerdings. Dir stehen meine Hemden ausgezeichnet."

Dann wand er sich ab, ging zur Tür, drehte sich jedoch noch einmal zu ihr herum.

„Wenn Du noch irgendetwas brauchst, ich schlafe im Nebenzimmer. Gute Nacht, Helen."

Helen überlegte kurz, doch dann entschied sie sich, das zu tun, wonach es ihr jetzt am meisten verlangte.

„John, ich brauche dich. Du musst mich für eine Frau ohne Moral halten, nun versuche ich, dich schon zum zweiten Mal zu verführen. Aber bitte bleib bei mir. Schlaf mit mir."

John verharrte stumm an der Tür. Sie konnte ihm ansehen, dass er mit sich rang. Dann trat mit einem Lächeln zu ihr und sein Blick war voller

Zärtlichkeit und Verlangen. Er hob ihr Kinn an und sein dunkler Blick entfachte ein heftiges Kribbeln in ihrem Unterleib. Wie sehr sie ihn liebte und begehrte.

„Es war die schönste Nacht meines Lebens, Helen, die wir beide miteinander verbracht haben. Wenn einer ohne Moral ist, dann bin ich das. Denn ich wusste, dass Du noch unschuldig warst. Ich habe dich zu der Meinen gemacht, ohne dir irgendetwas zu versprechen. Es war respektlos von mir. Du hast es nicht verdient, so behandelt zu werden."

Helen legte ihren Finger auf seine Lippen.

„John, bitte nicht. Du hast nichts gemacht, was ich nicht wollte. Du hast mir nichts versprochen und ich habe dich trotzdem gewollt. Ich war vielleicht unschuldig, aber mir war dennoch bewusst, was passieren kann, wenn ich dir nur mit einem Handtuch bekleidet gegenübertrete. Ich habe jede Sekunde dieser Nacht genossen."

John beugte sich zu ihr und küsste sie zärtlich auf den Mund.

„Wer war die Frau, die mich verführt hat, Miss Beaufort oder Miss Campbell? Mir scheint es, ich habe mich in eine Betrügerin verliebt."

„Ich denke, ich bin in den letzten Monaten mehr zu Miss Campbell geworden, einer Frau ohne Konventionen und Regeln. Eine freie Frau, die den Mut hat, zu sagen und zu zeigen, wonach es ihr verlangt."

John zog sie in seine Arme und küsste sie leidenschaftlich, während er sie rückwärts zum Bett drängte. Er öffnete die Knöpfe ihres Kleides und Helen half ihm dabei, sie aus dem Kleid und dem, was sie darunter trug, zu befreien, bis sie nackt vor ihm stand. Langsam ließ er seinen Blick über ihren Körper schweifen. Dann setzte er sich auf das Bett und zog sie rittlings auf seinen Schoss.

Helen vergrub ihre Hände in seinem Haar und küsste ihn sehnsüchtig. Sie begann sein Hemd aufzuknöpfen und bewunderte seine muskulöse Brust, streichelte und küsste ihn überall.

Er umfasste ihre vollen Brüste und begann mit ihren harten Brustwarzen zu spielen. Sie schloss die Augen und bog sich ihm auffordernd entgegen. Sie bewegte ihr Becken auf seinem Schoss und hörte, wie er vor Erregung stöhnte. Kühn öffnete sie den Verschluss seiner Hose und holte sein steifes Glied heraus.

John zog scharf die Luft ein. „Helen", keuchte er.

„Ich will dich in mir spüren."

Er schob seine Hand zwischen ihre Schenkel und Helen stöhnte leise.

„Du bist so feucht."

„Ist das gut oder schlecht?"

Er lachte heiser und ließ sich nach hinten fallen, stützte sich auf seinen Händen ab und sah sie begehrlich aus seinen Augen an.

John war wie im Rausch. Er wollte Helen das Tempo bestimmen lassen und verhielt sich passiv. Behutsam begann sie, sich auf ihn zu setzten und ihn immer tiefer in sich aufzunehmen. Mit wachsender Erregung sah er ihr dabei zu, wie sie sich auf ihm bewegte, hörte ihre leisen Seufzer. Himmel, er hatte noch nie etwas Schöneres gesehen. Er wollte diese Frau, wollte, dass sie ihm allein gehörte.

John keuchte auf, als sie die süße Folter beschleunigte.

„Genug der Qualen, süße Helen."

Er packte sie an den Hüften, rollte sie auf den Rücken. Helen keuchte laut auf, als er sich zwischen ihre Schenkel schob und in sie stieß.

Keuchend gaben sie sich einem schnellen und leidenschaftlichen Rhythmus hin, bis sie den Höhepunkt erreichte, erst dann vergoss er sich in ihr.

John hatte sich an den Bettpfosten gelehnt. Er sah atemberaubend aus mit seinem entblößten muskulösen Oberkörper und seinen vollen Haaren, die ihm vom Liebesspiel zerzaust in die Stirn fielen. Helen lag neben ihm und starrte zu ihm hinauf.

Er lachte und seine strahlend weißen Zähne traten hervor. Er war so ein schöner Mann.

„Was ist, *chéri*?"

Sie zögerte und ihr Gesicht wirkt angespannt.

„Du hast nicht aufgepasst, John."

„*Oui*, ich konnte nicht anders. Außerdem brauchen wir nicht aufpassen."

„Wie meinst Du das?"

John nahm einer ihrer dunklen Locken und ließ sie durch seine Finger gleiten.

„Ich möchte, dass Du mit mir zurück nach Paris kommst. Aber diesmal als meine Frau. Ich liebe dich, Helen Beaufort. Bitte werde meine Frau."

Abrupt erhob sie sich und sprang aus dem Bett. Sie griff sich sein Hemd, das vor dem Bett auf dem Boden lag und zog es sich über.

„Du hast also über meinen Kopf hinweg entschieden? Hätten wir das nicht vorher gemeinsam besprechen sollen?"

„Helen, warum sträubst Du dich so gegen eine Heirat mit mir?"

„Ich erwarte kein Kind, John. Und nur wegen meiner Ehre brauchst Du mich nicht heiraten. Ich fühle mich nicht anders als vorher. Ich brauche keine Ehe, um meine Ehre wiederherzustellen. Denn ich habe sie nie verloren. Du musst mich nicht heiraten, nur, um deine Pflicht zu erfühlen. Ich weiß, wie wichtig dir deine Freiheit ist und mir auch. Ich will keinem Mann gehören und ihn um alles bitten müssen. Mir hat mein freies und unkonventionelles Leben sehr gut gefallen."

„Helen, erstens, ist es viel zu früh, um sicher zu sein, dass Du kein Kind empfangen hast, und zweitens, glaubst Du wirklich, ich möchte dich heiraten, weil es meine Pflicht ist? Es ist meine freie

Entscheidung, keiner zwingt mich dazu. Ich wünsche mir nichts mehr, als dich zu meiner Frau zu machen, in jeder Hinsicht. Ich liebe dich. Außerdem glaubst Du doch nicht wirklich, dass ich einer dieser steifen Aristokraten bin, die ihren Frauen alles im Leben verbieten und im Bett Leidenschaft von ihnen erwartet? Oder ihr nur beiwohnen, um einen Erben zu zeugen. Du hast selbst gesehen, unter welch unkonventionellen Umständen ich lebe. Ich versichere dir, dass Du alles machen darfst, was Du möchtest. Wenn Du einer Arbeit nachgehen willst, bitte schön. Wir brauchen auch nicht am gesellschaftlichen Leben teilnehmen, weder in England noch in Frankreich."

Helen setzte sich in einen Sessel, der im Raum stand, zog die Beine an ihre Brust und schlang die Arme darum. Ernst schaute sie zu ihm hinüber.

„Du bist mir bisher immer ausgewichen, wenn ich mehr von dir erfahren wollte. Wenn Du möchtest, dass ich deine Frau werde, musst Du mir vertrauen. Und zwar ganz."

John stieß angestrengt die Luft aus.

„Was möchtest Du wissen? Du weißt, wer ich bin."

„Erzähl mir von dem Tod deines Bruders und warum bist Du bei deiner Großmutter aufgewachsen und nicht bei deinem Vater in London? Warum versteckst Du dich vor der gehobenen Gesellschaft sowohl in London als auch in Paris?"

John presste die Lippen aufeinander.

„Woher weißt Du das mit meinem Bruder?"

„Stimmt es, dass er auf der Guillotine hingerichtet wurde?"

„Woher weißt Du das, Helen?" Sein Ton war etwas zu hart. In etwas ruhigerem Ton fuhr er fort.

„Ja, es stimmt, er ist hingerichtet worden. Vor acht Jahren. Er hieß Anthony und war vier Jahre älter als ich."

„Es tut mir leid, John. Er muss dir viel bedeutet haben."

Unsicher fuhr sie fort. „Zwei Damen der feinen Pariser Gesellschaft haben über dich geplaudert und ich habe sie belauscht. Es war damals auf dem Opernball, als wir uns wiederbegegnet sind."

John nickte nur knapp. Es schien ihr, als ob er mit seinen Gedanken weit weg war.

„Du hättest es mir nie erzählt, richtig?"

Er schwieg.

„Ich hätte ihn gern kennengelernt."

„Du hättest ihn gerngehabt. Alle hatten ihn gern."

„Warum kennt man den Sohn des Earl of Granville in London nicht? Du schneidest deinen Vater, habe ich recht?"

John fuhr sich genervt über sein Gesicht. Er mochte es nicht, über all diese Dinge zu sprechen. Aber er wollte Helen und er wollte, dass sie ihm vertraute, und er wollte vor allem, dass sie seine Frau wurde. Er war es ihr schuldig ihre Fragen zu beantworten.

„Er hätte versuchen können ihn zu retten. Ich meine George Langdon, mein Vater, warum hat er nicht mehr getan? Es war sein Sohn, der Erstgeborene und somit der Erbe seines Titels. Warum hat er es einfach so hingenommen? Ich habe es ihm all die Jahre nicht verzeihen können", sagte er und Helen konnte ihm seine Verzweiflung ansehen.

„Aber Du kannst doch deinen Vater nicht dafür verantwortlich machen, dass man deinen Bruder hingerichtet hat. Ich kann mir beim besten Willen nicht vorstellen, auch wenn ich deinen Vater nicht kenne, dass er nicht alles Erdenkliche versucht hat, um seinen Sohn vor dem Tod zu retten."

Helen wäre am liebsten aufgestanden und hätte ihn in ihre Arme genommen. Sie sah den seelischen Schmerz in seinem Gesicht. Und sie sah nun das, was er ansonsten immer versucht hatte, vor ihr zu verbergen.

„Weswegen hat man deinen Bruder hinrichten lassen?"

Verärgert stieß er die Luft aus und seine Augen funkelten bedrohlich.

„Er war an einer Verschwörung gegen König Ludwig XVIII. und seiner Regierung beteiligt. Er hatte für das gekämpft, wozu der Rest der Franzosen zu feige war, nämlich die Bourbonen zu stürzen. Er und seine Freunde wollten den Verfall der konstitutionellen Monarchie aufhalten und den König, der den Absolutismus ins Frankreich wieder einführen wollte, stürzen. Mein Bruder hat vor acht Jahren das versucht, was uns vor gerade Mal einer Woche gelungen ist."

Helen runzelte die Stirn.

„Wie meinst Du das? Was uns gelungen ist …?"

John sah sie an, Verletzlichkeit und Unsicherheit sprachen aus seinem Gesicht. Nie zuvor hatte sie ihn so zerbrechlich gesehen.

„An dem Tag, als sie Anthony hingerichtet haben, war ich dabei. Ich habe erst den Kopf seines Freundes rollen sehen und dann kam Anthony an die Reihe. Ich konnte es kaum ertragen, hinzuschauen. Noch heute verfolgt mich der Anblick in meine tiefsten Träume. Wie er dort oben auf dem Schafott stand, einsam und den Tod vor Augen. Ich bin weggelaufen von der Szene, die sich vor meinen Augen abspielte. Denn ich wollte nicht, dass sein rollender Kopf das Letzte war, was ich von ihm in Erinnerung behalten sollte. Ich machte meinem Vater jahrelang Vorwürfe, dass er nicht genug getan hatte, um Anthony dieses Schicksal zu ersparen, und weigerte mich mit ihm nach England zu gehen. Später dann habe ich mich einem Geheimbund angeschlossen und als Spion gearbeitet. Denn seit Anthonys Tod war mein einziges Ziel im Leben, ihn zu rächen und die Bourbonen zu stürzen. Nur dafür habe ich gelebt. Als im letzten Jahr die Liberalen die Macht in Frankreich gewonnen hatten und der König immer mehr in Ungnade gefallen war, besonders nach dem Auflösen der Nationalgarde, haben wir angefangen, eine Revolution im Untergrund zu planen. Der Zeitpunkt, den Plan in die Tat umzusetzen, war gekommen, als der König seinen Staatsstreich verüben wollte. Denn nun endlich hatten wir die Volksmassen hinter uns. Das war das Letzte, was uns noch gefehlt hatte. Sein Versuch, die alte Monarchieordnung wiederherzustellen, hat ihn jedoch selbst vom Thron katapultiert."

Er schluckte hart, bevor er fortfuhr.

„Ich konnte und wollte dich nicht hineinziehen. Doch irgendwie konnte ich nicht ganz von dir lassen. Die Anziehung zwischen uns beiden musst Du doch auch überdeutlich gespürt haben, Helen?"

Ihre Blicke trafen sich und Helens Herz krampfte sich zusammen. Sie löste sich von seinem bohrenden Blick. Verwirrt versuchte sie, das, was er soeben erzählt hatte, zu verarbeiten. John war ein Spion, Mitglied eines Geheimbundes. Und er war an einer Verschwörung gegen König und Regierung beteiligt gewesen.

„Du bist ein Spion? Einer der Rebellen? Sag, dass das nicht wahr ist!"

Helen erhob sich aus dem Sessel und begann auf und abzulaufen.

„Du hast gemeinsam mit den anderen Verschwörern diese furchtbaren Straßenkämpfe, bei denen hunderte von Franzosen ums Leben gekommen sind, in Gang gesetzt? Und alles nur, um deine ganz persönliche Rache zu bekommen?"

„Ich wusste, Du würdest mich nicht verstehen", sagte John verärgert.

„Wegen dir und deiner Gruppe Revolutionäre sind Männer und Frauen gestorben, John. Ich habe das ganze Ausmaß dieser Straßenkämpfe gesehen. Die Bilder der Toten werden mich mein Leben lang verfolgen. Leblos und voller Blut haben sie zwischen den zerstörten Barrikaden gelegen. Und dieser unsagbare widerliche Geruch nach Blut, in den sich kalter Rauch mischte. Ich rieche ihn immer noch. Warum das alles? Ich kann immer nicht ganz verstehen, was zu so viel Wut bei den Pariser Bürgern geführt hat."

John fuhr sich mit der Hand durch sein Haar.

„Helen, glaubst Du wirklich, dass ich das alles nur aus Rache getan habe? Sicher, es war der Grund, weswegen ich mich dem Geheimbund angeschlossen habe. Aber mit den Jahren waren

Wut und Frustration auf Regierung und König dazugekommen. Um die Aufgebrachtheit der Franzosen zu verstehen, Helen, musst Du die Vergangenheit Frankreichs verstehen. Du bist Engländerin und eine Aristokratin obendrein. Aber nimm nur deine eigene Wut, die Du in dir trägst. Wut, die Du empfindest, weil Männer Frauen wie ihr Eigentum behandeln. Wut darüber, nie ein Leben in Freiheit führen zu dürfen. Die Wut über diese Ungerechtigkeit hat dich dazu gebracht, deine Familie und dein Heimatland zu verlassen. Lieber wolltest Du allein sein und auf deinen gehobenen Stand verzichten. Lieber wolltest Du einer Arbeit nachgehen. Ja, Du bist sogar zu einer Betrügerin und Diebin geworden."

John, der sie die ganze Zeit über ernst und konzentriert anschaute, schmunzelte.

„Was ging in dir vor, wenn Du in der Öffentlichkeit nur sprechen durftest, wenn man dich dazu aufgefordert hat? Oder wenn man dir vorschrieb, worüber Du sprechen durftest und worüber nicht? Dir sogar vorschreiben wollte, wenn Du heiraten sollst? Ja, das hat den Zorn in dir geweckt. Die Rebellin in dir war erwacht. Sie wollte aus ihrer Unterdrückung ausbrechen. Du wolltest frei sein, Helen. Freiheit ist ein kostbares Gut. Dafür lohnt es sich immer zu kämpfen. Mehr noch als für Rache. Genauso ging es mir und den Bürgern von Paris. Damals bei der Französischen Revolution und jetzt 40 Jahre danach, weil Charles X. mit seinen Verordnungen die Freiheit des Volkes mit Füßen getreten hat. Sollten wir uns das gefallen lassen, dass der König eine Wahl des Volkes als ungültig erklären lässt? Und die Arroganz der Minister, die die Pressefreiheit verbot? Was wären wir dann noch, hätten wir es wortlos hingenommen? Was für ein Leben hätten wir geführt, wenn wir nicht mehr frei wären?"

Sie nahm einen tiefen Atemzug und setzte sich wieder auf ihren Sessel.

„Nein, es wäre ungerecht gewesen. Der König hat sein Volk verraten."

Eine Weile schwiegen sie, dann sagte Helen: „Und John, wie fühlt es sich an, wenn man Rache genommen hat?"

Er schwieg kurz und Helen dachte, schon er würde nicht antworten.

„Rache macht einsam. Und es bringt den geliebten Menschen nicht zurück. Ich denke, es war meine Art mit dem Schmerz über Anthonys Verlust klarzukommen. Aber eines gibt mir doch Befriedigung. Die Gerechtigkeit hat gesiegt und die Bourbonen haben ihre Strafe, für ihren Hochmut bekommen."

Er strich mit der Hand über das Lacken.

„Komm zu mir, Helen."

Helen erhob sich und setzte sich zu ihm auf das Bett.

„John, muss ich mir Sorgen machen? Ich meine Geheimbund, Spion und Verschwörung, das sind nicht gerade Dinge, die mich nachts ruhig schlafen lassen."

John küsste ihre Hand und zwinkerte ihr zu.

„Ich werde dafür sorgen, dass Du jede Nacht ruhig schläfst."

„John, bitte."

„Wir haben erreicht, was ich erreichen wollte, Helen. Die Bourbonen sind aus Frankreich vertrieben und Anthony ist nicht vergeblich gestorben. Es gibt keinen Grund mehr für mich, dem Geheimbund anzugehören. Ich muss allerdings zuerst ein unangenehmes Gespräch mit dessen Anführer des Geheimbundes führen. Ich denke jedoch, dass der Geheimbund sowieso aufgelöst wird und meine Tätigkeit als Spion nicht mehr von Nöten ist. Nicht, solange das Volk die Freiheit in Frankreich führt. Mit dem Herzog werden wir einen liberalen König haben, der im Namen der Franzosen, der Bürger, regiert. Er wird in ein paar Tagen in Paris gekrönt."

Helen sah in seine funkelnden Augen, die den Stolz auf seine Nation widerspiegelten. Auch wenn John der Erbe eines englischen Titels war, so war er doch mit Leib und Seele Franzose.

„Du hast mir noch nicht geantwortet, Helen Beaufort. Willst Du meine Frau werden?"

Helen lächelte.

„Hmm, wenn ich es mir recht überlege, gibt es da noch zwei Bedingungen."

Beunruhigt sah er sie an und Helen musste kichern.

„Wenn wir heiraten, teilst Du ausschließlich das Bett mit mir. Keine Mätressen."

John lachte erleichtert auf. „Wer braucht schon andere Frauen, wenn er dich hat? Außerdem, seitdem ich dich kenne, habe ich keine andere Frau auch nur angesehen."

Er zog sie zu sich und küsste sie heftig, so dass sie kaum noch Luft bekam. „Und Gnade dem

Mann, der dich zu lange anschaut oder auch nur versucht, dir zu nahe zu kommen."

„Sie sind doch nicht etwa eifersüchtig, Lord Langdon?"

Er zwickte sie in ihr Hinterteil.

„Au", entfuhr es ihr.

„Und die zweite Bedingung."

„Sophie soll meine Brautjungfer sein."

„Wie Sie wünschen Miss Beaufort."

Dann nahm sie sein Gesicht in beide Hände und schaute ihm tief in die Augen.

„Ja, John Philippe Langdon, ich will deine Frau werden, denn ich liebe dich."

John schob Helen zurück in die Laken und legte sich auf sie.

„Na endlich, ich dachte schon, Du würdest niemals *Ja* sagen."

Er küsste sie.

„Dann werde ich dir morgen endlich meine Familie vorstellen."

„Oh Gott, ich habe überhaupt nichts Vernünftiges anzuziehen. Außerdem, wie willst Du ihnen erklären, dass ich hier in deinem Schlafzimmer übernachtet habe?"

„Ich werde dem Personal Anweisungen geben, dass niemand mein Schlafzimmer betritt. Du kannst also in aller Ruhe ausschlafen. Wir müssen vorsichtig sein, solange wir unverheiratet sind, kann dein Vater immer noch dafür sorgen, dich mit diesem Mann zu verheiraten. Ich werde gleich morgen früh mit meinem Vater sprechen. Er muss uns helfen, eine Heiratslizenz zu beschaffen."

„Mein Vater wird nicht ruhen, bis sie mich gefunden haben. Du musst wissen, er hat sein gesamtes Vermögen verspekuliert. Robert Ashley hat meinem Vater bereits ein Darlehen gegeben, damit er seine laufenden Kosten bezahlen konnte. Er ist ruiniert, wenn er mich nicht mit Lord Ashley verheiratet."

„Deswegen hat er so viel Aufwand getätigt, um dich wiederzufinden."

„Wenn wir erst einmal verheiratet sind, dann haben sie keine Chance mehr."

John nickte. „Hier bist Du sicher. Keiner weiß, dass Du mit dem Sohn des Earls of Granville anbandelst, denn man hat uns nie zusammen gesehen."

John pfiff eine leise Melodie, als er am nächsten Morgen die Treppe hinunterging. Helen hatte so schön ausgesehen im Schlaf. Er hatte seine Augen nicht von ihr wenden können, während er seine Sachen zusammensammelte und das Zimmer verließ.

„Ah, Mr. Sherwood, ist der Earl schon wach?", fragte er den Hausbutler, der sich gerade vor ihm verbeugte.

„Ja, Mylord, er sitzt bereits beim Frühstück zusammen mit der werten Mutter."

„Vielen Dank, Sherwood."

Das kam ihm ganz gelegen, die beiden zusammen anzutreffen. Es gab einiges zu besprechen.

„Ach, Sherwood?"

Der Hausbutler blieb stehen. „Ja, Mylord, Sie wünschen?"

„Bitte sorgen Sie dafür, dass niemand mein Schlafzimmer betritt."

Sherwood verzog keine Miene. „Sehr wohl, Mylord."

John merkte, dass er in England war, wo alles korrekt und diszipliniert ablief. Und im Moment schätzte er die englische Diskretion über alle Maßen.

Beschwingt betrat er den Frühstückssalon.

„Guten Morgen, Vater. Guten Morgen, Josephine."

Er ging um den Tisch herum und hauchte seiner Großmutter einen Kuss auf die Wange, die sie ihm wie gewohnt hinhielt.

George Langdon schlug seine Zeitung zusammen und nahm sich einen Toast. Er warf John einen kurzen Blick zu und lächelte.

„Ich seh dir an, dass Du etwas loswerden möchtest. Also, was ist es?"

Ein Diener kam und wollte ihm Tee einschenken, aber John stoppte ihn.

„Bitte Kaffee für mich, danke."

John wartete, bis ihm der Kaffee gebracht wurde, und bat dann alle Bediensteten, das Zimmer zu verlassen.

„Keiner der Angestellten darf davon wissen, deswegen habe ich alle hinausgeschickt."

„*Comme c'est excitant*, wie aufregend. Wir sind ganz Ohr, John", sagte Josephine und zwinkerte ihm zu.

„Zuerst eine ganz praktische Frage." John schaute seinen Vater und dann Josephine an. „Gibt es irgendwo noch Kleider von Mutter im Haus und alles, was Damen so darunter tragen?"

Sein Vater hob pikiert die Augenbrauen.

„Ich glaube, Du hast zu lange in Paris gelebt."

John sah ihn erst verdutzt an und als er begriff, lachte er schallend.

„Sie sind nicht für mich."

Josephine klatschte in die Hände.

„Du hast Helen gefunden. Oh, John, welch Freude. Wo ist sie jetzt? Du musst sie uns vorstellen."

„Wer ist Helen?" Sein Vater schaute zwischen ihm und Josephine hin und her.

„Na die Frau, die er heiraten will."

„Darf ich bitte alles in Ruhe erklären", unterbrach John.

Als er seinem Vater alles berichtet hatte, starrten die beiden ihn einfach nur schweigend an.

„Was ist, hat es euch die Sprache verschlagen? Verstehst Du jetzt, warum ich die Kleider brauche? Ich kann sie euch ja schlecht in einem Morgenmantel präsentieren."

„Du lieber Himmel, John Philippe. Es war also doch die Tochter. Ich habe es damals, schon geahnt als Du mich nach Devonshire ausgefragt hast. Aber musstest Du sie denn gleich entführen?"

Seinem Vater war alles aus dem Gesicht gewichen.

„Du hast sie entführt und dann in deinem Schlafzimmer versteckt? Himmel, ich will gar nicht wissen, wo Du die Nacht verbracht hast. Du denkst, der Schaden ist bereits gemacht, da muss man nun auch nicht mehr Moral und Anstand waren, nicht wahr, John Philippe?"

John wurde unerträglich heiß und er zog nervös an seinem Kragen. Sie würde es doch nicht seinem Vater erzählen, oder etwa doch?

„Ich habe im Nebenzimmer geschlafen, wenn es dich beruhigt, Großmutter."

„Niemals", sagte seine Großmutter knapp.

„Was meinst Du damit, der Schaden ist bereits angerichtet?" George Langdon blickte fragend zu seiner Mutter.

„Die Entführung natürlich."

Erleichtert wagte John wieder zu atmen und warf seiner Großmutter einen dankbaren Blick zu, den sie mit einem Zwinkern erwiderte.

„Warum musstest Du sie denn gleich entführen?"

„Wie sonst hätte ich die Heirat mit einem dreimal so alten Earl verhindern sollen?"

Dann schaute er seinem Vater hilfesuchend an.

„Kannst Du uns eine Heiratslizenz beschaffen? Wir werden gleich nach der Hochzeit nach Paris zurückgehen."

„John, es wird einen Riesenskandal geben. Du solltest zuerst versuchen, mit Devonshire zu reden. Vielleicht lässt er sich ja umstimmen. Du bist schließlich keine schlechte Partie."

John schüttelte energisch den Kopf. „Devonshire ist bereits hoch verschuldet bei Wessex. Nur die Hochzeit wird ihn von den Schulden befreien."

„Dieser Skandal wird dich selbst nach Paris verfolgen."

„Ich glaube, die Pariser Gesellschaft ist im Moment durch die Ereignisse, die in Frankreich vor sich gehen, viel zu sehr abgelenkt. Es wird keinen interessieren, dass zwei Menschen heimlich ohne die Zustimmung des Brautvaters geheiratet haben."

„Hast Du ihr denn schon einen Antrag gemacht?"

John schaute seine Großmutter an.

„Ja allerdings, und sie hat ihn angenommen."

„Vater, nun sag doch, kannst Du uns helfen."

Johns Vater schüttelte den Kopf: „Nein, John, nicht in England. Ich nehme an, wenn das Aufgebot bereits durch ihren Vater bestellt ist, dann liegt bereits eine Heiratslizenz für Miss Helen Beaufort vor."

John fühlte, wie ihm die Farbe, aus dem Gesicht wich.

George Langdon grinste: „Aber nicht in Paris."

„Du meinst, wir müssen nach Paris zurück und uns nach französischem Gesetz trauen lassen?"

„Ganz genau, mein Sohn."

Josephine erhob sich.

„Nun gut, dann wäre ja alles geklärt. Dann sollte ich zuerst das einfachste deiner Probleme lösen und deiner zukünftigen Ehefrau ein paar Kleider besorgen und ihr beim Ankleiden helfen. Und dann solltest Du sie deinem Vater und mir vorstellen."

„Großmutter, Du kannst, doch nicht einfach in ihr Zimmer platzen. Außerdem schläft sie noch."

Sie hob beide Augenbrauen „Woher weißt Du das? Sagtest Du nicht, Du hast im Nebenzimmer geschlafen."

Verdammt, wie schaffte es seine Großmutter, nur immer wieder, dass er rot wurde wie ein kleiner Junge?

Helen schrak hoch, als jemand die Vorhänge beiseiteschob und sie vom Sonnenlicht geblendet wurde.

„*Bonjour*, Mademoiselle. Sie müssen Helen sein."

Eine hochgewachsene schlanke Dame mit schneeweißem Haar stand vor ihrem Bett und musterte sie aus funkelnd blauen Augen. Sie war in bordeauxroter Seide gekleidet und ihre Hände waren mit mehreren riesigen Brillantringen behangen. Sie sah sehr französisch aus.

Helen zog sich verlegen die Bettdecke bis unter das Kinn.

„Sieh her, der Junge hat einen hervorragenden Geschmack. Exzellent. Sie sind eine wahre Schönheit, Mademoiselle Helen."

Sie lächelte sie an und Helen empfand sofort Sympathie für die selbstbewusste Dame.

„Ich bin Josephine Lefebvre. Die Großmutter von John und die Mutter seines Vaters George."

„Sehr erfreut Sie kennenzulernen, Madame Lefebvre", sagte Helen zaghaft.

„Und ich freue mich, erst Sie kennenzulernen. Ich dachte schon, der Junge würde auf immer allein bleiben. Und dann die ganze Aufregung, nachdem Sie verschwunden waren. Ich habe John Philippe noch nie so verzweifelt gesehen."

Helen lächelte verunsichert. Sie saß nur mit einem von Johns Hemden bekleidet in seinem Bett und wurde von seiner Großmutter mit einem Wortschwall überhäuft. Was dachte seine Großmutter bloß über sie? Und wo war John?

„Aber ich will Sie nicht länger belästigen. Meine Zofe Jeanne ist sehr verschwiegen, von ihr ist keine Gefahr zu erwarten. Sie ist kein Plappermaul, das sag ich ihnen. Jedenfalls, Jeanne wird Ihnen Kleider meiner verstorbenen Schwiegertochter bringen."

Sie ging zur Tür und blieb stehen, als Helen ihr hinterherrief:

„Madame Lefebvre?"

„Ja, mein Kind."

„Vielen Dank."

„Nicht der Rede wert. Ach, und bitte nennen Sie mich Josephine. Schließlich sind Sie bald ein Teil unserer Familie."

Helen nickte ihr freundlich zu.

Helen hatte die Augen geschlossen und John stand hinter ihr und liebkoste ihren Nacken, ihren Hals und die Schultern, die er soeben entblößt hatte. Sie erschauderte bei jeder seiner Berührungen.

„Ich kann die Finger nicht von dir lassen, Helen Beaufort. Du hast mich süchtig nach dir gemacht. Bitte erlöse mich."

„John, bitte, wir müssen aufhören. Wir werden erwartet. Lass uns gehen." Sie drehte sich zu ihm herum und sah ihn vorwurfsvoll an.

Er machte jedoch keine Anstalten, seine Hände von ihr zu nehmen. Er griff nach einer ihrer kurzen Locken und spielte mit ihr.

„Was hast Du eigentlich mit deinen Haaren gemacht. Hast Du sie dir abgeschnitten?"

Helen grinste.

„Ja, meine Zofe Cecilie hat sie mir abgeschnitten. Sie waren viel zu lang. Sie gingen mir bis hier." Sie zeigte auf Höhe ihrer Taille.

„Es wäre schwierig für mich gewesen, sie ohne Zofe selber zu frisieren und zu waschen."

„Ich mag sie so, wie sie jetzt sind", sagte John.

Sie trat einen Schritt zurück und machte eine Drehung vor ihm.

„Wie sehe ich aus?"

Helen trug ein Kleid von Johns verstorbener Mutter. Es war ein wunderschönes gelbes Kleid mit schwarzen Stickereien und einem runden Ausschnitt, der die Ansätze ihres Busens zum Vorschein brachte. Die Farbe des Kleides stand im wunderbaren Kontrast zu Helens Locken und ihrer leicht gebräunten Gesichtsfarbe, die sie durch den heißen Pariser Sommer erhalten hatte.

John kam zu ihr und zog sie wieder in seine Arme.

„Wunderschön. Du bist die einzige Frau, die ich jemals im Kleid meiner Mutter sehen möchte. Es wird meinen Vater stolz machen, dass Kleid an dir zu sehen. Denn Du bist die Frau, in die sich sein Sohn unsterblich verliebt hat."

„Soso, Sie sind also verliebt, Lord Langdon?"

John küsste sie und Helen schlang die Arme um seinen Hals. Sogleich spürte sie das prickelnde

Verlangen, das nur er vermochte zu entfachen. Schnell löste sie sich aus seiner Umarmung.

„Nicht, jetzt, Du ruinierst das Kleid und meine Frisur." John knurrte leicht verstimmt. Er fuhr sich mit der Hand durch sein Haar, um es zu ordnen.

„Mach dir keine Sorgen. Mein Vater ist kein Unmensch, ganz im Gegenteil, Du wirst ihn gern haben."

„Wenn Du mit so einem strengen und gefühllosen Vater wie ich aufgewachsen wärest, würdest Du auch nervös sein. Ich war es jedes Mal, wenn ich ihm gegenübertrat."

„Es tut mir leid, dass Du keine liebevollen Eltern hast."

John nahm ihre Hand und zog sie mit sich.

„Nun komm, lass es uns hinter uns bringen."

Er blieb kurz stehen und spähte durch die Tür.

„Ich glaube, sie sind alle unten und bereiten das Abendessen vor."

Gemeinsam liefen sie unentdeckt vom Personal zum Arbeitszimmer seines Vaters.

George Langdon saß hinter seinem riesigen Schreibtisch, Josephine mit einem Glas Wein in der Hand ihm gegenüber.

Mutter und Sohn gaben ein harmonisches Bild ab. Und wieder einmal schmerzte es Helen, nicht annähernd eine so innige Beziehung zu ihren Eltern gehabt zu haben.

Helen knickste. *„Bonjour,* Madame Josephine."

„Enchanteur, enchanteur, einfach bezaubernd. Das Kleid meiner verstorbenen Schwiegertochter steht Ihnen hervorragend, Miss Helen. Ich habe bereits weitere Kleider bei meiner Schneiderin in Auftrag gegeben. Nur leider kein Brautkleid, es würde zu viel Aufmerksamkeit erregen."

„Das ist auch nicht nötig, vielen Dank. Sie sind zu gütig."

Helen schaute verlegen zu dem Earl und dann zu John.

„Helen, meine Großmutter hast Du ja bereits kennengelernt", ergriff John das Wort.

„Darf ich Dir meinen Vater George Langdon, den vierter Earl of Granville vorstellen."

Der Lord hatte sich bereits erhoben und kam nun um den Tisch herum. Er nahm galant Helens Hand entgegen und hauchte einen angedeuteten Kuss darauf. Als sich ihre Blicke trafen, wusste Helen, dass sie Johns Vater gern haben würde. Seine warmen Augen und seine ruhige Art waren ihr auf Anhieb sympathisch und sie spürte sofort, wie die Anspannung von ihr fiel.

„Miss Beaufort, es ist mir eine Freude, Sie kennenzulernen. Unsere Familie ist recht unkonventionell, bitte lassen Sie den Earl weg und nennen Sie mich George. Mir war überhaupt nicht bekannt, was für eine hübsche Tochter im Devonshire-House lebt. Ich gebe meiner Mutter übrigens recht, Sie sehen bezaubernd aus in diesem Kleid. Ich freue mich, Sie im Kreis unserer Familie willkommen zu heißen. Auch wenn die Umstände unseres Kennenlernens nicht ganz … nun wie soll ich es formulieren, alltäglich sind."

Seine Mundwinkel zuckten und Helen schenkte ihm ein offenes und herzliches Lächeln. Dann räusperte er sich und zeigte zu dem kleinen Sofa, das vor einem Bücherregal stand. „Nehmt doch beide Platz."

Josephine drehte sich in ihrem Stuhl herum und nippte an ihrem Weinglas.

„John, ich weiß, dass Du dich noch nie um die Regeln des guten Anstandes geschert hast und ihr beide werdet daher genügend Gerede auf euch ziehen. Wir sollten daher für ein wenig Schadensbegrenzung sorgen."

Helen stieg die Hitze ins Gesicht. Wusste der Earl, dass Helen und John die Nacht im gleichen Zimmer verbracht hatten? Sie wäre am liebsten vor Scham im Erdboden versunken. Sie schaute unsicher zu John. Dieser wirkte ruhig und gelassen und nickte knapp.

Lord Langdon ergriff das Wort: „Ich werde heute noch eine Schiffspassage von Dover nach Calais organisieren. Miss Helen sollte schnellstmöglich London verlassen. Sicher ist sicher."

„Das hört sich vernünftig an, Vater. Und welchen Plan siehst Du für mich vor?"

„Ihr solltet euch so unauffällig wie möglich verhalten und nicht zusammen gesehen werden. Solange ich die französische Heiratslizenz, nicht in meinen Händen halte, wird Miss Helen nicht sicher vor der Zwangsheirat mit Lord Ashley sein."

John nickte zustimmend.

„Wir sollten alles für eine baldige Abreise arrangieren. Miss Helen wird mit der Granville-Kutsche reisen, zusammen mit Josephine und ihre Zofe Jeanne. Unser Familienwappen wird sie schützen. Du, John, wirst mit mir zusammen in einer anderen Kutsche reisen."

„Vater? Was hast Du da gerade gesagt?"

„Ja, Du hast richtig gehört. Ich werde selbstverständlich mit euch nach Paris kommen. Ich kann mir doch die Hochzeit meines einzigen Sohnes nicht entgehen lassen. Außerdem will ich endlich wieder durch die Straßen von Paris schlendern und mir die Spuren der Revolution ansehen. Und ich will das Grab zweier geliebter Menschen besuchen."

„*Cher ciel*, lieber Himmel, dass ich das noch erleben darf", jubelte Josephine.

Helen stand am Abend desselben Tages vor dem Spiegel in Johns Badezimmer und kämmte ihr feuchtes Haar. Sie hatte noch ein Bad genommen und wollte sich zu Bett begeben. Morgen in aller früh würde sie nach Dover reisen. Wieder einmal war es eine Flucht, doch dieses Mal war sie nicht allein. Sie war in Begleitung ihres zukünftigen Ehemannes und seiner Familie. Helen war glücklich. Sie sah nun einer Ehe nicht mehr mit Schrecken entgegen. Denn mit John hatte sie einen Mann gefunden, der ihr auf Augenhöhe begegnete, der sie liebte und den sie liebte.

Sie erschrak, als sie plötzlich John im Spiegel hinter sich entdeckte.

„Wie um alles ...?" Sie drehte sich herum und sah in sein hübsches Gesicht.

„Hast Du vergessen, dass Du einen Spion heiraten wirst", sagte er grinsend.

Seine Augen funkelten und wie immer, wenn er sie mit diesem Blick anschaute, wuchs ihr Verlangen nach ihm.

„Gut dann hast Du es jetzt bewiesen und nun kannst Du wieder gehen."

Er schnalzte mit der Zunge.

„Nicht doch, Helen. Willst Du wirklich, dass ich gehe?"

Helen legte den Kamm beiseite, den sie immer noch in den Händen hielt und drehte sich herum.

„Nicht, John, komm nicht näher. Lass uns vernünftig sein. Was, wenn dein Vater und deine Großmutter das mitbekommen?"

„Nein, Josephine schläft schon. Sie verträgt den Wein nicht mehr wie früher. Helen, zu wissen, dass Du unter demselben Dach schläfst und ich nicht zu dir kann, bringt mich fast um."

Er trat dicht zu ihr und strich ihr eine nasse Locke aus der Stirn.

„Aber keine Sorge, Helen Beaufort, ich bin nicht hier, um dich zu verführen."

Helen legte den Kopf schief und lächelte.

„Ist das so? Was willst Du dann in meinem Zimmer?"

„Ich wollte dir etwas geben, bevor wir London verlassen. Ich habe etwas, das ich dir zurückgeben möchte. Du kannst selbst entscheiden, was Du damit machen willst."

John griff in seine Jackentasche und holte zwei funkelnde Diamantohrringe hervor.

Helen sah ihn entgeistert an.

„John, wie bist Du an die Ohrringe meiner Mutter gelangt? Hast Du Sie dem Händler in Dover wieder abgenommen?"

„Nein, ich hatte sie nie verkauft. Sie waren die ganze Zeit in meinem Besitz. Ich hätte Sie dir irgendwann sowieso zurückgegeben."

„Ich verstehe nicht. Ich habe doch Geld, viel Geld sogar, dafür von dir bekommen."

Er lächelte. „Es war mein Geld. Ich bin zur Bank gegangen und habe Geld geholt. Ich konnte doch nicht riskieren, dass Du versuchst, selbst diese Ohrringe zu verkaufen. Ich hätte nicht gewollt, dass dir jemand deinen zarten Hals durchschneidet."

„Aber Du kanntest mich doch zu diesem Zeitpunkt überhaupt nicht. Du hast einer wildfremden Frau so viel Geld einfach so geschenkt?"

„Ich war dir wohl schon damals verfallen, Helen Beaufort. Und jetzt küss mich endlich."

Sie schlang die Arme um seinen Hals und küsste ihn stürmisch.

„Ich liebe dich, John Philippe Langdon."

Er küsste sie sanft auf dem Mund und sagte. „Ich liebe dich, Helen und ...", er räusperte sich, „und ich würde gerne bei dir schlafen heute Nacht, aber ich will mir nicht den Ärger von Josephine einhandeln."

Beide lachten.

Helen schaute auf die Ohrringe in ihrer Hand und überlegte.

„Ich glaube ich weiß, was ich mit den Ohrringen machen werde."

„So, was denn?"

„Ich werde sie meinem Bruder Oliver zukommen lassen. Sie haben mir damals den Weg in ein freies Leben ermöglicht. Vielleicht helfen sie ihm ebenfalls, endlich seine Träume zu erfüllen. Er hat zumindest die Wahl. Und sollte er sich zum Bleiben entscheiden, dann kann meine Familie davon das Darlehen an Robert Ashley zurückzahlen."

„Eine gute Idee."

Seine Augen sahen sie zärtlich an.

Helen strich mit den Fingern über seinen Mund.

„Es gibt nichts Schöneres für mich als deine Frau zu werden, John. Hättest Du mir das noch vor drei Monaten gesagt, ich hätte mich mit allen Mitteln dagegen gewährt. Liebe verändert alles. Sogar die stärksten Grundsätze."

John küsste ihre Fingerkuppen.

„Du wirst es nicht bereuen. Ich will, dass Du glücklich bist mit mir. Doch nun werde ich dich verlassen, bevor ich es mir doch anders überlege und dich verführe. Gute Nacht."

Er hauchte ihr noch einen Kuss auf die Stirn und ging.

Kapitel 12 – Epilog

Paris, September 1830

„Was ist los mit Ihnen, Lady Langdon?"

„Nicht so schnell, John. Ich bekomme keine Luft in dem viel zu engen Kleid. Ich glaube, ich habe zugenommen."

Sie ließ die Hand los, an der John sie hinter sich herzog.

„Helen, Liebste, Du hast nicht zugenommen. Ich kenne jeden Zentimeter deines Körpers, glaub mir."

„Seit Wochen verwöhnen Josephine und Du mich mit diesen süßen Leckereien. Ich werde bald in keines meiner Kleider mehr passen."

John lachte.

„Das wirst Du sowieso bald nicht mehr. Denn bald wird dein Bauch anschwellen und wir werden dir neue Kleider anfertigen müssen."

Helen zog einen Schmollmund bei dem Gedanken. Aber so oft, wie John und sie sich liebten, würde es nicht mehr lange dauern, bis sie ein Kind empfangen würde.

„Geht es wieder?"

Sie nickte und er nahm wieder ihre Hand. Gemeinsam gingen sie eilig in Richtung *Louvre*.

Seit fünf Wochen lebten sie zusammen mit George und Josephine als Mann und Frau unter einem Dach in ihrem Stadtpalais in *Faubourg Saint-Germain*. Helen war überglücklich, endlich ein Teil einer liebevollen Familie geworden zu sein. Und sie war überglücklich, einen Mann gefunden zu haben, der Freund und Geliebter in einer Person war. Mit dem sie reden, lachen und weinen konnte. Dafür hatte sich all das, was sie erlebt hatte, gelohnt. Sie war gern mit ihm verheiratet, denn sie liebte ihn. Und sie war unsagbar erleichtert, einer arrangierten Ehe entkommen zu sein. Wäre sie feige gewesen und hätte sich einfach in ihr Schicksal gefügt und Ashley geheiratet, dann hätte sie nie erfahren, was wahre Liebe und Glück bedeutete. Sie hoffte, dass Oliver sich ebenfalls gegen eine arrangierte Ehe entscheiden würde. Er hatte es genauso wie sie verdient, glücklich zu sein. Vielleicht würde er seinen Traum wahr machen und ein Schiff besteigen. Sie hoffte, dass sie ihn mit ihren Taten Mut gemacht hat, neue Wege auszuprobieren. Und vielleicht, würden sie sich eines Tages wiedersehen.

Am Hofe des *Louvre*s angekommen, schlossen Helen und John sich dem feierlichen Trauerzug an, der von den Truppen der Nationalgarde angeführt wurde, die dumpfe Trommeln schlugen. Helen war überrascht, wie viele Menschen sich dem Trauerzug angeschlossen hatten. Ein unüberschaubares Gefolge von stillen, ernsten, bescheidenen, meistens jungen Bürgern, die paarweise gingen. Viele in den Reihen trugen Standarten, die mit schwarzen Floren behängt und deren Inschriften von Blumen verziert waren.

Helen sah zu John. Sein Blick war ernst und angespannt. Seine sonst so positive und humorvolle Art war verschwunden.

Es war die Trauerfeier für die vier jungen Unteroffiziere, die acht Jahre zuvor ihr Leben auf der Guillotine gelassen hatten. Die vier, welche durch die Verschwörung von La Rochelle in die Hände der Bourbonen gefallen waren und als wehrlose Gefangene auf dem *Place de Greve* ermordet worden waren. Einer von ihnen war Johns Bruder, Anthony Langdon. John hatte lange mit George und Josephine geredet, aber die beiden wollten nicht an dem Trauerzug teilnehmen und Helen verstand warum.

Acht Jahre war es erst her, dachte John, als man die vier Unteroffiziere von La Rochelle auf diesem Platz hingerichtet hatte. Es waren dieselben Menschen, die sie heute als Helden feierten. Wären der König und seine Regierung der Menschlichkeit gefolgt, dann wären diese jungen Männer in Gefangenschaft gekommen und würden heute noch leben. Man hätte sie jetzt mit Siegesjubel aus dem Kerker geholt. Acht Jahre lang hatte das französische Volk gebraucht, um zu begreifen, was die vier schon damals gewusst hatten. John fühlte immer noch Verbitterung darüber, dass die Bürger dieses Landes die vier hätten retten können. Er hatte mit eigenen Augen gesehen, wozu die Franzosen im Stande waren, wenn sie wütend waren. Warum taten sie es nicht damals schon?

Aber die Angst vor den Soldaten war zu groß. Erst jetzt, acht Jahre später, waren Empörung und Zorn größer als ihre Angst und sie brachten den Mut auf, sich zu wehren. Nun, lieber spät als nie, dachte John und atmete tief durch.

Er spürte, wie Helen seine Hand drückte, und blickte kurz zu ihr. Er lächelte sie an und hielt ihre Hand noch fester. Sie hatten den *Place de Greve* erreicht und die Menschen bildeten einen Kreis um eine Erhöhung. Ein Mann stieg hinauf und hielt eine kurze Rede, bevor eine kleine Kapelle ein Requiem spielte.

John fühlte zum ersten Mal nach acht Jahren eine Stille in sich. Er nahm heute nochmal ganz offizielle Abschied von Anthony. La Fayette hatte recht gehabt. Sein Bruder war ein Held. Man würde noch in vielen Jahren von ihm und seinen drei Freunden sprechen. Er lächelte und versuchte sich krampfhaft, das Bild seines Bruders ins Gedächtnis zu rufen, das mehr und mehr verblasste. Ruhe in Frieden, Bruder.

Nachdem die Trauerfeier beendet war, spazierten sie Hand in Hand am Ufer der Seine entlang. Helen. Seine frischangetraute Ehefrau. Sie war der Mensch, den er all die Jahre gebraucht hatte, um seinem Leben einen neuen Sinn zu geben. Er war glücklich mit Helen, und er würde immer danach streben sie glücklich zu machen.

Sie hatten beide entschieden, vorerst in Paris zu bleiben, bis sich die Wogen in London geglättet hatten. John und Helen vermieden es, englische Zeitungen zu lesen, und auch sonst versuchten sie, das Gerede über ihre heimliche Hochzeit zu ignorieren. Aber irgendwann würde er das Erbe seines Vaters in England antreten und sie würden eine ganze Weile nach England gehen müssen. Und irgendwann würden Sie dann auch Helens Eltern und Robert Ashley begegnen. Aber bis dahin würde noch etwas Zeit vergehen und Helen's Bruder Oliver würde noch viele Briefe nach Paris schreiben, in denen sie erfahren würden, wie Albert Beaufort, der Earl of Devonshire, zu einem erheblichen Vermögen gekommen war.

Ende

Anmerkungen:

Dies ist eine frei erfundene Geschichte. Diverse Namen und Personen sind das Produkt der Fantasie der Autorin und werden entsprechend verwendet. Einige historische Fakten sind nicht belegt oder passen zeitlich nicht genau.

Literaturverzeichnis:

Autor: Honoré de Balzac
Übersetzer: E.A. Reinhardt
Titel: Glanz und Elend der Kurtisanen
Illustration: Fritz Fischer
Ausstattung: S. Kortemeier
Verlag: Mohn & Co GmbH, Gütersloh
Auflage: Buch Nr. 758
Sprach: Deutsch
ISBN: F-274-667

Autor: Ludwig Börne
Titel: Briefe aus Paris
Verlag: Adamant Media Corporation (Elibron and Elibron Classics, trademarks)
Erscheinungsjahr: 2006
Sprache: Deutsch
ISBN: 0-543-89494-0

Online-Quellen:
Helmut Bock – Die schöne Revolution «Von nun an werden die Bankiers herrschen!» (https://www.rosalux.de/fileadmin/rls_uploads/pdfs/Utopie_kreativ/177-78/177_78Bock.pdf)

Mit Heinrich Heine in Paris – online Blog
(https://paris-blog.org/2017/10/02/mit-heinrich-heine-in-paris/#_ftn5)

Wikipedia
(https://de.wikipedia.org/wiki/Juliordonnanzen)

Wikipedia
(https://de.wikipedia.org/wiki/Julirevolution_von_1830)

StudySmarter – Julirevolution
(https://www.studysmarter.de/schule/geschichte/national-staatsgedanken-in-deutschland/julirevolution/)